- 龙岩学院奇迈书系资助出版
- 本书为2009年度教育部人文社会科学研究项目

  项目编号09YJC751041
- 本书为2011年福建省社会科学规划项目

  项目编号2011B175

Variation & Innovation:
A Study of Free Verse Theory in the 30s of the 20th Century

曲折的展开：
20世纪30年代自由诗理念研究

郑成志 著

图书在版编目(CIP)数据

曲折的展开:20 世纪 30 年代自由诗理念研究/郑成志著.—厦门:厦门大学出版社,2016.12
(龙岩学院奇迈书系)
ISBN 978-7-5615-6382-3

Ⅰ.①曲… Ⅱ.①郑… Ⅲ.①新诗-诗歌研究-中国 Ⅳ.①I207.25

中国版本图书馆 CIP 数据核字(2017)第 039533 号

出版人	蒋东明
责任编辑	王鹭鹏
封面设计	李嘉彬
责任印制	朱 楷

出版发行 厦门大学出版社
社　　址 厦门市软件园二期望海路 39 路
邮政编码 361008
总 编 办 0592-2182177　0592-2181406(传真)
营销中心 0592-2184458　0592-2181365
网　　址 http://www.xmupress.com
邮　　箱 xmupress@126.com
印　　刷 厦门集大印刷厂

开本 720mm×1000mm　1/16
印张 16.5
插页 2
字数 297 千字
印数 1～1 300 册
版次 2016 年 12 月第 1 版
印次 2016 年 12 月第 1 次印刷
定价 50.00 元

本书如有印装质量问题请直接寄承印厂调换

厦门大学出版社
微信二维码

厦门大学出版社
微博二维码

作者简介

郑成志,男,1971年10月生。2008年毕业于首都师范大学文学院,获文学博士;2010年9月至2013年12月,在北京师范大学文学院从事博士后研究工作,获中国语言文学博士后证书。现为龙岩学院文学与传媒学院副教授,目前主要从事中国现当代文学的教学与研究工作。近年在《中国现代文学研究丛刊》《文艺理论与批评》等刊物上发表学术论文10余篇,主持教育部人文社会科学研究一般项目1项、福建省哲学社会科学一般项目2项,福建省教育厅人文社会科学研究重点项目1项。

序

无论从寻找新的诗歌言说方式的角度,或者从改变艺术趣味和欣赏习惯的角度,回望百年中国诗歌的现代求索,二十世纪三十年代都称得上是最重要的年代:在这个年代,虽然中国大地战火频仍,硝烟弥漫、国土沦丧,但中国诗歌的现代变革却成功摆脱了延续千年的形式体制,不仅争取到历史的合法性,而且在"学习新语言,寻找新世界"中渐入佳境。

其中最为后来的中国诗歌史家称道的,是五四时期诗体大解放的要求在诗形、诗质上得到落实。由于戴望舒、卞之琳、艾青诸诗人成功地使中国抒情传统与西方象征主义对接起来,在二十世纪三十年代的中国诗坛,不讲平仄对仗与押韵的自由诗,不仅克服五四时期郭沫若式的滥情主义,也摒弃李金发运用现代汉语半生不熟的窘态,确立了自由诗作为新诗主流诗体的历史地位。人们不仅承认自由诗是诗,而且同意它是中国新诗的主要形式,正如冯文炳二十世纪三十年代中期在北京大学讲授"现代文艺"时高调宣称的那样:"新诗应该是自由诗。"

然而,自由诗独领风骚、声名显赫的年代,也是诗歌观念喧哗与混乱的时代,无论对诗还是对诗歌的自由,都存在这样那样误解。仅以戴望舒进行诗歌音律的"自我反叛"为例,二十世纪二十年代后期的戴望舒决绝与"雨巷诗人"的风格告别,甚至在编《望舒草》时连已经赢得广泛好评的《雨巷》也不屑收入。这本来只是他某个创作阶段的诗歌趣味和探索倾向,并不代表诗人未来的诗风和中国现代诗歌的全部发展方向,但戴望舒一个时期和尚不定型的尝试(他后来的写作超越了这个时期的偏爱),却被浪漫化误读自由诗的中国诗坛视为新诗写作的标本,其《诗论零札》中关于"诗不能借重音乐""为自己制最合自己脚的鞋子"等主张,也成了自由诗写作的信条,不仅当时有人把说与写趋近的现代汉语误解为日常口语或散文的语言;把新诗"文""质"浑然的个性与自然之美,误以为"裸体美""散文美";而且直到八十年代,也还有人在研究戴望舒的著作中认为"《望舒草》所成功建立的具有散文美的无韵自由诗体,就是诗人为自己制的最合脚的鞋子",同时"为新诗发展树立了新的界石"。只有个别不怀偏见和有真知卓见的诗人(卞之琳),敢于直言戴望舒当时的"局限性和缺陷":"望舒运用现代日常汉语,更不用说口语了,作为新诗的媒介,就缺少干脆、简练,甚至于硬朗……与此相结合,形式的松散也易于助长一种散文化的枝蔓。"("简练"在该版本中为"简炼",应为手误)

作为二十世纪中国诗歌变革成就的标志,作为中国新诗的主流诗体,新诗自诞生以来,一直受到种种非议,立足未稳,时时需要理解呵护,需要自我证明。在这样的历史语境中,自由诗存在的问题一直没能成为中国诗歌研究的主要议题,虽然每个时代都有不少文章提及它,有专文论述,但就学术专著而言,郑成志的《自由诗理念研究》,很可能是探讨中国自由诗理论问题的第一部学术专著,其不惧混乱,不畏权威,求真求是,知难而进的开拓精神不言而喻。

《自由诗理念研究》不只是一部开拓性的书,也是一部踏实、扎实和详实的书。作者集中讨论的是三十年代中国诗坛的自由诗理念,该年代自由诗写作与理论观念的描述,它的主要刊物、主要诗人,以及不同诗派、不同观念的争战与交锋,作者都进行具体细致的梳理,发掘出了不少研究同行未注意到的材料,提出了一些学界未曾提出的问题。譬如通过刘半农、赵元任、潘大道等人的"白话诗的另一种形式构想",认真讨论语言现代化后"诗与歌的分途"与"吟与唱的区别";又如通过朱自清对新诗语言形式观念从"唱"到"说"的转变,梳理了诗歌"说话的调子"的特点与语言提炼问题。

因为有大量的材料和细致的阅读、辨析作依托,使作者有可能从纵与横两方面展开自由诗问题的考辨,显示出比较宽阔的视野和一定的历史感。在纵的层面上,一方面,通过新诗革命以来自由诗的引进、实验和"再认识"的过程,梳理了"五四"时期的自由诗与三十年代自由诗的不同:五四时期的自由诗的基本特点是形式与自我的无拘无束;而三十年代的自由诗,"是在'诗形'和'诗质'的双向突围中确认自身的","不仅吸纳了西方现代诗学的影响,而且重新体认了中国传统诗学中意象、意境理论,使中国新诗在诗质的艺术探索层面有了很大的突破",使中国新诗"从'主体的诗'走向'本体的诗'"。另一方面,两个时期又都存在着"自由"之义的误解,特别在诗与散文的文类认识,以及语言与形式关联互动方面。而在横的层面上,作者以西方自由诗理论为参照,认真辨析了引进自由诗的历史语境和历史意义,及其特定语境中对这一诗体的"误解"产生的问题。作者明确指出,作为西方现代诗歌体式的自由诗,是中国新诗革命中引进与借鉴的最重要的外来诗歌形式,它助推中国诗歌"突破了古典诗歌的形式符号体制,锤炼了'白话'这一语言工具",并帮助中国新诗从"诗质"的层面更深地认识了诗歌变革的方向。但中国新诗运动中的自由诗与西方自由诗,在形态上和观念上存在诸多差异,这种差异根源于对"自由"的不同理解,根源于情绪与语言、内容与形式关系认识上的差异。

这种差异不仅造成对外来形式的"误读",也会导致对本国诗歌见解理解上的分歧。例如戴望舒《诗论零札》中关于自由诗写作的比喻:"愚劣的人们削足适履,比较聪明一点的人选择较合适的鞋子,但是智者却为自己制最合自己脚的鞋子。"许多人将此理解为不能以定型的形式约束不同的情绪个性,由此得出自由的结论。但这个比喻也可以这样理解:制造鞋子的人从来不是自由的,因为他不能把鞋子制成手套,同时既要考虑"合脚"又要考虑材料的性质,正如诗是诗,散文是散文,文言是文言,现代汉语是现代汉语。

作者在结语中说得好:自由诗的问题"在某种意义上就是中国新诗的问题"。而这个问题的清理,事关百年来中国诗歌变革的认识与评价,事关中国诗歌的未来。这么重要、重大的问题,当然不是一个学者、一部专著可以解决的,成志的这本书只是迈出了刚健的一步。

是为序。

王光明

2016年12月15日

目　录

导　言 ………………………………………………………… 001

第一章　20世纪30年代中国诗坛对自由诗的认同………… 020
　第一节　作为"诗式"的自由诗……………………………… 020
　　一、含混的"自由诗"定义………………………………… 021
　　二、被"创造"的新"诗体"………………………………… 027
　第二节　被误解的早期自由诗……………………………… 030
　　一、"白话诗"的提倡……………………………………… 030
　　二、"白话诗"与象征主义和意象派诗歌………………… 039
　　三、郭沫若与自由诗……………………………………… 044
　第三节　初期白话诗的另一种形式构想…………………… 053
　　一、"重造新韵"和"增多诗体"…………………………… 053
　　二、"吟与唱的区别"和"诗与歌的分途"………………… 056
　　三、"节奏千万不可少，押韵不是可怕的罪恶"………… 059
　第四节　新诗形式美学探求的洞见与不见………………… 063
　　一、刘梦苇："新诗形式运动的总先锋"………………… 064
　　二、寻求"新格式与新音节"……………………………… 067
　　三、"诗的装饰"应衬托"诗的灵魂"……………………… 071
　第五节　20世纪30年代自由诗的复杂构成………………… 076
　　一、"属于别一世界"的普罗诗歌………………………… 077
　　二、提倡"大众歌调"的"新诗歌"………………………… 086
　　三、臧克家、田间和艾青诗歌的新追求………………… 089

第二章　重临诗歌"内质"的自由诗 …… 093
第一节　《现代》诗中的"新风气" …… 094
　　一、《现代》对自由诗的推崇 …… 095
　　二、"晦涩"与新的诗艺追求 …… 101
第二节　《现代》诗中异样的都市情绪 …… 105
　　一、都市语境中的《现代》诗 …… 105
　　二、《现代》诗中"现代的情绪" …… 116
　　三、《现代》诗中"现代的诗形" …… 125
第三节　戴望舒的转变及其意义 …… 136
　　一、早期：对"传统"的回望 …… 136
　　二、转型期：在"表现"和"隐藏"之间写作 …… 139
　　三、西方象征主义的"中国化" …… 146
　　四、从"唱"到"说"的诗学意义 …… 152

第三章　在"抗辩"中寻找新美学 …… 157
第一节　林庚的诗学探索 …… 157
　　一、独特的"自由""韵律"诗观 …… 158
　　二、一场错位的论争 …… 162
　　三、林庚的意义 …… 167
第二节　废名的自由诗观念 …… 171
　　一、"诗的内容" …… 173
　　二、"散文的文字" …… 176
　　三、"文法"与"诗法" …… 179
第三节　自由诗与语言表现策略问题 …… 181
　　一、意义的寻求还是诗艺的探索 …… 181
　　二、"看不懂的新文艺"之争 …… 188

第四章 对"自由"与"诗"的再认 … 194

第一节 朱自清新诗音乐性观念的转变 … 194
一、新诗音乐性的多重求索 … 195
二、从"听的诗歌"到"说"的新诗 … 198
三、从"日常说话"到"活的语言" … 201

第二节 新诗节奏的探求 … 204
一、陆志韦的"节奏"实验 … 205
二、朱光潜与罗念生对"节奏"的切磋 … 209
三、叶公超的"节奏"和"格律"观念 … 211

第三节 "自由"与"诗"的协商 … 215
一、对自由诗形式的思考 … 217
二、自由诗:向丰富的语言敞开 … 221

结 语 … 223

附录一 诗人和诗歌对什么负责
——对新世纪底层诗歌的一种思考 … 225

附录二 以戏剧的方式展开诗歌
——读吴兴华的《听〈梅花调·宝玉探病〉》 … 232

参考文献 … 240

后 记 … 251

导　言

　　中国新诗从其发生始，就与"自由"和"诗"这两个概念纠缠不清。20世纪30年代，"自由诗"再次成为中国诗坛聚讼纷纭的话题：是重弹"五四"新诗开拓者们的"格调"，还是对新月诗派的"反动"；是中国新诗史上对"诗形"的又一次的"放纵"，还是对"诗质"的进一步觉识；是有意让人"看不懂"，还是"已改换入新的美学中去"了？此外，20世纪30年代的"自由诗"理念与欧美的意象派、象征主义诗歌的关系如何？自由诗与韵律诗之争又给当时新诗的发展拓宽了怎样的空间？"新诗应该是自由诗"的可能和限度在哪里？这些质疑、辩难甚至是相互冲突的议题从20世纪30年代直至当下，始终为研究者所关注，中国新诗坛面临的这些"问题"的复杂性和丰富性本身就蕴含了对"五四"以来新诗理论和实践的"反动"，它促使中国新诗在理论和实践上展开多层面、多向度的探索。当下的中国诗歌创作，在经验的变迁和组织经验的方式等方面与20世纪30年代的新诗已有了很大的不同，但是，由于长期受工具论和循环论的影响，当下的新诗写作在"诗形"与"诗质"方面所呈现的理论问题，依然是缠夹不清的"自由"与"诗"的问题。因此，重新梳理和检审20世纪30年代自由诗理念的变迁，反思它对新诗创作带来的多种可能性，就显得十分必要：一方面，可激活当下新诗理论诉求的空疏；另一方面，对当下新诗写作中出现的不良倾向也有一定的启示和"校正"价值。

一

　　朱自清的《〈中国新文学大系〉诗集导言》在总结第一个十年的中国新诗流派时写道：若要强立名目，这十年来的诗坛就不妨分为三派——自由诗派、格律诗派、象征诗派。这个"强立名目"，从浅层看，"自由诗派"和"格律诗派"主要是从诗形的层面来划分，"象征诗派"更多就诗质而言；从深层分析，他们的来龙去脉及其区别都离不开对中西诗歌理论资源的偏向。自由诗体式成为中国新诗从传统走向现代最先采用的诗歌形式,胡适、刘半农、沈尹默等功不可没。1917年2月《新青年》二卷六号发表胡适的《白话诗八首》,1918年1月《新青年》再次发表胡适、刘半农、沈尹默三个人的九首白话诗,拉开白话诗创作实践的序幕。1919年10月,胡适发表《谈新诗——八年来一件大事》,正式提出"诗体的大解放",这在当时的新诗坛"差不多成为诗的创造和批评的金科玉律了"。在胡适的心目中,"诗体的大解放"就是把从前束缚自由的枷锁镣铐一律打破:有什么话,说什么话;话怎么说,就怎么说。这样方才可有真正白话诗,方才可以表现白话的文学可能性。① 更进一步说,有了诗体的大解放,丰富的材料、精密的观察、高深的理想、复杂的感情,方才能跑到诗里去。随着《尝试集》《女神》《草儿》《冬夜》《雪朝》《繁星》《春水》《湖畔》《蕙的风》等诗集的出版,采用白话的字、白话的文法、白话的自然音节,以自由诗的体式写诗,成为草创期新诗的"时式"。

在胡适"白话的字""白话的文法""白话的自然音节"和"诗体的大解放"的文体意识感召下,一批新诗人应声而起,开始创作并发表白话诗。这些诗歌突破传统诗歌体制的束缚,新的材料、新的思想、新的内容、新的精神进入诗歌,给新诗的发展带来无限生机。当时,《新青年》《新潮》《少年中国》《星期评论》《京报》《晨报》《民国日报·觉悟》《时事新报·学灯》等报刊纷纷发表白话新诗作品,"新文化运动"的倡导者和启蒙者们,大都加入白话诗创作的行列,为文学革命造势,声援诗体变革,酿成一场"民七新诗运动"(朱自清语)。然而,在鱼龙混杂、泥沙俱下的白话诗作品背后,质疑和辨正之声也随之而来。胡适的朋友梅光迪在攻击新文化提倡者时写道:"所谓白话诗者,纯拾自由诗(Vers libre)及美国近年来形象主义(Imagism)之余唾。而自由诗与形象主义,亦堕落派之两支,乃倡之者数典忘祖,自矜创造。亦大欺国人矣。"② 胡先骕在评论胡适的《尝试集》时认为,胡适的白话诗"攟拾一般欧美所谓新诗人之唾余,剽窃白香山陆剑南辛稼轩刘改之之外貌";其新诗之精神"不过枯燥无味之教训主义""肤浅之征象主义""纤巧之浪漫主义""肉体之印象主义"等等。③ 吴宓对草创期新诗的批评别具一格,他和陈训慈合译了美国哈佛大学葛兰坚教授

---

① 胡适.尝试集·自序[M]//陈绍伟.中国新诗集序跋选(1918—1949).长沙:湖南文艺出版社,1986:31.
② 梅光迪.评提倡新文化者[J].学衡,1922(1):3.
③ 胡先骕.评尝试集[J].学衡,1922(1):2.

的《葛兰坚论新》一文。葛兰坚教授在该文中指出,今之形象派 Imagists 新诗人"善自矜夸,为后生所仿效,风靡一时。然空言革新,初无特殊之建设。外虽以新文艺之产生接引为己功,实则不出模仿抄袭。取三十年前尝流行于法国之新诗,变为英语,遂敢以斯骇人。彼法国之象征派 Symbolists 实取法于美国诗人惠德曼 Walt Whitman(1819—1892)。故形象派诗人,亦暗袭惠德曼之衣钵者也,乃数典忘祖,相戒不道惠德曼之名,以自成其新";而"今之所谓自由诗 Vers libre 者,毫无新处。其所新者,仅二事。一曰奇异之标点分段。二曰喧腾叫嚣之声而已。彼新诗人者,欲效撒旦之变革叛乱而尤未能,似新而非新,自欺以欺人耳"。① 在吴宓、陈训慈看来,葛兰坚教授对美国新诗运动的批评完全可以移用来批评草创期的新诗创作。朱自清在《新诗》一文中也感叹"新诗人"之多,作品之杂,是当时的人对新诗"重大的误会",朱自清以质疑的口吻问道:"便是所谓'自由诗'又岂是随随便便写得好的?"他一针见血地指出:"提倡的人本只说'诗体大解放',并不曾说容易;提倡白话文,虽有人说是容易作,但那只是因时立说,并不是它的真价值。"② 的确,草创期的新诗存在内容空疏、形式自由散漫、情感泛滥、文体混乱的缺陷。所以,这一时期的新诗,正如梁实秋所说,大家注重的是"白话",不是"诗";相当多的诗歌作品是"白话的试验",而不是"诗的试验"。俞平伯是白话诗创作的重要参与者和见证人,他在反思白话诗实践过程中的毛病时也认为:"白话诗的难处,不在白话上面,是在诗上面;我们要紧记,做白话的诗,不是专说白话。"③ 因此,可以这么说,这一时期的新诗探索有了朦胧的文体革新观念,但是并没有自觉、正确的文体创造意识。

从徐志摩、闻一多等人在《晨报副刊》上创办《诗镌》开始,他们就"把创格的新诗当一件认真事情做",提倡诗的音乐美、绘画美、建筑美,认为"完美的形体是完美的精神唯一的表现"。他们正如梁实秋所说的,是"第一次一伙人聚集起来诚心诚意的试验作新诗",他们在《诗镌》上发表的诗"大半是诗的试验,而不是白话的试验"④,这有力地反拨了"五四"时期"胡适之体""说话要明白清楚""用材料要有剪裁""意境要平实"的诗歌风格。面对郭沫若等创造社诗

---

① 葛兰坚.葛兰坚论新[J].吴宓,陈训慈,译.学衡,1922(6):8-9.
② 朱自清.新诗[M]//朱自清全集:第4卷.南京:江苏教育出版社,1996:217.
③ 俞平伯.社会上对于新诗的各种心理观[M]//杨匡汉,刘福春.中国现代诗论:上编.广州:花城出版社,1985:25.
④ 梁实秋.新诗的格调及其他[J].诗刊,1931(1):83.

人的只重情感宣泄,而忽视通过形式来驾驭和节制情感的自由诗,刘梦苇、饶孟侃、闻一多、朱湘、徐志摩等人不仅吸纳中国传统诗、词、曲的有益质素,还创造性地转化西方近现代诗歌体式资源,从音节、格律等形式上进行试验,使新诗在"本质的纯正""技巧的周密""格律的谨严"等方面明显提高,这无疑是对"五四"时期自由诗的"修正",显示了新诗文体创造的自觉意识。从更深的层面看,这也推进了当时对中国新诗作为新的诗体的认识。正如石灵在《新月诗派》一文中所说,"这规律运动的动机有二,第一是对自由诗的反动","第二个也是重要的一个动机乃在他们认规律为诗歌所不可或缺的东西,新时代的诗需要新的规律";此外,他认为格律诗运动,"并非旧的规律的复活,而是一种新的创造"①。然而,新格律诗的创作实践也存在问题,一方面,闻一多、饶孟侃等人的音节、格律观念也受到西方近现代诗艺的影响,且不说它们在被引进的过程中有错位现象,单从语言层面看,不成熟的现代汉语就与西方语言有着巨大的差异;另一方面,就现代汉语本身而言,其本身的不成熟、不稳定性,也直接影响了闻一多、饶孟侃、朱湘、徐志摩等人对音节、格律、诗体(十四行体、素体诗等)的探索。因此,新格律诗对自由诗的反拨,也像当初胡适等人反对旧体诗一样,有矫枉过正之嫌,虽收获了诗的形式,却忽略了诗的质地。新格律诗本是要给"五四"时期的新诗这艘"无舵的船"找一条出路,但最后却落得和"五四"时期的白话诗、自由诗和小诗一样的容易写、"分行就是诗"的恶谥,自食形式主义的恶果,被称为"方块诗""豆腐干块"。作为新格律诗运动重要代表的徐志摩,在《诗刊放假》中非常清醒地意识到新格律诗创作的毛病。他坦言道:"我不惮烦的疏说这一点,就为我们,说也惭愧,已经发现了我们所标榜的'格律'的可怕的流弊!谁都会运用白话,谁都会切豆腐似的切齐字句,谁都能似是而非的安排音节——但是诗,它连影儿都没有还你见面('还'应是'和',引者注)!所以说来我们学做诗的一开步就有双层的危险,单讲'内容'容易落了恶谥的'生铁门笃尔主义'或是'假哲理的唯晦学派';反过来说,单讲外表结果只是无意义乃至无意义的形式主义,就我们诗刊的榜样说,我们为要指摘前者的弊病,难免有引起后者弊病的倾向,这是我们应分时刻引以为戒的。"②

其实,后期的新月诗派诗人陈梦家、林徽因和卞之琳等人已经意识到格律

---

① 石灵.新月诗派[M]//杨匡汉,刘福春.中国现代诗论:上编.广州:花城出版社,1985:285-286.
② 徐志摩.诗刊放假[J].诗镌,1926(11):21-22.

诗的缺陷,开始在自己的创作中进行"叛变",比如"陈梦家倾向自由诗,林徽因实验自由诗,卞之琳去象征派的路不远,孙大雨则曾努力于雄伟的长诗"①。作为后期新月诗派的代表诗人,陈梦家更从理论上对诗的"灵魂"和"装饰"进行了深入的思考。他在《诗的装饰和灵魂》一文中认为:"韵律既是诗的装饰为做灵魂外现的形象,那么,诗的灵魂——就是诗的精神——应当较之外形的修饰更其切要。粗糙的灵魂而以精美的装饰所成的诗,与精美的灵魂而以粗糙的装饰所成的诗,是同一的为虚浮残缺的美。诗的灵魂乃是诗的生命,若然没有它,就如同金身的泥像。所以不朽的诗,不但具有完美的形象,更有其超乎一般的灵魂。"②在《诗的装饰和灵魂》《〈新月诗选〉序言》两文中,陈梦家提出"诗的格律,尽可以放得很宽泛","决不坚持非格律不可"的论调,在当时看来,这无疑是自家门内的"兄弟阋墙",但是,当"历史的天空"渐渐明朗之后,我们才发觉陈梦家当年关于格律诗的一些言论是如此的难能可贵。在今天看来,不管是来自外部的怀疑和攻击,还是来自内部的调整和变更,格律诗作为新诗发展运动的桥梁,其意义和价值是不可否认的,因为有了闻一多的《死水》,"新诗的形式,因以紧严起来,内容也充实起来","若无《死水》则新诗也许早就死亡,而戴望舒先生的诗也不会出现,因为在形式上,戴先生的诗是对于新月派(姑且这样称它)诗的一种反动"③。

被称为20世纪30年代"诗坛的首领"的戴望舒,在1928年8月出版的第十九卷八号的《小说月报》上发表了使他名噪一时的《雨巷》,《小说月报》的编辑叶圣陶盛赞其"替新诗底音节开了一个新的纪元"。这首诗中体现出来的对于音乐性的追求是非常明显的。随后,戴望舒又对诗的音乐性进行了"勇敢的反叛",创作了以内在情绪的节奏为诗的骨子的《我底记忆》,而在1933年出版的《望舒草》里却未收入《雨巷》这首使他成名的诗作。1932年11月,戴望舒在《现代》二卷一期上发表《望舒诗论》,对新月诗派进行了全面的颠覆;与此同时,《现代》上还刊载了许多在形式和风格上与戴望舒诗作类似的诗歌。施蛰存晚年在《〈现代〉杂忆》一文中概括《现代》刊载的大多数诗歌的共同特征是:"(一)不用韵。(二)句子、段落的形式不整齐。(三)混入一些古字或外语。

---

① 石灵.新月诗派[M]//杨匡汉,刘福春.中国现代诗论:上编.广州:花城出版社,1985:299-300.
② 陈梦家.诗的装饰和灵魂[M]//梦甲室存文.北京:中华书局,2006:122.
③ 孙作云.论"现代派"诗[M]//杨匡汉,刘福春.中国现代诗论:上编.广州:花城出版社,1985:225.

(四)诗意不能一读即了解。"①具有这些特征的《现代》诗,施蛰存认为"都是自由诗,都是对'新月派'方块诗的革命"。然而,问题并不像晚年的施蛰存说的那么简单,石灵在《新月诗派》一文的结尾中指出:"这种向自由诗的趋势,似乎有点儿回头走,可是不然:它是因对新月派的规律怀疑而起的反动,它决非'五四'前后自由诗的复活,最大的一个不同之点,就是,音节的重要是普遍地被承认了,至少这又向新的合理的规律走近了一步。"②笔者认为这一时期《现代》(包括《诗志》《小雅》《新诗》等诗歌刊物)中的自由诗更准确地讲是受美国意象派诗歌、法国后期象征主义诗歌的影响,同时吸收、转化了中国传统诗、词、曲的艺术资源发展起来的。在此,有必要强调的是,之所以避开"现代派诗""现代派"诗等常用的术语,是因为这两个术语从一开始就被含混不清地使用,甚至被误用。孙作云当年在谈到"现代派诗"时认为,"这一派的诗还在生长,只有一种共同的倾向,而无显明的旗帜,所以只好用'现代派诗'名之,因为这一类的诗多发表于现代杂志上('现代杂志'是指《现代》,引者注)"。但是,在论及"现代派诗"的特点时,孙作云指出:"现代派诗是一种混血儿,在形式上说是美国新意象派诗的形式,在意境和思想态度他们取了十九世纪法国象征派诗人的态度。"③饶有趣味的是,作为《现代》诗的倡导者和见证人,施蛰存在晚年写的《〈现代〉杂忆》一文中,又否定了《现代》诗与欧美现代主义诗歌的关联。施蛰存在此文中这样写道:"原先,所谓'现代诗',或者当时已经有人称'现代派',这个'现代'是刊物的名称,应当写作'《现代》诗'或'《现代》派'。它是指《现代》杂志所发表的那种风格和形式的诗。但被我这样一讲,'现代'的意义就改变了。从此,人们说'现代诗',就联系到当时欧美文艺界新兴的'现代诗'(The Modern Poetry),而'现代派'也就成为 The Modernists 的译名。"④其实,施蛰存的回忆也不尽符合当年的客观事实,施蛰存(安簃)本人就在《现代》上翻译发表过《夏芝诗抄》(附《译夏芝赘语》)、《美国三女流诗抄》、《桑德堡诗抄》(与徐霞村合译)、《现代美国诗抄》等;同时创作发表了一组《意象抒情诗》;戴望舒也在《新文艺》上翻译发表过保尔·福尔、耶麦等人的诗歌;其他诸

---

① 施蛰存.现代·杂忆[M]//北山散文集:(一).上海:华东师范大学出版社,2001:254.
② 石灵.新月诗派[M]//杨匡汉,刘福春.中国现代诗论:上编.广州:花城出版社,1985:300.
③ 孙作云.论"现代派"诗[M]//杨匡汉,刘福春.中国现代诗论:上编.广州:花城出版社,1985:226-227.
④ 施蛰存.现代·杂忆[M]//北山散文集:(一).上海:华东师范大学出版社,2001:257-258.

如陈御月、邵洵美和徐迟等人也在《现代》上翻译发表过欧美意象派、后期象征派诗人的诗歌或理论文章。从这里可以看出，即使这些作家的翻译不是为了学习模仿，但对其本身的创作一定有潜移默化的影响。所以施蛰存认为《现代》中的诗与欧美的意象派、后期象征主义诗歌没有任何关系或者说仅仅是"对'新月派'方块诗的革命"，也只是一面之词。孙玉石认为："如果将《现代》杂志上发表的诗均视为现代派诗，自然是不科学的；但如果眼光不局限于一个杂志，而着重于近十年的一个诗潮的总体考察，则一个影响甚大的诗歌流派的诞生与发展，却是客观存在的事实。"①孙玉石不仅客观、辩证地评价了《现代》诗的多重性，而且敏锐地指出《现代》所刊载的诗在中国现代主义诗歌发展史上的价值和意义。

正是因为20世纪30年代的自由诗与欧美意象派、后期象征主义诗歌之间都有着"越界旅行"的关系，它们都直接或间接地从中国唐代诗歌中吸取注重诗歌的意象美、语言的朦胧性或暗示性等有益养分，在语言文字的选择、运用上与白话诗、自由诗、新格律诗有很大的区别，这就导致诗意的朦胧，甚至晦涩。这一时期，出现絮如（梁实秋）、胡适、周作人、沈从文关于"看不懂的新文艺"之争。论争的起因是，梁实秋注意到当时文坛新的创作潮流——象征主义的晦涩难懂，注意到其对中学生阅读、写作带来的不良影响，因此给《独立评论》的主编胡适写信，抱怨说当前"竟有一部分所谓作家，走入了魔道，故意作出那种只有极少数人，也许竟会没有人，能懂的诗与小品文"，严重影响了中学生阅读、写作语体文的水平，破坏了新文学运动以来语体文所取得的实绩，梁实秋预言，如此演变下去，语体文会出现"大大的危机"，希望胡适能"救一救中学生"，纠正这种"走入魔道"的创作现象。②胡适在该期的《编辑后记》回应梁实秋，认为："现在做这种叫人看不懂的诗文的人，都只是因为表现的能力太差，他们根本就没有叫人人看得懂的本领。我们应该哀怜他们，不必责怪他们。"③周作人看到该文及主编的观点后，也给胡适写信。信中辩驳道："不好懂，这有一部分如先生所说是表现能力太差，却也有的是作风如此，他们也能写很通达的文章，但是创作时觉得非如此不能充分表出他们的意思和情调。"④针对文章易懂与不易懂的问题，沈从文也表达了自己的看法："文学革

---

① 孙玉石.中国现代主义诗潮史论[M].北京：北京大学出版社，1999：151.
② 絮如.看不懂的新文艺[J].独立评论，1937(238)：17-19.
③ 适之.编辑后记[J].独立评论，1937(238)：20.
④ 知堂.关于看不懂（一）[J].独立评论，1937(241)：14.

命初期写作的口号是'明白易懂'。文章的好坏的标准,因之也就有一部分人把它建立在易懂不易懂的上头……不过支持或相信这个主张的人,有两件事似乎忽略了。一,文学革命同社会上别的革命一样,无论当初理想如何健全,它在一个较长时间中,受外来影响和事实影响,它会变。因为变,'明白易懂'的理论,到某一时就限制不住作家。二,当初文学革命作家写作有个共同意识,是写自己'所见到的',二十年后作家一部分却在创作自由条件下,写自己'所感到的'。若一个人保守着原有观念,自然会觉得新来的越来越难懂,作品多'晦涩',甚至于'不通'。"[①]虽然这一场争论的时间很短,也未引起广泛探讨;但是,却折射出"说话要明白清楚""用材料要有剪裁""意境要平实"的"胡适之体"自由诗依然影响着相当一部分诗人的创作和热爱诗歌的读者的审美情趣。然而,通过这次争论可以看出,由于社会文化的变迁和新诗自身艺术的发展导致的审美趣味的转变,使得20世纪30年代受欧美意象派、后期象征主义诗歌影响的自由诗与"五四"时期的自由诗有根本的区别。20世纪30年代自由诗在诗形和诗质层面的变化,推进了中国新诗发展的现代性进程。

  20世纪30年代的自由诗不仅深受欧美意象派、后期象征主义诗歌的影响,还转化吸收了中国传统诗、词、曲以及前代新诗人的诗学成果,在诗质、诗形甚至文体上都推进了中国新诗的发展。但这并不意味着具有这一倾向(Tendency)的自由诗在新诗坛上已经"一统天下",相反,在这一时期依然存在多种诗体的探索和论争。长期以来,新诗研究者大都从现实主义、现代主义两大诗潮研究、论述20世纪30年代新诗坛的复杂面貌,在此基础上形成的20世纪30年代新诗的"地形图"显得斑驳陆离,含混不清。笔者从自由诗观念的转变来探寻20世纪30年代诗坛的纷繁和芜杂,也许能更全面地反映当时诗坛的客观实际。无论是名重一时的《新诗》《小雅》《现代诗风》《诗志》等诗歌刊物,还是《现代》《水星》《文学》等综合性的文学刊物,都是以自由诗为主体。但在以自由诗为主要"诗式"的局面下也有许多"杂音",林庚提倡的"四行诗""韵律诗"就引起"自由诗"和"自然诗"之争。钱献之认为林庚的《北平情歌》是"以白话文做旧诗",这种"四行诗"是"被今日中国新诗所离去了的一种格子",他认为这个时代的"艺术的表现方法"已经"改换入新的美学中去了"[②]。林庚写文章反驳道:"自由诗与韵律诗的分别,只是姿态上的不同,韵

[①] 沈从文.关于看不懂(二)[J].独立评论,1937(241):17.
[②] 钱献之.《北平情歌》[J].新诗,1936,1(1):129-130.

律诗大都从容自然,自由诗则来得紧张惊警。"①戴望舒也认为林庚的"四行诗"只是"拿白话写着古诗而已",并从是否"乞援于音乐"这一方面对"自由诗"和"韵律诗"进行分析。戴望舒认为"自由诗和韵律诗这两者之属是属非,以及我们应该何舍何从,这是一个更复杂而只有历史能够解决的问题"②。林庚再次从"质"与"文"的关系回应戴望舒:"'自由诗'与'韵律诗'的一种不同,当不妨说它为'质'与'文'也,'质'可以说是'刹那的新得','文'却是'质'在经过刹那之后而变成'一点蕴藏'了。"③周煦良从音律的角度高度评价《北平情歌》,认为它开创了"新诗音律的新局面",是"万水千程后的归真返朴"④。在这一次关于自由诗和韵律诗的论争中,双方都诚心诚意地从中国新诗的"诗质"或"诗形"的发展来探讨新诗的技艺问题和文体创造过程中的得与失,从而在诗歌创作和阅读上推进了20世纪30年代新诗的发展以及对其文体的认识。

  在这一次的论争中,林庚认为:"形式的自由与不自由两者均是手段,不过在新的开展中,自由比较可以无阻碍的抓住新的感觉;故如果只是形式自由了而仍然抓不到一点诗的感觉,则虽然自由并不能算做新诗。"⑤形式只是手段,关键是要"抓住新的感觉"等自由诗观念,无疑是这场论争最重要的收获之一。20世纪30年代新诗坛另一件引人注目的事件是,1935—1937年,废名担任北京大学中文系讲师,开设"现代文艺"一课,提出"新诗应该是自由诗",批评胡适的"白话新诗"问题出在"诗的内容不够",认为胡适不是在写诗,而是在推广白话文;废名从新诗与旧诗的关系入手,提出新诗应该是"诗的内容"和"散文的文字",旧诗却是"散文的内容"和"诗的文字"。尽管废名指出胡适自由诗"以质救文胜之弊"的工具论立场,倡导"诗的内容应该是感觉和幻想",但在诗的语言上他与胡适犯了同样的错误,他也把诗歌内容和语言分开,造成内容至上的缺憾。其实诗的语言遵循的是"诗法"而不是散文的语法,它注重语言要素的综合运用,注重语言的音、意、象,更注重通过形式和技巧的运用突破语言的限制,抵达言外之意、弦外之音的境界。更进一步地说,诗是一种文体,它不仅指"一定的话语秩序所形成的文本体式",更是"折射出作家、批评家独特的

---

① 林庚.关于《北平情歌》——答钱献之先生[J].新诗,1936,1(2):222.
② 戴望舒.谈林庚的诗见和"四行诗"[J].新诗,1936,1(2):228.
③ 林庚.质与文——答戴望舒先生[J].新诗,1937,1(4):491.
④ 周煦良.《北平情歌》——新诗音律的新局面[J].文学杂志,1937,1(2):167.
⑤ 林庚.关于《北平情歌》——答钱献之先生[J].新诗,1936,1(2):223.

精神结构、体验方式、思维方式和其他社会历史、文化精神"[1]。所以废名提倡的"新诗应该是自由诗"这一理念同样值得反思。

本书从文体(诗体)的角度切入,探寻中国新诗从发生直至20世纪30年代在"诗形"和"诗质"的衍生、发展过程中,文体意识不断增强的内在理路。虽然20世纪30年代的自由诗还未探索出成熟、稳定的新诗体式,但在历代诗人和理论家逐步深入的文体探索中,确实推动了中国新诗艺术的不断完善。在这一新诗艺术演变发展进程中,不仅有西方诗艺"影响的焦虑",也有中国传统诗艺的再转化;还裹挟着中国社会在现代性寻求过程中,诗人们对时代和自我的双重困惑。之所以围绕"自由诗"这个有争议的概念(从目前收集到的资料看,笔者更愿意把自由诗体式看成是未成熟、不完善的诗体,它是有法无法、约定俗成的术语)来构思和展开论题,以更好地认识20世纪30年代中国诗坛混杂相生的诗歌现象,从文体发展和文体创造的层面来谈论"自由诗"的发展,探查其对推进20世纪30年代中国新诗发展的作用。但是,这种"自由诗"有自己的可能和限度,当它脱离诗歌感觉、情绪思维的特点和基本的文体规则,将遭遇到诗歌自足性的虚缺。

二

20世纪70年代末80年代初,随着学术研究气候的正常化,中国现代文学的研究逐步走上正轨。新诗研究是整个现代文学学科重建的重要组成部分,呼应着现代文学研究的总体逻辑。然而,在与整体进程保持同步的同时,有关新诗问题的讨论又自成体系,形成一套自足的方法、问题和框架:比如诗歌流派研究(象征诗派、新月诗派、现代派、七月诗派、九叶诗派等);现代性与民族性的对话研究(欧化与本土化);诗歌形式研究(自由诗、小诗、十四行诗、叙事诗、格律诗、民歌体诗等)以及一些重要"问题"研究(散文化、纯诗化、晦涩等)。对20世纪30年代中国新诗的研究是在这一学术探讨氛围中展开的,新诗研究者通常认为,20世纪30年代的中国诗坛主要划分为"后期新月诗派(以徐志摩、陈梦家等为代表)""现代派(以戴望舒为代表)""新诗歌派(以殷夫为前驱、蒲风为代表)"这三大流派。因此,新诗研究者在研究这一时段的诗歌时大多从浪漫主义、现实主义和现代主义三种文学思潮中展开,从它们各自的

---

[1] 童庆炳.文体与文体的创造[M].昆明:云南人民出版社,1994:1.

"身份"中对其所取得成就和局限进行价值评判和意义认定。然而,在对这三种诗潮的分析和综合的过程中,始终伴随自由和格律之争,争论背后的问题却是"什么样的诗才称得上新诗"?颇为吊诡的是,恰恰是在自由与格律的辩难和抗辩过程中,"诗是诗"的认识得到提高,中国新诗也是在这种纠缠迎拒的复杂关系中不断地发展。自由诗作为中国新诗创作的主导体式已成为不争的事实,但中国"自由诗"的理论研究又非常薄弱。众所周知,"自由诗"这一术语是在"五四"诗体革命的过程中从西方翻译过来的,在翻译、引进的过程中带上了"五四"文学革命色彩,与西方的自由诗理论有本质的区别。然而,在中国新诗的发展过程中,尽管以自由诗体式创作新诗成为新诗坛突出的现象,它与格律诗此消彼长共同推进着中国新诗的发展,但无论是创作自由诗的诗人,还是爱好阅读自由诗的读者,都对自由诗存在诸多偏见和误解,直至 20 世纪 30 年代,中国新诗中的自由诗问题引发了一系列的理论探讨和创作实践,从而推动了自由诗的理论建设。

对自由诗与中国新诗关系的探讨在新诗发生期就开始了。从梅光迪、成仿吾、朱湘、梁实秋等人对《尝试集》等新诗集的质疑、反思,到 20 世纪 30 年代《现代》杂志中施蛰存、戴望舒等人从理论到实践的提倡、废名在北京大学课堂宣扬"新诗应该是自由诗",再到 20 世纪 40 年代艾青、胡风等七月派诗人的自由诗实践,直至 20 世纪 50 年代格律诗、自由诗和民歌的大讨论,自由诗始终是中国新诗发展过程中引发争议的重要话题。20 世纪 60—70 年代,由于意识形态的原因,对自由诗问题的探讨一度沉寂。新时期以来,自由体诗作为新诗创作的主导体式,对其体裁、语体、风格的研究再次成为新诗研究者的研究热点。较早探讨中国新诗中自由诗问题的论文有:1980 年,九叶诗人唐湜在《新诗的自由化与格律化运动》一文中梳理了古今中外的诗歌史中自由化和格律化的递嬗更替、相互渗透、相互转化,甚至相互交错的辩证道路,认为"冯至、戴望舒、卞之琳们又从波特莱尔、玛拉美、里尔克们那儿借来了象征派、现代派的自由诗的火把,艾青与何其芳、田间们就点起了更亮更热情的诗的火把,写下了中国最清新、迷人与最有力的诗"。文章不偏向两种新诗创作体式的任何一方,而是全面论述其相互吸收优长从而推进新诗成长的道路。唐湜富有见地地指出:"诗从自由化到格律化是个运动、发展的过程。寻求新的格律、新的样式来巩固、提高自由化的突破成果是必要的,从自由化的奔突到格律化的凝练是一个辩证的探索与巩固的过程,一个自由与必然的矛盾又统一过程。没有海阔天空的自由探索,新诗会僵化而停滞不前;没有不断地及时地创造相适应的新格律、新形式,新诗就不能到达成熟的新阶段,也就不能到达愈来愈高的艺术水平。"①《文学评论》1984年第二期刊登陈良运的《论自由体诗》一文，在文中，陈良运提出：第一，"自由体诗，是指诗无定节、节无定句、句无定字，有韵或无韵的新诗，除此以外的新诗，我把它们归入格律、半格律体"。第二，"突破格律的束缚，强调诗的形式的自由，以适应表现新的内容，是自由体诗之自由的本质意义。因此，内容自由地表达，自由是格，感情是律；形式的'无定型''随物赋形'；语言追求散文美，口语入诗，可以说是自由体诗区别于格律诗的三大本质特征"。第三，"自由体诗具有一种世界性的倾向，中国自由体新诗的出现又后于欧美的自由体诗，受外来影响是比较深的，那么，在世界范围内，我们能否创造出具有中国民族气派的自由体诗呢"。② 陈良运提倡的创造有中国民族特色的自由诗颇具价值，"自由诗"这一术语来源于西方，"自由诗"体式也是西方现代诗歌体式的一种，中国草创时期的白话诗确实受自由诗的影响；但是，中国的白话诗毕竟有中国传统诗、词、曲的因子在，况且，无论是从语言的差异上，还是倡导者们对西方自由诗的偏取上，中国的自由诗与西方的自由诗都存在着本质的区别。因此，创作出中国气派的自由诗才能使其真正立足于新诗坛。随着对自由诗研究的展开，新诗研究者开始关注中西自由诗之间的相互影响和本质的区别。在这方面比较有代表性的论文有黄维樑的《五四新诗所受的英美影响》，袁可嘉的《西方现代派诗与中国新诗》，王珂的《论中法诗歌现代化进程中自由诗革命的差异——兼论法国自由诗对中国新诗的影响》《论19世纪末20世纪初中英自由诗运动的差异》《有体与无体：中西方自由诗的本质差异》，王光和的《论惠特曼自由诗对胡适白话诗的影响》《"自然的音节"与"散文的语言"——略论华兹华斯对胡适白话诗理论的影响》。在此基础上，对自由诗的研究也深入节奏、音乐性、建行、体式特征等本体性问题上来。比如骆寒超的《论现代自由诗》，王毅的《试论中国自由诗的音乐性》，陈本益的《自由诗的两种体式及其特征》《自由诗建行的原则》，吕周聚的《现代自由诗体建构的历史反思》。在众多的关于中国自由体诗歌的研究中，傅浩的《自由诗》和王光明的《自由诗与中国新诗》值得一提。傅浩的《自由诗》虽然是一篇"西方文论关键词"的论文，文章也基本不涉及中国自由诗，但是他对西方自由诗的起源、发展、本质所做的细微、独特的阐释，恰好折射出西方自由诗与中国自由诗的联系与区别。在其对自由诗的定义和特征的概括中，可以看出，自由诗虽然是世界性的诗歌潮流，但是，各个民族的文学对这一文体（体裁、语

---

① 唐湜.新诗的自由化与格律化运动[M]//新意度集.北京：三联书店，1990：31-35.
② 陈良运.论自由体诗[J].文学评论，1984(2)：92-101.

体、风格)的理解有很大的差异。王光明的《自由诗与中国新诗》一文从"中国早期的自由诗理论""中国新诗对自由诗的接受""自由诗的浪漫化""作为现代诗体的自由诗"四个方面展开对中国新诗中的自由诗的历史和理论的检讨,认为中国新诗在接受自由诗的过程中,由于在语言和形式上"求解放"的急切心理,对精神和内容的考虑优先于对美学的考虑,存在把自由诗浪漫化和简单化的现象。王光明认为:"自由诗有存在的合理性,但它仍应遵循诗歌运用语言的基本规律,不宜把自由诗看成是新诗的至尊形式,以至于代替其它形式的探索。必须打破'新诗应该是自由诗'的绝对观念,形成格律诗和自由诗并存、对话与互动的诗歌生态,以便在诗歌内部形成竞争机制和参照体系,获得自我反思和自我调节的能力。"①

20世纪30年代是自由诗理论探讨和创作最活跃的年代,这一时期,施蛰存、戴望舒、林庚、废名、艾青等的自由诗观念引起诗坛的论争,新时期以来,他们的这些观点更是引发了新诗研究者持久的学术兴趣。施蛰存在任《现代》编辑期间,在新诗创作方面多次推出受西方象征主义、意象派诗歌影响的诗人、诗作,自己也发表了《关于本刊所载的诗》《又关于本刊中的诗》等带有诗论性质的文章,直接影响了读者和其他作者的阅读趣味和创作倾向。新时期以来,这些文章早已为新诗研究者转引和延伸。戴望舒的《望舒诗论》《诗论零札》虽然短小,不成系统,而且是由其挚友施蛰存从其笔记中摘录,但在当时就被许多新诗爱好者奉为创作宝典。戴望舒"注重诗的内在情绪节奏"等观点颠覆了格律诗派讲究音乐美的法则。他明确指出,"诗不能借重音乐,它应该去了音乐的成分","诗的韵律不在字的抑扬顿挫上,而在诗的情绪的抑扬顿挫上,即在诗情的程度上","诗不是某一个官感的享乐,而是全官感或是超官感的东西"②。戴望舒的诗歌创作从追求诗的音乐性(比如《雨巷》)到注重新诗内在情绪的节奏的转变,研究界多有论述,王光明在《现代汉诗的百年演变》中对戴的转变有深入分析,认为戴望舒的象征主义诗歌与20世纪20年代李金发、穆木天等人的象征主义诗歌有本质的不同,他使象征主义真正中国化了。这从文体意识层面上来看是新诗的一个重要的发展。戴望舒与林庚在这一时期关于"自由诗""自然诗""韵律诗"的争论,再次引发对新诗与旧诗关系的探讨,近年来关注这一问题的论文有王光明的《形式探索的延续》,解志熙的《林庚的洞见和执迷——林庚集外诗文校读札记》,张桃洲的《林庚自然诗理念的生成与

---

① 王光明.自由诗与中国新诗[J].中国社会科学,2004(4):161.
② 戴望舒.望舒诗论[J].现代,1932,2(1):92-93.

意义》等,这些论文从不同角度探讨了林庚对新诗文体探索的洞见和不见。20世纪30年代中期,北京大学讲师废名在北大开设"现代文艺",课程内容主要涉及新诗的发展,在对当时一大批当代诗人、诗作进行研究后,他认为"新诗应该是自由诗"。这一观点在当时并未引起很大的影响,但是,自20世纪90年代以来,随着废名研究的深入,其诗歌专著的出版,对废名诗论的研讨却相当热烈。孙玉石在《对中国传统诗现代性的呼唤——废名关于新诗本质及其与传统关系的思考》一文中认为,废名在探讨新诗本质的时候,提出了一个颇带偏激色彩却含有诚实真理的理论判断:虽然他"不是否定旧诗",却是"用了一个现代性的尺度去框束旧诗","意在寻找和肯定传统诗中与中国新诗内容中应有的现代性特质相吻合呼应的东西";而未全盘考虑到,"在中国传统诗的发展中,对于音律的追求和衍变,这也是它们艺术自身的一个很大的进步和特色","这种音乐成分的介入已经与诗的内容本身形成为完整的一体,增强了诗质的表现和完成";而且,"就在这一个传统的体式中,一些伟大的或杰出的诗人也已经以各不相同的个性与风格,诗情和格调,创造出了丰富的成果,他们把中国传统诗歌的艺术推进到世界文学宝库中异常辉煌的高度";废名"以一种流派的美学视角的透视代替了全景性的观察,很难说这是对于中国传统诗的性质和发展道路的科学评价了"。其次,孙玉石指出:废名代表了20世纪30年代现代派诗人群体,超越了"五四",超越了胡适所代表的新诗的审美原则的历史局限,也超越了新月派诗人的过分注重新诗的形式的美学追求,用全新的审美眼光与价值尺度,在晚唐"温李"一派的诗人创作中,发现了自己艺术创造所需要的东西,发现了新诗应该具备的本质。这正是新诗的本质和生命追求之所在。最后,孙玉石认为,废名强调"诗的感觉"为诗的内容的重要因素,在感觉方式和传达方式上是在寻求新诗美学的现代性,但又绝对化了。然而,废名以"含蓄"这一晚唐诗词的重要美学特质作为新诗的重要本质,又无意中与现代西方象征主义诗人崇尚暗示的诗歌观念相契合。这就是废名对于中国传统诗的现代性呼唤的重要意义之一。[①] 孙玉石的论文从"诗质"的层面探讨了废名新诗理论的得与失。在孙玉石关于废名的研究中,《现代向传统的寻求:1930年代废名关于"晚唐诗热"的阐释》一文也非常有代表性。孙玉石以废名对"晚唐诗热"的阐释为切入口,谈论了"两种不同的传统观——'白话'与'反白话'""'兴'与'象征'的关系""'象'与'隐'的关系"等与新诗创作和理论

[①] 孙玉石.对中国传统诗现代性的呼唤——废名关于新诗本质及其与传统关系的思考[J].烟台大学学报:哲学社会科学版,1997(2):3-12.

密切关联的问题。由此阐明废名新诗理论有其自身的合理性和重要性,其"最终是要在新诗创作中,划清诗与非诗、诗与散文的界限,确立一个先锋性很强的现代派追求的新诗现代性的审美品格"。孙玉石高度肯定了废名新诗理论探索的意义和价值:"从传统的旧体诗,到'五四'以来的白话诗,是一次变革。从胡适以及郭沫若等为代表的白话诗,到 30 年代的现代派诗潮的出现与蓬勃,是新诗的又一次更重要的变革。或者可以说是新诗的第二次革命。废名在诗歌美学理论上对'晚唐诗'的发现与'晚唐诗热'的阐释,在这个观念变革中是一个不可或缺的历史亮点,是对于新诗美学理论思考的一次冲击。"① 吴思敬《新诗:呼唤自由的精神——对废名"新诗应该是自由诗"的几点思考》一文认为,废名对其命题的阐述过于简单化了,有几点值得推敲:"一是认为内容可以决定一切,把自由诗归结为只要有了诗的内容后,就可以大胆去写,该怎样做就怎样做,忽略了内容和形式是有机的整体,思维方法有些片面性。二是没有看到任何自由都是有限度的,绝对的'不受一切的束缚'是办不到的。三是把古代诗词的内容,除去温李一派的,全看成是'散文的内容',这很难说是符合古代诗歌的实际。"另外,吴思敬还指出,废名的"新诗应该是自由诗"是从内在精神角度对新诗品质的概括,因而,对其的理解恐怕也不宜把"自由诗"狭隘地理解为一个专用名词,而是看成新诗应该是"自由的诗"为妥;"这里所谈的与其说是一种诗体,不如说是在张扬新诗的自由的精神"。② 王泽龙的《"新诗散文化"的诗学内蕴与意义》一文通过考察中国近百年的新诗实践后认为,自由诗体成了"五四"以来中国诗歌的主要体式。其原因主要有:一是现代生活促成了诗歌功能的现代转换,现代自由体诗歌形式适应了现代生活和现代人的精神向度;二是自由诗体顺应了开放多元的世界文化思潮与诗歌潮流,只有自由诗体方能与西方外来的现代诗体发生有效的联系和对接;三是自由诗体能与现代诗歌语体的转换实现有机的联系。白话诗歌语言形态不可能与音律化的格律诗体相适应,它只能与自由的诗体发生有机的融合。③ 1939 年,艾青发表《诗的散文美》一文,论及自由诗在体裁、语体、风格等方面的追求。在文中,艾青指出,"我们嫌恶诗里面的那种丑陋的散文,不管它是有韵与否;我

---

① 孙玉石.现代向传统的寻求:1930 年代废名关于"晚唐诗热"的阐释[M]//吉林大学文化研究所.华夏文化论坛.长春:吉林大学出版社,2007:3-13.
② 吴思敬.新诗:呼唤自由的精神——对废名"新诗应该是自由诗"的几点思考[J].文艺研究,2010(3):35-42.
③ 王泽龙."新诗散文化"的诗学内蕴与意义[J].中国社会科学,2007(5):171-180.

们却酷爱诗里面的那种美好的散文,而他却常是首先就离弃了韵的羁绊的";"称为'诗'的那文学样式,韵脚不能作为决定的因素,最主要的是在它是否有丰富的形象——任何好诗都是由于它所含有的形象而永垂不朽,却绝不会由于它有好的音韵";"散文的自由性,给文学的形象以表现的便利;而那种洗练的散文、崇高的散文、健康的或是柔美的散文之被用于诗人者,就因为它们是形象之表达的最完善的工具"①。艾青的这些观点引来不少的误解和争论,近年来陈良运、陈茜的《诗是自由的声音自由的笑——试述艾青的"自由诗"论》和刘萍、吕进的《艾青"诗的散文美"理论的再思考》两文,比较理性地分析了艾青"诗的散文美"观点,认为它是形式上的口语美和内容上的形象美相统一的完美结合体。但是,本书认为,探讨艾青这一理论观点不仅要考虑其时中国社会面临的民族问题,考虑其对当时社会文化思潮变迁的接纳,也要回溯对中国新诗中自由体诗歌演变的考察,结合作家的创作个性以全面认清艾青"诗的散文美"的合理性和片面性。

以上是对新时期以来研究自由诗与中国新诗的关系、20 世纪 30 年代自由诗理念和创作实践简短而又粗略的综述,由此可知,中国的自由诗理论远未成熟,作为中国新诗创作中的主要体式,把自由诗看成开放体式可能更加合理,任何想寻求自由诗的规范体式,或者说定型诗体、准定型诗体的观点,在当前社会文化思潮急速变化、语言日新月异、诗人的个性化写作越来越突出的情况下,都是不切实际的。因此,探讨自由诗体式在中国新诗发展过程中的意义和价值,也许把它放在文体的演变和文体的创造中来谈论它为推动中国新诗向前发展所做出的贡献及所带出的问题,更加切实可行。

三

20 世纪 30 年代的中国诗坛上,自由诗是在"诗形"和"诗质"的双向突围中确立自身的。格律运动之后,中国新诗在诗形层面再次转向自由诗的体式,既然它不是"五四"前后自由诗的复活,就有必要对这一新诗史上的重要的诗歌体式进行全面考察。本书首先考察"五四"时期自由诗的翻译、引进和命名,认为它不仅吸纳了惠特曼、拜伦、雪莱、歌德、泰戈尔等诗人的浪漫主义质素,也"拣拾"了美国意象派、法国早期象征主义诗歌的形式。随后,初期象征主义

---

① 艾青.诗的散文美[N].广西日报·南方,1939-04-29.

诗人李金发、穆木天、冯乃超、王独清等人的创作也采用了自由诗的形式,他们对于"纯诗"理论的阐发和创作实践,尽管生硬且有文字障碍,但"纯粹诗歌""诗的思维术""诗的逻辑学"等观念慢慢渗入诗人的创作中。如果说格律诗运动让我们了解了诗的绘画美、音乐美和建筑美的话,那么初期象征主义诗歌就使我们懂得了一首诗"内质"的重要性,它不仅要对应时代的变动,更要对应个人内心的悸动。20世纪30年代的自由诗正是在这双重的诉求中进行深入探索的。

本书关注20世纪30年代的自由诗实践和自由诗理念的变迁。20世纪30年代,施蛰存编辑的《现代》杂志译介了许多欧美意象派、后期象征主义诗歌,同时刊登了大量受其影响的诗歌,极大地推动了自由诗的创作。戴望舒的《望舒诗论》及其创作具有划时代的意义。此外,施蛰存的《关于本刊所载的诗》《又关于本刊中的诗》及相关通信中提出的"诗是诗""现代的情绪""现代的诗形"等观念影响了一大批诗歌创作者。因而,《现代》杂志与自由诗这一体式的流行的关系,它是如何推动这一诗歌体式的流行的,读者又是如何看待杂志推行的自由诗观念的,这些都是本书要重点考察的问题。

20世纪30年代,以蒋光慈、殷夫、蒲风、艾青、田间、臧克家等为代表作家的"普罗诗歌"、中国诗歌会的"新诗歌"和"国防诗歌",从现实语境出发,开启了与《现代》中的自由诗完全不一样的风格。他们的诗歌创作在形式上是自由诗,"情绪"却是民族的、时代的(当然不能一概而论,艾青、臧克家就不能简单地这么看待),因而,救亡图存的民族诉求在他们的创作中得到极大的彰显。这一类的诗歌运用自由诗的体式使诗歌成为政治宣传、标语口号,在斗争中还取得直接的效果。然而,诗歌是掠过时代的风,还是反映个人在时代面前最深层的内心悸动?这一类自由诗是否忽略了对诗歌内质的探索,而在形式上又由散文美走向了散文化?本书考察的是,这一类的自由诗在当时是通过哪些渠道,又是如何被许多诗歌创作者(包括后期创造社成员和初期象征主义诗歌作者)所接受,作为读者的大众又为何普遍地接受这一类的自由诗?当然,它也是在中国走向现代社会的过程中起过重要作用的武器,它对应了剧烈变动的时代精神,而在某种程度上又因时代和个人的原因而忽略了对"诗质"的寻求,所以,谈论它的意义和价值也许从民族求解放的框架中展开可能会更合理。但是,面对这一事实性存在的诗歌类别,我们应该寻求哪一种理论资源的支撑,才能把它和前一类自由诗整合在一起,共同构成中国新诗现代性进程必不可少的组成部分?这不仅需要论者广阔的理论视野,更需要论者深厚的理论涵养。

无论是《现代》杂志推行的"现代主义"风格的自由诗理念及其实践，还是"普罗诗歌""新诗歌""国防诗歌"回应民族诉求的自由诗理念和实践，从形式上看它们都是自由诗，作为一种诗歌形式的"体制"，在其形成的过程中肯定伴随着种种"作为手段"的"媒介"。而作为"媒介"的本身也就存在相互应和或对抗的质素，这样，这些相互抗衡的质素就使得自由诗的理念变得非常复杂。因此，围绕自由诗的"问题"也在多个角度展开：如梁实秋、胡适、周作人、沈从文的论争；钱献之、戴望舒与林庚有关自由诗与韵律诗的探讨；废名通过对胡适《尝试集》的研究以及他于20世纪30年代中后期在北京大学讲授的相关新诗理论；艾青在20世纪30年代末提出的"诗的散文美"；戴望舒嘲讽"国防诗歌"等，这些成为20世纪30年代中国诗坛的重要事件。这些诗歌观念的论争、探讨为中国新诗的发展开启了新"航道"，也留下许多的迷思。不可否认的是，20世纪30年代自由诗理念的阐发和实践推进了对中国新诗的认识。值得深思的是，这一时期的自由诗理念和实践在取消了形式的限制之后，以无形式为形式，那么作者和读者沟通的桥梁在哪里？因此，陆志韦在《我的诗的躯壳》《论节奏》中提出"节奏自由诗"、叶公超提出"能入语调的"新诗，就分外有意义和价值。基于上述有待展开的"问题"，20世纪30年代自由诗的理念和实践在"诗形"和"诗质"上将面临新的建设。

  本书选取20世纪30年代自由诗理念作为研究对象，并不是对这一时段的自由诗作纯形式的研究，而是注意到20世纪30年代的自由诗在反拨它之前的格律诗的过程中，呈现前所未有的复杂性：区别于"五四"时期自由诗的理念与创作实践，20世纪30年代的自由诗理念与创作不仅受到西方现代诗学的影响，而且重新体认了中国传统诗学中的意象、意境理论，使中国新诗在诗质的艺术探索层面有了很大的突破。这种"突围"一方面源于中国新诗发展本身的内部诉求，另一方面根源于传统诗学资源的再度开掘和西方现代诗歌"影响的焦虑"。问题是，中国新诗在现代性的追寻过程中，自由诗的体式与西方现代诗歌所谓的自由诗体式有很大的不同，此时，西方的自由诗理论只是参照，而不是标尺，因而评判20世纪30年代自由诗的理念和创作实践的价值和意义，不仅要回到传统文化中追根溯源，还应寻求更具说服力的理论资源阐明其贡献和缺陷。这是本书的重点和难点。笔者试图从文体学的角度出发（童庆炳认为，文体指一定的话语形式形成的文本体式，它折射出作家、批评家独特的精神结构、体验方式、思维方式和其他社会历史、文化精神），试图阐释自由诗作为中国新诗的主要体式在其发生、演变、创造过程中是如何一步一步地推进中国新诗的发展和读者对新诗的认识的。另外，20世纪30年代的中国诗坛自由诗并未"一统天下",当时同样存在格律诗的探索,比如林庚的"四行诗""韵律诗(自然诗)"理论及其创作实践,再一次带出了自由诗与格律诗的论争。论争的意义不在理论上的胜负,而在这种论争引发对中国新诗新的认识。20 世纪 30 年代的自由诗理念和创作实践的盛行及其带来的对中国新诗一种全新的认识正是本书想要展开的,在重新检审 20 世纪 30 年代的自由诗的理念价值的同时,本书也试图探讨其在中国新诗史上承前启后的意义。当然,从文体学的角度去认识 20 世纪 30 年代的中国诗坛并不是推翻过去的研究,恰是在以往研究的基础上展开,并期望在以往研究的基础上寻求再进一步的可能,而在寻找新的研究路径中当然存在更有突破力的方式、方法。这样看来,本书可能也是一种"简化"逻辑的结果,但这几乎是学术研究无法避免的命运。

  本书关注 20 世纪 30 年代的自由诗理念,这虽是理论问题,但与创作实践密切相关,因而在研究方法上一定要绕开从观念到观念、从文本到文本的既有模式,不仅要从审美的"内部研究"来探讨这一时期自由诗的具体实践,还要从"外部研究"如自由诗的发表、出版、读者阅读、诗集编撰和文学史的建构等视角来审视自由诗理念的变迁。正如巴赫金所说:每一种文学现象(如同任何意识形态现象一样)同时既是从外部也是从内部被决定的。从内部是由文学本身所决定;从外部是由社会生活的其他领域所决定。不过,文学作品被从内部决定的同时,也被从外部决定,因为决定它的文学本身整个地是由外部决定的。而从被外部决定的同时,它也被从内部决定,因为外在的因素正是把它作为具有独特性和同整个文学情况发生联系(而不是在联系之外)的文学作品来决定的。这样,内在的东西原来是外在的,反之亦然。① 其次,在研究 20 世纪 30 年代的自由诗理念时,尽量回到现场,不仅要从历时的线性发展中去把握自由诗理念的变迁,更要在共时的角度展现错杂、纷乱的诗歌创作现象,"抛弃轻易得出的解决方案,并且正视现实中的全部具体浓密性与多样性"(雷纳·韦勒克语)。只有用这种思维方式来处理 20 世纪 30 年代自由诗观念的演变,才能更全面地认识这一时期的自由诗理念与"五四"时期自由诗理念的不同,及其区别于西方现代自由诗理论之处。

---

① 巴赫金.文艺学中的形式主义方法[M]//钱中文,白春仁,晓河.周边集.李辉凡,张捷,译.石家庄:河北教育出版社,1998:145.

第一章　20世纪30年代中国诗坛对自由诗的认同

作为西方现代诗歌体式,自由诗虽不受严格的形式限制,但大多数西方自由诗仍然讲究格律,仍然讲究音缀、音步、音节,甚至比较宽的脚韵,注重节奏的传情达意功能。它在"五四"文学革命中被引进到中国的"诗体革命"中来,在翻译、引进、学习、借鉴的过程中,新诗人和倡导者对其有诸多误读(包含创造性的误读),它一方面推进了草创期新诗的发展,另一方面,由于新诗人对自由诗的最基本要素持有误解,造成草创期新诗的自由化、散文化、情感的泛滥等缺陷。后起的新诗人为扭转这一非诗化的偏执,致力于形式秩序寻求,闻一多、饶孟侃、徐志摩、朱湘等在理论和实践上从多个方向进行了不倦的探索,但由于一味采撷西方,反而把诗写成豆腐干块,以致诗的形式制约了诗的精魂。20世纪30年代,自由体新诗再次崛起于新诗坛,它一方面是对新月诗派的"反动",更是对"五四"以来中国新诗形式秩序的纠偏。这一时期,也存在对自由诗探索的多重向度,比如普罗诗歌、"新诗歌"、国防诗歌采用自由诗的形式,揭示民生之疾苦,宣扬意识形态,激发普通民众起来推翻专制统治的新诗;又如戴望舒、施蛰存向西方意象派、后期象征主义诗歌学习、借鉴、创作的"去音乐成分"的自由诗;也有卞之琳、何其芳等"前线诗人"对现代西方诗艺的内在求索,他们也创作自由诗;还有林庚、废名通过重寻传统,发现有益资源来为新诗形式提供合法性的探索;更值得重视的还有陆志韦、朱光潜、罗念生、叶公超等人对自由诗最重要的质素——节奏的讨论。这些诗人、理论家的探索,推进了对中国新诗的认识,为新诗的合法性存在提供了新的依据。

第一节　作为"诗式"的自由诗

"自由诗"是现代西方诗歌体式的一种,其名称一方面充满着文类之间的含混、暧昧从而无法具体、准确地给予定性分析;另一方面作为民族国家想象的表达方式,自由诗这一诗歌体式又与意识形态之间有着相互挤兑、协商以及共谋的复杂纠缠,因而在探讨自由诗的源流、概念、特征等问题时就歧见丛生,在具体的诗歌创作实践过程中也混杂相生。早期中国的"诗体革命"倡导者带着急切求解放的心态翻译、引进这一西方现代诗歌常用体式,使得本身就矛盾重重的"自由诗"倍受质疑;然而在中国新诗发生之初,这一诗歌体式的确成了"诗体大解放"时代的"时式",被无数的新诗人们追捧和"创造"。诚然,当时的新诗坛对自由诗的理解充满歧义和混乱,但是,这一诗歌体式在从文言向白话转换的过程中,也蕴含了被不断开拓的可能性。

一、含混的"自由诗"定义

"自由诗"(Free Verse)是西方现代诗歌常用的体式,英国语言学家罗吉·福勒在其主编的《现代西方文学批评术语词典》中这样定义:

> 很多人都认为"自由诗"是一个不恰当的名称,因为在大多数自由诗中都存在着某种形式的格律,例如艾略特在《普鲁弗洛克的情歌》中采用了音节——重音的方式,而在《四重奏》中则采用了纯重读的方式,庞德在写诗时十分注重音量。而马利奈·摩尔(Marianne Moore)则按每行音节数而不按重音安排诗行。不仅如此,作为一个"现代派"色彩十分浓厚的术语,"自由诗"这一名称如今显然已经过时。尽管如此,我们还是需要用一个词来描述这样一种语言现象:它有着有意识安排的节奏,然而这种节奏却并未形成格律;我们也需要用一个术语来描述这样一种诗:这种诗歌的抑扬顿挫与口语的语调一致,而且它的复杂性与其说是源自其多层次的意义,还不如说源自其多层次的语调。
>
> 批评家们对自由诗的来源作了种种推测。有人认为它起源于散文诗或勃朗宁首创的自由素体诗,而另一些人则认为在德莱顿、弥尔顿、阿诺德和亨勒(Henley)等人的诗歌中已存在着自由诗的传统。然而,其它种种因素也可能是导致自由诗产生的原因。韵律是传统的句法规则的体现,它具有极其丰富的表达思想情感的潜力。我们已经惯于阅读印在纸上的诗歌,因此甚至印刷方式也具有表现韵律的功能,这就是"视韵"产生的原因。但是,诗人在写诗时也可以抛开韵律,转而使用破格的句法,并致力于表现日常语言的语调。现代的新的批评理论强调,在朗诵诗歌时,个人的方式或者具有地方色彩的特殊方式均可视为一种韵律。只要上述条件得到公认,那么不需要某位诗人的发明就可以产生自由诗。
>
> 惠特曼和意象派诗人在诗歌创作中特别强调句法和节奏,并形成了

一股摒弃韵律和重视节奏的创作潮流。他们的目的在于充分发挥节奏的传情达意的功能并对韵律的阐释和选择作用加以贬抑。他们弃而不用现成的韵律,这对读者的已经成为习惯的感受方式无异于釜底抽薪,并迫使他们形成新的阅读速度、语调和重读方式,其结果使得读者能更充分地体会诗歌产生的心理效果和激情。这种诗歌的韵律并没有同语言材料分离开来;在这种诗歌中,诗节的作用取代了诗行的作用,诗行(句法单位)本身变成了韵律的组成部分,而且诗行的长短变化形成了一定的节奏。艾米·洛威尔(Amy Lowell)所谓的"节拍"实际上是在回想时体会到的总的节奏感和平衡感,它并非那种在规则的诗歌中不断地被打破,然后又重新恢复的平衡。

具有讽刺意义的是,尽管有人认为用韵是老掉牙的传统并应当将它抛弃,有人却极力主张将它保留下来,其理由在于它是创造心理的固有的成分,或者如瓦莱里所说,它是"将各种观念联系起来的缪斯"。韵律在即兴创作中起着关键作用,诗人宜于用它来捕捉和表现现代生活中五光十色的现象。自由诗中的不规则的韵不是一种结构手段,然而它多少起着结构的作用。和变换诗行的长度这种手法相比较,它更宜于表现回忆和激情的发展速度。此外,去掉韵的诗将大大失去其吸引力,因为在阅读这种诗时,读者不再有所寻觅、有所期待了。由于自由诗没有这种内在的势头,诗人常常只好依靠跨句句法或修辞手法的力量(惠特曼和戴·赫·劳伦斯就是这样做的),然而在同时,效果过于强烈和语调单一化等危险也就随之出现了。诗人可能会把他的注意力过于集中在维持诗的势头上,而在同时却忽视运用语言手段来探究心理状态。在此意义上讲,诗歌的韵具有解放作用。①

从这一阐释明显看出,福勒质疑、贬抑,甚至否定用"自由诗"来命名西方近现代以来异于传统诗歌的非格律诗。福勒强调韵律是"创造心理的固有的成分",是"将各种观念联系起来的缪斯","在即兴创作中起关键作用,诗人宜于用它来捕捉和表现现代生活中五光十色的现象"。其强调韵律,再次阐明韵律在诗歌中的重要地位和作用,福勒是从韵律在诗中的重要性来阐明"自由诗"命名的含糊和不恰当的。但是,福勒也指出,所谓"自由诗"的这一类诗歌"有着有意识安排的节奏",虽然节奏并未形成格律,却充分发挥传情达意的功

---

① 罗吉·福勒.现代西方文学批评术语词典[M].袁德成,译.成都:四川人民出版社,1987:113-115.

能。福勒指明这类诗歌的抑扬顿挫的语调与口语的语调有着密切的关联。

对"自由诗"这一术语,M. H. 艾布拉姆斯在《文学术语词典》(第七版)中这样定义:

自由诗有时指"开放形式"的诗行,或为法语中的自由的诗。如同传统诗歌一样,自由诗按短行的形式打印,而不像散文那样连续起来,但自由诗与传统诗歌的不同之处在于,节奏模式没有形成规律的韵律——即音步,或轻重音节单元循环出现。大多数自由诗的诗行长短不一,除偶有例外,也不讲求押韵(无韵诗不同于不押韵的自由诗,无韵诗的韵律是有规律的)。

在这些广义的范围内,用于衡量自由诗的标准是多种多样的。詹姆斯国王钦定本《圣经》译文中的《诗篇》和《所罗门之歌》与现代自由诗有相近之处,它们模仿了英语散文的对句法和希伯来诗歌的韵律。19 世纪,威廉·布莱克、马修·阿诺德和其他一些英美诗人也做过背离格律诗的创作尝试;1855 年,沃尔特·惠特曼在《草叶集》中所采用的创作手法曾引起文学界的轰动:其诗行采用长短多变的句式,不依赖音步的重复而借助节奏单元和言词语句和诗行的重复、平行及多变使诗句富于节奏感。19 世纪后期法国象征主义诗人和 20 世纪,尤其是第一次世界大战后的英美诗人开创了当代自由诗创作的鼎盛时期。从事自由诗创作的诗人包括赖纳·马丽亚·里尔克、朱尔斯·拉弗格、T.S.艾略特、埃兹拉·庞德、威廉·卡洛斯·威廉斯及其他众多用西方语言创作的当代诗人。当今出版的大多数英文诗歌都是非格律诗。

在众多的开放式英文诗歌中,我们可以作一广义的区别:既有像惠特曼和艾伦·金斯堡创作的长诗行且遣词往往浮夸的作品,其主要来源是经翻译的希伯来《圣经》中的诗歌;也有短诗行、口语化且往往富于讽刺意味的作品,这种创作模式为大多数自由诗诗人所采纳。在后一类创作模式中,诗人放弃了传统律诗中的击节、节拍和乐感,以求获得其他韵律效果。①

艾布拉姆斯指出了自由诗可能的源头、发展、种类和鼎盛时期及其代表诗人。在叙述自由诗的基本特征时,艾布拉姆斯从文类的角度强调自由诗与散文在形式上的区别:自由诗有时指"开放形式的诗行""或为法语中自由的诗""按短行的形式打印,而不像散文那样连续起来";他还指出自由诗与传统诗歌的不同:自由诗的"节奏模式没有形成规律的韵律形式""大多数自由诗的诗行

---

① M.H.艾布拉姆斯.文学术语词典:第 7 版(中英对照)[M].吴松江,朱金鹏,朱荔,等译.北京:北京大学出版社,2009:211-213.

长短不一,除偶有例外,也不讲求押韵"。艾布拉姆斯在对自由诗历史发展过程中具有举足轻重地位的诗人惠特曼、卡明斯等人的自由诗特点进行概括性的描述时,认为惠特曼《草叶集》中的诗行"采用长短多变的句式,不依赖音步重复而借助节奏单元和言词语句和诗行的重复、平行及多变使诗句富于节奏感",这种重视全诗节奏感、忽略甚至摒弃音步重复和押韵的诗歌创作方法,影响了随后美国、法国和英国诗人的诗歌创作。这一创作潮流的影响和传播在美、英、法等欧美国家之间又存在越界旅行的关系,因此,自由诗的创作慢慢流行起来。E. E.卡明斯在《天真之歌》①中却"运用明显的视觉暗示——多变的

---

① 天真之歌
　正好——
　是春天　大地上
　散发着泥土的芳馨
　跛腿的小牧人

　吹着哨子　哨声响在远方　逐渐微弱

　埃迪和比尔跑来了
　他们玩着弹子
　扮演着海盗
　这是春天

　大地上处处泥坑

　怪癖的
　老牧人吹着哨子
　哨声响在远方　逐渐微弱
　贝蒂和伊兹贝尔跳着来了
　她们跳房子和跳绳

　这是春天
　　　健步
　　　　如飞的
　牧人　吹着哨子
　哨声响在
　远方
　逐渐
　微弱　　　　　　　　(申奥　译)

位置、空间,以及词、短语和诗行的长度——调控阅读过程中的缓急、停顿和重心,也是为了随着诗行结束与句子单位结束相悖或一致,取得悬停、缓解相应变化的效果"①。由此,艾布拉姆斯认为,自由诗不是依赖音节、轻重音节单元的循环出现来形成规律的韵律形式从而呈现诗歌的节奏感,而是通过借助诗中言词语句、诗行甚至诗节等节奏单元的重复、平行以及多变来使整首诗歌富于节奏感。在此,艾布拉姆斯强调了"节奏感"的重要性。

无论是罗吉·福勒的《现代西方文学批评术语词典》,还是 M.H.艾布拉姆斯的《文学术语词典》,它们都没能给"自由诗"以相对精确的定义。两本文学术语词典要么用质疑、贬抑甚至否定的口吻描述"自由诗",要么用含混、模糊的叙述语调阐释"自由诗",而把更多篇幅留着描述其起源、发展等。倒是其中提及的自由诗代表诗人 T.S.艾略特在谈及自由诗问题时有不少精辟的见解:

> 自由诗却是连值得争辩的理由都是没有的;它只是争取自由的一声口号,而艺术之中并无自由。所谓自由诗的某些好诗,其实好处并不在"自由";用别的名义来为它辩护可能更为恰当。某些自由诗在内容的选择或是处理的手法方面,是值得支持的。我知道许多自由诗的作者曾经试做这种改革,然而他们对于题材的选择和处理的手法之新奇往往和形式之新奇混为一谈(如果在他们的心中不是这样,至少在他们读者的心中是如此)。在这里我不想讨论有关题材之运用的一种理论——意象主义;但意象主义借一种诗体以为表现,我所要讨论的仅是有关这种诗体的理论。如果自由诗是一种真正的诗体,那它就必须有一个积极的定义。然而我只能替它下一个消极的定义:(一)没有诗体,(二)没有韵,(三)没有音步。
>
> ……
>
> 因此我们不妨简述如下:即使在"最自由"的诗中,也应有某种单纯的音步像幽灵一般地隐现,当我们昏昏欲睡时,便赫然逼近,等到我们惊觉时,又渐渐退隐。或者这么说:只有以人为的限制为背景而出现的那种自由才是真正的自由。
>
> ……
>
> 至于自由诗,我们的结论是:它的定义绝非没有体材或是不押韵,因

---

① M.H.艾布拉姆斯.文学术语词典:第7版(中英对照)[M].吴松江,朱金鹏,朱荔,等译.北京:北京大学出版社,2009:213.

为别的诗体也可以没有这些;更非没有音步,因为即使是最恶劣的诗也还是可以读出节奏来的;我们更敢断言:"保守诗"和"自由诗"的区分并不存在,因为我们能区分者,只有好诗,坏诗,和一团混乱。①

艾略特认为"自由诗"绝非"没有诗体、没有韵、没有音步";"自由诗"中的"自由"只是一声口号,而不是"自由诗"的真正本质所在;艺术(诗)之中并无自由可言,"只有以人为的限制为背景而出现的那种自由才是真正的自由"。二十五年之后,艾略特又进一步揭示"自由诗"的内涵:

至于"自由诗",二十五年前我陈述了我的看法。我说,对一个想写好诗的人来说,没有一种诗是自由的。谁也不会比我更有理由知道,许许多多拙劣的散文在自由诗的名义下写了出来;虽然它们的作者们写的是拙劣的散文还是拙劣的诗,或者用这种或那种文体写的拙劣的诗,在我看来都无关紧要。而只有拙劣的诗人才会认为自由诗就是从形式中解放出来。自由诗是对僵化的形式的反叛,也是为了新形式的到来或者旧形式的更新所做的准备;它强调每一首诗本身的独特的内在统一,而反对类型式的外在统一。形式是由某个人想要说些什么而产生的,在这种意义上,诗的产生先于形式;正如一个音韵学的体系只不过表述了一系列相互影响的诗人的节奏所具有的共同点而已。②

从艾布拉姆斯和福勒对"自由诗"的界定可以看出,"节奏"是自由诗的"灵魂";但自由诗有了节奏是否可以肆无忌惮地放纵诗人的情感,就可以毫不顾忌自由诗作为诗歌体式应有的形式感?这样就有必要重新检审"自由诗"(Free verse)被命名的复杂性。从现代汉语的文法结构看,"自由"与"诗"组合在一起本身就相互龃龉,中国传统诗歌赋予"诗"讲究押韵、平仄、对偶等形式观念,重视形式的限制,"自由"具有"解放"精神,追求不受限制,两者扞格,"自由诗"这一命名不为人认可和接受也就很正常。从英语文法看,"free"和"verse"语义上也是相互排斥的,"free"有"随心所欲的""不受限制的""不受约束的""自由的"等含义,"verse"有"诗""韵文""诗节""(《圣经》的)节"等含义,本书讨论的是"诗""韵文",与"散文"(prose)相对,《牛津高阶英汉双解词典》第6版"verse"解释为"writing that is arranged in lines, often with a regular rhythm or pattern of rhyme";"verse"是分行创作的,它通常具有规则的押韵或押韵模式。"free"和"verse"组合在一起本身就蕴含着"合法化危机"。福勒

---

① T.S.艾略特.论自由诗[J].文学杂志(台湾),1957,1(6):13-16.
② T.S.艾略特.诗的音乐性[M]//王恩衷.艾略特诗学文集.王恩衷,译.北京:国际文化出版公司,1989:186.

为"自由诗"下定义时,不时表现出暧昧、复杂,甚至是否定的态度:比如用转述的语气认为它是"一个不恰当的名称""如今显然已经过时";更加令人意味深长的是,他在这个术语的结尾,在贬抑自由诗的同时又肯定了韵律的"解放作用"。所以,无论从现代汉语还是从英语的角度看,"自由诗(Free verse)"的命名都问题重重,但是,它又早已经约定俗成了。克莱夫·斯科特认为,"任何诗歌,不管怎样自由,都免不了要公开地诱使人们用诗歌习惯来阅读它;任何节奏,任何诗行,都不能如此远离某种传统形式,以致丝毫没有对传统模式的暗示,因为我们如果不知道自由来自什么东西,那么任何自由也就没有了意义"①。正如福勒在阐述"自由诗"时说的,"大多数自由诗中都存在着某种形式的格律","它有着有意识安排的节奏,然而这种节奏却并未形成格律",自由诗首先是诗,必须遵循诗歌的文类规则,无论是诗人创作诗歌还是读者阅读诗作,都潜在地受文类规则的规训。王光明敏锐地指出,"如果要使自由诗是诗,还得遵循诗歌感觉、情绪思维的特点和基本的文类规则,比如在最简单的层次上遵循分行的原则,而在较为复杂的层面上,综合调动语言的各种要素(如声音、形象、意义),调动语言的各种可能性,创造诗歌的美学意境"②。确认了自由诗必须遵循诗的基本文类规则后,就知道所谓的"自由诗"也"并非是某种光荣革命的诗歌解放,放任着以前绝不可能流露的真诚情感","也不仅仅是一个原有懒惰或无能的词语矛盾"③,而是"对僵化的形式的反叛,也是为了新形式的到来或者旧形式的更新所作的准备;它强调每一首诗本身的独特的内在统一,而反对类型式的外在统一"④,从而直接或间接地表现人类在瞬息万变的社会中不断变迁的感觉方式和经验形态。

二、被"创造"的新"诗体"

从谈论"自由诗"作为西方现代诗歌体式的概念,到辨析这一概念内部所涵纳的"尴尬"与"暧昧",再到探讨"自由诗"作为约定俗成概念时的预设性前提条件,目的并不是为了给"自由诗"一个放之四海而皆准的定义,而是试图揭

---

① 克莱夫·斯科特.散文诗和自由诗[M]//马·布雷德伯里,詹·麦克法兰.现代主义.胡家峦,高逾,沈弘,等译.上海:上海外语教育出版社,1992:327-328.
② 王光明.现代汉诗的百年演变[M].石家庄:河北人民出版社,2003:120.
③ 玛·布尔顿.诗歌解剖[M].傅浩,译.北京:三联书店,1992:189.
④ T.S.艾略特.诗的音乐性[M]//王恩衷.艾略特诗学文集.王恩衷,译.北京:国际文化出版公司,1989:186.

示这样一个复杂的概念由一种语言"游走"(travel)到另外一种语言时的变化。把"Free verse"迻译成"自由诗",它们之间的对等关系是否可以不证自明?而"翻译"在这个过程中能否被理解为"改写""挪用""创造"以及相关的跨语际实践?华裔美籍学者刘禾在研究"个人主义"(individualism)这一概念在跨语际实践过程中的演变时曾深刻地指出:当概念从一种语言进入另一种语言时,意义与其说发生了"转型",不如说在后者的地域性环境中得到了(再)创造。在这个意义上,翻译已不是一种中性的、远离政治及意识形态斗争和利益冲突的行为;相反,它成了这类冲突的场所,在这里被译语言不得不与译体语言对面遭逢,为它们之间的非简约之差别决一雌雄,这里有对权威的引用和对权威的挑战,也有对暧昧性的消解或对暧昧的创造,直到新词或新意义在译体语言中出现。① 这一洞见卓识诱发一个问题:"五四"新文化运动中文学革命的倡导者们在提倡诗体革命,把"Free verse"或"vers libre"翻译成现代汉语"自由诗"时,用的是谁的术语,为了哪一种语言的使用者,是以什么样的知识权威或者思想权威的名义,来设定这样一种等值对应关系?他们所从事的相关的翻译实践又是出于何种目的或需要(比如胡适直接把梯斯黛尔的诗翻译过来当作自己"新诗"成立的新纪元)?更进一步地说,当文学革命的倡导者们在建立这种等值对应关系的过程中,"自由诗"的意义是如何给定的,被谁给定的,在给定意义的过程中,他们是否对自由诗做了"手脚",甚至"背叛"了原初内涵?这些偏离、悖反又与当时特殊的民族国家语境之间有着怎样的复杂互动?这一系列环环相扣的问题,迫使我们关注早期新诗理论家们对"自由诗"这一西方现代诗歌体式的选择、挪用和创造性的叛逆以及知识权威和思想权威在其中的运作。

雷蒙德·威廉斯说"形式分析必须牢固地建立在历史形态分析的基础上"②,从这一观念出发,把"自由诗"置放在相应的历史和政治背景下对其进行语境化的分析也许更有效。自由诗在中国诗歌从"传统"走向"现代"的过程中扮演着非常重要的角色,而这一西方现代诗歌体式在被文学革命倡导者挪用、改造的过程中因为与语言(不成熟的现代汉语)和语境(半殖民地半封建的社会形态)的交互作用,其作为诗歌体式的形式意义被有意或无意地遮蔽了;

---

① 刘禾.跨语际实践——文学,民族文化与被译介的现代性(中国,1900—1937)[M].宋伟杰,桑梓兰,孟悦,等译.北京:三联书店,2002:115.
② 雷蒙德·威廉斯.现代主义的政治——反对新国教派[M].阎嘉,译.北京:商务印书馆,2002:92-115.

它作为跨语际的文学形式实践在探索过程中又与启蒙语境有着纠缠迎拒的复杂关系,使其带上工具主义的色彩。从语言的层面上来看,当时的文学革命倡导者们提倡用白话文代替文言文,用"活文字"代替"死文字"来创作,并非未遭到反对之声;而诗体革命所使用的语言恰好正处在古代汉语向现代汉语转型之际,它的混杂、晦涩也就可想而知,难怪胡适会认为用白话写诗是最难攻克的"壁垒"。在这样一种语言状态下,对自由诗这一西方现代诗体的挪用和创造也就不可避免地带上了思想权威和知识权威认识论的"暴力",在诗体革命中操纵话语权者与反对者们的论争显得险象环生。从历史语境的层面来看,自19世纪末直至20世纪上半叶前期中国社会始终处于半殖民地半封建的社会状态,她由多个帝国主义国家控制的现实,表面上看,不像印度等其他第三世界国家被完全殖民化,但其殖民结构的多元、不完全、破碎现象,丝毫未减轻这些帝国主义国家对中国的盘剥、控制和占领,这种碎片化的殖民地理分布和控制从根本上影响了现代中国的文化生产。当然,笔者并不认为所有的文化生产都是对帝国主义的回应,但中国现代文学生产已经不可避免地陷入由西方和日本等帝国主义构成的"半殖民主义"的历史语境之中。在这种半殖民地半封建的社会状态下形成的碎片化的政治文化,造成了社会文化形态的多元化,也导致了中国启蒙思想家和文学革命倡导者们在社会文化上的多元追求。但这种多元、自由的文化诉求绝不是仁慈的帝国势力的"礼物",而是在多重统治力量裂缝间寻求生存的充满矛盾张力的文化应急状态。启蒙思想家和文学倡导者们多元化的立场在很大程度上反映了中国文化想象的应急状态,而这种多元化的追求又充满似是而非且变化多端的异质性。① 自由诗在这样的社会历史文化语境下被文学革命倡导者们引进到诗体革命中来,它已经丝毫没有福勒所说的"现代派"的色彩,反之,早期新诗人们在自由诗中注入的更多的是浪漫的、无节制的情感,正如胡适所说的"不拘格律,不拘平仄,不拘长短;有什么题目,做什么诗;诗该怎样做,就怎样做"②,即使是反映当时中国社会所处被动局面的诗歌,也体现了后发展国家的子民在仰慕、追随西方殖民国家发达的工业时的心态,而不像西方现代诗人那样对西方工业文明持有批判姿态,比如郭沫若诗歌中《笔力山头展望》所展示出来的对工业文明的赞美,其背后

---

① 史书美.现代的诱惑——书写半殖民地中国的现代主义(1917—1937)[M].何恬,译.南京:江苏人民出版社,2007:36-48.
② 胡适.谈新诗——八年来一件大事[M]//胡适.中国新文学大系:建设理论集(影印本).上海:上海文艺出版社,2003:295.

所折射出的依然是社会达尔文主义的历史进步观。

自由诗这一西方现代诗体正是在中国社会从传统向现代急剧转型的时期被文学革命倡导者们挪用到新诗运动中来的，在现代汉语的不完善和半殖民地半封建的历史语境下，由于知识权威和思想权威对它的操演、掌控，及伴随而来的反对者们对它的发难和攻击，致使这种诗歌体式在中国新诗寻求现代性的行程中备受争议。而在波诡云谲的中国历史语境中，作为民族国家想象的表达方式，自由诗不仅与诗本身在相互磨合，又与意识形态有着复杂的纠缠；在中国社会寻求现代性的进程中，西方的和中国过去的思想资源和艺术资源都在不断被引用、翻译、挪用和占有，因而自由诗在中国新诗寻求现代性的过程中就不断被改写和创造；它既不同于中国自身的"过去"，也有别于西方的"正典"（自由诗概念、术语最早来源于西方），但是它又与二者有着深刻的联系，因此对它的检审也就显得格外的有意义。

第二节 被误解的早期自由诗

在文学革命的运动中，白话诗被胡适称为新文学运动最难攻克的"壁垒"，但这是中国诗体革命的真正起点。文学革命的倡导者提倡白话诗，不仅接纳新文化运动反对文言，提倡白话的时代精神召唤，还吸纳了西方象征主义诗歌和意象派诗歌的形式质素，他们自身的学识和素养也与传统的古典诗歌有着剪不断理还乱的复杂纠缠，所以初期的白话诗文本一方面带有浓重的古典诗、词、曲的"调子"；另一方面，在提倡诗体革命的理论家和实践者们的操演、掌控下，加之对西方象征主义诗歌和意象派诗歌在形式上的盲视与洞见共存，使得白话诗的创作出现自由化和散文化的倾向，其对象征主义和意象派诗歌的认同和背离也彰显了与这两者之间交相缠绕的复杂关系。但是，无论是西方资源的融入渗透，还是古典传统在血脉里的流淌，以及其骨子里夹带的"缠脚时代的血腥气"，白话诗在早期中国新诗由传统向现代的生成转换逻辑中确立下的符号形式体制，确实为随后的中国新诗在取材、想象方式和美学趣味的革命中开拓了道路。

一、"白话诗"的提倡

白话诗的提倡者胡适，其文学革命思想最早源于其留学美国期间，在留美中国学生会文学股关于"中国文字的问题"的讨论，讨论由胡适和赵元任负责：

赵元任的论题是"吾国文字能否采用字母制,及其进行方法",胡适的论题是"如何可使吾国文言易于教授"①。在自己这篇文章中,胡适认为汉文问题之中心在于"汉文究可为传授教育之利器否",尽管胡适"那时还没有想到白话可以完全代替文言",但他在该文的"旧法之弊,盖有四端"的第一条中明确指出:

> 汉文乃是半死之文字,不当以教活文字之法教之(活文字者,日用语言之文字,如英法文是也,如吾国之白话是也。死文字者,如希腊、拉丁,非日用之语言,以陈死矣。半死文字者,以其中尚有日用之分子在也。如犬字是已死之字,狗字是活字;乘马是死语,骑马是活语。故曰半死之文字也)。②

通过这一次文学科学研究部年会的讨论和个人的教学实践,胡适认识到"白话是活文字,古文是半死的文字","活文字""死文字""半死文字"等观念成为胡适后来探讨文学革命、诗体大解放和白话文学史的重要的理论武器。也就在这一年的夏天,胡适与任叔永、梅光迪、杨杏佛、唐钺在绮色佳(Ithaca)经常讨论中国文学问题,胡适关注的问题也由中国文字问题转到中国文学问题,在争论的过程中,"文学革命"的观念逐渐浮现。胡适第一次提出"文学革命"的口号是在梅光迪从芝加哥附近的西北大学毕业后前往哈佛大学去深造时的送别诗(《送梅觐庄往哈佛大学诗(九月十七夜)》)里,诗中这样写道:

> 梅生梅生毋自鄙。神州文学久枯馁,百年未有健者起。新潮之来不可止,文学革命其时矣。吾辈势不容坐视,且复号召二三子,革命军前杖马箠,鞭笞驱除一车鬼,再拜迎入新世纪。以此报国未云菲,缩地戡天差可儗。梅生梅生毋自鄙。③

胡适在诗中第一次提出"文学革命",认为当前正是文学革命的大好时光,从事文学的人可像晚清的维新革命志士一样报效国家并超越他们,而不应该自卑。王光明认为:"诗中的'以此报国未云菲,缩地戡天差可儗。梅生梅生毋自鄙'是胡适区别于梁启超的地方,虽然他也非常重视文艺的意义,但梁启超看到的是它具有推动社会变革的意义,而胡适却认同了它自身的意义和价值,可以作为一个独立的事业来追求。"④这一首诗引来任叔永给胡适的游戏诗

---

① 胡适.逼上梁山——文学革命的开始[M]//胡适.中国新文学大系:建设理论集(影印本).上海:上海文艺出版社,2003:4.
② 胡适.胡适日记全编(1915—1917):第2卷[M].合肥:安徽教育出版社,2001:260.
③ 胡适.胡适日记全编(1915—1917):第2卷[M].合肥:安徽教育出版社,2001:283.
④ 王光明.现代汉诗的百年演变[M].石家庄:河北人民出版社,2003:64.

(《叔永戏赠诗(九月十九日)》)：

  牛敦，爱迭孙，培根，客尔文，所房，与霍桑，"烟士批里纯"。鞭笞一车鬼，为君生琼英。文学今革命，作歌送胡生。①

然而胡适并不把任叔永的这首诗当作游戏，而认为任叔永在挖苦自己的"文学革命"主张，因此非常郑重地回赠了一首诗(《依韵和叔永戏赠诗(九月二十一日)》)给任叔永及在绮色佳的各位朋友：

  诗国革命何自始？要须作诗如作文。
  琢镂粉饰丧元气，貌似未必诗之纯。
  小人行文颇大胆，诸公——皆人英。
  愿共僇力莫相笑，我辈不作腐儒生。②

在这首短诗里，胡适特别提出"诗国革命"，提出"要须作诗如作文"，正是这个方案引出后来的白话诗尝试。

然而，胡适"要须作诗如作文"的主张从一开始就遭到在美国留学的同学和朋友的反对，梅光迪在给胡适的信中这样写道：

  足下谓诗国革命始于"作诗如作文"，迪颇不以为然。诗文截然两途，诗之文字(Poetic diction)与文之文字(Prose diction)自有诗文以来，(无论中西)，已分道而驰。泰西诗界革命家最剧烈者莫如 Wordsworth，其生平主张诗文文字(diction)一体最力(不但此也，渠且谓诗之文字与寻常语言 ordinary speech 无异)，然观其诗，则诗并非文也。足下为诗界革命家，改良诗之文字(Poetic diction)则可。若仅移文之文字(Prose diction)于诗，即谓之改良、谓之革命则不可也。究竟诗不免于"琢镂粉饰"，西人称诗为 artificial，即此义也。近世文人如 Carlyle、Tolstoy、Bernard Shaw，皆谓文高于诗，一生不屑为诗(其实非不屑为，盖不能为也)，即恶其"琢镂粉饰"也。大家之诗所以胜者，在不见其"琢镂粉饰"之迹耳，非无"琢镂粉饰"也。一言以蔽之，吾国求诗界革命，当于诗中求之，与文无涉也；若移文之文字于诗，即谓之革命，则诗界革命不成问题矣，以其太易易也。吾国近时诗界，所以须革命者，在诗家为古人奴婢，无古人之学术怀抱，而只知效其形式，故其结果只见有"琢镂粉饰"，不见有真诗，且此古人之形式为后人抄袭，陈陈相因，至今已腐烂不堪，其病不在古人之"琢镂粉饰"也(以上所言皆暂时之见，究竟诗界革命如何下手，当先研究英法诗界

---

① 胡适.胡适日记全编(1915—1917)：第2卷[M].合肥：安徽教育出版社，2001：286.
② 胡适.胡适日记全编(1915—1917)：第2卷[M].合肥：安徽教育出版社，2001：287.

革命家比较 Wordsworth and Hugo 之诗与十八世纪之诗,而后可得诗界革命之真相,为吾人借镜也)。①

任叔永也在致胡适的信中赞成梅光迪的主张。胡适虽然觉得自己很孤立,但并未放弃自己的主张,随后就给梅光迪回信,具体信函已无从查考,但胡适的《留学日记》卷十二的《与梅觐庄论文学改良》和《"文之文字"与"诗之文字"》(1916年2月3日)②两则日记中记载了他对梅觐庄观点的反驳。而就同一问题的争论,胡适在1916年2月2日回复任鸿隽的信函中有详细的记载:

  觐庄之意,以为适所谓"作诗如作文"者,仅移"文之文字"以为"诗之文字"而已耳。此大误也。适以为今日欲救旧文学之弊,须先从涤除"文胜"之弊入手。今日之诗(南社之诗即其一例)徒有铿锵之韵,貌似之辞耳,其中实无物可言。其病根在于重形式而去精神,在于文(form)胜质(matter)。诗界革命,与文界革命正复相同。皆当从三事入手:第一须言之有物;第二须讲文法(大家之诗无论古诗、律诗皆有文法可言);第三,当用"文之文字"时,不可故意避之。三者皆以质救文胜之弊也。

  觐庄不解吾命意所在,遽以为诗界革命,若仅仅移文之文字入诗则不可,以其太易也。此岂适所持论乎?即其所论"诗之文字"与"文之文字"之别(文字谓 diction),其言亦不尽当。即如韩退之诗:"升堂坐阶新雨足,芭蕉叶大栀子肥。"白香山诗:"城云臣按六典书,任土贡有不贡无。道州水土所生者,只有矮民无矮奴。"李义山诗:"公之斯文若元气,先时已入人肝脾。"黄山谷诗:"狂卒猝起金坑西,胁从数百马百蹄。所过州县不敢谁,肩舆房载三十妻。伜生有胆无智略,谓河可凭虎可搏。身膏白刃浮屠前,此乡父老至今怜。"(《题莲华寺》)此诸例皆千古名作,试问其所用"文字",是"诗之文字"乎?抑"文之文字"耳?

  又如,适赠足下诗:"国事今成遍体疮,治头治脚俱所急。"此中字字皆觐庄所谓"文之文字",然岂可谓非佳句耶!可知"诗之文字",原不异"文

---

① 梅光迪.梅光迪复胡适(1916年1月25日)[M]//杜春和,韩荣芳,耿来金.胡适论学往来书信选:(下).石家庄:河北人民出版社,1998:1199-1200.此信函原来并没有注明年、月,只有日期,编者根据内容考察,推知信函的具体时间为1916年1月25日。其实由胡适的《留学日记》也可推知时间,胡适在《留学日记》1916年2月3日的《与梅觐庄论文学改良》《"文之文字"与"诗之文字"》两则日记中均有提及此信函。另外,胡适在《逼上梁山——文学革命的开始》也有摘录梅光迪此信函的内容,但是,也忽略了梅光迪一些相当深刻的见解。

② 胡适.胡适日记全编(1915—1917):第2卷[M].合肥:安徽教育出版社,2001:336-337.

之文字";正如诗之文法,原不异文之文法也;正如诗之取材,原不异文之取材也。适以欲救文胜之弊,或持之过当,趋于极端,亦未可知,然此志颇不无一得之可取。公等皆有心人,所见虽未必尽与适同,然区区之私,当亦公等所许也。①

从胡适和梅光迪、任鸿隽两人的往来信函以及胡适的相关日记中可以看出:梅光迪提出的"诗之文字"与"文之文字"截然两途的观点是从文类对语言特性的不同要求出发的,他站在诗歌这一文类对语言的特殊要求的立场对胡适的"诗国革命"发难,但他并不是反对诗国革命的保守主义者,而是像胡适一样看到晚清到近代的诗歌弊病——形式上"陈陈相因",没有创新,因而只能"琢镂粉饰",不见有真诗,他同样主张向英法诗体革命的作家们学习,吸取有利资源作为中国诗体革命的"借镜"。胡适的高明处在于他不仅看到诗歌重形式轻精神,"文"胜"质"的病根,而且顺应历史变革的潮流从语言的及物性的立场来进行诗体革命,提出诗歌语言应"言之有物""讲文法""当用'文之文字'时,不可故意避之"。今天,理性地看待胡适的《尝试集》和其他新诗人的白话诗试验,的确像梁实秋所说的"注重的是'白话'不是'诗',大家努力的是如何摆脱旧诗的樊篱,不是如何建设新诗的根基"②。

胡适与梅光迪、任叔永关于诗体革命的争论在书信中持续着,任叔永发表《泛湖即事》使争论再度白热化。任叔永、陈衡哲、梅光迪、杨杏佛、唐钺在凯约嘉湖上摇船,近岸时船翻了,又遇大雨造成意外,任叔永作了一首四言诗,把这首诗寄给在纽约的胡适,招来胡适的批评。胡适由于研究过《诗经》,曾写论文《诗三百篇中"言"字解》因而认为:诗中所用"言""载"皆系死字,又如"猜谜赌胜,载笑载言"二句,上句为二十世纪之活字,下句为三千年前之死句,殊不相称也。任叔永在收到胡适的信函后立刻回应:

足下谓"言"字"载"字为死字,则不敢谓然。如足下意,岂因《诗经》中曾用此字,吾人今日所用字典便不当搜入耶?"载笑载言"固为"三千年前之语",然可用以达我今日之情景,即为今日之语,而非"三千年前之死语",此君我不同之点也。③

---

① 胡适.胡适复任鸿隽(1916年2月2日)[M]//杜春和,韩荣芳,耿来金.胡适论学往来书信选:(上).石家庄:河北人民出版社,1998:409-411.
② 梁实秋.新诗的格调及其他[J].诗刊,1931(1):82.
③ 胡适.逼上梁山——文学革命的开始[M]//胡适.中国新文学大系:建设理论集(影印本).上海:上海文艺出版社,2003:15.

梅光迪也出来为任叔永打抱不平,在同一天写信给胡适,信中写道:

　　足下所自矜为"文学革命"真谛者,不外乎用"活字"以入文,于叔永诗中稍古之字皆所不取,以为非"二十世纪之活字"。此种论调,因足下所恃为哓哓以提倡"新文学"者,迪又闻之素矣。

　　夫文学革新,须洗去旧日腔套,务去陈言固矣;然此非尽屏古人所用之字,而另以俗语白话代之之谓也。以俗语白话,亦数千年相传而来者,其陈腐即足下之所谓"死字",亦等于"文学之文字"(Literary language)耳。大抵新奇之物多生美之暂时效用,足下以俗语白话为向来文学上不用之字,骤以入文似觉新奇而美,实则无永久价值,因其向未经美术家之锻炼,徒诿诸愚夫愚妇无美术观念者之口,历世相传,愈趋愈下,鄙俚乃不可言,足下得之乃矜矜自喜眩为创获异矣! 如足下之言,则人间材智,教育选择,诸事皆无足算,教育选择是仅为保存陈腐古董之用而已耶。而村农伧夫皆足为诗人、美术家矣;甚至非洲之黑蛮,南洋之土人,其言文无分者,最有诗人、美术家之资格矣。何足下之醉心于俗语白话如是耶? 至于无所谓"活文学"亦与足下前此言之。若取西洋之"活文学"言之,其为报纸乎! 然报纸之文,尤经主笔者呕尽心血而来,非真直抄诸酒店杂货肆者也。文字者,世界上最守旧之物也。足下以为英之 Colloquial 及 Slang 诸字可以入英文乎? 一字意义之变迁,必经数十或数百年而后成,又须经文学大家承认之。而恒人始沿用之焉。足下乃视改革文学如是之易易乎?

　　……

　　总之,吾辈言文学革命须谨慎以出之,尤须先精究吾国文字始敢言改革。欲加用新字,须先用美术以锻炼之,非仅以俗语白话代之。即可了事者也(俗语白话固亦有可用者,惟须必经美术家之锻炼耳)。如足下言,乃以暴易暴耳,岂得谓之改良乎! 大抵改革一事,只须改革其流弊,而与其事之本体无关。如足下言革命,直欲将吾国之文学尽行推翻,本体与流弊无别,可乎?[①]

梅光迪回复胡适的指责,引出中国新文学史上的第一首白话诗——《答梅觐庄——白话诗》。尽管梅光迪嘲笑这首诗为"如儿时听'莲花落',真所谓革尽古今中外诗人之命者",任叔永认为其"完全失败";但是这些善意的批评并

---

　　① 梅光迪.梅光迪致胡适(1916 年 7 月 17 日)[M]//杜春和,韩荣芳,耿来金.胡适论学往来书信选:(下).石家庄:河北人民出版社,1998:1201-1203.

未挫败胡适探索白话诗的热情,反而促使他走上探索试验白话诗创作实践的道路。胡适单枪匹马地进行白话诗试验并不是因为自负,而是受尝试精神的鼓励,这受惠于他的老师杜威;其次是他对几千年来中国文学的学习和研究积淀,胡适在《逼上梁山——文学革命的开始》一文中清醒地回忆道:"我也知道光有白话算不得新文学,我也知道新文学必须有新思想和新精神。但是我认定了:无论如何,死文字决不能产生活文学。若要造一种活的文学,必须有活的工具。那已产生的白话小说词曲,都可证明白话是最配做中国活文学的工具的。我们必须先把这个工具抬高起来,使他成为公认的中国文学工具,使他完全替代那半死的或全死的老工具。有了新工具,我们方才谈得到新思想和新精神等等其他方面。"[1]胡适终于找到文学革命的具体方案:第一个步骤是革新工具,"工欲善其事,必先利其器",必须以言文一致的国语作新文学的工具,"用白话作文,作诗,作戏曲";第二个步骤是要在方法上革故求新,"赶紧多多的翻译西洋的文学名著做我们的典范"[2]。

然而,今天重新检审胡适的白话诗创作,其诗歌"趣味是旧的,构建诗歌情境所用的意象,大多是传统的自然意象,而诗歌形式,也大部分是从古典诗词中蜕变而来",正如胡适对自己诗的评价:一些是"刷洗过的旧诗",一些"还脱不了词曲的气味与声调","还带着缠脚时代的血腥气"。胡适在为文学革命、"诗体大解放"寻求传统资源支撑从而多方举证的过程中,推进了用白话作文、作诗的创作实践;但更多的材料证明胡适的文学革命理念受到当时欧美(更准确地讲应该是美国)文学运动的影响。梅光迪在 1916 年 7 月 24 日、8 月 8 日回复胡适的信中写道:

> 盖今之西洋诗界,若足下之张革命旗者亦数见不鲜,最著者有所谓 Futurism、Imagism、Free Verse 及各种 Decadent movements in literature and in arts;美术界如 Symbolism Cubism Impressionism etc,大约皆足下"俗话诗"之流亚,皆喜以前无古人后无来者自豪,皆喜诡立名字,号召徒众,以眩骇世人之耳目,而己则从中得名士头衔以去焉,其流弊则鱼目混珠,真伪无辨,taste 及 standard 尽亡,而人自为说,众口嚣嚣,好利之徒以美术为市,乘机以攫"昏百姓"之钱囊以去。今之美国之"通行"

---

[1] 胡适.逼上梁山——文学革命的开始[M]//胡适.中国新文学大系:建设理论集(影印本).上海:上海文艺出版社,2003:19-20.

[2] 胡适.建设的文学革命论[M]//胡适.中国新文学大系:建设理论集(影印本).上海:上海文艺出版社,2003:127-140.

小说、杂志、戏曲，乃其最著者。而足下乃欲推波助澜，将以此种文学输入祖国，诚愚陋如弟所百思而不得其解者也。①

弟于近世文学界一切新潮流自不敢谓详知（试问非文学史专家，何人能详知者），然亦颇闻其说矣。大约自十九世纪中叶感情派（又曰理想派，其实皆不确，因所包太广也）之文学趋于末流以来，欧洲文学嗣响中绝者垂三四十年，其中小派杂出，各欲出奇制胜。弟前书所称之各派别，皆于是时纷出，所谓 Decadents 者也。英之 Oscar Wilde，法之 Verlanie Baudelaire 其尤著者。近日其风乃胜于美。今之 Vers libre 有"康布利基"女诗人 Amy Lowell 为之雄，其源肇于法，亦 Decadents 之一种，一般浅识之报章多录其诗，为之揄扬，然其诗实非诗也。盖"新潮流"之真有价值者，断不久为识者所弃如是。足下须知"自由诗"之发生，已数年于兹，而并未稍得士大夫赏颜，此好自由之欧美所不习见者也。其诗之无价值，可知矣。

然"白话诗"亦只可为诗之一种，如 Burns，Whitman，Riley 皆为之而有成，能卓然自立者。然此非诗之正规，此等诗人断不能为上乘，不过自好其好，与诗学潮流无关，尤非诗界革命之徒也。足下所言吾国诗界大家之白话诗，此不过其偶一为之，且非诗中之佳者，足下奉以为圭臬，窃以为厚诬古人矣。②

梅光迪这两封信道出胡适文学革命观念的来源及其白话诗试验与欧美诗歌运动的联系。梅光迪认为："所谓白话诗者，纯拾自由诗（Vers libre）及美国近年来形象主义（Imagism）之余唾。而自由诗与形象主义，亦堕落派之两支，乃倡之者数典忘祖，自矜创造。亦大欺国人矣。"③梅光迪虽然是站在批驳新文化运动的立场上来反对白话诗，但确实揭出白话诗理念的西方资源。作为白话诗的提倡者胡适在 1916 年 12 月 26 日的《留学日记》中摘录了《纽约时报》的《印象派诗人的六条原理》一文，认为"此派所主张与我所主张多相似之处"，胡适还把这篇文章翻译了出来：

总之，尽管"新诗人"关于在其诗作中达到一个新的更高境界的向往

---

① 梅光迪.梅光迪致胡适（1916 年 7 月 24 日）[M]//杜春和,韩荣芳,耿来金.胡适论学往来书信选：（下）.石家庄：河北人民出版社,1998:1204.
② 梅光迪.梅光迪致胡适（1916 年 8 月 8 日）[M]//杜春和,韩荣芳,耿来金.胡适论学往来书信选：（下）.石家庄：河北人民出版社,1998:1206-1207.
③ 梅光迪.评提倡新文化者[J].学衡,1922(1):3.

遭到了荒谬可笑的失败,但人们不禁要赞赏他们诗作中的虎虎生气。至少他们追求真实、自然;他们反对生活中及诗歌中的矫揉造作。更有甚者,人们惊奇地注意到,他们建立他们那种艺术的基础很简单,正如劳威尔小姐告诉我们(引自厄斯金教授):"所有伟大诗篇之精华,确乎就是伟大文学之精华。"《印象派诗人》前言所介绍的六条印象主义原则即为:

(1)用最普通的词,但必须是最确切的词;不用近乎确切的词,也不用纯粹修饰性的词。

(2)创造新韵律,并将其作为新的表达方式,不照搬旧韵律,因为那只是旧模式的反映。我们不坚执"自由体"为诗歌写作的唯一方法,我们之所以力倡它,是因为它代表了自由的原则。我们相信诗人的个性在自由体诗中比在传统格律诗中得到了更好的表达。就诗歌而言,一种新的节奏意味着一种新思想。

(3)允许绝对自由地选择诗的主题。

(4)给出一种印象(因其得名"印象派")。我们不是画家,但我们相信诗应表达出准确的个性,而非模糊的共性,不管其用词是多么的华丽,声音是多么的响亮。

(5)创作出确切、明朗、具体的,而不是模糊和不明朗的东西。

(6)最后,我们大多数人都认为浓缩是诗的核心。①

这则日记中,胡适丝毫不掩饰自己提倡的白话诗试验与美国意象派(形象主义、印象派)诗歌运动的关系,对照胡适1917年1月1日发表于《新青年》二卷五号的《文学改良刍议》中的"八事"(一曰,须言之有物。二曰,不摹仿古人。三曰,须讲究文法。四曰,不作无病之呻吟。五曰,务去滥调套语。六曰,不用典。七曰,不讲对仗。八曰,不避俗字俗语),两者确实有很多相通之处。1919年4月1日出版的《新潮》第一卷第四号上发表了胡适翻译的美国女诗人梯斯代尔的《在屋脊上》一诗,把诗题改为"关不住了",当作自己的"'新诗'成立的纪元"②。胡适选择这首诗作为自己的"'新诗'成立的纪元",改掉题目,一方面是出于对诗所表现的自由而强烈的感情的认同,另一方面则是寄托自己的诗歌主张;更重要的是,胡适的翻译中看重的不是意象、情境和诗中说话者的心理感受,也不是构成多重对比的写作技巧,而是率真强烈的感情个性和"白

---

① 胡适.胡适日记全编(1915—1917):第2卷[M].合肥:安徽教育出版社,2001:521-522.
② 胡适.尝试集·再版自序[M]//胡适.中国新文学大系:建设理论集(影印本).上海:上海文艺出版社,2003:315.

话"的流畅感。①

二、"白话诗"与象征主义和意象派诗歌

从1917年2月出版的《新青年》二卷六号首次发表"白话诗"开始,当时的主要刊物《星期日》《觉悟》《星期评论》《工学月刊》《时事新报·学灯》《少年中国》《新生活》《新潮》《平民教育》等杂志和报纸副刊都大量刊登"白话诗"。这些诗虽然被当时和后来的评论者认为缺少"诗意",但是,何谓"诗意"? 其实,"诗意"的观念也是被历史地建构起来的,正像臧棣所说:"对'诗意'的认同,不仅仅是一个审美观念如何选择的问题,也不仅仅是一种诗歌风格如何确认的问题,它实际上深受文学语境的制约,并且往往是和特定的写作类型联系在一起的。"②的确,一味纠缠早期新诗人们创作的"白话诗"的"诗意"问题,就无法真正评价"白话诗"在中国"新诗"发生、发展时期的历史价值和地位。与此同时,留学欧美的中国留学生纷纷译介美、法等国18、19世纪的诗歌和诗论,这一方面为"白话诗"提供了可以参照的西方资源,另一方面也可以由此看出理论和实践的运作对"白话诗"在中国新诗坛上站稳脚跟的重要性。《新潮》除了发表新诗人的"白话诗"作品之外,还在第一卷第四号上发表了胡适翻译的《关不住了》,在第二卷第一号上发表了俞平伯的《社会上对于新诗的各种心理观》,在第三卷第一号上发表了俞平伯的《诗底自由和普遍》;《少年中国》除了经常发表新诗人的"白话诗"外,还在第一卷第八、第九两期上连续出《诗学研究号》,刊出田汉的《诗人与劳动问题》、周芜的《诗的将来》、周作人的《英国诗人勃来克的思想》、黄玄翻译的《太戈尔的诗十七首》、宗白华的《新诗略谈》、康白情的《新诗底我见》、吴弱男的《近代法比六大诗家》、西曼的《俄国诗豪朴思砼传》、黄玄的《太戈尔传》以及田汉的《歌德诗中所表现的思想》;另外,在第一卷第一期上有田汉《平民诗人惠特曼的百年祭》,在第一卷第十期上有易家钺的《诗人梅德林》,在第一卷第十二期上有田汉的《新罗曼主义及其他》,在第二卷第六期上有李思纯的《诗体革新之形式及我的意见》,在第二卷第七期上有王独清翻译的《戴戈尔诗》(附原文),在第二卷十二期上有李璜的《法兰西诗之格律及其解放》、李思纯《抒情小诗的性德及其作用》,在第三卷第三号上有黄仲苏的《一八二〇年以来法国抒情诗之一斑》,在第三卷第四、五号上有田汉的

---

① 王光明.现代汉诗的百年演变[M].石家庄:河北人民出版社,2003:79-80.
② 臧棣."诗意"的文学政治——论"诗意"在中国新诗实践中的踪迹和限度[M]//谢冕,孙玉石,洪子诚.新诗评论.北京:北京大学出版社,2007(1):6.

《恶魔诗人波陀雷尔的百年祭》,在第四卷第一期上有黄仲苏的《诗人微尼评传》,在第四卷第五期上有田汉的《蜜尔敦与中国》等。诞生于1922年1月1日的新文学第一个诗刊——《诗》,连续刊发了刘延陵的《美国的新诗运动》和《法国诗之象征主义与自由诗》等介绍欧美诗歌、诗论的文章。这些译介到中国来的欧美诗歌、诗论不仅作为参照,而且还作为"证据链"推动了中国当时的"白话诗"创作并最终使其"合法化"。刘延陵的《美国的新诗运动》开篇就写道:"新诗'The New Poetry'是世界的运动,并非中国所特有:中国的诗的革新不过是大江的一个支流。现在中国还有逆这个江流而上的人,我想如把这支水的来源与现状告诉他们,且说明他现在的潮流是何种意义,这或者也能令一般逆流的人觉醒一点。"①巴赫金在《文艺学中的形式主义方法》中认为:"每一种文学现象(如同任何意识形态现象一样)同时既是从外部也是从内部被决定的。从内部是由文学本身所决定;从外部是由社会生活的其他领域所决定。不过,文学作品被从内部决定的同时,也被从外部决定,因为决定它的文学本身整个地是由外部决定的。而从被外部决定的同时,它也被从内部决定,因为外在的因素正是把它作为具有独特性和同整个文学情况发生联系(而不是在联系之外)的文学作品来决定的。这样,内在的东西原来是外在的,反之亦然。"②具体到"五四"时期的诗体革命,更准确地说是"白话诗"的登场,从内部来看,是由于晚清诗歌再也无法真正摆脱长期以来由古典诗歌体制所锻造出的"紧箍咒"——形式符号的限制,因而随着整个文化境遇的更迭,它必然会遭到来自内部的形式符号的"造反",导致对原有形式系统的反叛,从而来寻找新的生机;而从外部来看,"白话诗"的提倡是新文化运动的重要组成部分,也是最难攻克的"壁垒",因而胡适认为必须通过抬高工具("工欲善其事,必先利其器")、译介西方诗歌等改革方案来推进"白话诗"的创作,而众多刊物发表的"白话诗"对传播"白话诗",塑造新的读者群,培养新的诗歌趣味等产生了积极作用,为"白话诗"在新诗坛立稳脚跟打下坚实的基础,同时对欧美意象派诗歌、象征主义诗歌及其相关理论的译介,通过欧美意象派诗歌和象征主义诗歌来"验明正身",最终使白话诗走上"合法化"之路。

尽管胡适及其早期的新诗人们倡导和创作"白话诗"认同的是欧美的意象派诗歌和象征主义诗歌,但"白话诗"在理论和实践上与它们之间确有距离,在

---

① 刘延陵.美国的新诗运动[J].诗,1922,1(2):23.
② 巴赫金.文艺学中的形式主义方法[M]//周边集.李辉凡,张捷,译.石家庄:河北教育出版社,1998:145.

某些关键的内涵上它们相互矛盾甚至相互背离。意象派诗歌的创始人伊兹拉·庞德认为,诗歌中的意象是"在瞬息间呈现出的一个理性和感情的复合体"①,它可以有两种形式:"它可以产生于人的头脑中,这时它是'主观的',也许是外因作用于大脑。如果是这样,外因便是如此被摄入头脑的:它们被融合,被传导,并且以一个不同于它们自身的意象出现。其次,意象可以是'客观的',攥住某些外部场景或行为的情感将这些东西原封不动地带给大脑;那种漩涡冲洗掉它们的一切,仅剩下本质的、最主要的、戏剧性的特质,于是它们就以外部事物的本来面目出现。"②基于对诗歌意象的这种认识,庞德对意象派诗歌所写之"物",不论是主观的或客观的,要求用直接处理的方法,绝不使用任何对表达没有作用的字;此外庞德反对使用朦胧、模糊的措辞,认为这样会使"意象索然无味","使得抽象与具体混杂起来",因此他强调要"避免抽象"。后来的意象派六条原则③也是建立在庞德对意象派诗歌的要求和"禁令"基础之上的。意象派诗歌运动的鼎盛时期,胡适恰好在美国留学,非常了解当时的美国意象派诗歌运动,他在日记中剪贴了意象派的六条原则;但胡适并未真正理解意象派诗歌的精义,虽然他也提倡"诗须要用具体的做法,不可用抽象的说法。凡是好诗,都是具体的;越偏向具体的,越有诗意诗味,凡是好诗,都能

---

① 庞德.几条禁例[M]//黄晋凯,张秉真,杨恒达.象征主义·意象派.郑敏,译.北京:中国人民大学出版社,1989:135.
② 庞德.关于意象主义[M]//黄晋凯,张秉真,杨恒达.象征主义·意象派.张文锋,译.北京:中国人民大学出版社,1989:150.
③ 彼德·琼斯.意象主义诗人(1915)·序[M]//意象派诗选.裘小龙,译.桂林:漓江出版社,1986:158-159.意象派的六条原则是:(1)运用日常会话的语言,但要使用精确的词,不是几乎精确的词,更不是仅仅是装饰性的词。(2)创造新的节奏——作为新的情绪的表达——不要去模仿老的节奏,老的节奏只是老的情绪的回响。我们并不坚持认为"自由诗"是写诗的唯一方法。我们把它作为自由的一种原则来奋斗。我们相信,一个诗人的独特性在自由诗中也许会比在传统的形式中常常得到更好的表达,在诗歌中,一种新的节奏意味着一个新的思想。(3)在题材选择上允许绝对的自由。把飞机和汽车乱写一气并非是好的艺术,把过去写得栩栩如生也不一定是坏的艺术……(4)呈现一个意象(因此我们的名字叫"意象主义")。我们不是一个画家的流派,但我们相信诗歌应该精确地处理个别,而不是含混地处理一般,不管后者是多么辉煌和响亮。正因为如此,我们反对那种大而无边的诗人,在我们看来,他似乎是在躲避他的艺术的真正困难之处。(5)写出硬朗、清晰的诗,决不要模糊的或无边无际的诗。(6)最后,我们大多数人都认为凝练是诗歌的灵魂。

使我们脑子里发生一种——或许多种——明显逼人的影像"①,但胡适所谓的具体性——"明显逼人的影像",更多的是从视觉、听觉等感觉出发对客观世界的"物"的描写,指向描绘外部世界的具体性、形象性,而不是意象派诗中意象的呈现是在瞬间的感觉与理性的猝然遇合的具体性。郑敏认为意象派诗歌的意象理论主张"深入到事物的核心中,把握对象的实质与感性特征而后将感性与理性结合在意象里",这样,"意象的形成也是诗人内心的一次精神上的经验,因此它具有感性和理性两方面的内容"②,而不是对客观世界的简单的、浅层次的描摹。胡适在《谈新诗》中阐明自己关于"诗的具体性"时,无论是举李义山的诗、马致远的曲,还是举《诗经》中的《伐檀》、杜甫的《石壕吏》,注重的都是客观世界"人"与"物"的栩栩如生、形象逼真或者情境的真实、可感性,这与庞德、艾米·洛威尔的意象主义原则矛盾。王光明认为:"胡适所谓的诗的'具体性'主要指的是显明的形象感、以个别事物体现普遍现象,以及将抽象的道理具象化三个方面,总之是材料和描写的具体性,而不是诗歌感觉、想象世界的具体性;是内容实在性和可感性,而不是意象组织与美学效果的具体性。"③

刘延陵在《美国的新诗运动》中谈到意象派(幻象派)诗人时认为他们是"助成美国诗界新潮的一个大浪",然而在翻译和理解意象派诗歌六条原则时,由于受到胡适《谈新诗》的影响,刘延陵把它翻译成如下六个信条:"一,用寻常说话中的字句,不用死的、僻的、古文中的字句。二,求创造新的韵律以表新的情感,不死守规定的韵律。三,选择题目有绝对的自由。四,求表现出一个幻象,不作抽象的话(详见胡适之先生论新诗)。五,求作明切了当的诗,不作模糊不明的诗。六,相信诗的意思应当集中,不同散文里的意思可作松散的排列。"④从这六个信条可以看出,刘延陵借鉴胡适《文学改良刍议》中的"八事"和《谈新诗》中的观点,把美国新诗的特点狭隘地理解为"形式方面是用现代语,用日用所常之语,而不限于用所谓'诗的用语'(Poetic Diction),且不死守规定的韵律;内容方面是选择题目有绝对的自由,宁可切近人生,而不专限于歌吟花、鸟、山、川、风、云、月、露";进而认为美国"新诗的精神乃是自由的精

---

① 胡适.谈新诗——八年来一件大事[M]//胡适.中国新文学大系:建设理论集(影印本).上海:上海文艺出版社,2003:308.
② 郑敏.意象派诗的创新、局限及对现代派诗的影响[M]//诗歌与哲学是近邻——结构—解构诗论.北京:北京大学出版社,1999:102.
③ 王光明.现代汉诗的百年演变[M].石家庄:河北人民出版社,2003:91.
④ 刘延陵.美国的新诗运动[J].诗,1922,1(2):31.

神,因为形式方面的不死守规定的韵律是尊尚自由,内容方面的取题不加限制也是尊尚自由。再则新诗的精神可说是求适合于现代求适合于现实的精神,因为形式方面的用现代语用日常所用之语是求合于现代,内容方面的求切近人生也是求合于现代咧"①。由此可知,在对美国新诗运动的总体把握上,刘延陵并未深入具体诗歌派别中考察各个流派(比如意象派诗)新的特质对美国诗歌的推进,而轻易地用浮于表层的概念(诸如"自由的精神""现实的精神""现代语""人生"等)草率地对待美国新诗运动的复杂性,忽略了美国新诗演进过程中诗艺求索的内在理路。刘延陵的这种眼光和取向受制于"五四"新文化运动中中国社会急切地寻求民族国家的现代化的历史语境,在这种文化境遇中,个人更多的是在宏大的历史方阵中"博求",而不是沉潜在时代精神的边缘用自己敏锐的感觉与宏大的历史叙事进行对话。基于这一历史文化语境,刘延陵的《法国诗之象征主义与自由诗》在介绍法国象征主义诗歌的特征时,呈现出鲜明的时代特性。在这篇文章中,刘延陵对象征主义诗歌"用客观界的事物抒写内心的情调""用客观抒写内心"等特征进行了细致入微的介绍,认为"自由诗是与象征主义连带而生,他俩是分不开的两件东西";但是,当他认为象征主义诗歌与自由诗"名目虽异而精神则同""都是自由精神底表现"时,强调"自由诗之生于自由精神与自我底伸张可以不言而喻","诗之音节须与情调相应,而情调因人不同,人又因时不同,所以固定的格律自然是杀伐自我,解放格律自然即所以伸张自我"②,他又落入"五四"时期张扬自我、弘扬个性的时代精神的俗套。站在诗歌史上看,刘延陵认同的还是浪漫主义诗歌抒发个性、表现自我的诗歌理念,但他重视诗歌精神与内容、忽略诗歌的美学特质和技巧锻造的诗歌理念与象征主义诗歌运用暗示、寻求客观对应物、反对情感泛滥的美学趣味形成鲜明的对照。

早期的文学革命倡导者们对意象派和象征主义诗歌的误读,使得白话诗以及随后的自由诗只在外在的形式上习得欧美意象派、象征主义诗歌的"时式",却未得其堂奥,导致新诗的浪漫主义(情感的泛滥和无节制、形式的自由和随意)倾向。这是受"五四"时期历史语境"塑造"的后果,更重要的是,新诗倡导者们并未意识到浪漫主义诗歌与意象派和象征主义诗歌内在诗思的不同。没有必要否认象征主义诗歌在内在气质上与浪漫主义诗歌的联系,但象征主义诗歌与浪漫主义诗歌有很不同的艺术追求;象征主义理论家、诗人马拉

---

① 刘延陵.美国的新诗运动[J].诗,1922,1(2):31-32.
② 刘延陵.法国诗之象征主义与自由诗[J].诗,1922,1(4):7-22.

美认为在对事物进行观察时,意象是"从事物所引起的梦幻中振翼而起",而不是"抓住一件东西就将他和盘托出";而且,象征主义诗歌讲究暗示,在技巧上重视"一点一滴地去复活一件东西,从而展示出一种精神状态,或者选择一件东西,通过一连串疑难的解答去揭示其中的精神状态"①,因而象征主义者们追求"纯净的未被污染的词,词义充实与词义浮华交替出现,有意识的同义迭用,神奇的省略,令人生出悬念的错格,一切大胆的与多种形式的转喻,总之是一种独创的、现代化的优美语言"②。意象派诗歌理论家、诗人庞德认为意象是"在瞬息间呈现出的一个理性和感情的复合体",他的前辈(又是其导师)印象主义诗人休姆明确地宣称"浪漫主义运动本身的性质必须有个终了",预言"一个简练、不加渲染的古典主义诗歌的时代来临了",这种"古典主义诗歌"并不是回到过去,而是与浪漫主义诗歌中的"无限、神秘、情感全不相干"的"新古典主义诗歌"。休姆认为"新古典主义"诗人必须"与语言作一番可怕的斗争",用"看得见的具体的语言"对事物进行"正确的、精细的和明确的描写",从而证明"美可能存在于渺小、不带任何感情的事物中"③。这些意象派、象征主义诗歌的内在特质都是"五四"时期文学革命倡导者们在提倡"白话诗""自由诗"的过程中未注意到的,早期新诗中最具浪漫主义倾向的自由诗就是郭沫若《女神》中的那些诗。④

三、郭沫若与自由诗

1922年,在《女神》出版一周年之际,郁达夫曾以不容置疑的口吻说"完全脱离旧诗的羁绊自《女神》始",这一点"我想谁也该承认的"⑤。郁达夫对《女神》在中国新诗史上的突破做恰如其分的评价,这在"历史事件"发生的当时无

---

① 马拉美.谈文学运动[M]//黄晋凯,张秉真,杨恒达.象征主义·意象派.闻家驷,译.北京:中国人民大学出版社,1989:42.
② 莫雷亚斯.象征主义宣言[M]//黄晋凯,张秉真,杨恒达.象征主义·意象派.王泰来,译.北京:中国人民大学出版社,1989:46.
③ 休姆.论浪漫主义和古典主义[M]//洛奇.二十世纪文学评论:上册.上海:上海译文出版社,1987:168-192.
④ 郭沫若的《女神》并非只有像《凤凰涅槃》《天狗》《笔立山头展望》《立在地球边上放号》《匪徒颂》等激情扬厉、充满反抗、叛逆精神的浪漫主义诗歌,同时也有像《夜》《死》《死的诱惑》《霁月》等意境悠远、风格隽永、意象精美、诗风含蓄的诗歌。本文主要论述的是前一种具有浪漫主义倾向的诗歌。
⑤ 郁达夫.女神之生日[N].时事新报·学灯,1922-08-02.

疑是独具慧眼的,但也有"戏台里喝彩"之嫌,毕竟郁达夫和郭沫若同属于创造社的主要发起人和核心成员。今天看来,郁达夫的"评语"还是公允的。随后,闻一多对《女神》的评论更是奠定了郭沫若在新诗史上的地位:"若讲新诗,郭沫若君的诗才配称新呢,不独艺术上他的作品与旧诗词相去最远,最要紧的是他的精神完全是时代的精神——二十世纪的时代的精神。"《女神》的"新"主要体现在它表现了20世纪的"动"与"反抗","动的本能是近代文明一切的事业之母","反抗"则是近代"革命"的特色,郭沫若能够将这种精神与"将全世界人类底相互关系捆得更紧"的工业文明意象统一起来,让"真艺术与真科学携手进行",在血泪与黑暗中喊出在自焚中新生的热情来,这无论是在意象选择上还是在诗歌题材的取向上都与古代诗词不一样。① 比如郭沫若的《笔立山头展望》②这样写道:

  大都会底脉搏呀!
  生底鼓动呀!
  打着在,吹着在,叫着在……
  喷着在,飞着在,跳着在……
  四面的天郊烟幕蒙笼了!
  我的心脏呀,快要跳出口来了!
  哦哦,山岳底波涛,瓦屋底波涛,
  涌着在,涌着在,涌着在,涌着在呀!
  万籁共鸣的 symphony,
  自然与人生底婚礼呀!
  弯弯的海岸好像 Cupid 底弓弩呀!
  人底生命便是箭,正在海上放射呀!
  黑沈沈的海湾,停泊着的轮船,进行着的轮船,数不尽的轮船,
  一枝枝的烟筒都开着了朵黑色底牡丹呀!
  哦哦,二十世纪底名花!
  近代文明底严母呀!

这首诗歌取材于大都市的喧嚣,把都市的脉动比喻为交响曲,充满动感。在这里,无论是有机体还是无机体都在不断地变化、涌动;构成诗歌的意象,如"心脏""山岳底波涛""弯弯的海岸""轮船""烟筒"等蕴含现代社会工业文明的

---

① 闻一多.女神之时代精神[N].创造周报,1923-06-03.
② 郭沫若.《女神》及佚诗(初版本)[M].北京:人民文学出版社,2008:60.

特质,而不是中国传统诗词中的"风""云""月""露"和"花""草""虫""鱼"。在情感的组织和推进上,这首诗以亢奋、激昂拥抱新世界的情感为指归,而不是古代诗词中"达则兼济天下,穷则独善其身"的情感。在《天狗》一诗中,郭沫若更是把这种情感推至极端,诗中"自我"的情感无限扩张:

我是一条天狗呀!
我把月来吞了,
我把日来吞了,
我把一切的星球来吞了,
我把全宇宙来吞了。
我便是我了!

我是月底光,
我是日底光,
我是一切星球底光,
我是 X 光线底光,
我是全宇宙地 Energy 底总量!

我飞奔,
我狂叫,
我燃烧。
我如烈火一样地燃烧!
我如大海一样地狂叫!
我如电气一样地飞跑!
我飞跑,
我飞跑,
我飞跑,
我剥我的皮,
我食我的肉,
我吸我的血,
我啮我的心肝,
我在我神经上飞跑,
我在我脊髓上飞跑,
我在我脑筋上飞跑。

我便是我呀！

我的我要爆了！

这首诗中，"自我"已经无法在世界与宇宙中定位（"我把月来吞了，/我把日来吞了，/我把一切的星球来吞了，/我把全宇宙来吞了"），诗中的说话者"我"已经没有飞跑的空间，如同"烈火""大海""电气"一样的"我"，只能在"我"的边界中驰骋（"我在我神经上飞跑，/我在我脊髓上飞跑，/我在我脑筋上飞跑"），"自我"已经无法扩张，然而"自我"又必须扩张，因而诗只能在毁灭世界与自我毁灭中让感情升向峰巅（"我便是我呀！/我的我要爆了！"）。"自我"是浪漫主义诗歌最重要的抒情特质，在郭沫若的《凤凰涅槃》《晨安》《梅花树下醉歌》等诗中表露得非常明显。最早明确指出郭沫若《女神》中诗歌的浪漫主义倾向的可能是朱湘。

朱湘在 20 世纪 20 年代中期的《新诗评・二・郭君沫若的诗》中指出郭沫若《女神》的浪漫主义倾向。在这篇文章中，朱湘认为郭沫若的诗歌有三个"重要的份子"："单色的想象"（比如《日出》《电火光中》《雪朝》《蜜桑索罗普之夜歌》等），"单调的结构"（《天狗》《晨安》《我是个偶像崇拜者》《凤凰涅槃》《匪徒颂》等），"对于一切'大'的崇拜"。朱湘的这篇诗评敏锐地察觉到郭沫若诗中对于"大"的崇拜，是对"宇宙""自然"的崇拜，更准确地说是郭沫若泛神论思想的体现，随后朱湘在文中这样写道：

那么这个"大"到底从哪里才可以找着呢？从短促的人生？不能，从渺小的人世？不能。只有全个宇宙是最大的，我们要找"大"，必得在宇宙里面找去。我们必得与日，月，星，山岳，河海，光明，黑暗，生，死以及其他等等永恒的现象常相对面，这个"大"才可以找到；我们必得与这种种永恒的现象融为一体，化进这个"大"的里面去，然后我们的这个人世才能附宇宙的伟大一变而成伟大，我们的这个人生才能附宇宙的永恒一变而成永恒。这便叫作渺小中的伟大，短促中的永恒。这便是泛神论的来源。崇拜"大"的人（也可以换一个方法说，崇拜力的人）自然而然的成了泛神论者，便是因为这个原故。所以崇拜"大"的郭君有一篇诗便是《三个泛神论者》。据以上的道理看来，渺小是有变成伟大的可能性的，一个人，只要他能与自然契合，便变成了伟大的，那个他与自然契合的霎那便是他的伟大的霎那。在那个霎那里，他与自然合而为一，分不出是自然还是人了；在那个霎那里，我便是自然，自然便是我。这样说来，泛神论与自我主义不仅不相反对，简直就是一物之两面，一而二，二而一的。泛神论、自我主义并存于郭君的诗中,便是为此。假使,让我们继续上面的思路,在一个霎那中,有三个人同与自然契合,那时候自然便是我你他,我你他便是自然,我也便是你便是他,你也便是我便是他,他也便是我便是你了,所以自我主义当中是容得"你"并与"他"的。郭君所说的"一切的一更生了!/一的一切更生了!/我们便是他,他们便是我!/我中也有你,你中也有我"就是这个意思。

郭君想融进宇宙的大,就不得不反抗此世的小。反抗便是一种浪漫的精神,求新的精神……

浪漫主义的含义完全可以用一个字来概括起:新。浪漫诗人搜求其题材来的时候,除开新的题材以外,别种题材是不要的。他觉着从古代的文明里面是决找不出新题材来的了,于是一转而向现代的文明里面来找他所想得的题材;他觉着一班的人终生拘束在经验界中,未免太狭隘了,于是展开了他的玄想之翼,向超经验界中飞去,想找到一种崭新的题材;他又觉着一班人的感觉只限于不多的几方面,并且朝于斯夕于斯的,未免太陈滥了,于是努力去寻求别人所不曾经验过的感觉以作他的诗材。真正的并且成功了的浪漫诗人,在这世界上找来,真是极其不可多见的;他们的著作也并非全体是浪漫的,只有几篇,一篇甚至只有一段,可以称为浪漫的。即如英国的诗人柯勒立,算是最浪漫的了,但他也只有 Youth and Age, Kubla Khan, Ancient Mariner, Christabel 四篇诗的全篇或一段才当得起浪漫两个字;何况别的诗人,更何况方在萌芽期中的我国的新诗,郭君的成绩虽然没有什么,但他有这种浪漫的态度,这已经使我们觉着惊喜了。①

朱湘对《女神》进行了敏锐而精细的分析,准确地指出郭沫若《女神》诗中的浪漫主义因素与其泛神论思想的密切联系,自我主义与泛神论一而二、二而一的关系,充分肯定郭沫若《女神》对当时"新诗"创作现状的突破。但是,众所周知,在"五四"时期,任何一种文学、哲学思潮、流派在引入急切求变革的中国社会时都发生偏离:一方面源于变革者对西方几百年来的文化历史渊源的不完整理解而发生的创造性误读;另一方面也源于变革者急于改变中国的社会现实而对西方资源的有意"篡改",导致了他们对西方文化哲学思潮、流派有选择的吸纳。同样,郭沫若早期诗学中无论是受歌德启发而接受斯宾诺莎的泛神论,还是受泰戈尔、海涅、歌德、雪莱、拜伦、惠特曼、朗费罗等人影响的浪漫

---

① 朱湘.新诗评·二·郭君沫若的诗[N].晨报副刊,1926-04-10.

诗学,都深深地染上从幼年时期就影响郭沫若并为其酷爱的传统文化(尤其是屈骚文化)的色彩;波诡云谲的时代语境,促使具有改变旧世界、创造新时代心态的郭沫若创造性地理解斯宾诺莎的泛神论和西方浪漫主义精神,使之带上浓厚的自我主义内涵和强烈的民族主义精神。

随着郭沫若研究的深入,学界已经逐渐认识到郭沫若早期浪漫主义诗学受西方浪漫主义诗学影响的单一性和片面性,而从郭沫若对中国传统文化的吸收、转化和对西方浪漫主义思想的吸纳、择取上,比较全面地认识、评价郭沫若早期的浪漫主义诗学观念。孙党伯在《论郭沫若的浪漫主义文学主张》一文中指出:"在艺术思想大开放的'五四'时代,郭沫若恣意接受多种文艺思潮的影响,比如,他既受到了众多西方作家如德国歌德、海涅、席勒,英国雪莱、拜伦、司各特,美国惠特曼、朗费罗,法国卢梭、福楼拜等的浪漫主义作品和美学观的深刻影响,也受到了王尔德的唯美主义和德国表现主义的影响;同时早年还受到过中国传统美学,特别是司空图的《二十四诗品》、袁枚的《随园诗话》和屈原、李白等伟大诗人诗作的熏陶。郭沫若的浪漫主义文学观正是在多种思想成分的相互作用下,并根据自己的主观认识和创作体验加以选择、改造和整合而形成的,因而具有鲜明的特色。"①孙党伯指明郭沫若浪漫主义诗学来源的丰富性和复杂性,带有深刻的主观体验性。黄曼君从现代性的角度考察郭沫若前期浪漫诗学,认为过去对郭沫若诗学的现代性探讨往往偏于简单和片面,其实,郭沫若的浪漫主义诗学"在精神意蕴上既有理想化的激昂、个性扩张、讴歌现代文明的一面,又有忧患意识、自我谴责、返回自然的另一面;在创作方法上有浪漫主义直抒胸臆的特征,又有注重艺术'构型'、艺术表现的特征,还将浪漫主义与现代主义融合起来。此外他还通过生命本真情绪沟通了诗学价值观与形式论,构造了主体'发现'与客观'检察'并重的诗学批评观"②。黄曼君从现代性的角度重新讨论郭沫若前期浪漫诗学在精神内涵、创作方法、诗学批评观等层面的多元性,突破了之前对郭沫若诗学研究停留在浪漫主义、泛神论、主情主义、自我表现等观念的狭隘性,为郭沫若诗学研究向纵深发展拓宽了路子。李怡以《女神》为个案,探讨了《女神》与中国"浪漫主义"的问题。他认为:"郭沫若对包括浪漫主义在内的一切中外艺术资源的调遣都

---

① 孙党伯.论郭沫若的浪漫主义文学主张[J].武汉大学学报:社会科学版,1992(6):89-90.

② 黄曼君.郭沫若前期浪漫主义诗学的现代性观照[J].华中师范大学学报:人文社会科学版,2002,41(6):19.

指向一个'文化创造'的宏阔目标。所谓《女神》的狂飙突进，当就源自郭沫若对中国文化'根本传统'的想象，而不能说是对德国浪漫主义运动的简单移植。至于斯宾诺莎的'泛神论'，也与郭沫若'神人同体'的神话思维有着重大的差异。"①由此，李怡提醒我们：

> 一是作为创作者的郭沫若，根本就不以"主义"的完整和概念的明确作为自己的出发点，与其说他是努力实现什么外来的文学思潮还不如说是为了更方便地表达自己的人生体验，无论是《三叶集》、《文学论集》还是《女神》，其中的主要思路还是人生的倾诉，性情的表达，自我的剖析、忏悔等，是精神的探索，是自我的更新。
>
> 二是郭沫若最为关心的始终还是自己的独立追求，是自我的真切感受和思想，无论引证什么外来的文学现象最后都是为了更准确地说明自己，也是为了更生动更有效地自我说明，他可以自由联想、广泛引证，并不局限于一时一地之现象。也就是说，历史上的种种思潮包括浪漫主义等外国诗歌运动的切实方向并不是他最看重的，关键在于他能否从中寻找一种符合他理想的艺术样式。②

李怡在此指出郭沫若作品中体现出的浪漫主义和其他文学思潮都不是"先入为主"的，更多的时候是为了更好地表达自身的人生经验，是一种"精神探索"，一种"自我的更新"，是为了"寻找一种符合他理想的艺术样式"。因此，李怡从艺术思维层面分析《女神》的特点：一是关于自由与自然的人类生存的想象，影响了郭沫若当时的艺术"非功利"思想，而这又成为他认可浪漫主义相关思想的基础。二是关于神人同体的想象，这是郭沫若谈论斯宾诺莎的"泛神论"却又根本上区别于斯宾诺莎的原因……斯宾诺莎的泛神论，更强调自然本身的力量，与郭沫若"一切的自然只是神底表现，自我也只是神底表现"，神人同体，从而继续推崇人的力量并不相同，所以郭沫若实际上是以自己的方式理解"泛神论"，也以自己的方式寻找到歌德的"泛神论"，以更接近自己思想的歌德的声音阐发之……三是对原始思维的推崇激活着诗人新鲜的想象，甚至形

---

① 李怡.《女神》与中国"浪漫主义"问题——纪念《女神》出版90周年[J].中国现代文学研究丛刊，2012(1):110.
② 李怡.《女神》与中国"浪漫主义"问题——纪念《女神》出版90周年[J].中国现代文学研究丛刊，2012(1):112-113.

成他特殊的写作方式。①

前辈学者对郭沫若早期浪漫主义诗学和泛神论思想的研究表明,郭沫若早期的新诗创作,更准确地说是自由诗创作,就不是对西方浪漫主义诗歌的简单移植和模仿,而带有深刻的个人的郁结、社会的郁结和民族的郁结的情感体验。因此,郭沫若的自由诗创作更多来自于他本人对外部世界做跨越时空、自由驰骋的情绪的直接抒写,没有丝毫的矫揉造作。郭沫若在论诗文字中曾说:

> 我想我们的诗只要是我们心中的诗意诗境底纯真的表现,命泉中流出来的 Strain,心琴上弹出来的 Melody,灵底颤动,灵底喊叫,那便是真诗,好诗,便是我们人类底欢乐底源泉,陶醉底美酿,慰安底天国。我每逢遇着这样的诗,无论是新体的或旧体的,今人的或古人的,我国的或外国的,我总恨不得连书带纸地把他吞了下去,我总恨不得连筋带骨地把他融了下去。②

> 只是我自己对于诗的直感,总觉得以"自然流露"的为上乘,若是出以"矫揉造作",只不过是些园艺盆栽,只好供诸富贵人赏玩了。……诗的生成,如像自然物的生存一般,不当参以丝毫的矫揉造作。我想新体诗的生命便在这里。古人用他们的言辞表示他们的情怀,已成为古诗,今人用我们的言辞表示我们的生趣,便是新诗,再隔些年代,更会有新新诗出现了。③

> 诗的本质专在抒情。抒情的文字便不采诗形,也不失其为诗。例如近代的自由诗,散文诗,都是些抒情的散文。自由诗散文诗的建设也正是近代诗人不愿受一切的束缚,破除一切已成的形式,而专把诗的神髓以便于其自然流露的一种表示。然于自然流露之中,也自有他自然的谐乐,自然的画意存在,因为情绪自身本是具有音乐与绘画之二作用故。情绪的吕律,情绪的色彩便是诗。诗的文字便是情绪自身的表现(不是用人力去表示情绪的)。我看要到这体相一如的境地时,才有真诗好诗出现。④

---

① 李怡.《女神》与中国"浪漫主义"问题——纪念《女神》出版 90 周年[J].中国现代文学研究丛刊,2012(1):115-116.
② 郭沫若.郭沫若致宗白华[M]//郭沫若全集(文学编):第 15 卷.北京:人民文学出版社,1990:13-14.
③ 郭沫若.郭沫若致宗白华[M]//郭沫若全集(文学编):第 15 卷.北京:人民文学出版社,1990:47.
④ 郭沫若.郭沫若致宗白华[M]//郭沫若全集(文学编):第 15 卷.北京:人民文学出版社,1990:47-48.

从郭沫若的上述论诗文字可以看出,郭沫若早期主张真实人生经验情绪的自然流露,而不是以现实的人生感悟去迎合西方各种"主义","做"矫揉造作之诗。在诗歌形式方面,郭沫若说:"他人已成的形式是不可因袭的东西。他人已成的形式只是自己的监狱。形式方面我主张绝端的自由,绝端的自主。"①郭沫若有关新诗形式的说法的确让有些人产生误解,甚至认为郭沫若的诗观前后自相矛盾。其实,早在1921年,郭沫若在致信李石岑谈论诗歌与音乐(信中也用"诗与歌"表述,引者注)的关系时认为:"诗之精神在其内在的韵律(Intrinsic Rhythm)","内在的韵律便是'情绪底自然消涨'","内在律诉诸心而不诉诸耳"②。1926年,郭沫若在《论节奏》一文中更明确指出:"节奏之于诗是她的外形,也是她的生命。我们可以说没有诗是没有节奏的,没有节奏的便不是诗。"③这些论诗文字都非常明确地阐述了郭沫若自己对于诗歌形式的独特见解。从他早期的自由诗创作同样可以看出,《女神》虽然没有相对固定的诗歌体式,但多数诗歌的内部非常讲求诗歌的形式秩序,诗中的节奏感更是新诗草创期诸多自由诗所无法比拟的,比如《天狗》《炉中煤》《晨安》《笔立山头展望》《立在地球边上放号》《地球,我的母亲》《太阳礼赞》《匪徒颂》。

从"新诗"发生、发展的历史出发,郭沫若的《女神》在新诗史上的地位和价值正如学者王光明在论述郭沫若《女神》时分析的:"如果从精神实质看'新诗',在'白话诗'确立了符号形式的现代体制后,的确是郭沫若以《女神》为代表的诗歌改变了中国诗歌的取材、想象方式和美学趣味";"《女神》在'新诗'中的特殊意义就在提供了一个中国诗歌中从未有过的'自我'形象,从而为'新诗'建立了新的话语据点"④。不仅如此,在形式秩序的寻求过程中,郭沫若有关新诗注重"内在律""节奏之于诗是她的外形,也是她的生命"等论述为中国新诗的形式建设提供了一种诗学参考资源。

---

① 郭沫若.郭沫若致宗白华[M]//郭沫若全集(文学编):第15卷.北京:人民文学出版社,1990:49.
② 郭沫若.论诗三札[M]//郭沫若全集(文学编):第15卷.北京:人民文学出版社,1990:337.
③ 郭沫若.论节奏[M]//郭沫若全集(文学编):第15卷.北京:人民文学出版社,1990:353.
④ 王光明.现代汉诗的百年演变[M].石家庄:河北人民出版社,2003:93-95.

第三节　初期白话诗的另一种形式构想

在"五四"文学革命运动中,就诗体改革而言,胡适提出"诗体大解放""作诗如作文""作诗如说话"的新诗理念并身体力行,郭沫若也在和朋友的书信往来中直陈"诗是情感的自然流露""诗不是'做'出来的,只是'写'出来的",倡导新诗在形式上要"绝端的自由"和"绝端的自主"。这些写作理念盛行于新诗坛并直接影响了当时的新诗创作。与此同时,刘半农、赵元任、陆志韦、潘大道、唐钺等学贯中西、学养深厚的语言学家、音韵学家、修辞学家认为"诗是一种艺术",它"不类常言",从文学本体论的层面对新诗的走向(形式与旨趣)作出与当时主流诗歌观念非常不同的思考。这一批学者提出的诗歌改革方案不仅注重诗的内在质地,更重视诗的艺术形式的理念,是早期新诗运动中的"另一条河流"。这一条"河流"不仅对当时新诗的自由化、散文化观念是有益的针砭,也是后来刘梦苇、朱湘、饶孟侃、闻一多、孙大雨等人倡导的新诗格律运动的先声。

一、"重造新韵"和"增多诗体"

1935年,朱自清在《〈中国新文学大系·诗集〉导言》中谈及新诗形式运动时曾说:"新诗形式运动的观念,刘半农氏早就有。"刘半农早在1917年于《新青年》上发表《我之文学改良观》中就论及韵文改良主张:"破坏旧韵重造新韵",同时"增多诗体"。从新文学运动的实际出发,刘半农认为,由于社会生活的发展,语言的变迁,今音与古音的读法有很大的不同,因而南朝齐梁时期沈约所造的《四声谱》中的诗韵已经不能适应新文学运动时期的诗体变革要求,因此,破坏旧韵,重造新韵为"事理之所必然"。至于读音不能统一,刘半农提出三种解决方法:第一,"作者各就土音押韵,而注明何处土音于作物之下";第二,"以京音为标准,由长于京语者为造一新谱,使不解京语者有所遵依";第三,"希望'国音研究会'诸君,以调查所得,撰一定谱,行之于世"[①]。在这三种解决方法中,刘半农也清醒地意识到,第一种方法最不妥当,但"今之土音尚有一着落之处,较诸古音之全无把握,固已善矣"。第三种方法虽然尽善尽美,但

---

① 刘半农.我之文学改良观[M]//胡适.中国新文学大系:建设理论集(影印本).上海:上海文艺出版社,2003:69.

是,"语音时有变迁,今日之定谱,将来必更有不能适用之一日","且语言之变迁,乃数百年间事而非数十年间事"。第二种方法相对于前面两种虽然"未尽善",但就目前的诗体改革而言还是比较稳妥的。在诗体革命运动的酝酿阶段,刘半农就以语言不断变迁的发展观认为,造谱者"造谱之时,读音决不与今音相同",也就"决无能力预为吾辈二十世纪读音设想",从而提出"破坏旧韵重造新韵"的形式革新方案,它冲破了中国诗坛上千百年来用韵拘泥于《四声谱》的诗歌创作藩篱。这一形式革新方案一方面是应当时语言从文言向白话转变的现实提出的,为适应这一语言转变的诉求,新诗的用韵也只有更接近活的、人民群众的日常用语,才能更好地反映当时的现实生活和时代精神;另一方面,当时的诗体革新运动正处于探索阶段,传统的保守主义者对白话诗颇多攻击,而新诗人的白话诗创作也处于混乱无序的状态,因而,刘半农的"破坏旧韵重造新韵"的改良主义策略在当时的诗体革新运动中可以看成权宜之计,为新诗坛的诗体变革方案提供了一种思路。

在倡导"诗体大解放"时期,白话诗的作品虽然不少,但质量却良莠不齐。白话诗的这种创作现状使得老一辈的保守主义者认为"白话诗是没有声调的",赞成白话诗的评论者在诗的声调评判上也没有统一的标准,新诗人的白话诗创作因为处于摸索阶段,尚未寻求到可靠的、相对稳定的参照系来规范诗歌创作。针对这些问题,刘半农在《〈四声实验录〉序赘》中坦诚地指出:对于老一辈的保守主义者,应以开明的心态来对待他们的攻击,而不是"造起一个壁垒"来漠视甚至忽略白话诗本身存在的问题;对于白话诗的评论者,研究者在声调的方面要"造起一个批评的标准";对于白话诗的作者,更应寻求"一个正确忠实的声调向导"以引导新诗人的白话诗创作。要达到这些目标,刘半农认为,不仅要"求之于原有的诗的声调","求之于自然语言中的声调","最要紧的是求之于科学的实验,而不求之于一二人的臆测"[①]。随后,刘半农在白话诗的创作实践中研究了"诗的声调问题中的四声",企望做成一部《汉诗声调实验录》,从而"使它能于配合一切体裁的韵文,一切地方人的声口"。遗憾的是,刘半农这一探索正如他自己所说,"没有半句具体的话可以报告"[②]。虽然刘半农对汉诗声调问题的探索并未成功,但是,他对汉诗声调中四声问题脚踏实地的实践精神和科学的实验态度本身及其研究心得,为后来新诗的音韵、形式的探索留下了一笔可供借鉴的诗学资源。诚然,从"后设"的视角来看,刘半农的

---

① 刘复.四声实验录·序赘[M]//半农杂文:第1册.北京:星云堂书店,1934:157.
② 刘复.四声实验录·序赘[M]//半农杂文:第1册.北京:星云堂书店,1934:156.

"破坏旧韵重造新韵"的韵文改良策略留下许多供反思的空间:首先,"破坏旧韵重造新韵"的理念并未真正摆脱古典诗歌形式体制的框架,且不说刘半农最终是否造出新韵,假使造出的新韵还是单纯为了新诗押韵(叶音)的话,那么,刘半农的韵文改良观念就并未真正超出黄遵宪、梁启超和王国维等人的诗歌改良方案。其次,重造的新韵迟早也还会在语言变迁的过程中,由于语音的变化再次造成押韵的变动问题。再次,如果把刘半农"破坏旧韵重造新韵"的韵文改良理念,与当时新诗坛提倡的诗体改革理念和白话诗创作实践进行比较的话,会发现它们之间在诗体改革的取向上虽然存在很大的不同,但这两种变革方案的不同,都可以从形式层面去探究其偏向性:前者只偏重表层的形式诉求,只注重诗行的押韵与否,而未考虑押韵与否并不是衡量诗的最重要的标准;而后者却极端地放任诗行的自由,完全不考虑诗之为诗的形式秩序,造成白话诗的自由化和散文化倾向。

在"增多诗体"方面,刘半农通过考察和分析中国传统诗体,比较英法两国诗体,剀切指出:"诗律愈严,诗体愈少,则诗的精神所受之束缚愈甚,诗学绝无发达之望"。因而,他期盼新诗坛的诗体改革不仅应"自造、或输入他种诗体",而且应"于有韵之诗外,别增无韵之诗"①。如此,新诗在形式上既可"添出无数门径",又可达到创作自由的化境,新诗形式表达途径的增加也促使新诗为传达时代精神而进行多样性和复杂性的努力。的确,刘半农对新诗形式的探索并未停留在理论上,从其白话诗的创作实践可以看出,他确实在"诗的体裁上是最会翻新鲜花样的"②。在《瓦釜集》和《扬鞭集》这两部诗集中,刘半农不仅尝试了"有韵诗""无韵诗""散文诗""拟儿歌""拟'拟曲'"等体式,还用江阴方言创作了四句头山歌(江阴最普通的一种民歌)。在这两个诗歌集子中,《无聊》以散文诗的形式动中写静、静中有变,写出阳春之后院里院外的不同景致及其变化,读后让人思绪翻飞,心中又略带伤感;《教我如何不想她》最早是刘半农创作的歌词,每一小节都各自押韵(今韵),歌名在每节末尾重复出现,形成复沓,整首歌词形式整饬,节奏感强。歌词原来是写对祖国的眷恋之情,经赵元任谱曲,传唱祖国大江南北,其内涵也扩大到男女之间的相思之情。用江阴方言写的《拟儿歌》("小猪落地三升糠")虽未写父母残杀婴儿和丢弃婴儿的具体原因,而描写婴儿在育婴堂的惨状和被吃的惨象,读者却能从中悟出当时

---

① 刘半农.我之文学改良观[M]//胡适.中国新文学大系:建设理论集(影印本).上海:上海文艺出版社,2003:70.
② 刘半农.扬鞭集·自序[N].语丝(70),1926-03-15.

农民处境的悲惨。《瓦釜集》中的《第三歌》("郎想姐来姐想郎")是一首简单纯朴的情歌:一对农家青年男女同在村中谷场上乘凉,相互爱恋,却又不知道对方的心思,然而他们相互向往的心思却通过飞越池塘的萤火虫在水中的倒影表露无遗。从这些诗歌中可以看出,刘半农确实是一个"驾御得住口语",把握得住"传布的区域很小"的方言,"具有诗人天分"[①]的诗人。

从"破坏旧韵重造新韵"和"增多诗体"的韵文改良方案的提出,到《瓦釜集》和《扬鞭集》这两部诗集中对多种诗体的尝试,可以看出,刘半农的诗体改革方案和创作实践对新诗坛形式革命的意义在于:它不仅是对当时白话诗创作呈现出的自由化、散文化的有力纠偏,也彰明了民族语言和传统诗学在新诗坛的诗体变革中完全有创造性生长的可能。

二、"吟与唱的区别"和"诗与歌的分途"

刘半农对韵文改良提出"破坏旧韵重造新韵"的建设性构想,但却未把这些有探索价值的设想落到实处。赵元任的《国音新诗韵》是把"破坏旧韵重造新韵"的观念付诸实践的专著,但他并不想通过《国音新诗韵》一书来建构新的诗歌"体制",也不像刘半农一样试图研究出一套汉诗声调系统作为写诗的向导和诗歌批评的标准,而是从文类的角度出发明确地指出:"诗的所以为诗,单就形式上论,有两种特征,诗与散文不同的地方:一,诗句里的用字有节律,要使得字字的轻重,快慢,和声调的高,扬,起,降,促,念得顺当;二,诗句和诗句的呼应起来有'押韵'的关系。"[②]赵元任从文类的层面区别白话诗与散文的不同,切中白话诗自由化、散文化时弊,这对新诗坛来说无疑是一服补偏救弊的良剂。遗憾的是,由于"五四"时期新文化思潮对待中国传统文化的偏激姿态和当时主流诗坛倡导诗体改革的理论家们一味强调用"白话"作诗,忽略了赵元任等人对白话诗音韵问题的探索。

面对当时那些指责白话诗"只能读不能吟,因而不能算诗"的保守主义者,赵元任认为:"所谓吟诗吟文,就是俗话所谓叹诗叹文章,就是拉起嗓子来把字句都唱出来,而不用说话时或读单字时的语调。"[③]赵元任以具体的古典诗、词、曲的"调儿"为例分析得出:吟诗因为"地方不同而调儿略有不同",甚至"同

---

① 周作人.扬鞭集·序[M]//陈绍伟.中国新诗集序跋选(1918—1949).长沙:湖南文艺出版社,1986:173.
② 赵元任.国音新诗韵[M].上海:商务印书馆,1923:6.
③ 赵元任.新诗歌集·序[M].上海:商务印书馆,1928:1.

一个人念两次也不能工尺全同",因此,"每次换点花样是照例的事情,两次碰巧用恰恰一样的工尺倒是例外的",而唱歌"每次用同样工尺是照例的事情,每次换点花样是(比较的)例外的"。由此可以看出,"吟诗没有唱歌那末固定"。而从诗歌的整体上来看,赵元任认为,"吟调儿是一个调儿概括拢总的同类的东西,连人家还没有写的诗文,已经有现成的这个调儿摆在这儿可以用来吟它了",但是唱歌却不这样,每一首歌都有自己的"歌调儿",它"在诗歌的全体中便是一个歌歌不同而不能固定的活东西",所以,"唱歌反而不及吟诗那末固定了"①。通过对"吟诗"和"唱歌"的分析比较,赵元任阐明了"吟"跟"唱"的区别在于"不是本身上的不同,是用法的不同"(着重号为原文所有,引者注)。赵元任谈论"吟诗"与"唱歌"的不同,是为了反驳保守主义者提出的"吟"在衡量诗与非诗时的决定性作用,他明确地指出"吟"不能作为一个评判标准来衡量当时白话诗能否算诗的问题。随后,赵元任把讨论的对象转入到新诗为何不能"吟"的问题上来,并进一步分析了"诗"与"歌"的分途。

在探索的过程中,赵元任深入细致地分析了旧诗词能够被吟唱的原因是"句子有比较的整齐一点的格式,可以用一个总调临机应变的吟叹",新诗对于"内容跟句式的个性两者都注重,所以新诗的读法是要把每首都给它'durch-komponieren'(德语,意为'通谱',引者注)起来,是要唱的,不是吟的"。赵元任认为"新诗"从理论上来说"是要唱的",但是,随着社会的发展,一方面由于专业分工越来越细化,作诗的未必会作曲,使"新诗"无法"唱";另一方面由于社会的进步,"诗"与"歌"也逐渐分属于两个艺术门类,"好歌未必是很好的诗,顶好的诗也未必容易唱成好歌",因为它们有各自的艺术法则和范式。所以,"诗是诗,歌是歌,诗歌愈进步,它们就免不了愈有分化的趋势"②。白话诗的创作是"本来不预备吟的",是"预备说的"——是照最自然最达意表情的语调的抑扬顿挫来说的,而且每一首诗有一首诗的一种或少数几种读法。在此,赵元任以既是语言学家又是音乐学家的双重涵养,深刻地剖析了长期以来残留于保守主义者心中把诗的音韵、格律、声调与音乐混为一谈的观念,认为诗与歌在起源上虽然是相同的,但是,随着人类社会的发展,它们日渐分离,成为"两路东西",因而"不能说谁好谁坏或谁高谁低",因为"一个是文学作品,一个是音乐作品",两者完全可以"各尽所长,往不同的方向去发展了"③。赵元任

---

① 赵元任.新诗歌集·序[M].上海:商务印书馆,1928:2.
② 赵元任.新诗歌集·序[M].上海:商务印书馆,1928:5.
③ 赵元任.新诗歌集·序[M].上海:商务印书馆,1928:7.

不仅有效地驳斥了保守主义者关于白话诗"只能读不能吟,因而不能算诗"的落后观念,也深刻阐明了新诗作为另一艺术门类,其音乐性的可能和限度。相较于刘半农的韵文改良观念而言,赵元任不仅从诗作为独特的文类来区分"诗"与"散文",还从"吟"与"唱"的层面区分新诗和旧诗,更重要的是,他把"诗"与"歌"分开,使"新诗"不为另一种艺术类别(音乐)所限制,或者说使"新诗"超越他所说的"调儿"(声调)的局限,认为"新诗"与古典的诗、词、曲在音韵、形式上都有不同的审美指向,这恰恰是他与刘半农的本质区别。刘半农在提倡韵文改良的过程中始终在"声调"以及它的"四声"问题上纠缠不清,所以他虽然"费过很多的功夫",却依然没能做成他的《汉诗声调实验录》。1934年,刘半农在一次外出调查方言时意外染病去世,他的白话诗声调、音韵和形式探索就此中断。

当时像赵元任一样主张"诗"与"歌"应该分而论之的还有潘大道。留学多国的潘大道在新文化运动前后是政界、学界的知名人物,在文学革命运动初期,白话诗创作刚刚起步,由于不遵循传统诗、词、曲的音韵规律而备受保守主义者的攻击之时,他就在《学艺杂志》上发表《何谓诗》一文,认为"诗不必有韵,有韵底不必是诗","韵是诗底形式上条件,不是诗底实质上条件","有韵无韵,都无关系,平仄排偶,更不待说"[①],他旁征博引传统诗词中不用韵的实例,以不容置疑的口吻反驳保守主义者,有力地声援了当时的诗体革新运动。然而,当白话诗逐渐成为新诗坛的主流"话语"并且成为新诗创作的"时式"后,潘大道却认为,白话诗的创作和盛行,不仅忽略了诗歌形式上的诉求,还压制了新诗其他"体式"的探索。在《诗论·自序》中,潘大道敏锐地指出诗歌作为"文艺之一种","皆有人工存焉",他还认为诗歌语言与其他文类的语言相比更讲究"音节调达";他提醒诗人们"矫枉者不可过正,过正则矫枉者亦枉"[②]。此外,潘大道还反思了自己早年的诗学观点,重提格律对于"诗之形式"的重要性。当然,潘大道重提这一主张并不是要新诗回到古典诗词的押韵、平仄和对偶的老路上去,他心目中的"格律"指"音乐的利用语言之方式(着重号为引者所加)"。如何区别诗和音乐,潘大道认为,"音乐以声音之暗示而别于诗,诗以言语之表象而别于音乐",诗之所以"不能离却音律之法则"是因为"人之声音,既是人类内部活动之发出,则有声音连续而成之音律,亦为人类内部活动之发

---

① 潘大道.何谓诗[J].学艺杂志,1920,2(1):1-12.
② 潘大道.诗论·自序[M].上海:中华学艺社,1924:2.

出"①。在潘大道看来,诗的语言"不类常言",其音律特征也不是外加的,而是植根于"人类内部活动之音律的表现",这就为诗之语言中的格律特征找到了生理学和心理学的依据,以科学的态度来分析诗中的音乐性特征与另一艺术门类(音乐)的不同。针对都是"以言语之为表象"特征的诗与散文,潘大道认为诗与散文之间的区别有两点:"从精神论:一为主观的、主情的,一为客观的,主智的。从形式论:一为音律的、咏叹的,一为论理的、叙述的。"②

从"诗不必有韵,有韵底不必是诗"到"诗对于音乐,以言语为其特质;对于散文,以音律为其特质"的观念发展,潘大道认为"诗的职分"应是"妙用语言,合于音律"③。由此,潘大道一方面回应了保守主义者对白话诗音韵问题的攻击④;另一方面,厘清了"诗""音乐""散文"三者之间的复杂关系,这对当时白话诗创作中的自由化和散文化的弊端,是一个有力的校正。从新诗发展史的角度上看,潘大道和赵元任的意义在于:在激进的诗体变革过程中,他们能冷静地面对当时白话诗对传统诗词的突破性发展,又能客观地对待白话诗创作的缺陷,从理论上辨析诗与散文的不同和诗与歌(音乐)的"分途"给新诗创作带来的难度。这不仅击中白话诗创作自由化、散文化的要害,也拓展了白话诗创作存在多种可能性的想象空间。

三、"节奏千万不可少,押韵不是可怕的罪恶"

其实,在赵元任写作《国音新诗韵》研究白话诗音韵的时候,被朱自清称为"第一个有意实验种种体制,想创新格律"的诗人陆志韦,也正从东西方的诗歌中寻找资源来创制自己心目中的"白话诗"。陆志韦的诗集《渡河》于1923年

---

① 潘力山.从学理上论中国诗[J].小说月报,1927,17(号外):35.
② 潘力山.从学理上论中国诗[J].小说月报,1927,17(号外):41.
③ 潘力山.从学理上论中国诗[J].小说月报,1927,17(号外):48.
④ 曹聚仁在20世纪20年代与章太炎讨论白话文时曾写过几篇新诗管见,替自由诗辩护。而章太炎在辩论中认为"诗之有韵,古今无所变"。(章太炎:《答曹聚仁论白话诗》,载《华国月刊》,第一卷第四期,1924年4月。)章太炎的"诗之有韵,古今无所变"的观点曾经引发了相当多的回应文章。其中质疑章太炎"非韵无诗"的观点在其学生辈中就有潘大道和唐钺;潘的论文《何谓诗》不囿于师生关系,反驳自己老师的观点,认为"诗不必有韵"。(该文载于《学艺杂志》第二卷第一号,1920年4月);唐的论文《诗与诗体》也批驳了自己老师以有韵与否为诗与非诗的标准。(该文载于《小说月报》第十七卷号外《中国文学研究》(上),1927年6月;而这篇论文更早在1926年就编入在他的论文集《国故新探》中,上海:商务印书馆,1926年,其实唐钺的这篇文章写于1924年8月9日。)

7月由上海亚东图书馆出版,在诗集的《自序》中,他坦言自己的白话诗创作"有用做旧诗的手段所说不出来的话,又有现代做新诗而迎合一时心理的人所不屑说不敢说的话"①,他自信地认为这些白话诗"不是毫无价值"的。面对当时新诗坛白话诗的创作现状,陆志韦以《渡河》的创作实践为例,认为"中国的长短句是古今中外最能表情的做诗的利器",它们"有词曲之长,而没有词曲之短","有自由诗的宽雅,而没有它的放荡",若是"再能破了四声,不管清浊平仄,在自由人的手里必定有神妙的施展"②。其言外之意是白话诗的创作若能吸纳长短句的优点,破除四声、清浊和平仄等传统诗词的形式抑制,则它作为一种新的诗歌体式会有很好的发展前景。因此,在白话诗的韵节上,陆志韦从心理学和语音学两个层面否定了中国诗的节奏是以平仄为基础的观念,认为白话诗应该"舍平仄而采抑扬"③,主张"有节奏的自由诗"和"无韵诗"④。但是,陆志韦并不像当时许多白话诗创作者一样随声附和"诗体大解放",而认为"自由诗"的形式也为白话诗创作带来新的"难度":因为"自由诗有一极大的危险,就是丧失节奏的本意",节奏是"音之强弱一往一来,有规定的时序;文学而没有节奏,必不是好诗"。针对当时新诗坛将口语直接入诗的风气,陆志韦并不反对"把口语的天籁作为诗的基础",但也一针见血地指出"口语的天籁非都有诗的价值,有节奏的天籁才算是诗"⑤。在此陆志韦明确地表达"诗应切近语言,不就是语言","诗的美必须超乎寻常语言美之上,必经一番锻炼的功夫"的诗学理念,要达成诗的语言,节奏就是"最便利,最易表情的锻炼",它的来历"有迟有速","有时像现成的,有时必须竭力经营的"⑥。陆志韦对白话诗节奏的强调,可以说真正触及到了西方自由诗的重要特征——重视诗的节奏。也正是陆志韦为中国新诗的早期形态——白话诗的发展寻找到理论依据,接通了用白话创作的自由诗与西方近现代自由诗的关联。

在强调了节奏是白话诗创作中不可或缺的形式要素之后,陆志韦虽然认为"韵的价值并没有节奏的大",但他也指出"韵可以预报顿挫之将临,一语之

---

① 陆志韦.渡河·自序[M].上海:亚东图书馆,1923:1.
② 陆志韦.渡河·我的诗的躯壳[M].上海:亚东图书馆,1923:14.
③ 陆志韦.渡河·我的诗的躯壳[M].上海:亚东图书馆,1923:16.
④ 陆志韦.渡河·我的诗的躯壳[M].上海:亚东图书馆,1923:19.
⑤ 陆志韦.渡河·我的诗的躯壳[M].上海:亚东图书馆,1923:17.
⑥ 陆志韦.渡河·我的诗的躯壳[M].上海:亚东图书馆,1923:18.

将了",作诗者如果善于用韵,"亦即留意于节奏之整齐,语句之圆满"①。结合《渡河》的创作实践,陆志韦阐明了自己区别于传统诗词押韵的白话诗押韵方法:第一,破四声(节奏尚且要废平仄,押韵当然不主张用四声);第二,无固定的地位(有时间行押韵,有时每行有韵,更有时每行间迭起韵,而且押韵不必在韵脚,只看一行最后注重哪一个音,就押哪一个音,甚至一行连押两字);第三,押活韵,不押死韵(用国语或一种方言为标准,不检韵书)。② 从当时新诗坛对白话诗形式论争的角度来看,陆志韦对白话诗的用韵研究,是对刘半农的"破坏旧韵重造新韵"的韵文改良观点和赵元任《国音新诗韵》一书中有关白话诗音韵理论的呼应和推进;他在《渡河》中对白话诗轻重音的安排、押韵位置的变更和对国音与方言的利用等的探索实践,为日后新诗理论家探讨新诗形式问题提供了可供参考的重要的诗学资源。

陆志韦关于白话诗"节奏千万不可少,押韵不是可怕的罪恶"的诗歌观念并不是草率地反对当时的主流诗潮,而是建立在他对英美诗歌的深厚学养之上("我费在西洋诗上的时间反比中国诗多些"),更是建立在他自己对白话诗的创作实践上("我的诗的形式经历过好几回的蜕化"),其创作于1920年秋的《摇篮歌》是《渡河》集子中在音韵、节奏和形式上都非常有代表性的一首诗:"宝宝你睡吧,/妈妈为你摇着梦境的树,/摇下一个小小的梦儿来。/宝宝你睡吧,/妈妈为你拣两朵紫罗兰,/送灵魂儿到你笑窝里来。/宝宝你睡吧,/妈妈为你留下些好辰光,/你醒来,月光送你的父亲来。"在这首写给将为人父母的朋友的"汤饼之歌"中,陆志韦不仅转化了古典诗歌中的重章和复沓的手法,还吸纳了儿歌、民谣等民族传统资源,使得这首诗歌无论在音韵上,还是在形式上都非常整饬,诗行之间的节拍读起来很有节奏感。当然,像《摇篮歌》这样在形式、音韵和节奏上都称得上好诗的,在《渡河》中比较少,在整个诗集中我们读到的更多的是诗行较长,节奏不明显,在音韵上更谈不上和谐的白话诗,陆志韦也坦承了自己对"有节奏的自由诗"这种"体格"的不擅长,"愈写得长,弊窦愈多,所以只用于短的抒情诗"③。从《渡河》中也可以看出,陆志韦的白话诗创作实践与自己所提倡的"节奏千万不可少,押韵不是可怕的罪恶"的自由诗理论还是存在一些裂隙;而陆志韦引进英语诗歌中的"抑扬"理论来代替中

---

① 陆志韦.白话诗用韵管见[M]//燕京大学.燕园集.北京:燕京大学燕园集出版委员会,1940:3.
② 陆志韦.渡河·我的诗的躯壳[M].上海:亚东图书馆,1923:20-21.
③ 陆志韦.渡河·我的诗的躯壳[M].上海:亚东图书馆,1923:19.

国诗歌中的"平仄",是否符合现代汉语的特点,能否与诗歌中的节奏相互配合,都是值得深入反思的①。陆志韦对白话诗的节奏和音韵问题的探讨一直持续到20世纪40年代后期,他的《杂样的五拍诗》的创作实践和相关的理论文章如《论节奏》《白话诗用韵管见》《再谈谈白话诗的用韵》和《从翻译说到批评》等论文为中国新诗的形式建设提供了一个有价值的参照。②

在新诗最兴旺的日子,用白话创作的"自由诗"成了当时新诗坛最主要的诗歌体式,胡适在《谈新诗》中坦言自由诗"差不多成为诗的创造和批评的金科玉律";然而,正如朱自清所说:"所谓'自由诗',又岂是随随便便写得好的……要知道提倡的人本只说'诗体大解放',并不曾说容易;提倡白话文,虽有人说是容易作,但那只是因时立说,并不是它的真价值。一般人先存了个容易的观念,加以轻于尝试的心思,于是粗制滥造,日出不穷。新诗自然愈来愈滥了。"③朱自清一语道破了当时新诗坛的要害。胡适确曾在《谈新诗——八年来一件大事》中提倡"诗体大解放",但在"五四"新文化的激进年代谁又注意到就在这一篇文章中,他对"新诗"的"音"(诗的声调)和"节"(诗句里面的顿挫段落)做了详细的解说呢?而倡导"新诗"在形式上要"绝端的自由"和"绝端的自主"的郭沫若也并非不讲究诗歌的音韵、节奏,在《论诗三札》中,郭沫若就把诗之韵律分成了"外在的韵律"(有形律)和"内在的韵律"(无形律);《论节奏》中强调"没有诗是没有节奏的,没有节奏的便不是诗"。然而,当时相当多的自由诗创作者由于受时代思潮的影响,都只看到"新诗"写作中"自由"的一面,而忽略了"新诗"作为一种文类的制约因素,当时对这一问题探讨得较多的是胡适留美时期的同学以及后来在北京大学的同事唐钺。唐钺博学多才,不仅精通哲学、心理学,在音韵学、训诂学和修辞学上也有独到的研究,他在写于1924

---

① 王光明认为:"陆志韦重视'新诗'的形式和声韵,出发点是好的,实践上却存在不少问题。其中最重要的一点,是他输入的西洋格律和'抑扬'理论,不大符合汉语的特点,反而导致了诗意的晦涩和节奏上的混乱。这一点,在他留学归来仿照英诗五步抑扬格(iambic pentameter)写的《杂样的五拍诗》,反映得非常明显。"王光明.现代汉诗的百年演变[M].石家庄:河北人民出版社,2003:199.

② 朱自清在《诗与话》一文中谈到陆志韦的《杂样的五拍诗》时说"每首像一个七巧图,明明是英美近代诗的作风,说是摹仿近代诗的神韵,也许更确切些";在论及《再谈谈白话诗的用韵》一文时,朱自清认为"文里说的轻重音,韵的通押,押韵形式,句尾韵等,是还值得大家参考运用的"。朱自清.《诗与话》[M]//朱自清全集:第3卷.南京:江苏教育出版社,1996:284-289.

③ 朱自清.新诗[M]//朱自清全集:第4卷.南京:江苏教育出版社,1996:216-217.

年的《诗与诗体》一文中批评当时的"自由诗":"若专论他的体制,无韵者实与散文同类,有韵者实与散韵文杂体文同类;不过将他分行书写,罢了。"①这一批评虽然过于苛刻,但是,面对当时新诗坛许多人"大声疾呼"要废四声,废节奏,废韵,解脱任何文学的桎梏时,确实也有它的警醒之处。在另一篇文章《音韵之隐微的文学功用》中,唐钺探讨了音韵在诗歌中的隐微作用,认为"新文学所要解脱的,并不是音韵,乃是死板板的音韵格式。至于音韵的活泼力方面,不特不应该废掉,还要尽量采用,尽量把他们试验,以使他们在文学上可能充分实现。换句话说,新文学所不注重的是音韵的显著功用;而我这篇所论的音韵的隐微功用,正是新文学所应特别留心的"②。唐钺对诗歌中音韵的隐微作用的研究用他自己的话来讲,就是"想对于新文学家尽一点'拾遗补阙'的责任"。如果站在"后见之明"的立场来思考当时新诗坛白话诗创作不讲形式美感,更不讲诗歌旨趣的创作倾向,也许可用"过渡时代不可免的现象"(朱自清语)之类的话打发过去,但却不能抹杀刘半农、赵元任、陆志韦、潘大道、唐钺等人当年对新诗形式、音韵和节奏等的探索之功,正是他们这一群先驱者的默默寻求,才有了后来格律诗派对新诗形式秩序探索的"燎原之势"。

第四节　新诗形式美学探求的洞见与不见

在中国新诗的发生、发展过程中,对形式秩序的寻求始终以或隐或显的方式呈现在各个阶段诗人的创作实践和诗论家的理论探索中。新诗坛初期就有刘半农提出"破坏旧韵重造新韵,增多诗体"、胡适倡导"自然的音节(语气自然,用字和谐)"、赵元任研究"国音新诗韵"、陆志韦尝试"有节奏的自由诗";甚至,在新诗形式方面主张"绝端的自由,绝端的自主"的郭沫若也认为诗有"内在的韵律(无形律)"和"外在的韵律(有形律)"之分,强调"节奏之于诗是她的外形,也是她的生命"③。然而,无论是刘半农、胡适、赵元任,还是陆志韦、郭沫若等人,他们对新诗形式秩序的探索,都是在各自的理论学习和创作实践中对未来新诗形式申述各人的诗学"愿景",而未形成集体探讨新诗形式的风气,

---

① 唐钺.诗与诗体[M]//国故新探.上海:商务印书馆,1926:76.
② 唐钺.音韵之隐微的文学功用[M]//国故新探.上海:商务印书馆,1926:32.
③ 郭沫若.论节奏[M]//郭沫若全集(文学编):第15卷.北京:人民文学出版社,1990:353.

更没能创办刊物(或寻求栏目)来提倡自己及其同人们的诗艺追求,从而申张区别于中国古典诗、词、曲的中国新诗形式的美学诉求。后起的刘梦苇、朱湘、饶孟侃、闻一多、徐志摩、孙大雨等新一代的诗人凭着对新诗"醇正"和"纯粹"的兴趣,自发组织了一个圈子,借《晨报·副刊》作为阵地,创设《诗镌》栏目,成就了当时新诗坛一场影响甚重的新格律运动。

一、刘梦苇:"新诗形式运动的总先锋"

《诗镌》能够在《晨报·副刊》上占有一定空间并探讨新诗的形式秩序,徐志摩功不可没。然而,新格律运动从酝酿、发起到成为一个有一定影响的流派,不是徐志摩"振臂一呼,应者云集"的创举,而是刘梦苇、朱湘、饶孟侃、闻一多等诗人和理论家苦心经营的结晶。

在《诗镌》创刊之前贡献最大然而身后几乎被人忽略的,是当时被朱湘称为"新诗形式运动的总先锋"的刘梦苇。朱湘曾因刘梦苇作为诗人的身份被人怀疑在1928年写了一篇纪念文章为他抱不平:"这个运动的来源很久。音韵从胡适起就一直采用的。诗行方面,陆志韦的《渡河》当中就有许多字数划一的诗。关于诗章,郭沫若很早的已经努力了。不过综合这三方面而能一贯地作出最初的成绩来的,那却要推梦苇。我还记得当时梦苇在报纸上发表的《宝剑之悲歌》,立刻告诉闻一多,引起他对此诗形式上的注意。后来我又向闻一多极力称赞梦苇《孤鸿集》中《序诗》的形式音节。以后闻一多同我很在这一方面下了点功夫。《诗刊》(即《诗镌》,引者注)办了以后,大家都这样作了。"[①]另外,刘梦苇的另一位朋友塞先艾也在1938年的文章中这样回忆道:"在徐志摩先生主编的《晨报副刊》上,前几期曾登过闻一多、朱湘、饶孟侃、朱大枬、刘梦苇诸先生和我的新诗。隔了几天,梦苇便发表了他的《中国诗底昨今明》一文,作为中国新诗的一次总清算,他一方面约集朋友们在北河沿震东公寓谈了一次话,当时赴会的除了二朱一闻一饶和我之外,还有于赓虞。梦苇拿出他的格律整齐的新诗集《孤鸿》的原稿来给大家传观。朱湘先生也给我们看了几首他的近作。后来,大家便提议既然有这么些人在努力,不如在什么地方办一个诗刊吧。他们便托我去向晨报的徐志摩先生接洽,一多也去吹嘘了一下,《诗镌》第一期便以一个'纪念三一八专号'出世了,并推定徐志摩先生负责集稿……后来梦苇一死,《诗镌》便停刊了。但是新诗的字句趋向整齐,着重音律,这可

---

① 朱湘.刘梦苇与新诗形式运动[N].文学周报,1928-09-16.

以说梦苇开的头,大家跟着试验,于是才形成了一个风气的。"①笔者在此大段引用参与这一诗歌运动的诗人的回忆文章,并不是要贬抑徐志摩在 20 世纪中国新诗史上的突出地位以拔高刘梦苇在新格律运动中的贡献,只是想通过这一运动的当事人和见证者以及相关的史料尽可能地逼近当年的历史真实,从而更好地理解新格律运动的来龙去脉。正如前文所说,身为《晨报·副刊》主编的徐志摩不仅为《诗镌》提供发表版面,参与、组织诗友的读诗会,而且其诗歌创作也深受新格律理论的影响,变得谨严起来,并努力于西方诗歌"体制的输入和试验"。所有这些都表明其在整个新格律运动中的历史功绩是不可抹杀的。

其实,朱湘和塞先艾对刘梦苇的推许之辞并非言过其实,刘梦苇在《诗镌》创刊前就在《晨报·副刊》上发表《中国诗底昨今明》一文。该文先简略描述中国诗从诗经、楚辞、乐府、五绝、七绝、五律、七律、词、曲等过渡到新诗的文体演变过程,进而论述了新诗在文学革命中产生的内因和外因以及新诗创作存在的问题。针对新诗创作的良莠不齐,刘梦苇呼吁"建设一种诗底原理和批评":从建设"诗底原理"层面看,刘梦苇认为诗"要有真实的情感,深富的想像,美丽的形式和音节,词句……那没有这些的,无论他是新的旧的雅的俗的,我们都不承认它是诗好了";从建设"诗底批评"层面看,刘梦苇认为"好的批评家一面可以引导作者鼓励作者,一方面可以把好的作品介绍给读者,使他们了解作者,认识好的作品"。其次,在创作实践上:第一,创造新诗。刘梦苇认为"词化的新诗""曲子一样的新诗"和"旧歌谣里面蜕蝉出来的新诗",它们没有"作者底个性",不是"新的风格""新的音韵""新的意境和形式",都不能算是新诗。第二,创造中国之新诗。刘梦苇以徐志摩、闻一多为例,指出他们和很多新诗人都直接、间接受西洋诗的影响,所写的新诗不少是"欧化的新诗",他们"摆脱了古人底束缚重新入了洋人底圈套",这不仅不是西洋人所希望的中国新诗,更不是"创造的中国之新诗"。最后,刘梦苇号召新诗人创作的新诗应该在意境与技术上"不是取法古人,也不是模拟西洋",而要"创造新的音韵、新的形式和格调"②。刘梦苇在《中国诗底昨今明》一文中倡导"建设一种诗底原理和批评",一方面是希望澄清当时新诗坛芜杂的诗歌生态(诗/散文、诗/非诗、新/旧、雅/俗)问题,更试图引导新诗人创造"新的音韵、新的形式与格调",从而创

---

① 塞先艾.向艰苦的路途走去[M]//塞先艾文集:第 3 卷.贵阳:贵州人民出版社,2004:278-279.
② 刘梦苇.中国诗底昨今明[N].晨报副刊,1925-12-12.

作出真正的"中国之新诗",以此塑造读者新的阅读趣味。刘梦苇此文不仅从诗形上(创造新的音韵、新的形式和格调),还从诗质上(真实的情感、深富的想像、作者底个性、新的风格、新的意境)指明"中国之新诗"的发展趋向,为《诗镌》的办刊理念、新格律运动努力的方向及其诗人们的创作倾向定下基调。

在《中国诗底昨今明》一文的结尾中,刘梦苇倡议新诗人不仅要"从事旧的破坏",更要"赶紧从事新的建设"。但是,在"破坏"和"建设"的取向上,刘梦苇不像早期倡导"诗体大解放"的众多新诗人和诗论家们,决绝否弃传统诗歌的所有质素,转而模拟西洋诗,走欧化的道路;而是认为建设"中国之新诗"必须创造性地吸纳传统诗、词、曲的有益因素来丰富新诗的发展。他在随后的《论诗底音韵》一文中写道:

> 新诗承词曲之后,理应存词曲之长,而去其短,以求进步;从较不自由求进步到自由,不,从较不艺术求进步到艺术。我们与其说求解放求自由,不如说求美妙求艺术,文艺革命之意应该在此,新文艺运动之精神与理想也应该是这样。年来国人总是矫枉过直,全盘抹杀,把旧有的文艺底坏处除去,也连它底好的地方也尽弃不用,这是大的大的错谬!我们并不是跟旧的妥协,根本我们就不曾同意过一般人底新旧的划分,也不曾站在新的方面笼统的无理由地对旧的全部反对过。艺术只有好坏,没有新旧,这是我们常说的口号。所谓"旧诗"跟"新诗"底分别,只是产生的时代不同,表现的方法各殊罢了;我们可以说是由前者进化到后者;而二者有衔接的线索,并不是全然相反,不能相容的冰炭,水火。谓我们不当跟词曲那样呆板的填法,把诗做了音乐地奴隶则可;若说词曲底音节亦不可沿用,这又怎么说得通?太阳之下本没有绝对的旧,但也难得看见激底的新。我们底诗固然还待创造新的,但又何必抛却旧来的佳美?在新诗里,自有情绪,思想跟想像等不同于古人,不同于外人的,音节当然可以自由采用。①

刘梦苇关于"新"与"旧"有"衔接的线索",太阳底下"没有绝对的旧",也没有"澈底的新"的观念,一方面彰显了他对"传统"的辩证理解,另一方面也阐明新诗可以通过对"传统"的吸收和转化得到创造性发展的可能。他在文中所表达的对待"传统"的观点无疑超越当时许多的新诗人,因为"传统"正如艾略特所说的,是"具有广泛得多的意义的东西",它"含有历史的意识……这个历史的意识是对于永久的意识,也是对于暂时的意识,也是对于永久和暂时的合起

---

① 刘梦苇.论诗底音韵[J].古城周刊,1927,1(2):4-5.

来的意识。就是这个意识使一个作家成为传统性的。同时也就是这个意识使一个作家最敏锐地意识到自己在时间中的地位,自己和当代的关系"①。

正是由于主张对待"传统"采取扬长避短的态度,刘梦苇也就能很自然地从中外诗歌中寻找有益资源来建设他心中理想的"中国之新诗"。在论及新诗的音节、押韵、节奏等形式要素时,刘梦苇认为"文学底工具自然是文字,但文字有意义与声音两种作用。诗之所以做了文学底王位者,便因它不仅是利用文字底意义如小说一般,它还得尽音乐之能事……诗要驰骋艺场,必得在音乐之妙用方面思索";但是,他也很清醒地意识到诗"虽然利用音乐,却不是全变为音乐",它是"一种有节奏的文字(Metrical Language),音节(Rhythm)是它底衣冠,甚至是它底躯壳,它底贮藏灵魂的箧子,舍此,它将无以自见了"②;而韵在"诗里有一种直的效能是把全句锁紧,使许多字溜下来有一个着落",同时它"还有一种横的作用是使句互相联络,发生交涉"③。刘梦苇对新诗音节、押韵、节奏等形式秩序的追求不仅表现在他的音韵和谐、形式整饬的诗歌创作上,还表现为他与朱湘、闻一多、饶孟侃、于赓虞等诗人通过举办读诗会的方式来共同探讨新诗音节、押韵、格律、节奏等形式问题,由此形成集体探索新诗形式规范的风气。《诗镌》也因刘梦苇、朱湘、闻一多、徐志摩、蹇先艾、于赓虞等人的精心策划,终于在《晨报·副刊》上争得一席之地,为新格律运动的正式登场开辟了极具影响力的阵地。

二、寻求"新格式与新音节"

《诗镌》于 1926 年 4 月 1 日创刊,1926 年 6 月 10 日停刊,总共出 11 期,每逢周四出版。《诗镌》存在两个多月中,共发表诗歌理论、诗歌评论和诗人介绍 19 篇,诗作 83 首,译诗 2 首,英文诗 1 首。《诗镌》从创刊起,同人的目的非常明确,就是"要把创格的新诗当一件认真的事情做"。徐志摩在《诗刊弁言》中代表同人表达了他们的诗歌"信仰","诗是表现人类创造力的一个工具,与音乐与美术是同等同性质的",其"完美的形体是完美的精神唯一的表现"。在此文中,徐志摩凯切地指出"我们这民族这时期的精神解放或精神革命没有一部像样的诗式的表现是不完全的",并且在这急剧变革的年代,"我们自身灵里以

---

① 艾略特.传统与个人才能[M]//王恩衷.艾略特诗学文集.卞之琳,译.北京:国际文化出版公司,1989:2.
② 刘梦苇.论诗底音韵[J].古城周刊,1927,1(2):2-3.
③ 刘梦苇.论诗底音韵(续)[J].古城周刊,1927,1(3):6.

及周遭空气里多的是要求投胎的思想的灵魂"。因此,我们的责任是为这些"要求投胎的思想的灵魂"寻求"新格式与新音节","替它们构造适当的躯壳"①。这宣言式的表白明显透露出,《诗镌》的同人在诗歌创作和诗艺追求上与胡适、郭沫若等那一代诗人已经很不同了,胡适、郭沫若那一代的诗人重在破坏古典诗歌体制的约束,尝试用白话写诗,重构新诗的抒情主体;徐志摩、闻一多、饶孟侃等人却必须在破败的诗歌王国废墟上,通过"新格式与新音节的发见",创造"新的音韵,新的形式与格调"来重临诗歌的精魂,这无疑是一项艰苦卓绝的诗歌事业。

《诗镌》在发行短短两个多月的 11 期中,对新诗的形式探索是其核心任务,期刊中的大多数新诗作品也是围绕新格律运动的理论家们倡导的,在形式、结构等方面区别于之前自由化、散文化新诗的试验之作。在新诗形式秩序的寻求过程中,刘梦苇、饶孟侃、闻一多、徐志摩、朱湘等人不仅探讨新诗的格调、韵脚、节奏、平仄等音节和格律问题,还学习、模仿西方无韵体、十四行等诗体创作新诗,因而被认为是"第一次一伙人聚集起来诚心诚意的试验作新诗"②。他们的诗学探索和创作实践在当时被称为"一支突起的异军,给我们诗坛不少的颜色"③。

从《诗镌》的酝酿、创办到给新诗坛造成一定的影响,音节问题成为《诗镌》及其理论家们探索新诗形式秩序的重中之重。然而,《诗镌》及其理论家们所谓的"音节"并不是英文的"syllable(一个元音和一个或几个辅音音素组成的语音结构最小单位)",而是包含多个层面的诗歌形式要素。在白话诗时期,胡适把"音节"分两层:第一,"节"就是诗句里面的顿挫段落;第二,"音"就是诗的声调,它包含平仄要自然,用韵要自然。他认为,诗的音节全靠两个重要分子:一是语气的自然节奏,二是每句内部所用字的自然和谐。至于句末的韵脚,句中的平仄,都是不重要的事。④ 由此可见,胡适所谓的"音节"至少包括诗的节奏、韵脚、平仄等要素。但是,在指出音节在新诗中的重要性时,胡适并未阐明音节各要素之间的相互关系。随后,被称为"有意实验种种体制,想创新格律"的陆志韦,结合自己的创作实践,对白话诗的"韵节"进行了探讨。他通过对比

---

① 徐志摩.诗刊弁言[J].诗镌,1926(1):1.
② 梁实秋.新诗的格调及其他[J].诗刊,1931(1):83.
③ 朱自清.新诗[M]//朱自清全集:第 4 卷.南京:江苏教育出版社,1996:211-212.
④ 胡适.谈新诗——八年来一件大事[M]//胡适.中国新文学大系:建设理论集(影印本).上海:上海文艺出版社,2003:303-305.

中国语言与拉丁诸语、条顿诸语语音特征的不同,从心理学和语音学两个层面来考察语音的抑扬、长短和平仄用于节奏的优劣,认为中国诗"用平仄为节奏,原是大可出入的",古典诗歌中律诗平仄规律地被打破就说明"有了节奏,平仄可以不必用;用了平仄,没有节奏,依旧是没有效力的",所以,节奏的获得应该另寻出路。由于"我国普通语没有入声,不分长短",因而只有"舍平仄而采抑扬"①。在押韵方法上,陆志韦的白话诗押韵"不主张用四声""无固定的地位""押活韵,不押死韵"②。从陆志韦的白话诗实践可以看出,"韵节"的要素之一——节奏在新诗形式秩序寻求中的重要性,以及押韵在新诗创作实践中的灵活、可变性("押韵也不是可怕的罪恶")。但陆志韦也指出,平仄并不是新诗节奏的必要条件。新格律运动兴起后,《诗镌》的重要理论家饶孟侃在吸纳中国传统诗歌和借鉴西方近代诗歌有益质素的基础上,对中国新诗的音节又进行了深入的探索。他认为新诗之所以"入了正轨","就了范围"就是对"音节"有了相对自觉地认识:它"决不是专指那从字面上念出来的声音",而是包含"格调,韵脚,节奏和平仄等的相互关系"。所谓"格调"指"一首诗里面每段的格式","韵脚"指诗行间的押韵问题,"节奏"涉及诗行的"拍子"问题,"平仄"指字音的抑扬轻重。饶孟侃认为诗不能没有诗段格式的整体制约,"没有格调不但音节不能调和,不能保持均匀,就是全诗也免不了要破碎";但格调的谨严依赖韵脚,因为它能"把每行诗里抑扬的节奏锁住,而同时又把一首诗的格调缝紧";节奏是新诗音节要素中最难操纵的,一首诗的节奏的产生既可能是"由全诗的音节当中流露出一种自然的节奏",也可能是"作者依着格调用相当的拍子(beats)组合成一种混成的节奏"。饶孟侃强调"这两种节奏就没有优劣的分别",若能两者相互结合使用,使诗的节奏从自然的流露走向自觉的磨炼,从情感暗示的节奏走向规律化的节奏,合理使用拍子,全诗的音节就能张弛有度,和谐自然。此外,饶孟侃结合我国语言文字与别国与众不同的特色,对新诗中的平仄问题提出看法。他认为,仍需注重新诗中文字的平仄调适,这并不是要"恢复旧诗音节里死板平仄作用",而是因为"一个字的抑扬轻重完全是由平仄里产生的","抛弃它即是等于抛弃音节中的节奏和韵脚","平仄要是太不调和,那首诗的音节也一定是单调"③。从胡适、陆志韦到饶孟侃对新诗音节(韵节)不断深入的探讨可以看出,在从文言向白话的转换过程中,新诗的语

---

① 陆志韦.渡河·我的诗的躯壳[M].上海:亚东图书馆,1923:14-16.
② 陆志韦.渡河·我的诗的躯壳[M].上海:亚东图书馆,1923:17-20.
③ 饶孟侃.新诗的音节[J].诗镌,1926(4):49-50.

言、形式从追求自然和谐发展到讲究节奏美感,再到新格律运动的理论家们吸纳传统诗、词、曲中的有益质素和借镜西方近现代诗体艺术,从而提出了中国新诗新的形式美学诉求。这种新的形式美学诉求不仅重视一首诗"行"的关联,"节"的匀称,更追求一首诗整体结构的浑融圆满和相互呼应。

《诗镌》的另一重要理论家闻一多也围绕新诗的"格律"①从理论和实践上对新诗形式秩序的寻求进行独特的探索。他认为格律的原质从表面上看来可从两方面讲:一是属于视觉方面的,二是属于听觉方面的。属于视觉方面的格律有节的匀称,有句的均齐;属于听觉方面的有格式,有音尺,有平仄,有韵脚。但是,从实质上看,它们又是息息相关的,因为"没有格式,也就没有节的匀称,没有音尺,也就没有句的均齐"。由于饶孟侃对格式、音尺、平仄、韵脚等听觉方面都进行了精细的讨论,所以闻一多把讨论的焦点放在视觉方面。他认为视觉方面的问题虽然"比较占次要的位置",但是,对于中国文学来说,尤其不当忽略视觉一层,因为"我们的文字是象形的,我们中国人鉴赏文艺的时候,至少有一半的印象是要靠眼睛来传达的"②。因此,建筑美(节的匀称和句的均齐)就成为新诗的特点之一。闻一多认为新诗的建筑美与律诗的建筑美是完全不同的两种格式:第一,"律诗永远只有一个格式,但是新诗的格式是层出不穷的","新诗的格式是相体裁衣";第二,"律诗的格式与内容不发生关系,新诗的格式是根据内容的精神制造成的";第三,"律诗的格式是别人替我们定的,新诗的格式可以由我们自己的意匠来随时构造"。由此可以看出,新诗的格式是变化多端的,每首诗都有自己独特的格式。身兼美术家和诗人于一身的闻一多结合自己的创作实践指出,一首诗的格式要具有建筑美,就必须做到节的匀称和句的均齐。他接过饶孟侃的"拍子"的观念,认为"整齐的字句是调和的音节必然产生出来的现象","绝对的调和音节,字句必定整齐";但是,反过来讲,"字数整齐了,音节不一定就会调和",因为,"只有字数整齐,没有顾到音节的整齐——这种整齐是死气板脸地硬嵌上去的一个整齐的框子,不是充实的内容产生出来的天然的整齐的轮廓"③。由此,诗行与诗行间音节的调和要兼

---

① 闻一多在《诗的格律》一文中认为:"格律就是 form","格律就是节奏","直译 form 为形体或格式也不妥当","form 和节奏是一种东西"。查阅当下比较常用的《牛津高阶英汉双解词典》(第 6 版),上述几个术语当下通行的对应翻译是:metre/meter(格律);form(结构,形式);rhythm(节奏)。由此可以看出,闻一多的格律理论不仅吸纳了传统诗词中的格律原则,同时也创造性地转化了西方近现代诗歌体式的形式要素。

②③ 闻一多.诗的格律[J].诗镌,1926(7):29-31.

顾字数的整齐和音尺的整齐,只有音尺相等诗行才可能整齐;因此,音尺也就成为诗行整齐的关键。从诗行音尺与字数的关系中,闻一多间接地提出诗歌建行的可能性。

《诗镌》刊行两个多月,饶孟侃有音节理论,闻一多有格律理论,徐志摩引进外国诗体,朱湘有十四行诗创作……他们第一次以集体的方式共同探讨新诗的形式秩序问题,并且以各自的创作实践来回应他们的理论诉求,引领了当时诗坛的新风气。《诗镌》上刊发的大多数诗作,正如朱自清所说,虽然是在模仿外国近代诗,"一般似乎只注重诗行的相等的字数而忽略了音尺等,驾驭文字的力量也还不足,因此引起'方块诗'甚至'豆腐干诗'等嘲笑的名字,一方面有些诗行还是太长",但"格律运动实在已经留下了不灭的影响,只看抗战以来的诗,一面虽然趋向散文化,一面却也注意'匀称'和'均齐',不过并不一定使各行的字数相等罢了"①。由此可以看出,《诗镌》在这一新诗形式秩序的寻求过程中无疑成为理论探讨的阵地和创作实践的试验场。

三、"诗的装饰"应衬托"诗的灵魂"

徐志摩在总结《诗镌》时期的成绩时曾说过,在理论上"我们讨论过新诗的音节与格律",而在这一方面贡献最大的"要首推饶孟侃与闻一多两位"。正是有了刘梦苇、饶孟侃、闻一多等人围绕《诗镌》对中国新诗的格式、押韵、节奏和平仄等形式问题的探讨以及同气相求的诗人们诗歌创作的配合,使得新诗在形式和语言上出现新的变化。于赓虞在谈到《诗镌》的出版在中国新诗史上的地位时这样写道:"在中国诗坛上放了异彩的诗刊出现了。'五四'以后,这之前,中国的'新诗',没有严肃的气魂,没有艺术的锻炼,任何人都可以写诗,所以好诗还只是一页白纸。《诗刊》(即《诗镌》,引者注)的六七个作者,意识的揭起诗乃艺术的旗帜,在音节,形式上极力讲求。在《诗刊》作者的读诗会里,听到了抑扬缓急的声音,看到了诗体谨严的计划,但是,不曾有过诗人生活的叙述。《诗刊》所表现的,正如读诗会所计议的一样,在形式上给读者一个刺激,给其他作者一个思考的机会。从此,使一般作者,知道写诗非易事,知道形式在诗上的美的成分"②。但是,作为《诗镌》从创刊到停刊的参与者和见证人,

---

① 朱自清.新诗杂话·诗的形式[M]//朱自清全集:第2卷.南京:江苏教育出版社,1999:397-398.
② 于赓虞.世纪的脸·序语[M]//解志熙,王文金.于赓虞诗文辑存:(上).开封:河南大学出版社,2004:308.

于赓虞并未一味抬高它在新诗史上的地位,而是客观评价了《诗镌》在形式美学方面的探索:

> 《诗刊》,不但使人了解形式是一个严重的问题,且使人益觉内在生命表现的必要。诗乃生之律动与形式之美的总合。徒求形式之工整,而忽略动的生命之表露,乃死的艺术;只求生命之流露,而忽略美的形式之营造,亦非完美的艺术。当时《诗刊》的作者,无可讳言的,只锐意求外形之工整与新奇,而忽略了最重要的内容之充实,即如有所表现,也不过如蜻蜓点水似的,未留深的印痕。作诗,到几乎无所表现的时候,那诗就使人无从置言。中外诗史上最灵活的人物,是由于他们所表现的情思呢?还是单由于形式之创制?①

事实确实如此。《诗镌》刊出了钟天心给主编徐志摩的通信,信中说近来发表的诗,"有许多形式是比较完满了,音节是比较和谐了,可是内容呢,空了,精神呢,呆了!从前的新鲜,活泼,天真,都完了,春冰似的溶消了!这个病源若不速行医治,我敢说,新诗的死期将至了"②。钟天心的来信不无夸张,但也的确揭示了《诗镌》的理论家和诗人们过分注重形式整饬而忽视诗人"内在生命"表现的一些弊病,即使像刘梦苇这样注重诗歌形式和诗歌质地的诗人也难免有这种毛病,如被朱自清选入《中国新文学大系·诗集》的《万牲园底春》就是比较典型的例子:

> 碧绿的秋水如青蛇条条,
> 蜿蜒地流过了大桥小桥;
> 被多情的春风狂吻之后,
> 微波有如美女们底娇笑。
> ……

这首诗虽然在形式上非常整齐,韵脚的处理也比较完美,但是,音尺、节奏都比较混乱;废名认为这首诗的文字"像'高跷'下地,看的人颇难以为情",诗中"'青蛇条条'与'大桥小桥'的句子很可笑"③。面对"方块诗""豆腐干诗"的指责,徐志摩在《诗刊放假》一文中也坦诚在探索新诗音节、格律过程中有所

---

① 于赓虞.世纪的脸·序语[M]//解志熙,王文金.于赓虞诗文辑存:(上).开封:河南大学出版社,2004:309.
② 天心.随便谈谈译诗与做诗[J].诗镌,1926(8):48.
③ 废名.新诗应该是自由诗[M]//陈子善.论新诗及其他.沈阳:辽宁教育出版社,1998:20.

忽略：

> 我不惮烦的疏说这一点，就为我们，说也惭愧，已经发现了我们所标榜的"格律"的可怕的流弊！谁都会运用白话，谁都会切豆腐似的切齐字句，谁都能似是而非的安排音节——但是诗，它连影儿都没有还你见面！所以说来我们学做诗的一开步就有双层的危险，单讲"内容"容易落了恶谥的"生铁门笃尔主义"或是"假哲理的唯晦学派"；反过来说，单讲外表结果只是无意义乃至无意义的形式主义，就我们诗刊的榜样说，我们为要指摘前者的弊病，难免有引起后者弊病的倾向，这是我们应分时刻引以为戒的。①

在上述引文中，于赓虞、钟天心和徐志摩都触及一个古老而又常说常新的艺术话题："形式"与"内容"的关系问题。理论界也常用巴赫金的"形式是内容的形式，内容是形式的内容"一句话草率地打发形式与内容之间的相互缠绕的复杂问题，而未深究它们之间的相互关系的特殊性和规律性。在《文学作品的内容、材料与形式问题》一文中，巴赫金谈及材料美学的缺陷时就认为它"无法廓清艺术形式的根由"，因为"形式在这里只是被理解为材料的形式，而材料又只取它的自然科学的属性，即数学的或语言学的规定性。如此理解的形式，便成了某种纯粹外部的、不含价值因素的材料配置的方法。形式具有的感情意志的张力，则根本得不到解释；形式要表现作者和观照者对材料之外的某种东西的评价态度，这一特点也根本得不到解释。这种通过形式（如节奏、和谐、对称及其他形式因素）来表现的情感和意志，是如此强烈而积极，很难解释为是对材料所取的态度"②。从巴赫金有关形式的理论出发，刘梦苇、饶孟侃、闻一多等在《诗镌》上探讨格式、押韵、节奏和平仄等问题，在很大程度上都只能说是"材料的形式"，而不是真正意义上的文学作品（诗）的形式，他们忽略了"表现作者和观照者对材料之外的某种东西的评价态度"。从这一理论视角出发考察朱湘当年对待徐志摩和闻一多诗歌集子的批评，也许不能把它理解为朱湘为人的苛刻或对艺术追求的严苛，而是朱湘无法真正从诗歌艺术的形式与内容之间的复杂关系的层面来对徐志摩和闻一多两人的诗歌进行理论的辨析，而单纯从格式、押韵、节奏、平仄和表层意义等方面来评判他们诗歌创作的

---

① 徐志摩.诗刊放假[J].诗镌,1926(11):21.
② 巴赫金.文学作品的内容、材料与形式问题[M]//钱中文,白春仁,晓河.哲学美学.晓河,译.石家庄:河北教育出版社,1998:312.

得失,这也就无法真正达到批评的目的。①

《诗镌》同人们从创作到理论上对新诗的音节、格律等的倡导,在中国新诗发展史上不仅是"工具的刷新",更是"技巧的刷新",由此形成的新格律运动"也并非旧的规律的复活,而是一种新的创造"②。《诗镌》同人阐扬的新格律理论直接影响了《新月》上发表的诗歌和20世纪30年代徐志摩主编的《诗刊》的风格。尤其是《诗刊》,尽管由于徐志摩的意外去世,刊出的时间非常短,但是,从其刊出的前三期可以看出,诗人和理论家们依然在进行着对新诗音韵和形式秩序的求索,比如梁实秋对"格调"的提倡、孙大雨对"音组"概念的实践、梁宗岱对新诗中"音节"的重视(梁宗岱认为对新诗音韵、形式的追求首先要"彻底认识中国文字和白话底音乐性",并认为"中国文字底音节大部分基于停顿,韵,平仄和清浊'如上平下平',与行列底整齐底关系是极微的")。此外,徐志摩在《诗刊》第3期的《叙言》中谈到准备出版诗论专号来探讨诗艺,论文的论题包括:作者各人写诗的经验,诗的格律与体裁的研究,诗的题材的研究,"新"诗"旧"诗,词,曲的关系的研究,诗与散文,怎样研究西洋诗,新诗词藻的研究,诗的节奏与散文的节奏等。尽管这一专号并未刊行,但从这些论题中我们可以很明显地看出,其中诸多论题都与诗的音韵、形式密切相关。从《诗镌》到《诗刊》,正如于赓虞所说:

> 有着一贯的精神,好处即在技术的试练,在形式与音节方面,致力讲求。最大的缺点就在遗弃了诗的真正的生命,而这真正的生命就是每个诗人特点的所在。一般责难"诗刊"的人,即指责"诗刊"的作者只注意作茧自缚的工作例如在节拍,音韵,形式上讲求,而所表现者缺乏生动感人的力量。这指责虽则很对,但亦是知其一不知其二,盖诗的境界之高,乃在诗之内容充实,亦在诗之形式之美,充实的内容与完美的形式相结合,始能成为完美的诗……倘若我们将"诗刊"作者的名字涂去,除了志摩轻盈灵活的笔调可以识别外,余则无从分辨。这失败,就在作者没有特殊的风格、特殊的生命的色彩,都在同一的形式与薄弱的情绪中打转之故。这种失败,可以使我们深思,律诗所以废除的原因,一方在那种诗式已走到绝境,而另一方则在不容易表现现代生活的情思。而且诗是一种创造的艺术,作者应依其特有之情调,以定适于此种情调之格式,决不应从古律

---

① 朱湘.评徐君志摩的诗,评闻君一多的诗[M]//中书集.上海:生活书店,1934:298-357.
② 石灵.新月诗派[M]//杨匡汉,刘福春.中国现代诗论:上编.广州:花城出版社,1985:286-290.

之枷锁内解放出来,而投入"商籁体"严格的规律也。因形式之美乃所以加重情思的力量,情思决不应迁就形式。①

于赓虞对《诗镌》和《诗刊》中的作品切中肯綮的评价道出诗人在艺术作品的内容与形式关系中的重要作用,巴赫金对这个问题曾有深刻的论述:"既然我(指作者,引者注)可以在它(指审美客体,引者注)的形式(更准确地说是内容的形式,因为审美客体是具形式的内容)中感觉到自身是个积极的主体,我可以作为它的必不可少的基本因素进入其中,那么它的形式当然不可能是物体的形式、事件的形式。"巴赫金的论述强调艺术创造中创造者在艺术作品中的重要地位,正是在这个意义上,他认为"艺术创造的形式首先形成的是人,而世界仅仅是把它作为人的世界,或者使它与人处于十分密切的直接的价值联系中,以至于附着在人身上而丧失了自身的独立价值,仅仅成为人生价值的一个因素。由此,形式对内容的关系在统一的审美客体中带有特殊的人物性格,而审美客体是创造者和内容两者各自作用与相互作用所构成的某种特殊的事件"。所以,巴赫金认为,在语言艺术创作中,尤其是诗歌创作中,"审美客体的事件性质特别鲜明,形式和内容的相互关系在这里几乎带有戏剧性;作者(肉体的、心灵的、精神的人)进入客体也特别明显。不仅形式和内容的不可分割性显而易见,而且它们的不可融合性也分外明显"②。从巴赫金富于启示的理论话语中,也许能真正理清《诗镌》和《诗刊》中的诗歌过于注重形式又常遭人诟病的迷思。

新月诗派后期的重要诗人陈梦家于20世纪30年代初曾写过《诗的装饰和灵魂》一文。他敏锐地指出:

> 诗是美的文学,我们要从行列间,声调上装饰美的色彩。但是诗的韵律,总求其自然。而这种自然的技巧,必须从继续的习练中,寻求惯熟的途径。因了经验,使感情不为韵律所困囚。诗的第一步成就,即此"随心所欲"的自然途径。要不如此,诗就容易失去了他活泼的生灵,而为一些雕刻琢磨的词句。所以格律只求美观的排列,韵纽只求自然的应合,声调只求节奏的调和。诗的韵律不但是形式上的美丽,还因此而帮助感情的去应。所以韵律就是"诗的装饰",用美术和音乐的调配,便因美观的格式

---

① 于赓虞.志摩的诗[M]//解志熙,王文金.于赓虞诗文辑存:(下).开封:河南大学出版社,2004:609-610.

② 巴赫金.文学作品的内容、材料与形式问题[M]//钱中文,白春仁,晓河.哲学美学.晓河,译.石家庄:河北教育出版社,1998:373.

与和谐的音韵所生出的美感,衬托"诗的灵魂"。①

陈梦家是后期新月诗派的重要代表,他突破新月诗派的形式主义倾向,主张新诗"本质的醇正""技巧的周密""格律的谨严",但是"决不坚持非格律不可的论调"。他对新诗形式秩序寻求的反思表明:无论是"粗糙的灵魂而以精美的装饰所成的诗",还是"精美的灵魂而以粗糙的装饰所成的诗",都只能说是一种残缺的美。真正不朽的诗"不但具有完美的形象,更有其超乎一般的灵魂"。

在中国新诗现代性寻求的过程中,从早期新诗的自由化、散文化倾向逐渐转变为对新诗音节、格律等形式因素的注重,到20世纪30年代再次出现自由诗的趋势。这看上去似乎是走回头路,然而,这绝非是"五四前后自由诗的复活",它们最大的不同之处就是,"音节的重要是普遍地被承认了,至少这又向新的合理的规律走近了一步"②。《诗镌》的理论宣导作用和创作实践在这一发展过程中,无疑起到了桥梁作用,其意义和价值不可或缺。

第五节 20世纪30年代自由诗的复杂构成

经历了新格律运动对新诗形式秩序的大规模探索后,新诗坛对新诗是"诗"这一观点有了新的认识。在新格律运动的理论探讨和创作实践过程中,刘梦苇、闻一多、饶孟侃、朱湘、徐志摩等诗人和理论家对新诗的"诗形"所进行的诸多探索,推动了中国新诗在形式秩序方面的规范和发展,而他们在探索过程中对"诗质""诗魂"的忽略,又给后继者留下充满诱惑的意义空间。新格律运动的高潮过去之后,中国新诗的艺术探索继续拓展和深化,在以自由体为主导形式的中国新诗持续发展的过程中,一方面由于正面应对中国社会的复杂形势,呈现出艺术与政治、文学与宣传等纠缠迎拒的矛盾关系;另一方面,对中国新诗的音韵、节奏、诗艺技巧等的美学追求依然在艺术至上的后继诗人手中默默传递着,他们坚守着"诗是诗"的艺术理想,不仅内求中国传统诗学资源,还外寻西方现代诗艺技巧来推动中国新诗的发展。

随着中国社会形势的急剧变化,各阶级、阶层利益的冲突和民族矛盾的激

---

① 陈梦家.诗的装饰和灵魂[M]//梦甲室存文.北京:中华书局,2006:122.
② 石灵.新月诗派[M]//杨匡汉,刘福春.中国现代诗论:上编.广州:花城出版社,1985:300.

化,直接冲击、改变着中国社会的政治、经济和文化的走向,中国新诗也未能幸免于"难"。这一时期,中国的新诗人正如卞之琳所说:"面对着狰狞的现实,投入积极斗争,使他们中大多数没有功夫作艺术上的考虑;而回避现实,使他们中其余人在讲求艺术中寻找到了出路。"①的确如此,面对残酷的社会现实,相当多的诗人(其中包括后期创造社诗人和太阳社诗人,他们一反自己过去的艺术追求)直面社会惨象、阶级迫害和民族压迫,用他们的诗歌承担起社会历史使命,彰显国家兴亡,匹夫有责的担当精神。这一批诗人以诗歌作为斗争的武器,使新诗承载了过重的使命,偏离了它固有的艺术体制。但是,虽然这些诗作疏离了新诗的艺术建设道路,但这些作品也直接地反映中国社会在走向现代化过程中复杂多变的国情。另有一部分新诗人,敏感于当时阴晴不定的社会现状,回到自己的内心世界,用诗歌曲折地表达对社会现实的思考,顽强地坚持艺术理想。他们的诗歌境界虽然窄狭,甚至疏离当时的社会现实,但谁又能否定这些诗作中折射出的诗人内心世界的阴霾不是当时的社会现象的病征呢?而他们在新诗艺术建设中所做的探索及贡献推进了中国新诗的发展。

一、"属于别一世界"的普罗诗歌

鲁迅在给左联五烈士之一殷夫的诗集《孩儿塔》作序时这样评价道:"这《孩儿塔》的出世并非要和现在一般的诗人争一日之长,是有别一种意义在。这是东方的微光,是林中的响箭,是冬末的萌芽,是进军的第一步,是对于前驱者的爱的大纛,也是对于摧残者的憎的丰碑。一切所谓圆熟简练,静穆幽远之作,都无须来作比方,因为这诗属于别一世界。"②鲁迅高度评价把自己的生命和诗都献给了中国革命的年轻诗人殷夫,这一充满褒扬色彩的评价不仅仅是指殷夫的诗集《孩儿塔》,还包括了他的《在死神未到之前》《血字》《意识的旋律》《一九二九年的五月一日》《别了,哥哥》等诗作。由此可以看出,鲁迅对革命诗人的优秀革命诗作的评价,并不是单纯从艺术层面上来评判,而是着眼于它在中国社会特殊时期的社会意义和精神价值,从而评价这些诗作具有"别一意义在"。从这一意义上说,20世纪20年代后期的"普罗诗歌",20世纪30年代的"新诗歌""国防诗歌"等左翼诗歌流派,都属于"别一世界",这些诗作中彰显的民族情绪、时代情绪以及救亡图存的民族诉求,都是在回应当时复杂多变的社会现实,若是把它们放在中华民族求解放的框架中来理解其意义和价值

---

① 卞之琳.戴望舒诗集·序[M]//卞之琳文集:中卷.合肥:安徽教育出版社,2002:348.
② 鲁迅.白莽作《孩儿塔》序[M]//鲁迅全集:第6卷.北京:人民文学出版社,1981:494.

也就再合情合理不过了。

中国新诗中的革命诗歌起源于"五四"新文化运动期间马克思主义思想在中国的引进和传播过程中。早期的共产党人在从事革命活动之余,创作了最早的无产阶级革命诗歌,当时最有代表性的诗人就是无产阶级革命家周恩来。周恩来于1919年开始新诗创作,早期有《雨后岚山》《游日本京都圆山公园》等诗作,后者被编入《新诗年选》(1919年北社编)。1920年1月,周恩来领导和参加了天津群众包围直隶省公署运动,反对查封"天津各界联合会"和"天津学联",要求释放请愿代表,遭到反动军警的逮捕。在狱中,周恩来写下长诗《别李愚如并示述弟》,勉励留法同学"他日归来,扯开自由旗,唱起独立歌"。1922年,周恩来在法国创作《生离死离》一诗,缅怀死于军阀屠刀之下的领导工人罢工的革命者黄爱。在诗中,诗人以满怀激情的诗句唱出革命者的豪情壮志,号召革命者们"举起那黑铁的锄儿,开辟那未耕耘的土地;种子撒开人间,血儿滴在地上"。另一位早期共产党人邓中夏于1921年创作《游工人之窟》《胜利》《赠李启汉》《悼歌》等新诗,表达革命的呼声。1923年,邓中夏又向新诗作者发出一声"棒喝":"我们不反对新诗,我们亦不反对人们要做新诗人,我们反对的是这种不研究正经学问不注意社会问题,而专门做新诗的风气。"①紧接着邓中夏又在《贡献于新诗人之前》一文中更具体地向"新诗人"提出三条建议:"第一,须多做能表现民族伟大精神的作品","第二,须多做描写社会实际生活的作品","第三,新诗人须从事革命的实际活动"②。瞿秋白于1923年在《新青年》季刊第一期翻译了《国际歌》的歌词,同时发表著名诗作《赤潮曲》,以热情奔放的诗句,瑰丽的想象描绘"赤潮澎湃,晚霞飞动"的新世界壮丽图景,号召人们"猛攻,猛攻,/捶碎这帝国主义万恶丛",预言"从今后,福音遍天下,/文明只待共产大同。/看!/光华万丈涌"。与此同时,恽代英在《中国青年》上发表《文学与革命》《八股》等文章,提出新文学应当"能激发国民的精神,使他们从事于民族独立与民主革命的运动"。萧楚女发表《诗的生活和方程式的生活》一文,指斥当时新诗界颓风上涨,格调低下,相当部分诗人表现的是"疯人生活,除了'浪漫'没有一点别的意义"③。此外,澎湃、陈毅、张闻天、方志敏、沈泽民等老一辈革命家也在这一时期创作有革命诗歌。正是这一批早期共产党人的理论倡导和创作实践,扭转了当时新诗界的不良习气,形成了蓬勃的革

---

① 邓中夏.新诗人的棒喝[J].中国青年,1923(7):7.
② 邓中夏.贡献于新诗人之前[J].中国青年,1923(10):8.
③ 萧楚女.诗的生活和方程式的生活[J].中国青年,1923(11):16.

命诗歌创作热潮,为普罗诗歌的发生、发展奠定了坚实的基础。

普罗诗歌是普罗文学的重要组成部分。普罗文学,即无产阶级文学。"普罗"是英语"Proletariat"(无产阶级)译音"普罗列塔利亚"的缩写。中国的"普罗文学"受到苏联的"拉普"、日本的"纳普"无产阶级思潮的影响,是国际无产阶级文艺思潮的一部分。它以马克思主义文艺理论为指导,宣传无产阶级革命思想,为无产阶级革命斗争服务。中国的普罗诗歌滥觞于"五卅"运动前夕,作为一个诗歌流派,于1928年之后已正式形成。普罗派诗人群落的构成,以后期创造社诗人和太阳社诗人为主体,包括我们社、前哨社、引擎社、汽笛社以及中国普罗诗社等文学社团,其中代表诗人有郭沫若、蒋光慈、钱杏邨、殷夫、冯宪章、冯乃超、段可情、黄药眠、龚冰庐、周灵均、森堡(任钧)、洪灵菲等。郭沫若的《前茅》(创造社出版部1928年)、《恢复》(创造社出版部1928年),蒋光慈的《新梦》(上海书店1925年)、《战鼓集》(北新书局1929年)、《乡情集》(北新书局1930年),钱杏邨的《暴风雨的前夜》(泰东图书局1928年)、《荒土》(泰东图书局1929年),冯宪章的《梦后》(紫藤出版部1928年)等诗集,是普罗派诗人在创作上的重要收获。

郭沫若作于1921—1924年,于1928年结集出版的《前茅》诗集,初露无产阶级革命诗歌端倪。钱杏邨称《前茅》的作者"发现了被压迫的普罗阶级的力量"①,是中国普罗革命的预言者之一。郭沫若也在诗集的《序诗》中坦言:"这几首诗或许未免粗暴,/这可是革命时代的前茅。/这是我五六年前的声音,/这是我五六年前的喊叫。//在当时是应者寥寥,/还听着许多冷落的嘲笑。/但我现在可以大胆地宣言:/我的友人是已经不少。"郭沫若控诉了"富儿们"对工人、农人的剥削和压迫,预言这些受盘剥的人们必将会起来反抗:"马路上,面的不是水门汀,/面的是劳苦人的血汗与生命!/血惨惨的生命呀,血惨惨的生命/在富儿们的汽车轮下……滚,滚,滚……//兄弟们哟,我相信:/就在这静安寺路的马路中央,/终会有剧烈的火山爆喷!"(《上海的早晨》)诗人号召失业的工人携起手来打破现有制度:"朋友哟,我们不用悲哀!不用悲哀!/打破这万恶的魔宫正该我们担戴!//……朋友哟,我们不用悲哀!不用悲哀!/从今后振作精神誓把这万恶的魔宫打坏!"(《励失业的友人》)诗人坚信光明的未来必定会来临:"长夜纵使漫漫,/终有时辰会旦;/焦灼的群星之眼哟,/你们不会望穿。"(《我们在赤光之中相见》)在这一时期,郭沫若虽还没有明确的无产阶

---

① 钱杏邨.现代中国文学论·第一章[M]//阿英全集:第1卷.合肥:安徽教育出版社,2003:538.

级革命思想,但诗中所彰显的朦胧的革命意识为其本人的诗歌创作转向以及普罗诗歌的发展奠定了坚实的基础。革命文学理论家钱杏邨高度评价郭沫若的这类诗歌,认为"普罗革命的鼓号,在中国的文艺里,最先是由郭沫若从他的诗里播送出来了"。① 如果说《前茅》是产生于"意识未彻底觉醒之前"的朦胧之作的话,那么创作于1928年初,于当年3月集结出版的诗集《恢复》,就是真正的"站在第四阶级说话的文艺"。在经历了大革命血与火的战斗和考验之后,郭沫若的诗歌却在革命处于低潮时期,呈现"狂暴的音乐""鞺鞳的鼙鼓"之音,折射出时代的最强音。郭沫若骄傲地宣称"我的阶级是属于无产""我要如暴风一样怒吼"(《诗的宣言》);《如火如荼的恐怖》一诗写道:"我们的眼前一望都是白色,/但是我们并不觉得恐怖。/我们已经是视死如归,/大踏步地走着我们的大路。"诗人向朋友宣告,"在工人领导之下的农民暴动","这是我们的救星,改造全世界的力量"(《我想起了陈涉吴广》)。因此,郭沫若在诗中表现出对未来必胜的信念,"不管目前的斗争是成还是败,/我们终会得到的是最后的胜利"(《电车复了工》),"战取那新生的太阳,新生的宇宙"(《战取》)。无论在《前茅》还是《恢复》中,郭沫若都抒写了无产阶级的豪情壮志,唱出工农革命运动的赞歌,把它们与诗人早期的《女神》进行比较的话,可以看出,郭沫若背离了《女神》时期抒发自我情感、张扬个性,表现"五四"时代精神的浪漫主义言说方式,主动地把"小我"汇合到无产阶级革命运动中,抒写国家、民族、阶级的情感,使之成为革命整体中不可或缺的一部分。在否定"个人主义自由主义的浪漫主义,都已过去了"的同时,郭沫若表示要充当政治的"留声机器","充分地写出些为高雅文士所不喜欢的粗暴的口号和标语。我高兴做个'标语人','口号人'而不必一定要做'诗人'"②。

蒋光慈是普罗诗歌的代表诗人,出版有《新梦》(1925年)、《哀中国》(1927年)、《乡情集》(1930年)等诗集,其中大多数是充满政治激情的抒情诗。《新梦》展示了一个中国早期共产主义知识分子的赤都心史。在《新梦》的序言中,高语罕高度评价了该诗集鲜明的普罗色彩,认为这些诗"处处代表无产阶级大胆的、赤裸裸的攻击资本主义的罪恶",高语罕指出:"仅就光赤同志的《新梦》集的思想和情感方面立论。她的思想,是一个整个无产阶级革命的思想,有积

---

① 钱杏邨.现代中国文学论·第一章[M]//阿英全集:第1卷.合肥:安徽教育出版社,2003:539.
② 郭沫若.我的作诗的经过[M]//郭沫若全集(文学编):第16卷.北京:人民文学出版社,1989:221.

极反抗精神的革命思想;她的情感是太阳般的热烈的义侠的,代表无产阶级的呼声的情感。"①诗人的自述也回应上述评价:"我的年龄还轻,我的作品当然幼稚。但是我生适值革命怒潮浩荡之时,一点心灵早燃烧着无涯际的红火。我愿勉力为东亚革命的歌者!"②《新梦》是对十月革命、莫斯科、列宁等意象的抒写,为早期新诗带来新鲜的空气。其中对于共产主义社会的想象,仍然带有一些浪漫色彩,如《昨夜里梦入天国》:

　　昨夜里梦入天国
　　那天国位于将来岭之巅。
　　它真给了我深刻而美丽的印象啊!
　　今日醒来,不由得我不长思而永念:

　　男的,女的,老的,幼的,没有贵贱;
　　我,你,他,我们,你们,他们,打成一片;
　　什么悲哀哪,怨恨哪,斗争哪……
　　在此邦连点影儿也不见。

　　也没都市,也没乡村,都是花园,
　　人们群住在广大美丽的自然间。
　　要听音乐罢,这工作房外是音乐馆;
　　要去歌舞罢,那住室前面便是演剧院。

　　鸟儿喧喧,赞美春光的灿烂,
　　一声声引得我的心魂入迷。
　　这些人们真是幸福而有趣啊!
　　他们时时同鸟儿合唱着幽妙曲。

　　花儿香薰薰的,草儿青滴滴的,
　　人们活泼泼地沉醉于诗境里;

---

① 高语罕.新梦·诗集序[M]//秦家琪,王继权.蒋光慈文集:第3卷.上海:上海文艺出版社,1985:253.
② 蒋光赤.新梦·自序[M]//秦家琪,王继权.蒋光慈文集:第3卷.上海:上海文艺出版社,1985:256.

欢乐就是生活,生活就是欢乐啊!
谁个还知道死、亡、劳、苦是什么东西呢?

喂!此邦简直是天上非人间!
人间何时才能成为天上呢?
我的心灵已染遍人间的痛迹了,
愿长此逗留此邦而不去!

　　诗里描述理想化的"天国"景象——环境宜人,安乐和谐,人们快乐地工作,快乐地生活。与后期普罗诗歌相比,初期普罗诗歌的话语方式仍有温和的一面。到了诗集《哀中国》和《乡情集》,天真的理想被现实的悲愤所代替,作者不再以理性认识来进行宣传,而是向读者敞开心扉,交流感情。在《哀中国》里,不论是对孙中山逝世的哀悼(《哭孙中山先生》)、对烈士刘华事迹的赞颂(《在黑夜里》),还是对"灰黑的地狱"般的古都的揭露(《北京》),对十里洋场上海的抨击(《我背着手儿在大马路上慢踱》),其中都渗透着"我"特有的感受和体验,虽然作者的情感仍未能内在地诗化,但其表现角度和手法已经比较多样化了。在《乡情集》中,蒋光慈将自我心曲和政治主题的一致性这个可贵的内容特色保持了下来,其诗较之前的作品增强了生活和情感的血肉,在选择抒情角度时,不仅能赋予政治感情以具体形态,而且能把政治感情和发自人性深处的"至性至情"融合起来,如《写给母亲》是把政治感情融合于母子之情,《牯岭遗恨》是把政治感情融合于夫妻之情,《乡情》是把政治感情融合于朋友之情。作者的感情已不像前两本诗集那样激烈,而是有节制,有分寸,显得老练凝重。

　　作为普罗文学的重要理论家,蒋光慈曾一面严厉地批判那些"旧作家"和"反动的作家","在行动方面,他们极力提出不良的,恶俗的,欧洲资产阶级的文化,处处与现代革命的潮流相背驰;在思想方面,他们极力走入反动的,陈旧的,反社会生活的,个人主义的道路。这批假的唯美主义者才真正是革命的敌人",一面又为"新的作家"的出现而欢呼:"这一批新的作家被革命的潮流所涌出,他们自身就是革命——他们曾参加过革命运动,他们富有革命情绪,他们没有把自己和革命分开……换而言之,他们和革命有密切的关系,他们不但了解现代革命的意义,而且以现代革命为生命,没有革命就没有他们了。"①

　　与此相呼应,蒋光慈也决绝地抛弃昔日那"幻游于美的国度里","在象牙

---

① 蒋光慈.现代中国文学与社会生活[M]//秦家琪,王继权.蒋光慈文集:第4卷.上海:上海文艺出版社,1988:162-164.

塔中漫吟低唱"的诗人形象,"从今后这美妙的音乐让别人去细听,/这美妙的诗章让别人去写我可不问;/我只是一个粗暴的抱不平的歌者,/我但愿立在十字街头呼号以终生!"(《〈鸭绿江上〉的自序诗》)在另一首诗里,诗人干脆直接宣告自己是无产者:

  朋友们啊!
  我是一个无产者;
  除了一双空手,一张空口,
  我连什么都没有。
  但是,这已经够了——
  手能运动飞舞的笔龙,
  口能作狮虎般的呼吼。(蒋光赤:《我是一个无产者》)

  从某种意义上说,这是对传统诗人形象的颠覆,重构"粗暴的抱不平的歌者"和"无产者"的复合形象,揭示普罗诗人对自身文化身份定位的一种期待。

  正如这一节开头所述,鲁迅在为殷夫的诗集《孩儿塔》作序时就明确指出殷夫诗歌属于我国诗歌发展的新时代,称他的诗为"东方的微光""林中的响箭""冬末的萌芽",是"别一世界"即无产阶级新世界的诗。殷夫把自己年轻的生命献给革命诗歌,用鲜血写下无产阶级革命文学的历史的第一页。其诗典型地表现了这一时期的无产阶级革命诗歌最基本的特征:它与时代的主流——中国共产党领导的无产阶级实际革命运动直接地自觉地血肉联系在一起。《孩儿塔》是革命诗人殷夫于1930年自己编定的诗集,并作有"题记"。在"题记"中,殷夫这样剖析自己:

  我的生命,和许多这时代的智识者一样,是一个矛盾和交战的过程,啼,笑,悲,乐,兴奋,幻灭……一串正负的情感,划成我生命的曲线,这曲线在我诗歌中,显得十分明耀。
  这里所收的,是我阴面的果实。
  现在时代需要我更向前,更健全,于是,我想把这些病弱的骸骨送进"孩儿塔"去。因为孩儿塔是我故乡义冢地中专给人抛投死儿的所在。我不想说方向转换,我早知光明的去路,所以,我的只是埋葬病骨,只有这末,许会更加勇气。①

鲁迅所言的殷夫诗歌的"别一"性,必须结合殷夫《孩儿塔》的"题记"才能得到

---

① 殷夫.孩儿塔"上剥蚀的题记[M]//丁景唐,陈长歌.殷夫集.杭州:浙江文艺出版社,1984:9.

更好的理解。这一序言,最初以《白莽遗诗序》为题发表于1936年4月出版的《文学丛报》第一期。引文一段开头"这《孩儿塔》的出世"原为"这《遗诗》的出世"由此不难看出:首先,鲁迅对殷夫诗歌"属于别一世界""有别一意义"的印象,并不限于殷夫自己编定的《孩儿塔》,而应包括殷夫生前创作和翻译的大部分诗歌。实际上,殷夫生前不仅与鲁迅有不少书信往来,拜访过鲁迅,一些诗作和译作还是经鲁迅而得以发表的。鲁迅也在《白莽作〈孩儿塔〉序》之前写的《为了忘却的纪念》中,用不少笔墨写过殷夫,并引用殷夫翻译的裴多菲的《格言》一诗。其次,虽然殷夫自己认为《孩儿塔》是"阴面的果实""病弱的骸骨",不能适应"更向前,更健全"的时代需要,但他并不认为告别它们意味着"方向转换"。相反,他认为这些诗表现了"和许多这时代的智识者一样"的"矛盾和交战的过程"所划出的"生命的曲线"。如今"埋葬病骨"不过是为了超越自我,轻装前行。

　　殷夫诗歌第一个值得注意的特点,就是用诗见证了20世纪20—30年代中国一批向往革命的青年知识分子,告别旧的生活方式和价值观念,努力汇入革命洪流的心路历程。《孩儿塔》中有不少为了革命压抑爱情的诗篇,由于展望未来的牺牲,"不敢、不忍亦不能"接受异性的感情,诗中抒情主人公矛盾而又崇高的感情,读来令人动容。《别了,哥哥》简直可以说是殷夫对自己所译《格言》中"生命诚可贵,爱情价更高;若为自由故,二者皆可抛"一诗的生动注释。在这首阶级感情战胜兄弟伦理感情的诗篇中,殷夫将"我"与"哥哥"的"告别",升华为庞大而抽象的阶级对立。不过,由于兄弟伦理情感的渗入,这种对立、决裂的意味就不再是单纯的二元对立,而显得矛盾复杂:

别了,我最亲爱的哥哥,
你的来函促成了我的决心,
恨的是不能握一握最后的手,
再独立地向前途踏进。

二十年来手足的爱和怜,
二十年来的保护和抚养,
请在这最后的一滴眼泪里,
收回吧,作为噩梦一场。

你诚意的教导使我感激,
你牺牲的培植使我钦佩,

但这不能留住我不向你告别,
我不能不向别方转变。

一方面是兄弟割不断的情意,弟弟对哥哥的呵护充满眷念与感激,另一方面是阶级立场的对立,弟弟选择"想做个Prometheus偷给人间以光明"的人生,他们只能反目成仇,无法和解,只能对决:

别了,哥哥,别了,
此后各走前途,
再见的机会是在,
当我们和你隶属着的阶级交了战火。

殷夫诗歌的"别一"性,首先是这种想像世界的立场和思想感情上的独特性。不能仅仅从美学、诗学的立场来理解殷夫。的确,殷夫的诗正如鲁迅所说,有别于简练含蓄、静穆悠远的中国诗歌传统;他诗中的感情,也不是华兹华斯所说的那种宁静时回忆起来的感情;他写作的出发点,也不像一般的诗人用语言探索晦暗不明的感觉世界。殷夫的诗与时代的关系,就如同他的《血字》一诗所言:

我是一个叛乱的开始,
我也是历史的长子,
我是海燕,
我是时代的尖刺。

它就是锲入那个黑暗时代、让那个时代疼痛的"尖刺"。殷夫诗歌的"别一"性,是人与诗的统一,抒情想像的语言与行动语言的统一。因为有这种统一,殷夫能够在中国诗歌传统之外,在中国现代诗歌主流之外,以另一种意识和眼光来想像中国的现实生活,揭示现代中国的社会问题。

普罗诗歌在特殊的年代受政治意识形态斗争的深刻影响,从宣传效应出发,在诗体选择上大都趋向粗粝的自由体形式,重赋的铺陈,描绘重大事件多进行刻画,抒发情感一泻无余,诗中充斥呐喊、狂呼之词。不少普罗诗歌作品都是急就之章,缺乏冷静的观察和艺术的转化,不仅意象浮泛、情感肤浅,艺术性也比较差,更谈不上"诗美"。龙泉明在批评普罗诗歌时曾中肯地评价说:"如果说早期白话新诗由于注重的是'白话'而不是'诗',结果出现普遍的'非诗化'倾向,那么普罗诗歌由于注重的是政治宣传效果,而不是诗的审美感染力,结果导致了严重的'非诗化'倾向。这两次'非诗化'倾向都失之于对诗美特性的轻视和忽略,而且后者的'非诗化'倾向更严重,它对诗坛的影响更大更长远,留给人们的正反两方面的经验教训更沉重更深刻。"①

二、提倡"大众歌调"的"新诗歌"

1930年2月,中国左翼作家联盟在上海成立。为了更好地适应诗歌创作与现实斗争关系贴近的需要,1932年9月20日,中国诗歌会在上海成立,成员有蒲风、穆木天、杨骚、任钧、柳倩、王亚平、白曙、石灵、溅波、田间等。翌年2月11日,中国诗歌会编辑创办《新诗歌》(旬刊和月刊)杂志,共出版11期,至1934年12月1日第二卷第四期终刊。广州、北平、青岛、河北、湖州等一些地方,还成立中国诗歌会分会,分别出版诗歌刊物。其目的"无非要使全国各地的'诗歌同志'团结在一起,用集体的力量来促进现实主义的新诗歌运动"②。这一推行现实主义的新诗歌运动,对之后的中国新诗现实主义的发展在正反两面都产生诸多影响。中国诗歌会对新诗与音乐结合的倡导与实践,拓展了新诗走向大众的途径,在新诗参与现实斗争的热潮中,结出了许多富有艺术生命的果实。

在《新诗歌》创刊号上,穆木天在发刊诗《我们要唱新的诗歌》中申明倡导诗歌现实主义与诗歌大众化的立场:

我们要唱新的诗歌,
歌唱这新的世纪。
朋友们!伟大的新世纪,
现在已经开始。

我们不凭吊历史的残骸,
因为那已成为过去。
我们要捉住现实,
歌唱新世纪的意识。

……

我们要用俗言俚语,
把这种矛盾写成民谣小调鼓词儿歌,
我们要使我们的诗歌成为大众的歌调,

---

① 龙泉明.中国新诗流变论[M].北京:人民文学出版社,1999:190.
② 任钧.关于中国诗歌会[M]//新诗话.上海:上海新中国出版社,1946:121.

我们自己也成为大众中的一个。

这是群体的意识和呼声。他们鲜明倡导新诗创作与密切表现现实生活的关系,从诗人对于"现实的情绪"这一"诗歌之特殊性"的角度,提倡现实主义的诗歌,要表现代表"在该时代为本质"的"独特的崇高的"情绪,"诗人,为了对于自己忠实起见,是必须对于客观的现实忠实的。真正地认识客观现实的人,真正地认识社会动向的人,是才能获得崇高的真实感情的"①。为此,推进诗歌的大众化、通俗化,向民歌、俚曲吸取艺术养分,倡导诗与音乐的结合,让诗歌走进更多人民的生活,也就成为他们追求的理论与创作的必然趋势。这一诗歌追求,给抗战爆发前的新诗发展,带来新的走向,也潜伏着自身发展的一种新的危机。

面对历史的剧烈动荡,穆木天呼吁:"我们不凭吊历史的残骸,因为那已成为过去。我们要捉住现实,歌唱新世纪的意识。"蒲风也明确指出:在民族危亡的时代,"一切都趋于尖锐化,再不容你伤春悲秋或作童年的回忆了。要香艳,要格律……显然是要自寻死路。现今惟一的道路是'写实',把大时代及他的动向活生生的反映出来。"②从这两位中国诗歌会的主要成员的陈述中可以看出,他们有意识地用他们的创作热情,把诗与中国的现实紧密地联系起来,现实主义是他们自觉遵循的创作原则,而"捉住现实,歌唱新世纪的意识"乃是他们现实主义的基本内涵。新诗歌的现实主义,强调题材的"第一性"或"最前进性",即强调获取具有重大意义的社会题材,要求"诗人站在进步的正确的观点上,来深刻地把握极复杂的客观现实",表现社会生活的本质,展示历史发展趋势。在鲜血淋漓的现实面前,诗歌不应只是个人情感的宣泄,而应融进"愤恨现实,毁灭现实,或鼓荡现实,推进现实"的主观感情与思想力量;诗担负着庄严的职责,必须发挥"炸弹和旗帜"的社会功能。在突出诗歌主题、题材的社会性、时代性和意识的先进性方面,"新诗歌"以当时社会血淋淋的写实诗歌取代新月诗派、象征诗派和现代诗派等在窄狭的自我天地里浅吟低唱的诗歌;以在帝国主义、封建主义重轭下呻吟、诅咒、反抗的工农大众的形象取代失意者、迷惘者、孤独者抒情主人公形象。工人、农民的生活是中国诗歌会的诗人们主要的表现对象:比如,关露的《马达》揭露资本家对工人的残酷剥削;温流的《打砖歌》《搭棚工人歌》揭示建筑工人生活的悲惨;王亚平的《纺织室里》描写纺织工

---

① 穆木天.诗歌与现实[J].现代,1934,5(2):221-222.
② 蒲风.五四到现在中国诗坛鸟瞰[M]//杨匡汉,刘福春.中国现代诗论:上编.广州:花城出版社,1985:223.

人的苦辛；王亚平的《逃难者》、柳倩的《逃荒者》、孤帆的《逃难》等叙写在兵、匪、灾、捐骚扰下的破产农民和逃荒者。这些写"新诗歌"的诗人们呼吸着时代的空气，以代言人的姿势，把人间共同的苦痛叫出来，以预言的形式，指示这苦痛的出路。在关注、抒写工人、农民苦痛生活的同时，中国诗歌会的诗人们也密切关注民族的前途和命运，他们以"九一八""一二八""七七"等历史事变为题材，还以反帝抗日主题创作出许多具有史诗意义的诗篇，比如穆木天的《流亡者之歌》、蒲风的《游击队》、柳倩的《突击》、焕平的《一二八周年祭曲》。这些诗歌唤起了民族团结战斗、抗日救亡，争取民族独立解放的决心。

为了提倡"新诗歌"，中国诗歌会还试图使诗歌大众化，努力创作"大众歌调"。如前所述穆木天，在《发刊诗》中写道："我们要用俗言俚语，/把这种矛盾写成民谣小调鼓词儿歌，/我们要使我们的诗歌成为大众的歌调，/我们自己也成为大众中的一个。"创造"大众歌调"，就是要与大众能"懂"的审美需求相适应。为使诗歌真正达到可"懂"性，中国诗歌会首先主张诗歌语言的通俗化，即"用现代语言，尤其是大众所能说的语言"，"避免一切死文字"，"用最有力最新鲜的词句，合乎大众的韵律""去表现大众的生活"；其次是主张诗歌表现方式的通俗化，即"抒情单纯化""表现具体化"，提倡"明显的呼声，强烈的呼喊"，崇尚直抒胸臆和直接描摹。但从他们的创作实践看，由于一味强调通俗易懂，而忽略诗歌的审美追求，导致大部分诗作直白浅显，流于空泛，失去诗之为诗最根本的规范。中国诗歌会不仅在诗的抒情方式和表现方式上追求通俗性，在诗歌形式方面也亟求通俗化和大众化。因此，歌谣、小调、鼓词、儿歌等民间艺术形式被大量采用。1934年6月还曾出版一期"歌谣专号"。他们采用民间艺术形式创作，并非是对旧形式的被动照搬，而是经过一番"剔除"、"改制"、"增益"，以创造出具有时代特色的新的诗歌形式。更主要的，他们借鉴民间形式创造"大众歌调"，即"借着普通的歌、谣、时调诸类的形态，接受它们普及、通俗、讽诵的长处，引渡到未来的诗歌"。他们在民歌的基础上创造的自由体新诗，较多使用赋、比、兴的传统表现手法以及重叠、白描、排比等民歌技巧，句式大体整齐，但活泼多变、不拘一格，语言通俗易懂、朴质无华，具有浓郁的民歌风味。比如蒲风的《茫茫夜》《六月流火》、王亚平的《黄浦江》、关露的《九月的太阳》、任钧的《十二月的行列》。此外，中国诗歌会还提倡新诗的可歌可唱性，让新诗成为听觉艺术。蒲风在抗日救亡运动中反复强调"诗歌是武器，而歌唱是力量"，并在1937年出版《摇篮歌》中开始有意识地写歌词。一些诗人和音乐家携手合作，创作出一批脍炙人口的歌曲，比如聂耳为石灵的《码头工人歌》以及蒲风的《打桩歌》、温流的《打砖歌》《卖菜的孩子》谱曲，使得这些歌曲广为流传,发挥了十分出色的宣传效果。

在中国诗歌史上,中国诗歌会鲜明地提出诗歌大众化并身体力行,取得了一定的成绩,对当时诗坛的"贵族化"倾向起到了有力的遏制作用,对新诗的发展产生了比较深远的影响。但是,在对新月诗派、象征诗派和现代诗派纠偏的过程中,他们的诗歌大众化创作实践同样出现偏颇:"第一,以诗是'听觉艺术'排斥诗是'视觉艺术'。提倡诗与音乐联姻,这对扩大诗歌范围是有意义的,但就最基本的传播方式和接受方式而言,诗歌属于视觉艺术,即使是讲究节奏、韵律的现代格律诗,以及中国诗歌会创作的绝大多数诗歌也不例外。所以,过分强调诗是'听觉艺术',未免有改变诗的根本特性之嫌。并且以此为价值尺度,否定新月派、现代派的一些诗及其相应的表现手法,就有失于片面了。第二,把借鉴民间歌谣作为创造新诗形式的唯一途径。民间歌谣是大众审美趣味的产物,但较定型的句式和较简易单纯的表现手法,难以表现复杂的现代生活和现代人复杂的思想情感。所以如果新诗形式的建构不扩大参照范围,而仅取法民间一途,必然显得单调、无力。"①

三、臧克家、田间和艾青诗歌的新追求

后期创造社、太阳社、左联等左翼团体对新诗现实主义精神的提倡,促进了新诗与现实斗争生活的密切结合,但是,在普罗诗歌、"新诗歌"、国防诗歌等具体诗作上,由于与时代精神和意识形态结合得过于紧密,很多现象、事件未经沉淀、融化就急就成章,导致这些诗歌的意象空疏、内在质地浮泛,成为纯粹政治宣传,招致一些诗人和批评家的不满和批评。杨骚在回顾1936年的文学创作成绩的时候认为,这一年是"诗坛极丰收的一年",但是,"我们还是不能够为自己袒护,说我们近年的诗坛不是丰灾",造成这种"丰灾"的原因,一方面是许多前进的诗人们匆促于为现实苦难斗争的速写呼喊,艺术"表现的技术太差",对此,他"希望前进的诗人们时时记着:在把握政治底意德沃罗基之外,要努力于表现技术的获得"。② 这一时期,臧克家、田间和艾青等诗人对现实主义诗歌的探索和追求,扭转了普罗诗歌、"新诗歌"、国防诗歌在现实主义道路上的偏弊,酝酿了一个多元与开放的现实主义诗歌探索勃兴与深化发展的生机。

---

① 龙泉明.中国新诗流变论[M].北京:人民文学出版社,1999:210-211.
② 杨骚.历史的呼声——一九三六年的诗歌[M]//杨西北.杨骚选集:下卷.北京:作家出版社,2006:778-786.

臧克家是受新月诗派影响走上新诗创作的,闻一多及其《死水》对其教益诸多。臧克家最初在《新月》上发表诗歌《像粒沙》《难民》,形式上较为整饬,诗作传达出追寻理想信念失败后的悲哀与目睹现实苦难人民命运的悲情,在思想内涵上超越了新月诗派的局限,潜藏着与现实主义诗歌之间的精神血脉传承。1933年,臧克家出版第一本诗集《烙印》,一方面彰显了中华民族生命坚韧的精魂,另一方面又呈现了诗人以诗来触摸民众苦痛的感时忧国精神。代表前者的有《生活》《烙印》《希望》《变》《像粒沙》等,代表后者的有《难民》《老哥哥》《炭鬼》《神女》《贩鱼郎》《老马》《洋车夫》《歇午工》《不久有那么一天》《天火》等,几乎篇篇都是精心结构、内容沉厚的佳作。臧克家作为诗人,拥有自我生命追求失败后的悲哀痛苦和为民众穷苦生活而悲悯抗争的"经验",这两方面以"苦吟"的艺术创造凝聚于心,使他的诗避免空泛的风气,走上了坚实的现实主义之路。闻一多在给《烙印》作序时这样说,"克家的诗,没有一首不具有一种极顶真的生活的意义";"没有克家自身的'嚼着苦汁营生'的经验,和他对这种经验的了解,单是嚷着替别人的苦难不平,或怂恿别人自己去不平,那至少往往像是一种'热气',一种浪漫的姿势,一种英雄气概的表演,若更往坏处推测,便不免有伤厚道了"①。在艺术上,臧克家的诗,在使用中国古典诗歌意象时着意创新,诗句用字锤炼苦吟,追求诗意表达时的新颖惊奇和沉厚韵味,努力于在新的层面上重建"五四"以来的现实主义新诗与中国古典诗歌的艺术联系。在其随后出版的《罪恶的黑手》《自己的写照》《运河》等作品中,除了沿袭之前的坚韧的现实主义的探索精神之外,"在外形上想脱开过分的拘谨渐渐向博大雄健处走",内容方面也"竭力想抛开个人的坚忍主义而向着实际着眼",于生活题材、视野境域与表现方法,有新的拓展与创获,但就诗的经验提纯升华与艺术蕴藏、凝练与韵味方面,却不如《烙印》醇厚。综观臧克家的诗歌,比之同时期的新月诗派、现代诗派以及中国诗歌会和艾青、田间等诗人的诗歌,臧克家有自己独特的长处:"从反映现实生活方面看,他的诗接近于中国诗歌会的创作,但没有中国诗歌会那种标语口号式的弊病;从语言的精炼和形式的谨严看,又接近新月诗派的诗,但没有新月诗派的形式主义的倾向;从重暗示、重意象的诗艺特征看,则又接近现代派的诗,但没有现代派诗的那种朦胧晦涩之感。"②

被闻一多称为"时代的鼓手"的诗人田间,在参加中国诗歌会活动中走上

---

① 闻一多.烙印·序[M]//唐诗杂论 诗与批评.北京:三联书店,1999:140-141.
② 龙泉明.中国新诗流变论[M].北京:人民文学出版社,1999:219.

了新诗创作之路。最初受郭沫若、蒋光慈、殷夫和蒲风等诗风影响,在《新诗歌》《夜莺》《中流》等刊物上发表诗歌。1935—1936年,田间出版诗集《未明集》《中国牧歌》和长诗《中国农村底故事》。其中比较有影响的《中国牧歌》抒写了中国广大农民,特别是东北人民的苦难生活和斗争意志,歌唱"战争下的田野,田野上的战争",诗中充满爱国激情和对民众的炽热情感。诗歌在形式上力求创新,诗行短促,急骤,跃动,闪烁,但却缺乏抒情内容与形式的统一和完整。胡风高度肯定田间这个"农民底孩子",于"震荡在民族革命战争的狂风暴雨里面"的歌唱热诚和全新"姿势"的同时,胡风也指出,田间作品中多数的诗节与诗句,还"像是一些闪光的金属片子摆在一起,读者底脑子里很难浮起一个饱满而明晰的意象",给予读者的"只有感觉,意象,场景底色彩和情绪底跳动",还没有达到"和他所要歌唱的对象的完全融合",以致令人担忧他在反对一种形式主义的成规时会陷入"无意中被另外一种形式主义所迷惑"的可能。因此,胡风不无担忧地说,田间虽然是"创造自由诗体的最勇敢的一人",但"他自己所创造的风格却还不免露骨地留着了摸索的痕迹,不能圆满地充分平易地表现出他底意欲的呼吸,他所能拥抱了的境地"[1]。抗战以后,田间以诗歌为武器,投入战争,发动街头诗运动。他的《给战斗者》是抗战初期的一首优秀的、影响极大的抒情诗,该诗抒写了诗人对祖国深挚的热爱,表达了中国人民不畏强暴、抗战到底的决心和意志,极富战斗力和鼓动性。闻一多在看过田间的诗歌后,称颂其诗篇是"鼓点"和"号角","他摆脱了一切诗艺的传统手法,不排解,也不粉饰,不抚慰,也不麻醉,它不是那捧着你在幻想中上升的迷魂音乐,它只是一片沉着的鼓声,鼓舞你爱,鼓动你恨,鼓动你活着,用最高限度的热与力活着,在这大地上"[2]。

艾青被称为"吹芦笛的诗人"。20世纪30年代初,艾青从法国留学归来,加入"左联"后,以献身于诗歌和民族解放斗争事业的诚挚姿态,登上中国诗坛。1936年,他的第一本诗集《大堰河》出版。《大堰河,我的保姆》描写一位用自己的乳汁喂养别人的孩子,用劳力和忠诚服侍别人的农妇形象,作为吃农妇母乳长大的"地主的儿子",作者向这位贫穷者呈现自己的切切爱心,也由此唱出对于那个"不公道的世界"的诅咒。《透明的夜》在彩绘般的亮色笔调里勾勒出贫苦村野劳动者的乐观与豪放,唱出"像野火一样"的野性人生中蕴藏着"新鲜的力量"的赞歌。《一个拿撒勒人的死》,以对作为被压迫者领袖的耶稣

---

[1] 胡风.田间底诗[M]//胡风评论集:上.北京:人民文学出版社,1984:405-407.
[2] 闻一多.时代的鼓手[M]//闻一多全集:第2卷.武汉:湖北人民出版社,1993:201.

的想象,书写了对人类以及大爱的确信。《芦笛》《画者的行吟》《马赛》《巴黎》等诗,吹出的是个人亲历的快乐和悲哀,孤独和忧郁,对故土的深情眷恋,也是对自由永恒的渴望,和"对于凌辱过它的世界的/毁灭的诅咒的歌","这歌里/以溅血的震颤祈祷着:/愿这片暗绿的大地/将是流浪者的天国"。胡风在对艾青诗歌的评价中,一方面指出其诗"明显地看得出他受了西方近代诗人魏尔哈仑、波德莱尔等诗人的影响";同时他还认为,艾青"唱出了他自己所交往的,但依然是我们所能够感受的一角人生",他的歌唱,"总是通过他自己底脉脉流动的情愫,他底语言不过于枯瘦也不过于喧哗,更没有纸花纸叶式的繁饰,平易地然而是气息鲜活地唱出了被现实生活所波动的他底情愫,唱出了被他底情愫所温暖的现实生活的几幅面影"①。胡风的评论不仅表明艾青的诗歌创作从一开始就汇入了世界近现代诗潮,更重要的是,艾青的诗在起点上与我们的民族多灾多难的土地与人民取得了血肉般的联系。《大堰河》以及艾青抗战之前发表的诸多诗作,体现了他深挚热爱生养他的土地和人民、关切充满苦难斗争的现实生活的思想感情,又敢于吸收来自惠特曼、马雅可夫斯基、波德莱尔、兰波、阿波利内尔、凡尔哈伦等浪漫主义、现代主义的外来艺术营养,形成融现代主义与现实主义诗艺于一炉、洋溢着富有浓郁现代色彩的现实主义诗歌之路。抗战之后,艾青出版了《北方》诗集,在创作上,他对自《大堰河》开始所追求的诗歌美学有所调整和改变,部分否定他曾经追求的东西。艾青的诗歌美学追求滋养了20世纪40年代穆旦等一批西南联大的年轻诗人,他们沿着艾青开辟的道路,自觉吸收来自异域的现代主义诗歌的艺术营养,在新的层面进行了更富于现代色彩的承传和超越。

---

① 胡风.吹芦笛的诗人[M]//胡风评论集:上.北京:人民文学出版社,1984:416-422.

第二章　重临诗歌"内质"的自由诗

　　以新月诗派为代表的新诗重视的是对诗歌音韵与形式的探索,它们被看成是对"五四"时期新诗由于语言和形式解放运动所带来的诗歌自由化、散文化倾向的反拨。随着徐志摩的意外去世,《诗刊》停刊,对新诗形式的探索作为一场大规模的运动已告一段落。然而,正如叶公超在《论新诗》中所说:"格律的观念成立之后,也许就有反格律的运动起来。这不要紧,因为那时格律已存在,已在那文字的诗的传统中了,它对于以后的诗人是有用的。"[①]继起的自由诗思潮,虽然是对新月诗派的怀疑和"反动",但"绝非'五四'前后自由诗的复活",它不仅承继了新月诗派形式探索的有益质素,而且努力弥合现代语言与现代经验的分裂,使新诗成为具有新的感受方式和想象世界的艺术形式。

---

①　叶公超.论新诗[J].文学杂志,1937,1(1):14.

第一节 《现代》诗①中的"新风气"

经历过1932年1月28日的淞沪战争后,上海的经济、文化、民生都遭受了很大的破坏,"所有的文艺刊物,几乎都停止了",商务印书馆闸北总厂被日军飞机炸毁,东方图书馆也同样遭殃,整个出版业务处于停顿状态,当时影响力最大的文学刊物《小说月报》也因内部斗争问题而停刊。《现代》杂志就是在这样一种文化境遇下创刊的。

《现代》杂志由现代书局出版,现代书局的老板洪雪帆和张静庐从主编的物色到刊物所走的路线都做了精心的策划。他们挑选施蛰存作为杂志的主编兼编辑部主任,因为施蛰存既"不是左翼作家,和国民党也没有关系","而且有过编文艺刊物的经验"②;此外,施蛰存"不曾在文坛上和某一位作家发生过摩擦"③。而在刊物所走的路线上,他们"精心于前事,想办一个不冒政治风险的文艺刊物",不因刊物出版有政治倾向鲜明的问题而使书局招致经济损失。在这种办刊宗旨的指导下,《现代》杂志成为《淞沪停战协定》签订后上海当时"惟

---

① 对于《现代》中所刊载的诗,施蛰存在《〈现代〉杂忆》中这样回忆道:"原先,所谓'现代诗',或者当时已经有人称'现代派',这个'现代'是刊物的名称,应当写作'《现代》诗'或'《现代》派'。它是指《现代》杂志所发表的那种风格和形式的诗。但被我这样一讲,'现代'的意义就改变了。从此,人们说'现代诗',就联系到当时欧美文艺界新兴的'现代诗'(The Modern Poetry),而'现代派'也就成为 The Modernist 的译名";"如果仍然把'现代'作为杂志名称,那么,我以为,这个杂志上发表的诗事实上并没有成为一'派'。据其形式来讲,则这种自由诗形式早已有人在尝试,并不是《现代》诗人的独创。而且,直到现在,我们的新诗还使用这一种形式,更不是《现代》诗人所独有。举其内容来讲,《现代》诗人的思想、风格、题材,都并不一致"。见《北山散文集》中的《〈现代〉杂忆》。对这一问题,现代主义诗潮研究专家孙玉石先生却提出了自己的看法:"作为30年代现代派诗潮的倡导者(施蛰存,引者注),在进入80年代初期时,可能是因为对于'左'的文学思潮心有余悸,在他发表的一篇文章中,不承认现代派这一诗歌流派的存在,认为只有《现代》杂志上的诗,没有'现代派诗'。我认为,如果将《现代》杂志上发表的诗均视为现代派诗,自然是不科学的;但如果眼光不局限于一个杂志,而着重于近十年的一个诗潮的总体考察,则一个影响甚大的诗歌流派的诞生与发展,确是客观存在的事实。"孙玉石.中国现代主义诗潮史论[M].北京:北京大学出版社,1999:151.

② 施蛰存.重印全份《现代》引言[J].现代(影印本),1984,1(1):1.

③ 张静庐.在出版界二十年[M].南京:江苏教育出版社,2005:102.

一的文艺刊物",而且"是一个综合性的、百家争鸣的万华镜"①,施蛰存和张静庐协商后接受《现代》杂志主编的职务,在随后杂志的创刊号上发表"间接地说明这个刊物没有任何一方面的政治倾向"的《创刊宣言》:

  本志是文学杂志,凡文学的领域,即本志的领域。

  本志是普通的文学杂志,由上海现代书局请人负责编辑,故不是狭义的同人杂志。

  因为不是同人杂志,故本志并不预备造成任何一种文学上的思潮,主义,或党派。

  因为不是同人杂志,故本志希望能得到中国全体作家的协助,给全体的文学嗜好者一个适合的贡献。

  因为不是同人杂志,故本志所刊载的文章,只依照着编者个人的主观为标准。至于这个标准,当然是属于文学作品的本身价值方面的。

  因为本志在创刊之始,就由我主编,故觉得有写这样一点宣言的必要。虽然很简单,我却以为已经够了。但当本志由别人继承了我而主编的时候,或许这个宣言将要不适用的。所以,这虽然说是本志的创刊宣言,但或许还要加上"我的"两字为更适当些。

二十一年,五月一日。施蛰存

一、《现代》对自由诗的推崇

《现代》从 1932 年 5 月 1 日创刊,到 1935 年 5 月 1 日停刊,共出版 34 期。第一、二卷由施蛰存主编,共 12 期;从第三卷起改由施蛰存、杜衡(苏汶)主编,至第六卷第一期共 19 期。1935 年因现代书局受国民党控制,故自第六卷第二期"革新号"起由汪馥泉接编,改为综合性刊物,出至第六卷第四期,即告停刊。对《现代》杂志所发表的新诗和翻译的外国诗歌进行统计发现:创作的新诗有 230 首,且绝大多数都是自由诗,译诗 84 首②;而新诗批评、诗歌理论的论文也不在少数,更有对西方现代诗人的译介文章。从各卷发表的诗歌创作来看,第一卷总共发表 28 首诗歌,第二卷发表诗歌 27 首,第三卷发表诗歌 31

---

 ① 施蛰存.重印全份《现代》引言[J].现代(影印本),1984,1(1):2.
 ② 此处统计的"新诗"创作和翻译诗歌的数据只包含《现代》第一卷至第六卷第一期的篇目,从第六卷第二期起,刊物被国民党控制,主编也换为汪馥泉,所以第六卷第二至第四期的诗歌就没有统计在内,其实这三期总共也只发表 4 首创作的诗和 2 首译诗。

首，到第四卷达到最高峰，发表71首诗歌，随后的两卷有所下降，分别发表诗歌59首和14首。一份以商业收益为目的、综合性的大型文艺刊物，在短短三年的办刊过程中能发表200多首诗歌，这在当时来说实属罕见，而且真正投稿到《现代》杂志编辑部的诗歌还要远远超过这个数字，作为主编的施蛰存就在第一卷第四期的《编辑座谈》中非常直白地拒绝诗歌投稿："《现代杂志》创刊以来，承读者不弃，纷纷地寄文章来。甚为感谢。但是这许多的投稿中，有十分之七八是诗，虽然不少佳作，但是《现代》每期中实在没有很多的地位来登载它们。现在已选存在这里预备陆续编入者，已足够六期之用，所以我希望在最短时期内，不再收到诗的投稿。"①然而，事与愿违，施蛰存还是在纷纷不绝的来稿之中收到许多"意象派似的诗"②，这些诗的共同特点正如施蛰存在回忆《现代》中的诗歌时所说的："它们（一）不用韵，（二）句子、段落的形式不整齐，（三）混入一些古字或外语，（四）诗意不能一读即了解。这些特征，显然是和当时流行的'新月派'诗完全相反。"③

这种与"新月诗派"完全相反的自由诗"风气"，是由《现代》杂志的编者、作者和读者共同"塑造"的：一方面与施蛰存在《现代》杂志上发表意象派诗歌和翻译英美象征主义、意象派诗歌有关④；另一方面也与《现代》所发表诗歌的风格以及戴望舒的诗论有密切的关系。在这种自由诗理念引起新诗坛的关注、再次成为新诗创作的主流体式过程中，读者对《现代》上的诗提出的各种问题，也推进了人们对自由诗的认识。其中一位署名为吴霆锐的读者在给主编施蛰存的信中这样写道：

"诗的形式与内容"这个问题自从拜读了你诗的大作后，这到现在没有解决下来，就是对于诗人戴望舒先生的作品也抱着同样的怀疑。

当然，在文学上形式主义这个名词早已不能存在了，无论在批评与创

---

① 施蛰存.编辑座谈[J].现代，1932，1(4)：601.
② 施蛰存.编辑座谈[J].现代，1932，1(6)：868.
③ 施蛰存.现代·杂忆[M]//北山散文集：(一).上海：华东师范大学出版社，2001：254.
④ 安簃（施蛰存）在《现代》第一卷第一期选译了《夏芝诗抄》（《木叶之凋零》《水中小岛》《茵尼思弗梨之湖州》《恋之悲哀》《酒之歌》《他希望着天衣》《柯尔湖上之野鬼》），同时还写了《译夏芝诗赘语》；第一卷第二期施蛰存创作了意象抒情诗5首（《桥洞》《祝英台》《夏日小景》《银鱼》《卫生》）；第一卷第三期安簃（施蛰存）又翻译了《美国三女流诗抄》，它们包括《陶立德尔女史三章》（《池沼》《山魈》《月上》）、《史考德女史二章》《热带之月》《冬季之月》）、《罗慧尔女史二章》《某夫人》《赠送》）；施蛰存并在译者记中认为"这三位女史的作品都是隶属于意像派的"。

作方面。于是形成了唯物文学的思潮,我们须以 Ideology 来作创作的根据,来作批评的根据,诗也不能例外的。诗也解放了,解脱了一切韵律句头的束缚,这样一来,诗人的真情大可以似洪水般的流露出来了。连我一个不能做诗的读者也感到无上共鸣的快感!唉,事实决不如是随意。自从我读了《现代》上的诗人的作品,真使我失望极了!(决非轻蔑之言,请你原谅,有以教我)

明明像散文般的一首诗,又没有古典作弄读者,可是读上去毫没有诗的节奏,又起不起情感上的作用(请你不要以阅读能力来压倒我),简直可说是一首未来派的谜子。唯物文学我并不反对,但是——这一类未来派的新诗,使人玄妙,玄妙,——如入五里雾中!

老实的讲一句,我不反对唯物文学,而不得不反对《现代》的诗,实在太不能使我了解,所以一定要请你指教。

我向你提出所谓"诗的形式和内容"一问题,要请你答覆的——就是(1)这一类谜诗,你是否觉得满意,倘使满意的话,那末只有请你批评我的阅读能力。(2)诗的内容当然不外乎景物的描写,以及动作,心理上的描写,而描写成一幅图画,一曲妙歌,这一类谜诗是否如此?(3)读了这一类谜诗,使我在形式与内容中间进退维谷,偏重于内容的诗,是否只有作者自己懂得,而诗的形式就如此没有节拍,可称谓诗,而不称散文?(4)散文与诗的区别在何?①

施蛰存在众多的读者来信中选中吴霆锐这封有代表性的信,并把它发表在《现代》第三卷第五期的《社中谈座》栏中,同时回答吴霆锐及其他读者的相关问题:

《现代》的读者,对于《现代》中所揭载的诗,早就有了好几种批评,有的读者还曾经写信来要求有一二篇关于《现代》中的诗的解释的文字,但我一则因为诗是要各人自己去欣赏的,二则《现代》中所刊载的诗事实上也不是只限于同一倾向,三则做一篇文字解释这些诗,也许有人要以为迹近标榜,或意图提倡,亦非妙事。

现在我想把这给吴君的复信公开刊载,以代答覆其他曾经对于《现代》中所曾刊布的诗发生怀疑的读者。

关于吴君这封信的上半篇,我觉得他有二点是误解了的:(一)诗的从韵律的束缚中解放出来,并不是不注重诗的形式,这乃是从一个旧的形式

---

① 吴霆锐.关于本刊所载的诗[J].现代,1933,3(5):725-726.

换到一个新的形式。(二)《现代》中的诗并不是什么唯物文学,而作者在写诗时的Ideology乃是作为一个诗人的Ideology。

于吴君的四个问题,逐条奉复如下:

(1)吴君以为《现代》中的诗都是谜,这一个意见我当然不能同意。我虽然不能说《现代》中所刊的诗都是我所十分满意的,但至少可以说它们都是诗。在这里,我不想批评吴君的阅读能力,我希望吴君看以下的答案。

(2)吴君说"诗的内容是景物的描写,以及动作,心理上的描写,而描成一幅图画……"这话不能算是诗的最准确的定义。因为单是景物的描写,即使如吴君所希望的,有韵律的作品,也不能算是诗,必须要从景物的描写中表现出作者对于其所描写的景物的情绪,或说感应,才是诗。故诗决不仅仅是一幅文字的图画,诗是比图画更具有反射性的。我以为吴君必须先探索一下他所认为是谜诗的东西,直到他承认这些东西并不具有谜性,则吴君方始能承认它们是诗。

(3)(4)这两个问题我以为可以在一处答复,散文与诗的区别并不在于脚韵,散文是比较的朴素的,诗是不可避免地需要一点雕琢的;易言之,散文较为平直,诗则较为曲折。没有脚韵的诗,只要作者写得好,在形似分行的散文中,同样可以现出一种文字的或诗情的节奏。所以,关于《现代》中所登的诗,读者觉得不懂,至多是作者技巧不够,以致晦涩难解,决不是什么形式和内容的问题。但读者如果一定要一读即意尽的诗,或是可以像旧诗一样按照调子高唱的诗,那就非所以语于新诗了。①

施蛰存在这封公开的回复信中认为,《现代》中发表的诗"并不是不注重诗的形式",而是"从一个旧的形式换到一个新的形式",其言外之意是这些诗不同于新月诗派的"方块诗",而是"从韵律的束缚中解放出来"的自由诗。其次,施蛰存否认《现代》中的诗是"唯物文学",澄清了诗人的Ideology(思想体系,思想意识;意识形态,观念形态。引者注)只是诗人自己的Ideology,而不是《现代》杂志提倡的,从某种意义上说,编者施蛰存是在重申杂志是不带有政治倾向性的。在对吴霆锐的四个问题的答复中,施蛰存认为,《现代》中的诗"都是诗",强调单纯的景物、动作和心理描写或者有韵律的作品"也不能算是诗",诗"必须要从景物的描写中表现出作者对于其所描写的景物的情绪,或说感应","诗是比图画更具有反射性的"。面对吴霆锐对"散文与诗的区别"的质

---

① 施蛰存.关于本刊所载的诗[J].现代,1933,3(5):726-727.

疑,施蛰存强调新诗更重视的是"文字的或诗情的节奏"而"不在于脚韵";《现代》中的诗之所以"晦涩难解"也许是技巧不成熟的原因而不是"形式和内容的问题"。这两封信发表之后却引发了更多的讨论,正如施蛰存在回忆中所说的,"一个月之间,我收到许多来信,都是热心于探索新诗发展道路的青年写来的",于是施蛰存又在下一期中写了一篇《又关于本刊中的诗》,具体阐明《现代》中诗的特点:

  《现代》中的诗是诗,而且纯然是现代诗。它们是现代人在现代生活中所感受到的现代的情绪用现代的词藻排列成的现代的诗形。
  所谓现代生活,这里面包括着各式各样的独特的形态:汇集着大船舶的港湾,轰响着噪音的工厂,深入地下的矿坑,奏着Jazz乐的舞场,摩天楼的百货店,飞机的空中战,广大的竞马场……甚至连自然景物也和前代的不同了。这种生活所给予我们的诗人的感情,难道会与上代诗人从他们的生活中所得到的感情相同吗?
  《现代》中有许多诗的作者曾在他们的诗中采用一些比较生疏的古字,或甚至是所谓"文言文"中的虚字,但他们并不是在有意地"搜扬古董"。对于这些字,他们并没有"古"的或"文言"的观念。只要适宜于表达一个意义,一种情绪,或甚至是完成一个音节,他们就采用了这些字。所以我说它们是现代的词藻。
  胡适之先生的新诗运动,帮助我们打破了中国旧体诗的传统。但是从胡适之先生一直到现在为止的新诗研究者,却不自觉地堕入于西洋旧体诗的传统中。他们以为诗应该是有整齐的用韵法的,至少该有整齐的诗节。于是乎十四行诗、"方块诗",也还有人紧守规范填做着。这与填词有什么分别呢?《现代》中的诗大多是没有韵的,句子也很不整齐,但它们都有相当完美的肌理(Texture)。它们是现代的诗形,是诗(有一部分诗人主张利用"小放牛""五更调"之类的民间小曲作新诗,以期大众化,这乃是民间小曲的革新,并不是诗的进步)。①

施蛰存在这篇文章中首先阐明了《现代》中的诗是诗,并且是用"现代的辞藻"和"现代的诗形"抒写"现代人在现代生活中所感受到的现代的情绪"的现代诗,施蛰存连用六个"现代"强调《现代》中的诗与当时和前一代诗人们所创作的新诗的不同,这种不同来源于现代生活的变迁,而现代生活的变迁又改变了诗人们的感觉方式和经验类型,这些感觉、经验方式的迁移从根源意义上来

---

 ① 施蛰存.又关于本刊中的诗[J].现代,1933,4(1):6-7.

说都应归因于现代社会发展过程中的现代性冲动。马泰·卡林内斯库认为现代性有两种,他把它们称为"作为西方文明史一个阶段的现代性"和"作为美学概念的现代性"。马泰·卡林内斯库认为,前者即是资产阶级的现代性概念,它大体上延续了现代观念史早期阶段的那些杰出传统。这种现代性概念"相信科学技术造福人类的可能性,对时间的关切(可测度的时间,一种可以买卖从而像任何其他商品一样具有可计算价格的时间),对理性的崇拜,在抽象人文主义框架中得到界定的自由理想,还有实用主义和崇拜行动与成功的定向——所有这些都以各种不同程度联系着迈向现代的斗争,并在中产阶级建立的胜利文明中作为核心价值观念保有活力、得到弘扬";而另一种现代性,"厌恶中产阶级的价值标准,并通过极其多样的手段来表达这种厌恶,从反叛、无政府、天启主义者到自我流放。因此,较之它的那些积极抱负(他们往往各不相同),更能表明文化现代性的是它对资产阶级现代性的公开拒斥,以及它强烈的否定激情"[①]。然而,无论从历史语境的视角还是从文化语境的视角来考量,《现代》所刊载的诗中彰显出的现代性与马泰·卡林内斯库所言的两种现代性都存在很多的差异,它呈现出半殖民地国家在走向现代性过程中的浓厚的区域性特征。史书美在研究半殖民地中国的现代主义文学时曾谈到,新的跨国现代主义研究强调对亚洲、非洲、拉美等非西方现代主义所处具体"情境"(situatedness)的关注,这一情境"虽然与西方现代主义所处情境之间存在着根本性的区别,但同时也与后者保持着某种对话性联系";"非西方的现代主义起源于对现代性、民族主义和国家主义等等观念的不满,因此,他也必然与殖民主义、帝国主义的历史密切相关"。因此,非西方现代主义与西方现代主义在"协商"的过程中出现多种特定的模式:"有的非政治性地自愿参与进西方现代主义运动","有的则为了地区需要对现代主义进行某种调整,以便应对现代主义殖民行为所带来的焦虑","有的则对欧洲中心主义模式的现代主义进行了彻底的颠覆"。正是由于非西方现代主义和西方现代主义存在这种纠缠迎拒的关系,"当(它们的)相异性被强调之时,我们意识到非西方现代主义向人们提供了一些不同于西方现代主义的现代性经验和叙述,这种经验和叙述是在与西方都会现代性和现代主义概念进行杂交的基础上所产生的变异物";"当(它们的)相似性被强调之时,我们认识到一种跨国界和去地区化(deterritorialized)现代主义;这种现代主义为世界主义之文化政治的存在提供了可能

---

① 马泰·卡林内斯库.现代性的五副面孔[M].顾爱彬,李瑞华,译.北京:商务印书馆,2002:48.

性,哪怕其背后必然隐藏着'中心—边缘'的等级观念"①。从这个层面上看,中国 20 世纪 30 年代带有现代主义色彩的文学更倾向于前一种情况,在这种现代性的冲动面前,《现代》中的诗才更重视内在的"肌理",而不是诗形的整饬和规律的音节,形式上都是自由诗的体式。戴望舒的诗歌中所呈现出的传统与现代相互缠绕的现代主义特征,则是非西方现代主义和西方现代主义的既相互联系又互相区别的最好代表之一。

二、"晦涩"与新的诗艺追求

正是《现代》中所刊的诗重视"现代人在现代生活中所感受到的现代的情绪",看重"现代生活"给予诗人的"情感",所谓诗人在诗中所表现的"情绪""情感"是瞬间的,变化无常的,它们难以把捉。所以,读者就很容易觉得它是"谜诗"(如前文所引吴霆锐信中的批评),更多的读者认为,《现代》中的诗朦胧、深奥、晦涩难懂。最有代表性的是署名为崔多的读者对杨予英先生《诗三首》②的批评:

> 今天打开了四卷六期的《现代》,读到杨予英先生的《诗三首》时,觉得无限神秘,奥妙,奇异之感。使我如入五里雾中,不得其解,我想纵然诗人

---

① 史书美.现代的诱惑——书写半殖民地中国的现代主义(1919—1937)[M].何恬,译.南京:江苏人民出版社,2007:4.

② 杨予英的《诗三首》发表于《现代》第四卷第六期,崔多对其中的两首诗做了具体的批评。两诗如下:

冬日之梦

记念那永恒的誓语吗,
冬日之梦,鱼贯地,
如轻烟袅绕在黄昏的灯边?
尘埃扑空的北国里,
可憎的烦躁的晚乐啊,
飘忽地,飘忽地,
却似海上蛟人的夜语。
图绘着昔日风景的山川,
过路人虽投以喜悦的顾盼,
但听不见跫然的足音。

记念那永恒的誓语吗,
冬日之梦航行在险恶的风涛上?

簷前

无星之夜
无尽的潇潇的雨声,
带来了故国的秋天。
骆驼的足音似的辽夐的
北风,穿过呜咽的风铃,
袭着少年人漂流的心。
古旧的天井里,
落满了沉重的雨滴。
簷前之歌,
依按着无词的乐谱。

会与凡人不同,也同生活在一个社会里,不能说出另一个社会的话来罢。如《簷前》一首中所写:"骆驼足音似的辽夐的北风。"

北风加以辽夐那样的形容词,已嫌不妥,我们不能说什么样是远风,什么样是近风。而另外一个形容词(骆驼足音似的)更是笑话!我始终不明白会有骆驼足音似的北风,况且骆驼的足是软的,惯行路的,又没有钉掌,根本走起路就无音之可言,怎么会与北风连在一起?该诗中又写:"穿过鸣咽的风铃。""风铃"成了一个名词,不知何谓风铃?铃大概为金属物,又何以能穿过?以上所指,不知是否不通。

又《冬日之梦》一诗有句"尘埃扑空的北国里","尘埃扑空"殊奥秘难解,虽然我会想他是说沙土飞扬的意思。又:"过路人虽投以喜悦的顾盼,/但听不见跫然的足音。"显然这是更奥秘的矛盾。上句既说有过路人,下句一个"但"字,何以竟会转到听不见"跫然的足音"了呢。难道那过路人是乘着飞机吗?又:"却似海上蛟人的夜语。"以此来状"可烦躁的晚乐",也是滑稽得紧。按"蛟人"一辞出在《述异记》,而且据称也是在海内而不克到"海上",大千世界中可引之物正多,何苦提到"蛟人夜语"何以不假考虑就写了"海上"。

以上所举,是否奥秘的使人糊涂?

观其三首诗,无整个意义,只是上下不连的零凑一些奥秘的句子,而竟有如许不通,想是受了戴李诸象征派诗人的毒,(仿佛三首诗中有的抄《望舒草》中的句子,一时无暇去找。)而先生所以刊登者,其亦以其类象征派诗乎?呜呼!《现代》就总刊载着这样的诗吗?[①]

针对崔多的批评,编者在同一期的《社中谈座》中,对崔多的质疑和误解做了具体的答复,承认《现代》确实刊载过"比较朦胧""不易索解的"诗,然而的确是"极少的少数";但是,编者依然认为杨予英的《诗三首》是"好的",同时对《簷前》和《冬日之梦》的相关诗句进行了"解释",认为"诗歌有时固然可以直抒,但曲写和暗示都也同样是应有的表现方法",崔多理解诗歌的方法"机械而不适当"[②]。其实,《现代》中的许多自由诗正如施蛰存所说:"《现代》诗人的运用形象思维,往往采取一种若断若续的手法,或说跳跃的手法。从一个概念转移到另一个概念,不用逻辑思维的顺序,或者有些比喻用得很新奇或隐晦。"[③]崔多

---

① 崔多.关于杨予英先生的诗[J].现代,1934,5(2):372-373.
② 编者.关于杨予英先生的诗[J].现代,1934,5(2):373-374.
③ 施蛰存.现代·杂忆[M]//北山散文集:(一).上海:华东师范大学出版社,2001:256.

在这封信中所表现出来的解读诗歌的思维方式虽说是不正确的,但他在信中说《现代》中刊载的诗有许多是"类象征派诗",却合乎实际情况。施蛰存和他的朋友们不仅在《现代》中翻译发表欧美、日本等国家的象征主义、意象派诗歌,还把自己创作的这一类诗歌刊在《现代》杂志上,这在无形中影响了许多热爱诗歌又想在《现代》上发表作品的读者们。施蛰存在《现代》第一卷第六期的《编辑座谈》中曾坦诚地谈到这个问题。

《现代》杂志中刊载的诗呈现出象征主义、意象派诗歌的风格,这是不争的事实。但是,这种"风气"的形成与编者、作者和读者共同的塑造是分不开的。众所周知,无论是象征主义诗歌,还是意象派诗歌,从"五四"时期就开始被引入到中国新文学中来,但本书试图阐明,《现代》中意象派风格的诗歌与"五四"时期胡适、刘延陵所谈论的意象派诗歌有何本质的不同?《现代》中刊载的戴望舒等人的象征主义诗歌相对于李金发等人的象征主义诗歌又有何新的发展?

胡适在留学美国期间剪贴和翻译了《意象派宣言》,但他并未真正理解意象派理论家关于"意象"的精义,所以只能提倡"诗须要用具体的做法,不可用抽象的说法。凡是好诗,都是具体的;越偏向具体的,越有诗意诗味,凡是好诗,都能使我们脑子里发生一种——或许多种——明显逼人的影像"①。胡适的"具体性"多从视觉、听觉等感觉出发对客观世界的"物"进行描写,只描绘外部世界的具体性、形象性,而非意象派诗歌中的"意象"那种瞬间的感觉与理性的猝然遇合的具体性。刘延陵在翻译意象派诗歌理论的过程中其实是戴上胡适的"眼镜"来理解意象派诗歌的。而在《现代》杂志那里,无论是在翻译意象派诗歌、译介诗人和诗论的时候,还是在创作的时候,都达到了相当熟练的程度。比如施蛰创作的意象派抒情诗《银鱼》:

横陈在菜市里的银鱼,
土耳其风的女浴场。

银鱼,堆成了柔白的床巾,
魅人的小眼从四面八方投过来。

银鱼,初恋的少女,
连心都要袒露出来了。

---

① 胡适.谈新诗——八年来一件大事[M]//胡适.中国新文学大系:建设理论集(影印本).上海:上海文艺出版社,2003:308.

施蛰存在谈到这首诗时说:"我在这首小诗中,只表现了我对于银鱼的三个意象,而并不预备评论银鱼对于卫生有益与否？也不预备说明银鱼与人生的关系,更不打算阐述银鱼在教育上的地位。仅仅是因为在某日的清晨,从菜市上鱼贩子的大竹筐里看到了许多银鱼,因而写下了这二节诗句。"①"菜市里的银鱼"和"土耳其风的女浴场"看似两者没有关联,但它们都和水有关,在细心观察、敏感的诗人看来,都可能呈现明亮的色泽,让人想入非非。读者只有通过想象搭起桥来,才能理解诗中的最后两句:"银鱼,初恋的少女/连心都要袒露出来了。"施蛰存捕捉银鱼、土耳其风的女浴场、初恋的少女三个意象,以独特的想象把它们勾连在一起,给人无限的遐想。由此可以看出,诗人已领悟到意象派的意象自呈的艺术方式。意象派诗歌的创始人伊兹拉·庞德认为,意象派诗歌中的意象是"在瞬息间呈现出一个理性和感情的复合体"②,它既可以是客观的,也可以是主观的,但诗人要求用直接处理的方法,决不使用任何对表达没有作用的字,也反对使用朦胧、模糊的措辞。施蛰存在学习、翻译和介绍西方意象派诗歌中也借鉴这种手法用于自己的诗歌创作实践。象征主义诗人、理论家马拉美也认为,意象是"从事物所引起的梦幻中振翼而起",而不是"抓住一件东西就将他和盘托出";在技巧上重视"一点一滴地去复活一件东西,从而展示出一种精神状态,或者选择一件东西,通过一连串疑难的解答去揭示其中的精神状态"③。朱自清在论及20世纪30年代新诗的进步时说:

> 象征诗派要表现的是些微妙的情境,比喻是他们的生命;但是"远取譬"而不是"近取譬"。所谓远近不指比喻的材料而指比喻的方法,他们能在普通人以为不同的事物中间看出同来。他们发现事物间的新关系,并且用最经济的方法将这关系组织成诗。所谓"最经济的"就是将一些联络的字句省掉,让读者运用自己的想像力搭起桥来。没有看惯的只觉得一盘散沙,但实在不是沙,是有机体。要看出有机体,得有相当的修养与训练,看懂了才能说作得好坏——坏的自然有。④

的确,只有到20世纪30年代,中国的象征主义诗歌、意象派诗歌才有了

---

① 施蛰存.海水立波[J].新诗,1937,2(2):204.
② 庞德.几条禁例[M]//黄晋凯,张秉真,杨恒达.象征主义·意象派.郑敏,译.北京:中国人民大学出版社,1989:135.
③ 马拉美.谈文学运动[M]//黄晋凯,张秉真,杨恒达.象征主义·意象派.闻家驷,译.北京:中国人民大学出版社,1989:42.
④ 朱自清.新诗杂话·新诗的进步[M]//朱自清全集:第2卷.南京:江苏教育出版社,1996:320.

质的飞跃。施蛰存、戴望舒等现代派诗人在学习、翻译、借鉴西方现代诗艺的过程中,真正把捉到了象征主义、意象派诗歌的精义,他们与胡适、刘延陵等人所理解的象征主义、意象派诗歌有着本质的区别。但是,从接受层面上来说,由于读者对新的诗艺、技巧的隔膜,导致他们对当时现代派诗人创作的不理解,甚至否定他们也就再正常不过了。

第二节 《现代》诗中异样的都市情绪

《现代》杂志诞生和成长于上海这个国际化大都市,这一都市语境(背景)不仅是作为物质空间而存在,同时还昭示了一种新的生活方式和人文景观,为现代经验和现代感觉提供了凝聚和发散的场域。《现代》中的诗歌写作不仅受益于这一都市语境,也受制于这一都市语境,即使是对乡土的回望和想象,都带上都市的视镜。诗人们的观物方式则由"五四"时代的远观、俯视和浪漫化转向近观、平视和日常生活化。

一、都市语境中的《现代》诗

如前文所述,《现代》自创刊以来,其刊载的新诗受到诸多读者的质疑,施蛰存作为《现代》的编辑,发表《关于本刊所载的诗》《又关于本刊中的诗》等文,向读者解释《现代》所刊载新诗的独特性:"《现代》中的诗是诗。而且是纯然的现代的诗。它们是现代人在现代生活中所感受的现代的情绪,用现代的词藻排列成的现代的诗形。"对于"现代生活"与"现代的情绪"及其关系,施蛰存又进行了进一步的阐明:

> 所谓现代生活,这里面包含着各式各样独特的形态:汇集着大船舶的港湾,轰响着噪音的工场,深入地下的矿坑,奏着Jazz乐的舞场,摩天楼的百货店,飞机的空中战,广大的竞马场……甚至连自然景物也与前代的不同了。这种生活所给予我们的诗人的感情,难道会与上代诗人们从他们的生活中所得到的感情相同的吗?①

施蛰存所描述的"现代生活"无疑是指上海的城市生活,上海是"远东第一大都市""东方的巴黎"。上海自晚清开埠以来,在"被动"现代化的过程中,发展到20世纪30年代已经成为名列前茅的国际化大都市,在经济、文化等领域

---

① 施蛰存.又关于本刊中的诗[J].现代,1933,4(1):6-7.

都远远超越当时中国尚处于前现代阶段的其他诸多城市，由于西方帝国资本主义在政治、经济、文化、甚至军事等方面的"插足"，上海的城市发展、生活方式，甚至文化的内在结构，都发生了前所未有的变化。上海的都市化演变过程在 20 世纪 30 年代的诸多作家的创作中都曾有精彩的呈现：

> 暮霭挟着薄雾笼罩了外白渡桥的高耸的钢架，电车驶过时，这钢架下横空架挂的电车线时时爆发出几朵碧绿的火花。从桥上向东望，可以看见浦东的洋栈像巨大的怪兽，蹲在暝色中，闪着千百只小眼睛似的灯火。向西望，叫人猛一惊的，是高高地装在一所洋房顶上而且异常庞大的霓虹电管广告，射出火一样的赤光和青磷似的绿焰：Light，Heat，Power！
> ——茅盾《子夜》

> 红的街，绿的街，蓝的街，紫的街……强烈的色调化装着的都市啊！霓虹灯跳跃着——五色的光潮，变化着的光潮，没有色的光潮——泛滥着光潮的天空，天空中有了酒，有了灯，有了高跟儿鞋，也有了钟……
> ——穆时英《夜总会里的五个人》

> 跑马厅屋顶上，风针上的金马向着红月亮撒开了四蹄。在那片大草地的四周泛滥着光的海，罪恶的海浪，慕尔堂浸在黑暗里，跪着，在替这些下地狱的男女祈祷，大世界的塔尖拒绝了忏悔，骄傲地瞧着这位迂牧师，放射着一圈圈的灯光。
> ——穆时英《上海的狐步舞》

> 忽然空气动摇，一阵乐声，警醒地鸣叫起来。正中乐队里一个乐手，把一枝 jazz 的妖精一样的 Saxophone 朝着人们乱吹。继而锣，鼓，琴，弦发抖地乱叫起来。这是阿弗利加黑人的回想，是出猎前的祭祀，是血脉的跃动，是原始性的发现，锣，鼓，琴，弦，叽咕叽咕……
> ——刘呐鸥《游戏》

> 宽阔的街面流泻着金融的气息。
> 排着整齐的队伍，汽车在街的边沿停下来，等候着主人的 close hour……
> 有色的年虹灯火织成的直线的街。
> 行人道上飘着花香，和咖啡座的骚荡的爵士歌曲。
> ——黑婴《回力线》

从茅盾、穆时英、刘呐鸥、黑婴等人描写的一幅幅城市繁华、金融发达、人们的休闲生活丰富多样的都市风景，读者能感觉到当时的上海与中国其他城市的不一样，但也从中隐隐感受到一股被金钱、速度和力量所"腐蚀"的气息。正是这座让人爱恨交织的都市吸引着寻求出路、追寻梦想的文化人从乡村走向都市,用他们的文学创作演化着都市生存的颓靡与无奈,同时也构筑着逐渐消逝和无法挽回的乡村幻境。

李书磊在研究现代小说与城市文化的关系时敏锐地指出:"对于现代中国人来说,二十世纪以来生活方式最明显也最深刻的变动就是现代城市的兴起。现代城市的兴起,极大地改变了国家的政治组织方式,极大地改变了社会的经济分布结构,同时,也是更重要的,极大地改变了人们的日常生活状态。现代城市已不仅是一个地理概念、社会概念,它还是一个内涵及其丰富的文化概念——它是一种崭新的生活方式。"①李书磊强调,城市是文化概念,它改变的是生活在城中的人们的生活方式,并有可能向外扩展和延伸。这些改变、扩展和延伸都直接、间接地影响了文学创作,为文学创作拓展新的空间。李欧梵在《上海摩登——一种新都市文化在中国(1930—1945)》一书中研究了上海在发展成为世界性的都市过程中,外滩建筑、百货大楼、咖啡馆、舞厅、公园和跑狗场、竞马场等对人们生活方式的改变,尤其考察了这些建筑和娱乐场所在促使文化人产生新的、独特的感觉和想象,为他们的写作创造出新的想象空间中所产生的作用。李欧梵深入地考察了一批新崛起的文人、作家的消遣方式——看电影、喝咖啡、逛书店等,他认为,"如果没有都市的物理环境和设施,对施蛰存和他的同代人来说是不可能创造——甚至是想象——一个他们自己的现代文学的"。正是"上海的通商口岸环境使他们能够借以营造文学层面上的一系列意象和风格,并以此建构所谓的对现代主义的文化'想象'"。②李欧梵指出施蛰存和他的同代作家们所创作的现代小说、诗歌是"上海都会文化的产物",但是,"就时空而言,也同时受着中国人的个性影响"。研究都市文化和海派小说关系的李今更明确指出,正是上海这些"所'突兀'地展现出的崭新的现代都市景观,刺激了新感觉派表现的冲动,为海派的现代性提供了可供'凝视'和思考的物化形态,也使他们获得了对于现代都市的新感觉……对于他们来说,现代都市的风景不仅仅是小说人物活动的舞台和背景,而是取得同等重要位置的小说要素,其本身即成为小说的新题材、新主题和新技巧的来源,在他们的文化活动中取得了中心的位置"。③《现代》杂志的创刊和发展过程正处于上海都市化进程的巅峰时期。20世纪30年代的上海已发展成中国最大的港口

---

① 李书磊.都市的迁徙——现代小说与城市文化[M].长春:时代文艺出版社,1993:3.
② 李欧梵.上海摩登——一种新都市文化在中国(1930—1945)[M].毛尖,译.北京:北京大学出版社,2001:159.
③ 李今.海派小说与现代都市文化[M].合肥:安徽教育出版社,2001:21.

和通商口岸,是名副其实的国际大都会,世界第五大城市,"一个与传统中国其他地区截然不同的充满现代魅力的世界"①,正如有学者所说,如果把中国东部漫长的海岸线比喻为弓,把横贯中国腹部的长江比喻为一只长箭的话,那么位于长江入海口的上海就像箭头一样,朝着太平洋的方向蓄势待发。这样的地理优势,把上海推上了中西文化碰撞和对话的舞台,使它比中国别的地区在现代化的道路上走得更远,形成与当时北平并驾齐驱却又别具一格的文化风貌。这座"东方巴黎",拥有可以和国外任何一条商业大街媲美的南京路,汇集了先施、永安、新新、大新四大百货公司;大光明、大上海、国泰、美琪和卡尔登等豪华影院则吸引了鲁迅、施蛰存、刘呐鸥、穆时英、张若谷、叶灵凤、田汉、洪深、夏衍等电影爱好者,徐迟几乎看完了所有在上海上映的西片,施蛰存更写了一篇背景设在巴黎大戏院的性爱小说。② 在充满异国情调的霞飞路,鼎盛时期那里的咖啡馆据说达 125 家之多,经常出没于咖啡馆并在小说、戏剧、散文和诗歌中描写咖啡馆的现代作家,可以开出长长一串名单——田汉、郁达夫、张资平、穆时英、施蛰存、叶灵凤、林徽因、徐迟、董乐山……咖啡香引得多情善感的新文艺作家趋之若鹜,大家都想到这里面来获得一些"烟士披里纯"③。福州路则因拥有新旧书肆三百余家而著称,长久以来被称为"文化街"。这里不仅有当时规模最大的商务印书馆和中华书局,也有因和新文学期刊或作家有密切关联而声名远扬的小书店:比如率先出版《新青年》的"群艺",出版鲁迅作品的"北新",以编教科书而出名的"开明",以及《现代》和《现代小说》的后台老板——现代书局。④ 回到《现代》中的诗歌,我们可以看出,戴望舒、施蛰存、何其芳、陈江帆、李金发、玲君、徐迟、路易士等诗人的诗作,或写都市,或写乡村,或抒写梦想,或沉湎记忆,都是对都市直接或间接的回应和反思。这种通过诗歌来感觉和想象爱恨交织的都市和"回不去"的乡村的诗情画意,不仅有西方近现代诗艺的借镜,更有古典传统的再发现。

正如上文所述,茅盾、穆时英、刘呐鸥、黑婴等小说家通过环境描写、人物刻画、意识流程变化的叙述来呈现多姿多彩、变化莫测,既充满活力又隐藏罪

---

① 李欧梵.上海摩登——一种新都市文化在中国(1930—1945)[M].毛尖,译.北京:北京大学出版社,2001:4.
② 李欧梵.上海摩登——一种新都市文化在中国(1930—1945)[M].毛尖,译.北京:北京大学出版社,2001:107-108.
③ 陈子善.迪昔辰光格上海[M].南京:南京师范大学出版社,2007:77-150.
④ 李欧梵.上海摩登——一种新都市文化在中国(1930—1945)[M].毛尖,译.北京:北京大学出版社,2001:136-137.

恶的上海"现代生活",《现代》的诗人们却是从自己在日常生活中的遭遇出发,以自己的感觉和想象来回应上海"现代生活"的虚无和颓废,试图重构一个"开轩面场圃,把酒话桑麻"的田园情趣和"暧暧远人村,依依墟里烟"的乡村境界,从而安抚自己在都市中受伤的灵魂。

李金发面对上海的繁华和"罪过",以矛盾的笔触写下《忆上海》:

　　容纳着鬼魅与天使的都市呀!
　　古世纪的 chao 将在你怀里开始了,
　　你犹装出乐观者之谄笑,
　　欠身着如初醒之女儿。

　　你于我是当年之仇雠的祖先,
　　因为你使我呼吸人生之气息;
　　你于我是挽臂徐行之侣伴,
　　因为你示我如何吮取鲜果之液。

　　……

　　悠悠长夜的华屋之一角,
　　我紧抱着彼人漫舞,
　　乐声婉转如祈祷者之祝福,
　　我的心可是摇曳欲坠于幸运之梢。

　　……

　　你已满足于我的不幸罢!
　　无灵如荡妇的诱惑者,
　　我将在南国的山川之垠,
　　宣唱你巫女似的不可宥之罪过。

诗人以"鬼魅"和"天使"象征上海这个五光十色的都市,它一方面"使我呼吸人生之气息",同时"示我如何吮取鲜果之液";另一方面,它又使我的心"摇曳欲坠于幸运之梢",还幸灾乐祸地"满足于我的不幸"。而我只能在痛定思痛之后"宣唱你巫女似的不可宥之罪过"。诗人吴汶的《七月的疯狂》以个人的感觉和想象展开对都市的堕落和疯狂的揭露:

纱窗,涨成大贾的腹,
夜叉的腮边
黑夜的长蛇吮着明眸的祸水。

年红,浓烈的抓人,
波动着爬过街头,
构成七月的疯狂。

我敲开妖都第二扇门,
昂奋在衣角呐喊,
迈进接吻市场。

旋律,女人股间的臭,
地板上滚着威士忌的醉意,
棺盖开后的尸舞。

  这首诗一开始就以意象(纱窗、大贾的腹、腮边、长蛇、祸水、年红)的直呈,暗示七月醉生梦死的都市生活,随后以更具体的舞厅作为抒写对象,认为它是"妖都第二扇门",是"接吻市场",进入此地的人都是借酒消愁、借色发泄的颓废、放荡之士,他们的确是一群行尸走肉。李心若的《失业者》写尽失业者身处繁荣、发达的都市,却找不到混口饭吃的地方时的无奈居留的心态:

说世界是广阔的吧,
他的啖饭地呢?
说世界是囹圄般的侷促吧,
他却有茫然于大漠的悲哀啊。

唔,纵一样的没有他的"绿洲",
世界变成大漠他也愿呢;
你去瞧那些势利的眼吧!
你去偿近的家的归不得味吧!

世界不过是一自由的监狱啊,
可是离去它的勇气呢?
想到这,

还能忍住自嘲的苦笑吗?

他却有茫然于大漠的悲哀啊,
说世界是囹圄般的侷促吧!
他的唼饭地呢?
说世界是广阔的吧!

在光鲜亮丽、繁华无比的都市背后,多少穷苦人为了生存来到城市寻找生活,但别说有立锥之地,在城市里他们连温饱问题都不能解决。诗的张力就是在这朴素、简单的语言中彰显出来。

除了对繁华、发达、充满活力,却使人堕落、颓废、甚至无法生存的都市的揭示外,更多的诗人通过对都市景观和日常生活的感悟,捕捉现代人繁复、丰富的感觉,领悟人生深奥的哲理,在诗歌中建构了一个真实而又充满龃龉的都市上海。前者如前人的《夜的舞会》:"一丛三丛七丛,/柏枝间嵌着欲溜的珊瑚的电炬,/五月的通明的榴花呀?//Jazz 的音色染透了舞侣,/在那眉眼,鬓发,齿颊,/心胸和手足。/是一种愉悦的不协和的鲜明的和弦的熔物。//又梦沉沉地离魂地,明炯炯地清醒地。/但散乱的天蓝,朱,黑,惨绿,媚黄的衣饰幻成的几何形体,/若万花镜的拥聚惊散在眼的网膜上//并剪样的威士忌。/有膨胀性的 Allegro 三拍子 G 调。/飘动地有大飞船感觉的舞会哪。"诗人通过视觉、听觉、味觉、触觉及其它们之间的交错和沟通,抒写他身临其境的夜晚舞会体验。后者如金克木的《生命》:"生命是一粒白点儿,/在悠悠碧落里,/神秘地展成云片了。//生命是在湖的烟波里,/在飘摇的小艇中。//生命是低气压的太息,/是伴着芦苇的啜泣的呵欠。//生命是在被擎着的纸烟尾上了,/依着袅袅升去的青烟。//生命是九月里的蟋蟀声,/一丝丝一丝丝的随着西风消逝去。"面对都市现代生活节奏的加速,及其对现代人精神的压迫,使生活于都市中的人们领悟到,生命易逝、青春不再的人生哲理。《年华》一诗,金克木以更简洁有力的诗行阐明这一生存奥义:"年华像猪血样的暗紫了!/再也浮不起一星星泡沫,/只冷冷的凝冻着,/——静待宰割。//天空是一所污浊的泥塘,/死的云块慢慢的散化,/呆浮着一只乌鸦/——啊,我的年华!"

通过对都市景观和日常生活的感觉介入并回应都市和都市生活,是《现代》诗人表达的方式之一,而客观地呈现现代都市的景观情态和现代都市人的生存状态又是《现代》诗人另一种表达方式。陈江帆的《海关钟》把具有象征意味的海关钟,林荫道上出卖苦力的小市集,睡着了的苦力们疲惫、无表情的煤烟脸,以及新鲜葡萄的果铺并置在一起,并留下诸多空白让读者自己去想象,这样读者也能较容易地从诗中并置意象的张力中想象诗人意味深长的语言游戏。陈江帆的另一首诗《都会的版图》这样写道："都会的版图是有无厌性的,/昔时的海成了它的俘虏;/起重机昼夜向海的腹部搜寻,/纵有海的呼喊也是徒然的。//现在,我们有崭新的百货店了,/而帐幔筑成无数的尖端。/蛋女低低的坐着,——/电气和时果的反射物。"诗人客观抒写了填海造城的现象,在城市扩张过程中,都市出现百货店、帐幔、蛋女、电气和时果。看似诗人是在客观地呈现都市景观,然而,这些罗列的意象背后却充满张力,它暗示着在都市化进程中人所付出的代价。客观呈现都市现代人生存状态的诗还有李金发的《余剩的人类》,诗中叙写一个以捡废品为生的穷汉,虽然体弱多病,但依然期望自己能捡到铜片、玻璃瓶、铁丝,使担子能够"变成重些,充满些"。苏俗的《街头的女儿》写一个妓女上街寻找"生意",尽管天气不好,但还是非常不情愿地出来招揽"生意":"疲倦了的眸子,/勉强流出一点风骚;/一对飞眼,跟着/一个两个烟圈。/……"然而,街上不仅没有"生意"可做,还遭到小贩的嘲弄,只能"烦忧地走在回家的路上"。《现代》的诗人们以这种客观呈现的方式捕捉都市繁华背后下层人们的真实生存状况。

《现代》刊载的诗歌,不仅有正面抒写都市上海的繁华、活力、颓废、堕落甚至罪恶的诗歌,还有大量追忆乡村、田园及自然情境的乡土田园诗歌。这看似与施蛰存在《又关于本刊中的诗》中所说的"现代生活"相互冲突,其实不然。20世纪30年代的中国社会,城市与乡村的构成是相当复杂的,由于整个中国的都市化进程相对来说比较慢,除了上海以外,其他城市的发展都还未真正进入西方所谓的现代阶段,因此,即使像上海这样的城市其实和周边的乡村也没有明显界限。正如一位美国学者在谈论20世纪30年代的上海时所说:"乡村相距不到十英里:水稻田和村庄,可以从市区的任何一座高楼大厦上瞧得清清楚楚,这是世界上最轮廓鲜明,最富于戏剧性的边界之一。传统的中国绵亘不断,差不多伸展到外国租界的边缘为止。在乡村,人们看不到上海影响的任何痕迹。"[①]从地理学的角度来看,它们之间并没有绝对的界限,但是,自从近代以来城乡的同构性被打破之后,在文化学的意义上,城乡之间的文化层级出现了巨大差异。具体到上海这个从晚清以来就不断发展的都市来说,当时的中国乡村、田园、自然等都是"他者"。都市代表繁荣、活力、发达,乡村、自然代表卑琐、丑陋、贫穷、落后。它们虽然是一种二元对立关系,但同时又的的确确地

---

① 罗兹·墨菲.上海——现代中国的钥匙[M].上海社会科学院历史研究所,编译.上海:上海人民出版社,1986:14.

存在于中国社会走向现代化的进程中。从文学的角度上看,城乡之间纠缠迎拒的复杂关系更是作家源源不断的创作资源。鲁迅曾在《中国新文学大系·小说二集·导言》中把"乡土文学"理解为城市寓居者对遥远故乡的情感上的追怀,虽然他说的主要是小说,但这种看法其实也适用于表现乡村题材的诗歌,由于现代诗人大多是游离于故土而身居都市的游子,所以他们对乡村生活的表现往往是"回忆式"的,他们常常以往昔乡村的体验甚至是间接的经验为基础,而触发这种体验或经验的则是诗人们在城市中的境遇、感受,以及他们经由现代都市文明的熏陶获得的价值尺度。一方面,现代都市文明为诗人提供了与传统乡土世界不同的价值观和审美观,使他们具有审视乡村生活的新眼光;另一方面,他们在都市生活中的境遇和感受,又使得"乡村"常常被他们作为与恶俗的都市气相抗衡的道德资源和审美资源,作为寄托自己生活理想和审美理想的世界。从这个意义上说,当现代诗人们把乡村纳入审美视阈的时候,都市生活体验和价值尺度实际上成为审美表现的坐标。①

一旦都市生活体验和价值尺度成为20世纪30年代《现代》诗人们的审美表现坐标,那么他们笔下的乡村、田园和自然景观就不再只是简单的创作题材和主题,而是都市取景框中意蕴深远的镜像。在对乡土、田园、自然的追怀中,现代诗人们的诗歌既承续了中国古典诗、词、曲的意象的择取、意境的构设之法以及抒情的内敛含蓄,同时在吸收西方诗艺时又不可逃避地带上现代中国小知识分子时代和个人的郁结。比如曦晨《乡愁》:"在这座古城的静夜里,/听到了,在故乡曾经听过的那明笛,/虽说是千山万水地相隔罢,/却也有这同样使人忧愁的歌吹。//偶然间想到了心头的,/并非久别不见的父和母,/却是那故园旁边的小池塘,/在风中的,池塘上的芦荻。"由古城听到的笛声,唤起诗人对故乡的思念,这种思念和乡愁首先并不是父母,而是与自己精神和心灵更密切的池塘上的芦荻。侯汝华的《迷人的夜》,诗人浅吟低唱的是在迷人、温柔的月夜,追忆自己曾经美好的爱情,如今那位美丽的"艇家女"正如空中月、水中月早已不知去向。诗人陈江帆不仅有抒写都市繁荣扩张、颓败萧条、贫富不均的都市诗歌(《都会的版图》《麦酒》《减价的不良症》《海关钟》),也有充满乡村田园趣味、散发浓郁的异域风情的乡土田园诗歌,比如《荔园的主人》:"五月的荔子园,/晚风吮着圆熟的花果。/主人坐在篱下。/是飘着百灵鸟的歌音吗?/一个牧羊的歌女/踱进了篱旁。//晚风/是催眠的歌,/晚霞/是催眠的歌,/在催眠的暮霭下:/荔子园的日色残了,/散着银丝的小羊也乏了。//主人

---

① 张林杰.都市人的视镜:30年代诗歌中的乡土与自然[J].文艺评论,2005(1):43-44.

却向小羊招手;/空想着牧羊女的歌吹。"诗人以一种追忆的调子抒写田园生活的悠闲和恰然自得,诗中牧羊女是纯洁美好的象征,这种生活没有都市的喧嚣和繁杂,没有都市的庸俗和堕落。在《夏天的园林》中,诗人陈江帆写的是乡村中单纯、朴素的年轻人向园林下晚服少女的求爱,这里没有咖啡厅、舞厅、玫瑰和红酒,只是"一串悦耳的歌曲""一串梅萝香",诗的结尾也韵味悠悠:"银鬓的姑娘,/抱着正熟的葡萄,家去。"《棕榈园》一诗写的是诗中说话人在游玩棕榈园时,听到园里佻达少妇的笑声,笑声如鸟雀的歌,优美的笑声使诗中说话人流连忘返,最后,辽远的教堂的钟声敲醒了他回家的路程。

戴望舒是《现代》诗人中最具代表性的,施蛰存认为他是最有可能成为徐志摩之后的大诗人。作为混迹于都市求生活的诗人,戴望舒的生活可谓艰辛。杜衡曾描述戴望舒在 1927—1932 年的生活遭遇:"做人的苦恼,特别是在这个时代做中国人的苦恼,并非从养尊处优的环境里长成的望舒,当然事事遭到,然而这一切,却绝不是虽然有时候学着世故而终于不能随俗的望舒所能应付。五年的奔走,挣扎,当然尽是些徒劳的奔走和挣扎,只替他换来了一颗空洞的心;此外,我们差不多可以说他是什么也没有得到。"①虽然在现实生活中遭遇诸多的不顺,但戴望舒这一时期的诗最能体现都市与乡村、田园和自然的复杂缠绕关系。诗人的《深闭的园子》写的是家乡的园子花繁叶满,但却无人打理:

五月的园子,
已花繁叶满了,
浓荫里却静无鸟喧。

小径已铺满苔藓,
而篱门的锁也锈了——
主人却在迢遥的太阳下。

在迢遥的太阳下,
也有璀璨的园林吗?

陌生人在篱边探首,
空想着天外的主人。

五月是万物复苏的季节,鲜花盛开,但是主人却为生活漂泊,家园小径长

---

① 杜衡.望舒草·序[J].现代,1933,3(4):493.

满苔藓,篱门的锁也生锈,园子显出颓败、荒废的景象。飘摇在烈日风雨下的主人是否想到要回来打理园子,回归乡村过怡然自得的生活呢？戴望舒的《游子谣》却给出了另一个答案:

  海上微风起来的时候,
  暗水上开遍青色的蔷薇。
  ——游子的家园呢？

  篱门是蜘蛛的家,
  土墙是薜荔的家,
  枝繁叶茂的果树是鸟雀的家。

  游子却连乡愁也没有,
  他沉浮在鲸鱼海蟒间:
  让家园寂寞的花自开自落吧。

  因为海上有青色的蔷薇,
  游子要萦系他冷落的家园吗？
  还有比蔷薇更清冷的旅伴呢。

  清丽的小旅伴是更甜蜜的家园,
  游子的乡愁在那里徘徊踯躅。
  唔,永远沉浮在鲸鱼海蟒间呢。

  诗中有传统诗歌的起兴,但紧接下来的不是"田园将芜胡不归"的决绝,明知家园荒废,却连乡愁都没有。这一切都是为了生存,所以只能沉浮于"鲸鱼海蟒"的都市,放逐乡愁,把美好的家园抛诸脑后。全诗虽然没有正面描述都市的方方面面,也没有构筑乡村的诗意生活,但都市和乡村的对立却尽显其中。都市生存异常艰辛却又万般无奈,而乡村田园的恬淡生活亦不可返回,那么,人类生活的乐园在何方？戴望舒的《乐园鸟》对人类生存的终极目标发出了最深沉的追问:

  飞着,飞着,春,夏,秋,冬,
  昼夜,没有休止,华羽的乐园鸟,
  这是幸福的云游呢,
  还是永恒的苦役？

渴的时候也饮露,
饥的时候也饮露;
华羽的乐园鸟,
这是神仙的佳肴呢,
还是为了对于天的乡思?

是从乐园里来的呢,
还是到乐园里去的,
华羽的乐园鸟,
在苍茫的青空中,
怎样辨识你的路途啊

假使你是从乐园里来的,
可以对我们说吗,
华羽的乐园鸟,
自从亚当夏娃被驱后
那天上的花园已荒芜到怎样了?

　　华羽的乐园鸟,春夏秋冬不分昼夜地飞着,它们风餐露宿,为了什么呢?神仙的佳肴,还是对于天的乡思,抑或是虚无的乐园?乐园鸟的终极追问也许永远得不到回答,它们的云游也像西西佛斯一样是永恒的苦役,象征人类为了生存的不屈抗争。

　　对乡村、田园以及自然的追忆和怀念,是《现代》诗人们对于都市生活回应和反思的特有方式,从某种意义上说,是对都市生活中创伤的一种抚慰。然而,随着中国社会的现代性进程,乡村田园里的"采菊东篱下,悠然见南山"的天人合一的封闭生活已经成为不可挽回的、正在消逝的幻景,它们只是诗人们的精神寄托和心灵的港湾。因此,我们可以说,《现代》诗中的乡土、田园和自然,是诗人们用都市人的视镜观察和想象的世界,它折射出身处都市文化环境中的诗人们"不能复返于破碎的农村,亦不甘于恶浊的都市"(常任侠《列车》)的矛盾心态。

二、《现代》诗中"现代的情绪"

　　施蛰存在《又关于本刊中的诗》中谈及现代生活对《现代》诗人们的现代情

绪的影响时,以反问的方式强调这些诗人与上代诗人从生活中得到的感情是不同的。其实,在施蛰存此文发表之前,戴望舒就在《望舒诗论》中论及新诗的情绪,"新诗最重要的是诗情上的 nuance(法文,意为细微的差异,引者注)而不是字句上的 nuance","韵和整齐的字句会妨碍诗情,或使诗情成为畸形的","新的诗应该有新的情绪和表现这情绪的形式","不必一定拿新的事物来做题材(我不反对拿新的事物来做题材),旧的事物中也能找到新的诗情","旧的古典的应用是无可反对的,在它给予我们一个新情绪的时候","诗应当将自己的情绪表现出来,而使人感到一种东西,诗本身就像是一个生物,不是无生物","情绪不是用摄影机摄出来的,它应当用巧妙的笔触描出来。这种笔触又须是活的,千变万化的"①。戴望舒的这些观点凸显新的情绪对转折时期新诗创作的重要性,这种新的情绪必然要突破之前新诗在诗形和诗质两个层面上的限制。孙作云是最早对《现代》刊载的新诗进行分析、评论、总结的理论家,他在论《现代》诗人们的现代情绪时说:"现代派诗中,我们很难找出描写都市,描写机械文明的作品。在内容上,是横亘着一种悲观的虚无的思想,一种绝望的呻吟。他们所写的多绝望的欢情,失望的恐怖,过去的迷恋。他们写自然的美,写人情的悲欢离合,写往古的追怀,但他们不曾写到现社会。他们的眼睛,看到天堂,看到地狱,但莫有瞥到现实。现实对他们是一种恐怖,威胁。诗神走到这里便站下脚跟,不敢再踏进一步。"②孙作云虽然对《现代》所刊诗作现实立场缺席的评判失之偏颇,但他对诗人们诗作中所透露出的现代情绪把握得比较准确。他指出《现代》的诗人们对美国意象派诗歌和法国象征主义诗歌在诗形和诗质上有所吸取,然而,与美国意象派诗歌不同的是,"横亘在每一个作家的诗里的是深痛的失望,和绝望的悲叹。他们怀疑了传统的意识形态,但新的意识并未建树起来。他们便进而怀疑了人生,否定了自我,而深叹于旧世界及人类之溃灭。这是一个无底的深洞,忧郁地,悲惨地,在每一个作家的诗里呈露着"③。

《现代》中的新诗,一部分抒写都市的繁荣、发达和颓废、堕落;一部分追忆乡村田园生活,叹息无法回返;一部分是对漂泊旅程的厌倦和无奈;还有一部分是对逝去爱情的寄怀,从中抽绎出的现代情绪主要有颓废、寂寞、忧郁、乡

---

① 戴望舒.望舒诗论[J].现代,1932,2(1):92-94.
② 孙作云.论"现代派"诗[M]//杨匡汉,刘福春.中国现代诗论:上编.广州:花城出版社,1985:227.
③ 孙作云.论"现代派"诗[M]//杨匡汉,刘福春.中国现代诗论:上编.广州:花城出版社,1985:229.

愁、漂泊、倦旅等。

  柯可（金克木）是《现代》诗人中的一员，他认为中国新诗发展到20世纪30年代出现新的动向："新的机械文明，新的都市，新的享乐，新的受苦，都明摆在我们的眼前，而这些新东西的共同特点便在强烈的刺激我们的感觉。于是感觉便趋于兴奋与麻痹两极端，而心理上便有了一种变态作用。这种情形在常人只能没入其中，在诗人便可以自己吟味而把它表现出来，并且使别的有同经历的人能从此唤起同样的感觉而得到忽一松弛的快乐。"① 柯可作为《现代》诗人的确慧心慧眼，不仅指出都市对《现代》的诗人们感觉的刺激，使诗人们对都市的活力有诸多矛盾的抒写，还暗示《现代》的诗人们在面对都市生活的苦难时，转向对乡村田园诗意生活幻境的追怀。G·M.海德认为："城市生来就是没有诗意的；然而，城市生来又是一切素材中最富于诗意的。这就要看你怎样去观察它了。"② 《现代》中的诗人们大多是从乡村走向都市的，都市的繁华、机遇、便利等等吸引他们，但都市的唯利是图、钩心斗角、势利、不公也使诗人们备受创伤。生存于都市的人们大多都顺应都市的这种潮流，蝇营狗苟地为了活着而活着，而敏感的诗人们却用自己敏锐的感觉捕捉或者反抗都市繁华和荣耀背后的颓废和堕落，诗人王一心的《颓废》这样写道：

    颓废从社会爬进我的灵魂，
    它又从个人心上走入人群，
    酒与肉把颓废养的多肥，
    它天生有翅膀亦不能飞。

    你看我的长发上站着颓废，
    不，颓废老在我长发上睡；
    它昼夜张开罪恶的枯手，
    听呀，落叶打响了深秋！

  都市的繁荣、发达及其背后的肮脏龌龊造就颓废的社会风气，它像传染病一样侵害着生存于都市的人们，他们不舍昼夜，醉生梦死。诗人用拟人的手法把"颓废"具象化，形象鲜明，读者很容易感觉到诗中弥漫于都市生活中的现代情绪。这种颓废情绪不仅存在于都市生活中的普通人身上，同样作用于生存

---

① 柯可.论中国新诗的新途径[J].新诗，1937,1(4):471.
② G·M.海德.城市诗歌[M]//马·布雷德伯里,詹·麦克法兰.现代主义.胡家峦,高逾,沈弘,等译.上海：上海外语教育出版社,1992:311.

在都市的文化人,由于对都市生活具有不适感,甚至创伤感,颓废情绪时时侵袭着他们受伤的心灵。施蛰存的《嫌厌》写一个沉迷于赌博和赌场中"瘦削的媚脸"的女子而迷途不知返的赌徒,诗人运用了蒙太奇手法:第一节写赌场回旋着的轮盘和滚动的各色筹码,以及"涌现在轮子的圆涡里"的"瘦削的媚脸";第二节写"我"被这张媚脸所诱惑而不能专注于赌博以致输光筹码;第三节里,回旋的轮盘转换为火车的轮子,异乡的田园、城郭、村舍、河流与陵阜都"绕着圆圈退隐下去";第四节,瘦削的媚脸又和回环的风景叠加、闪回在一起了,再次呈现一个颓废、堕落的赌徒:"回旋着,回旋着,/我是在无尽的归程里。/指南针虽向着家园,/但我希望它是错了,/我祈求天,永远地让我迷路。"陈江帆的《麦酒》一诗写一个怕被社会淘汰因而紧跟时代潮流的浪游者:"因为怕成为历史上的,/你的心是一只浮空体了,/它生长在香粉和时装的氛围中,/做着灰鸽般的流浪呀。"诗人以第三者的眼光"观看"诗中"你"腐化、堕落的生活,期待他能醒悟过来重回乡村田园质朴的生活(让窗子将田舍的风景放进来,/你不将想起已成为历史上的麦酒吗?)。类似的抒写都市颓废、堕落情绪的诗还有上文提到过的吴汶的《七月的疯狂》、子铨的《都市的夜》。《现代》的诗人们虽然翻译过西方现代主义诗人们的诗歌理论和诗歌创作并深受影响,但与西方现代主义诗人用"不真实的"城市代替"真实的"城市所不同的是,《现代》的诗人们向我们展示的是"真实的"城市。"'真实的'城市是物质支配一切的环境,这里有血汗工厂、旅馆、商店的橱窗和期望;左拉和德莱塞很形象地把它描绘为人类欲望和意志搏斗的整个战场。'不真实的'城市则是放纵和幻想、奇特的并列在一起的各种奇特自我的活动舞台;陀思妥耶夫斯基、波德莱尔、康拉德、艾略特、别雷和多斯·帕索斯把它说成是不定的、多元的印象。"①由此可以看出,《现代》的诗人们在吸收西方现代主义诗歌艺术的过程中并未全盘照搬,而是站在本土的立场上面对中国的现实问题,有选择地利用西方现代诗艺资源来创作新诗。

马尔科姆·布雷德伯里说:"作家和知识分子长期以来就厌恶城市,梦想逃避城市的罪恶,城市的散乱、速度、直接性和人的模式,这就是文化上产生深刻异议的基础,这种异议在不朽的文学形式田园诗中得到明显的表现,因为田

---

① 马尔科姆·布雷德伯里.现代主义的城市[M]//马·布雷德伯里,詹·麦克法兰.现代主义.胡家峦,高逾,沈弘,等译.上海:上海外语教育出版社,1992:79.

园诗既可以是对城市的一种批判,又可以是对城市的一种纯然的超脱。"①《现代》的诗人们大都是从乡村走向都市的,期待都市能够对他们提供物质和精神上的回报。然而,当这些文化人怀抱的传统意识与都市纯粹的物质至上主义碰撞在一起时,都市生活的不适感又强烈地刺激着他们,导致其对城市产生疏离感,最终迫使他们追怀乡村田园诗意生活。因此,从这个意义上说,《现代》的诗人们抒写乡村田园题材的诗歌"既可以是对城市的一种批判,又可以是对城市的一种纯然的超脱"。这些诗中所透露出的现代情绪是漂泊、倦旅、乡愁。从乡村走向都市的诗人们,大都过着漂泊、浪游甚至居无定所的日常生活。都市五彩缤纷、变幻莫测的复杂生活细节刺激了他们敏锐的感觉和想象,使他们的诗既不同于前代诗人们的情感追求,也区别于西方现代主义诗人——他们试图构筑一个有深度的艺术世界来对抗庸常的现实世界。戴望舒的《寻梦者》一诗,以见证者的视角切入,写为追求梦想而付出一生代价的寻梦者:"你去攀九年的冰山吧,/你去航九年的旱海吧,/然后你逢到那金色的贝/……把它在海水里养九年,/把它在天水里养九年,/然后,它在一个暗夜里开绽了。//当你鬓发斑斑了的时候,/当你眼睛朦胧了的时候,/金色的贝吐出桃色的珠。//"寻梦者为了寻到"吐出桃色的珠"的"金色的贝",一生都过着漂泊无定的生活,最终虽然如愿所偿,但还会有下"一个梦静静地升上来",我们不禁要问,何时才能实现所有的梦呢?艾青的《黎明》这样写道:"啁啾的小雀淹留着/不是淹留在家园的檐角//阴郁的电线久已成了/比竹篱更阴郁的家//航轮起碇的哨声之后/瓦背上定留新的冷威//梦,已随天边的星坠了/瑟缩的心不再有鼓翼的勇气//天幕是翻飞在窗外的灰蓝布/它飘起了冥想的又一个开始"。诗中说话人以小雀淹留异地暗示自己过着漂泊的生活,这比乡村中贫苦的生活更"阴郁"。然而,即使梦已破碎,"瑟缩的心不再有鼓翼的勇气",他还是看到窗外天幕"飘起了冥想的又一个开始"。漂泊的生活中有风雨,有血汗,更有屈辱。李心若的《渡》写尽浪游的舟子在大海中航行的艰难,以及在生活中受到的不公正的待遇,但他仍不改初心:"我何时不是在汹涌中渡着呢?/在人海我受尽颠簸与冲击。/机巧的渡着的有福了,/而正直的渡着的却不然。//……一任暗流多激浪多猛,/一任不顺水性的舟子会覆灭吧。/当我饱尝人海的波涛的虐弄的时候,/当我灭顶的时候,/我仍要洪唱着正直的挣扎之歌啊!"金克木的《旅人》抒写一个受"绿窗"引诱,寻觅"夭桃秾李",而不畏烈日和淫

---

① 马尔科姆·布雷德伯里.现代主义的城市[M]//马·布雷德伯里,詹·麦克法兰.现代主义.胡家峦,高逾,沈弘,等译.上海:上海外语教育出版社,1992:76-77.

雨,累了枕着枯树根沉沉睡去,浓雾下以芦苇当手杖跋涉前行的旅人。在追寻梦想的旅途中,旅人孤独寂寞,缺少温情抚慰。诗的结尾以第三者的口吻劝慰道:"然而记住!辛苦的旅人!/可别曳了这里的沙漠风/去伤害远方的未婚花鸟!"佚名的《旅人》却写一个即将踏上征程的旅人的踟蹰和犹豫:"你携着哀愁的箧笥以跋涉的/旅人啊,你踟蹰了吗?/是厌倦了这修长的旅途呢,/抑是犹豫着你的去路?//且呷下这杯酒罢,/愿你从此拂袖而去,/伴着西伯利亚的放逐客,/引吭高歌。//南非洲的鸵鸟,/驯服得有如羊群。/旅人啊,/还有什么留恋呢!//偕彼驰骋于旷野里的天风,/哭泣也是好的,迟疑么?/请告诉我你所眷恋的乐土吧!/旅人啊。"旅人的路是漂泊、坎坷的,归途更是遥遥无期,久而久之,自然会对这种漂泊无定的生活感到厌倦。番草的《水手》对一生都居无定所的水手生活提出质疑:"吹着口哨,歪戴着鸭舌帽,/口角上挂着微笑,又像不是笑,/披着湿润的海风,攀着铁索;他,石像般地伫立在船梢。//海的风,海的雨,海的雾,/铸成了他青铁的眼,紫铜的皮肤,/狂涛的声音,暴风雨的声音,/浸透了他由颤栗而深沉的灵魂。//西北方是天津,那儿多女人,/杨柳青的女人是多么地温存;/紧搂着,说着甜心的情话——/谁管那些是真还是假?//东南方是上海,那儿多朋友,/邀请着朋友们同去上酒楼;/你一杯,我一杯,吃得烂醉——/谁知道下一趟能回不能回?/望着天,天是渺茫的展开,/望着海,海是百万的澎湃;/天与海结成了单纯的世界,/在这儿有他的过去、现在与未来。//哀叫着的海鸥哟寂寞的生命,/闪烁着星斗哟微弱的光明。/夜已深,他还是伫立着不动,/想起那悠久的疑问:这便是人生?"

李心若对漂泊者、浪游者疲惫的心绪描写更加直接,在《倦》一诗中他这样写道:

　　　　纵说有红的朝霞,彩的晚霞吧,
　　　　而当闷恼寡色的中日,那难耐,
　　　　已使有一头黑而实白的发的我
　　　　更感到难以举步了!

　　　　如蜃楼浮在我们目前的
　　　　未尽是惹泪的凄迷事吧?
　　　　痴心的人夜夜所做的"夜课"
　　　　也未必尽是逗起蜜笑的回忆吧?
　　　　而当我们的一生如一日之逝去,
　　　　我们将又寻什么的梦呢?

在我,天堂的花草虽很好吧,
也不愿为仙而只要永久的寂灭。

诗中的"我"为梦想付出一生的代价,如今已穿透梦想的虚幻性,即使"红的朝霞,彩的晚霞"也难以诱惑"我",我将以决绝的心态拒绝"天堂的花草"而选择"永久的寂灭"。

《现代》诗中的寻梦者、浪游者、漂泊者大都形单影只,他们正如艾青《路》中抒写的"步行者":

走过了路灯的
又是黑暗的路

黑暗里,听惯了
和回想并肩的脚步

六年的冗长使这路的步行者
走过了比这路更长千倍的

曾是并肩的人呢?
总已分散在遗忘的国土

走过了路灯的
将又是黑暗的路……

步行者在寻梦、漂泊、浪游的旅途上也许有一起上路的朋友,也许在旅途中偶遇与自己有相同梦想的同路人,但这些朋友、同路人由于种种原因又都分道扬镳了,更多的时候是自己一个人走在黑暗的路上,独自面对孤独、寂寞的时光。戴望舒的《夜行者》写一个孤独寂寞的"夜行者",夜是他最熟稔的朋友,他"戴着黑色的毡帽,/迈着夜一样静的步子","从黑茫茫的雾,/到黑茫茫的雾"。漂泊在外的游子,经常要熬过寂寞难耐的夜晚,夜深人静时的更声敲碎他们孤独寂寞的内心。李心若的《更声》就是浪游天涯的漂泊者们孤寂灵魂的呼声:"像木鱼的沉凄,像鼙鼓的激越,/冲破夜寒的鏊,鏊,鏊,/有谁也在数尽/这午夜的寂寞的呼声呢?//于是像指路碑站在我目前;列宁与释迦。/我听到在跳跃的心的更声了——/像木鱼的沉凄,像鼙鼓的激越哪!//天已作鱼肚白了吧!/我却不曾闻鸡而起舞;/纵有人说社会的现况不是灼肤的,/但我心的更声将不再像木鱼的沉凄了!"放湖的《爱纳莉的日子》抒写一个年华已逝、缅怀青春的女子试图以歌声医治寂寞,然而,在歌声中带出的却是"辽远的风情"和"心中的一片海",让爱纳莉的寂寞忧郁情绪更加浓重。玲君的《公园里的一张椅》写冬夜公园里的一张椅,由于无人拜访,椅子空着,由此想到公园冷清,随后把公园、椅子对象化:"寂寞的公园,寂寞的椅,/却这样缺少寂寞的人的来访啊!"诗人写的是公园的寂寞、椅子的寂寞,但真正抒写的是人的寂寞和世态的炎凉:"忆想着过去夏季的繁荣吗,/幽会如秋日的黄叶落下去被践踏了。/新嫁娘所矜夸的蜜月呢萧索地/也生长成古铜锈的涂污。"在《寂寞的生物》中,玲君更是把"我"说成是"寂寞的生物":

我是寂寞的生物
栖息于无声息的礁岛间;
海洋风吹不掉一千年来的积岩,
这里永收获着静穆,
但并不是幸福的航海。

挥发着哝哝低语的,
是我化外的冥思;
寄生于醇蓝色的灯幕下,
蔓延着对于天国的景慕,
每于秋至的九月新晨
悠散散的述说第二世的梦。

海不在沸腾吗,
是吹起芦笛的土风舞;
请把那沛沛之音节再唱一遍吧,
我喜那澎湃的单纯响。
昨日飘来装载厌世思的货船,
停泊在无风的港湾;
海潮起了,
我挥着帽子,对他说:"再见!"

将怎样以单纯的低音去吹动那芦笛哪
大洋中的波澜亦一定永远振荡不止的。

夏天不在彼岸吗，
还凄楚着什么哩，我的单恋女？
因为我是寂寞的生物，
他的回转将永无终止之时。

　　人的一生就像大海中各自独立的岛礁，无论大海怎样激荡澎湃，岛礁却长久兀自立于大海。人活着就像沉浮于汪洋大海中，他就是寂寞的生物，孤苦无依，全凭各自的信仰活下来。

　　漂泊的旅程是难捱的，游子疲倦的身躯终究需要宁静港湾的抚慰，尽管归途遥遥无期，但乡村田园的诗意生活始终在召唤他们。因此，"乡愁"成了漂泊游子们在寂寞、忧郁时最后的情感抒发。《现代》所刊的诗中，直接、间接抒写乡愁的诗比较多。诗人们从不同视角、不同层面抒写寓居都市后对故乡田园的深切思念之情。戴望舒的《游子谣》《深闭的园子》、曦晨的《乡愁》等都是抒写乡愁的重要作品。金克木有《秋思》："梧桐一落叶，/海上土色的云升起了。/于是鲛人的泪珠遂簌簌然，/不息的滚下：千滴，万滴。//何时再见暖暖的烟雾呢？/芦荻已哀哀鸣邑/惟有寒潭里依然安息着/冷冷的缺月。"诗人描绘了两幅不同的画面：一幅是梧桐叶落、海上浮云、鲛人伤心落泪；另一幅是家乡暖暖的烟雾、芦荻随风哀鸣、寒潭缺月孤冷。两相对比，鲛人的乡愁自然呈现。陈江帆有《檐溜》，由"夜的檐溜"引发乡愁："这于我将想到往日的楼层，/明空下而无风沙的叹息。""我"滞留异乡，异乡夜晚的檐溜引起"我"的愁绪，想起故乡，那里天空洁净，风和日丽。通过两地气候的比较，乡愁油然而起。何其芳有《有忆》，以细腻婉转的笔调抒写对故乡、故人的深情思念：

你底脚步常低响在我清夜的记忆中，
在我深思的心上踏起甜蜜的凄动，
有如虚搁的悬琴，久失去了亲切的玉指，
黄昏风过，弦弦犹颤着昔日的声息，
又如白杨的落叶，飘在无言的荒郊，
片片互递的叹息，犹似树上的萧萧。
啊，那是江南的秋夜！
　　　　　　　深秋正梦的酣熟，
而又清彻，脆薄，如不胜你低抑之脚步，
你是怎样偷偷地扶上曲折的栏干，
怎样轻捷地跑来，楼上一灯守着夜寒，
怎样带着幼稚的欢欣给我一张稿纸，

喊着你底新词，
　　那第一夜你知道我写诗！

　　何其芳以具体生动的意象，如低响的脚步、虚搁的悬琴、白杨的落叶、互递的叹息来暗示对故乡、故人的不绝如缕的想念。在这首诗中，乡愁更具体化为对爱的追忆，使得诗歌摆脱羁旅诗歌常有的寂寞忧郁的调子。诗人的《季候病》也是借"一角轻飔的倩媚的裙衣""像一串牧女的铃声"似的"流盼的黑睛"等情感意象，抒写游子对家乡秋天的怀想："九月的晴空是多么高，多么圆，/我的灵魂将多么轻轻地举起，飞翔，/穿过白露的空气，如我叹息的目光。/南方的乔木都落下如掌的红叶，/一径马蹄踏破深山的寂默，/或者一弯小溪流着透明的幽愁，/有若渐渐地舒解，又若更深的绸缪……"陈江帆的《公寓》开篇就喊出："我流居在小小的公寓中，/在它上面是没有秋天的，/没有我家的秋天。"因为"我家的秋天也有古典的程序"（七月使鼷鼠营巢了，/八月螽斯振羽了，/九月蟋蟀入我床下），"而这里秋天也失去了煽动力"。古典乡村田园独有的由季节转变带来的外界生物的兴衰更替诱发"我"的乡愁，这种乡愁诱使"我"借酒消愁，"思秋病是我馥郁的混合酒"。"乡愁"成为《现代》的诗人们最核心的话题，它是诗人们源源不断的诗思源泉。

　　以都市的视镜来感觉和想象乡村田园生活，是《现代》的诗人们对都市繁杂、琐碎、庸俗，甚至颓废、堕落的日常生活的想象性的解决方式。一方面，他们以都市文明的视角重构中国农业文明中乡村田园的诗化人生，表达诗人们生存于都市的不适感和疏离感，传达他们自身对传统文化意识的无限眷恋。另一方面，为了应对甚或抗衡都市生活的庸俗无聊、颓废堕落，他们试图构筑充满田园情趣的诗意生活蜃景来抚慰在都市日常生活受伤的灵魂。这正是20世纪30年代中国的现代派诗人区别于西方现代派诗人的地方，他们既难于彻底皈依"现代"，又无法完全舍弃"传统"，这就是20世纪30年代现代派诗人所面临的现代性困境，也是20世纪30年代中国新诗在寻求现代性过程中独自面对的问题。

三、《现代》诗中"现代的诗形"

　　1932年11月《现代》第二卷第一期发表施蛰存从戴望舒赴法前的笔记中摘抄的诗歌言论十七条，题为《望舒诗论》。其中涉及新诗形式的有："一，诗不能借重音乐，它应该去了音乐的成分……三，单是美的字眼的组合不是诗的特点……四，诗的韵律不在字的抑扬顿挫上，而在诗的情绪的抑扬顿挫上，即在诗情的程度上……七，韵和整齐的字句会妨碍诗情，或使诗情成为畸形的。倘把诗的情绪去适应呆滞的、表面的旧规律，就和把自己的足去穿别人的鞋子一样。愚劣的人们削足适履，比较聪明一点的人选择较合脚的鞋子，但是智者却为自己制最合自己的脚的鞋子……九，新的诗应该有新的情绪和表现这情绪的形式。所谓形式，决非表面上的字的排列，也决非新的字眼的堆积……十二，不应该有只是炫奇的装饰癖，那是不永存的。"如上几点，大致揭示了戴望舒对新诗形式的关键看法：第一，新诗与音乐的关系问题；第二，新诗的语言问题；第三，新诗的节奏问题；第四，新诗外在形式的自由、灵活性问题。戴望舒这些有关新诗形式的论述虽然最终没有展开，但是，他在《现代》上发表的诗歌实践了自己的诗歌观念，影响了一大批读者和新一代诗人。施蛰存在面对读者的疑问和质询时，对《现代》所刊载的诗的形式问题也有多次回应。在《关于本刊所载的诗》中，施蛰存这样辩解："诗的从韵律的束缚中解放出来，并不是不注重诗的形式，这乃是从一个旧的形式换到一个新的形式……没有脚韵的诗，只要作者写得好，在形似分行的散文中，同样可以表现出一种文字的或诗情的节奏。"①在《又关于本刊中的诗》他更是强调："《现代》中的诗是诗。而且是纯然的现代的诗。它们是现代人在现代生活中所感受的现代的情绪，用现代的词藻排列成的现代的诗形……《现代》中的诗，大多是没有韵，句子也很不整齐，但它们都有相当完美的'肌理'（Texture），它们是现代的诗形，是诗。"②无论是戴望舒倡导摒弃诗的音乐成分，提倡用新的形式表达新的情绪，还是施蛰存对从韵律中解放出来转向新的形式的强调，都明显地透露出他们对新月诗派过分强调形式而忽略诗的内在质地的反拨意图。那么，《现代》中的诗是否重新认同"五四"时期的自由诗形式呢，施蛰存很明确地回答：

> 胡适之先生的新诗运动，帮助我们打破了对于中国旧体诗的传统，但从胡适之先生一直到现在为止的新诗研究者却不自觉地堕入于西洋旧体诗的传统中。他们以为诗该是有整齐的用韵法的，至少该有整齐的诗节的。于是乎十四行诗，"方块诗"，也还有人紧守着规范填做着。这与填词有什么分别呢？③

施蛰存这段话阐明，《现代》中的诗既不同于新诗草创时期散漫无纪的自由诗，也区别于闻一多、徐志摩等学习、借鉴西方近现代诗体，用中文创作的格律诗、十四行诗，它们不仅有"完美的肌理"，还具有"现代的诗形"。因此，考察

---

① 施蛰存.关于本刊所载的诗[J].现代,1933,3(5):726-727.
② 施蛰存.又关于本刊中的诗[J].现代,1933,4(1):6-7.
③ 施蛰存.又关于本刊中的诗[J].现代,1933,4(1):7.

《现代》中所刊载的诗的形式,以及由形式的变化所带出的诗质的提升,对于理解《现代》诗在中国新诗发展史上的地位具有极其重要的意义。

施蛰存在回忆《现代》所刊载的诗歌时谈道:"戴望舒的十五首诗中,还有初期的形式整齐的韵律诗。朱湘的诗仍是极讲究形式整齐的。此外几位作家的诗,只有一个共同点:它们都是自由诗,都是对'新月派'方块诗的革命。臧克家同志的创作过程,尤其可以说明这一情况,他是从《新月》转向《现代》的。"①的确,从诗歌形式的层面对《现代》所刊载的诗做统计学的分析、考量,统计数据告诉我们,虽然自由体诗占多数,但是,格律体诗或类格律体诗也不在少数。戴望舒作为《现代》中的代表诗人,在其十五首诗歌中,虽然已经摆脱《雨巷》音韵谐和、诗节错落有致的诗风,然而,我们依然能看出其中所受前期新月诗派影响的痕迹,比如《印象》《有赠》《乐园鸟》《寻梦者》等。戴望舒的这些诗歌虽然没有像《雨巷》一样,通篇主要押江阳韵,在诗句、甚至诗节中重启古典诗词的回环、复沓手法的运用,但古典诗歌的形式质素、前期新月诗派理论家们的"三美"论和音节观念却不时地在其诗歌中透露出来。比如,"是飘落深谷去的/幽微的铃声吧,/是航到烟水去的/小小的渔船吧"(《印象》)"谁会为我束起许多花枝,/灿烂过又憔悴了的花枝!/谁会为我穿起了许多眼泪,/又倾落到梦里去的眼泪?"(《有赠》)"渴的时候也饮露,/饥的时候也饮露;/华羽的乐园鸟,/这是神仙的佳肴呢,/还是为了对于天的乡思?"(《乐园鸟》)"你去攀九年的冰山吧,/你去航九年的旱海吧,/然后你逢到那金色的贝。//它有天上的云雨声,/它有海上的风涛声,/它会使你的心沉醉。"(《寻梦者》)朱湘是前期新月诗派的重要成员,也是早期十四行诗的杰出代表,在《现代》中虽然只发表过两首诗,但他的《圝兜儿(Rondel)》是一首独特新颖的格律诗:

  像皮球有猫来用爪子盘弄,
   一时贴伏,一时又跳上了头:
   唯有爱情,在全世界的当中,
    像皮球。

  盘弄它好比盘弄老鼠啾啾——
   除开游戏的,爱情还有一种,
   狂暴,自私,它要兼吞下灵,肉。

---

① 施蛰存.现代·杂忆[M]//北山散文集:(一).上海:华东师范大学出版社,2001:258-259.

　　　　矛盾的是它有圆脸像儿童，
　　　　又长胡须；唯有爱情，用温柔
　　　　与滑腻遮盖起内心的空洞，
　　　　　　像皮球。

　　Rondel 是法语，其意为"回环，往复"的意思，朱湘在诗中表达了爱情狂暴、自私、漂浮不定、难以把握的特性。诗从"像皮球"开始，到第一诗节结尾点明爱情"像皮球"一样跳跃不定；第二诗节进一步指出"像皮球"一样的爱情的内在实质——狂暴，自私，它要兼吞下灵，肉。第三诗节指明外表温柔、滑腻而内心空洞的爱情"像皮球"。诗在整体上对爱情的抒写回环往复，一唱三叹，构成完美的诗歌结构，揭示了男女恋爱中若即若离、欲语还休、欲擒故纵、漂缈模糊的恋爱心态。整首诗结构整饬，诗人情感节制而纤徐，隔行押韵，形成错落有致的多重节奏，读之韵味无穷。诗人的《雨》在形式上更是别出心裁：

　　唯有从内地来的，到今天
　　才看了"虹"。

　　　　　正式的在落雨
　　为了买皮鞋油的缘故，我
　　走过去了四川路桥。

　　　　　　车辆
　　形成的墙边，有竹篱围着
　　一片空地公司竖了木牌，
　　指明新屋所移去的地点。

　　没有尾声的喇叭唤过去，
　　雨落上车顶，落上千佛岩
　　一般的大厦，它没有沾湿
　　那扭腰身的东西：那灯光
　　也仍旧贴了白瓷在蜷卧。

　　如今已是七年了；梅怎样？
　　那一套新衣裳总该湿了。

诗的第二、三节有意造成与前一节的错落,似乎要暗示内地与都市的差异,诗行的断续与断断续续的雨形成对应,同时也隐含诗中的"我"对陌生都市的疏离感。朱湘的这首诗既不是施蛰存所倡导的意象抒情诗,也不是前期新月诗派所追求的形式整齐的格律诗,它只能是朱湘诗歌创作中的一种形式探索。臧克家是受闻一多、徐志摩深刻影响成长起来的新月诗人,他在《现代》发表了《拾落叶的姑娘》《愁苦和欢喜》《当炉女》三首诗。这三首诗形式整齐,音韵和谐,甚至通篇押韵,流露出明显的"新月"痕迹。比如《拾落叶的姑娘》:"她不管秋光老得多可怜,/也不管冷风吹得多凄惨,/让破烂的单衣发着抖,/只顾拾着,一片,两片,三片。//不知道凄艳的风光好,/也不知道什么叫悲感,/只忙着把篮子拾满,/家去换妈妈一个笑脸。"整首诗分成两节,第一节除了第三句是九个字外,其他三句都是十个字,形式相对整齐,虽然在音尺上不等同,但节奏感还是较强的;第二节除了第三句是八个字外,其他三句是九个字,依然还是押上节的 an 韵。全诗在外部形式上相对整饬,读后让人很容易联想到闻一多的《死水》,只是在字尺、音尺上还比较混乱罢了。诗人的另一首《当炉女》通篇押 ang 韵,全诗共两节,诗句虽然字数不等,但通过前后两节的对比(去年和今年当炉女生活的改变和担当的勇气),显得结构完整,诗的内容和形式达到完美的融合:

　　去年,什么都是他一手担当,
　　喉咙里,痰呼呼的响,
　　应和着手里的风箱。
　　她坐在门限上,守着安详,
　　小儿在怀里,大儿在腿上,
　　她眼睛里笑出感谢的灵光。

　　今年,是她拉着风箱,
　　白绒绳拖在散乱的发上,
　　大儿捧住水瓢踥蹀着分忙,
　　小儿在地上打转,哭的发了狂,
　　她眼盯着他,手却不停放,
　　果敢咬着牙根:"生活由我承当!"

除了戴望舒、朱湘、臧克家在《现代》发表过格律体或类格律体诗歌外,宋清如、少斐、王一心、寒人、王振军等诗人也直接、间接地受到前期新月诗派的滋养,发表了格律体或类格律体的诗歌,他们的诗虽没有闻一多《死水》《也许》《忘掉她》和徐志摩《再别康桥》《雪花的快乐》《盖上几张油纸》等诗歌音韵和谐、节奏优美、形式整饬的优点,但是,新月诗风的余韵却清晰可见。比如宋清如的《再不要》一诗,全诗共三节,每一个诗节都以"再不要发狂"起首,第一诗节自言自己身轻如尘,随时都可能被风吹落地,为人踩踏成泥;第二节写厚重的繁霜之夜,自己像一只瘦弱的小鸟唱着悲哀的歌,却无人怜惜;第三节一反前两节的悲观调子,重新鼓起"金刚石样坚硬的信心",即使被火焚成灰烬也在所不惜的信念。宋清如类似的诗歌还有《有忆》,全诗四节,每一节都以"我记起"开始,构筑一个自己记忆中美好的乡村田园景象。诗人的《夜半钟声》也是构思独特之作:

  葬!葬!葬!
  打破青色的希望,
  一串歌向白云的深处躲藏。
  夜是无限的茫茫,
  有魔鬼在放出黝黑的光芒,
  小草心里有恶梦的惊惶,
  葬!葬!葬!

  葬!葬!葬!
  小草心里有恶梦的惊惶,
  有魔鬼在放出黝黑的光芒。
  夜是无限的茫茫,
  一串歌向白云的深处躲藏,
  严霜里沉淀了青色的希望。
  葬!葬!葬!

全诗共两节,每节的开篇和结尾都是夜半钟声"葬!葬!葬!"诗人在谋篇布局上独具匠心,钟声不变,但第二节的诗句顺序刚好是第一节的倒转,从钟声打破"青色的希望"到"严霜里沉淀了青色的希望"的转变,暗示着希望之光依然存在。而《灯》这首诗虽不能媲美闻一多的《死水》,却可以说是深受闻一多音尺理论的影响:

  谁|摘下|娇小的|星星,
  装点|这|满屋的|光明,
  她|心里|也许有|怨愤,
  在|逗出她|叹息|轻轻。

分明是│狂暴的│西风，
惊扰她│温柔的│美梦；
她│苦念│天上的│仙乐，
黎明时│飞回了│天空。

诗的第一节每句由四个音组构成，都是一个一字尺，两个二字尺，一个三字尺；第二节除了第三句与上一诗节的诗句构成相同之外，其他三句由三个音组构成，都是两个三字尺，一个二字尺。全诗不仅形式整齐，在押韵上诗人也颇具匠心，第一节主要押 ing 韵，而第二节主要押 eng 韵。这两个韵在发声上都倾向于清缓、低沉的调子，这与诗中埋怨、不满的情绪相得益彰。其他诗人中少斐的《变》诗行整饬，强调合律，全诗富有建筑美，但诗意似乎含混、晦涩，不易把握。王一心的《颓废》《故都的黄昏》虽不是严格的格律体诗歌，却类似于朱湘的《雨》，也是对新诗形式的一种探索。柳倩的《落叶》《野玫瑰》《云鸟曲》《最后的樽前》也是形式谨严、流畅可读的作品。寒人的《笛声》和王振军的《心铃》也是比较严整的格律体诗歌，其形式上的特征与上文所提到诗人多有相似之处，在此就不做具体分析了。

如上所述，《现代》中所刊载的诗不仅有受新月诗风影响的格律体或类格律体诗歌，同时也有一些对新形式的探索之作，比如朱湘、王一心等人在格律体和自由体之间做适当调和的诗歌。但是，正如施蛰存所说："《现代》中的诗，大多是没有韵，句子也很不整齐，但它们都有相当完美的'肌理'（Texture），它们是现代的诗形，是诗。"这种具有"现代的诗形"的诗就是自由诗。施蛰存在晚年的回忆中对此有比较深入的阐发：

> 《现代》只是集中发表了许多自由诗。在当时其他文艺刊物上发表的新诗，绝大部分也都是自由诗。此后，我们的新诗，一直是以自由体诗为主流。因此，我以为，从《新月》诗到《现代》诗，主要是形式的发展。而这种自由诗的形式，并没有随着《现代》杂志而消亡。由此可知"《现代》派"这个名词已成为历史陈迹，因为它只对"《新月》派"有意义。
>
> 中国的自由诗和外国的自由诗不一样。外国的自由诗并没有取得绝对的自由。他们仍然讲究音缀，音步，有些还用较宽的脚韵。有些是把诗用散文的形式写出来。中国的自由诗是完全放弃了传统的或外来的韵法，律法，格式。诗人们放弃了文字的音乐性，而以诗意或情绪的抑扬顿挫为诗的音乐性。这样，从《现代》以来的中国诗，可以认为都是散文诗，或诗散文。[1]

---

[1] 施蛰存.现代·杂忆[M]//北山散文集：（一）.上海：华东师范大学出版社，2001：259.

施蛰存的这段话论及中国新诗发展过程中多个值得重视的问题：第一，中国新诗在现代性的进程中，《现代》中的诗歌创作、翻译、理论所起的作用在于积极倡导自由诗的写作，以此反拨了新月诗派狭隘的形式主义写作潮流，使自由诗从此以后成为新诗写作的主要体式。第二，施蛰存认为"从《新月》诗到《现代》诗，主要是形式的发展"，与其在20世纪30年代所说的《现代》的诗"是现代人在现代生活中所感受的现代的情绪，用现代的词藻排列成的现代的诗形"前后说法不一致，这提醒我们，当事人的回忆、反思同样值得研究者重新考量研究对象的本质内涵。毕竟，从《新月》诗到《现代》诗不单是形式的发展，"《现代》派"这个名词也并未成为历史陈迹。第三，中国的自由诗写作在"五四"诗体革命时期由诗体革命的倡导者从西方翻译、引进并实践之，然而，它不仅不像外国自由诗一样"仍然讲究音缀，音步，有些还用较宽的脚韵"，反而"完全放弃了传统的或外来的韵法，律法，格式"。当新月诗人为了矫正早期新诗的自由散漫、情感泛滥从而倡导诗的音乐美、绘画美、建筑美，注重诗情的理性节制的格律诗之后，《现代》的代表诗人戴望舒及其追随者再次提出反新月诗派的主张（诗不能借重音乐，它应该去了音乐的成分；诗不能借重绘画的长处；单是美的字眼的组合不是诗的特点），推行自由诗。第四，《现代》中所刊载的诗再次认同自由诗，是重弹"五四"时期的老调，还是"从一个旧的形式换到一个新的形式"？它们在反拨新月诗派的形式论时，是否超越了"五四"时期自由诗？如果是后者的话，《现代》中的自由诗依凭何种诗的要素来证明自己的合法性？施蛰存认为是"诗意或情绪的抑扬顿挫"，或如戴望舒所说的"诗的韵律不在字的抑扬顿挫上，而在诗的情绪的抑扬顿挫上，即在诗情的程度上"。这与"五四"文学革命时期的自由诗有本质的区别。

"五四"时期，胡适切身地感受到，文学革命运动表面上看来是语言文字和文体的解放，是"文的形式"一方面的问题，其实质却是形式和内容的关系问题。他认为："形式上的束缚，使精神不能自由发展，使良好的内容不能充分表现。若想有一种新内容和新精神，不能不先打破那些束缚精神的枷锁镣铐。因此，中国近年的新诗运动可算得是一种'诗体的大解放'。因为有了这一层诗体的解放，所以丰富的材料，精密的观察，高深的理想，复杂的感情，方才能跑到诗里去。"[①]因此，诗体革命时期的诗歌多数是"不拘格律，不拘平仄，不拘长短；有什么题目，做什么诗；诗该怎样做，就怎样做"。郭沫若作为这一时期

---

① 胡适.谈新诗——八年来一件大事[M]//胡适.中国新文学大系：建设理论集（影印本）.上海：上海文艺出版社，2003：295.

自由体诗歌创作最具代表性的诗人,多次谈及诗的形式问题:"诗不是'做'出来的,只是'写'出来的","我自己对于诗的直感,总觉得以'自然流露'的为上乘","抒情的文字便不采诗形,也不失其为诗","形式方面我主张绝端的自由,绝端的自主"。① 暂不考虑胡适对音节、内在律和外在律也有周详的探讨,他们对自由诗的倡导是在"五四"时期求解放的宏大语境中展开的,文学革命蕴含的更多的是政治革命的诉求。这种诉求必然要传播新思潮、启发民智、张扬时代精神,最终达成革命的目标。因此,"白话负起的使命既是把新思潮(暂不提该思潮好坏)'传达'给群众,这使命反映在语言上的是'我有话对你说',所以'我如何如何'这种语态(一反传统中'无我'的语态)便顿然成为一种风气",这些注入了意识形态功能的文体革命,"反映在诗歌里的,第一个最明显的倾向是叙述性,而文类的选择是叙事诗,或带有较大幅度故事性的抒情诗,如果兼有革命的浪漫主义的普罗诗人,便又会加上了许多的顿呼"。② 胡适的人道主义诗歌(如《人力车夫》)和郭沫若张扬自我、自焚新生的诗歌(如《天狗》《凤凰涅槃》)都具有这种指向功能。

到了 20 世纪 30 年代,施蛰存、戴望舒等人在《现代》中译介、发表大量欧美的象征主义、意象派诗歌及其理论,倡导自由诗的写作。施蛰存认为《现代》的诗是"现代人在现代生活中所感受的现代的情绪,用现代的词藻排列成的现代的诗形";戴望舒强调"新的诗应该有新的情绪和表现这情绪的形式"。这两位《现代》诗的推行者念兹在兹的是"现代"对诗人们诗歌创作的影响和重要性,这也是施蛰存、戴望舒等人区别于胡适、郭沫若、闻一多、徐志摩及其他们的同道之处。耐人寻味的是,林庚在《现代》第六卷第一期发表《诗与自由诗》一文,而这一期恰好是施蛰存和杜衡两人主编《现代》的最后一期。林庚在文中这样写道:

> 好像许多的解释都是不必的,这自由诗与诗之一切形式上文字上的不同,是全因其所追求的内容的相异而得来的。文字与形式可以说是表现的工具,所谓自由诗也便是要求这工具上的极度自由;而其所以能于传统的诗中别打出一条生路的,也全在那非在这自由的工具下不能探求得的内容身上。传统的诗的泉源为什么会枯竭了呢?明显的原因是一切可

---

① 郭沫若.郭沫若致宗白华[M]//郭沫若全集(文学编):第 15 卷.北京:人民文学出版社,1990:47-49.
② 叶维廉.语言的策略与历史的关联——五四到现代文学前夕[M]//中国诗学.北京:三联书店,1992:216-222.

说的话都被说完了，一切的动词形容词副词在诗中也都成了典型的而再掉不出什么花样来了。在这时候诗人乃放弃了一向写诗的工夫，而努力于打开这枯竭之源，寻找那新的生命的所在，于是自由诗乃因而产生。故这一个新的诗体的基于感觉到一切来源的空虚，于是乃利用了所有的文字的可能性，使得一些新鲜的动词形容词副词得以重新出现，而一切的说法也得到无穷的变化；其结果确因这新的工具，追求到了从前所不能亲切抓到的一些感觉与情绪。①

林庚在这段话里阐明了自由诗与传统的诗在文字上形式上的不同，"全因其所追求的内容的相异而得来的"，内容的变化必然带来表现工具的更换，因此，语言文字的潜在功能被诗人们再次开掘，诗人们在这五彩缤纷的语词中"追求到了从前所不能亲切抓到的一些感觉与情绪"。林庚在此论及的虽然是自由诗与传统诗演变过程中从内容、技巧到形式的转换，但若把20世纪30年代的自由诗写作放在新诗发展史的链条上来看，这一时期的自由诗与"五四"诗体革命时期自由诗、新月诗派的格律诗之关系也可作如是观。更进一步地说，随着新诗艺术的发展演变，诗体革命时期的自由诗、新月诗派的格律诗相对于正在崛起的新的诗歌群体、流派，已经成为传统的一部分，滋养和影响着后起的诗人、诗作。从这个意义上说，诗体革命时期的自由诗、新月诗派的格律诗都已成为传统的诗了。那么，施蛰存、戴望舒等人推崇和实践的自由诗与传统的诗有何区别呢？林庚认为："在传统的诗中似无专在追求一个情调Mood，或一个感觉Feeling这类的事，它是用已有的这些，来述说描写着许许多多的人事。如今的自由诗却是正倒过来，它是以许多的人事述说描写着一些新的情调与感觉；它是启示着人类情感中以前所不曾察觉的一切；英文中所谓subtle这字，便正相宜的用在形容如今自由诗的许多方面。且其所追求的范围是如此的深而且广，故文字之必须有极大的容量乃是无可奈何的事，而文字不够用的感觉所以便在这里才会觉得，至于形式之必须极量的要求自由，在文字尚且如此时自更是当然的事了。"②林庚在此敏锐地指出当时的自由诗与之前的格律诗和自由诗的本质区别是追求一个情调、一个感觉，更重要的是，他指明了这种诗的追求最终导致了诗歌形式的突破，即自由诗写作的再度兴起。

林庚作为《现代》诗的作者之一，也可以说是施蛰存、戴望舒等人推行自由

---

① 林庚.诗与自由诗[J].现代,1934,6(1):58.
② 林庚.诗与自由诗[J].现代,1934,6(1):58-59.

诗的参与者和见证人。但他并没有夸大自由诗创作的实绩,而是如实地评述了当下自由诗写作的现状:"这自由的诗体,似是仍在各方面的探索中,而尚未达到完全宣告成功的时候,故其生命力还是无穷的。"①对《现代》诗最早进行比较全面的分析、总结的孙作云非常客观地评价了这些诗人和诗作:"有的(诗人)旗帜鲜明地表示隶属于某派,但有许多年青的诗人,只有模糊的貌似,我们可以说只有一种'倾向'(Tendency)而没有真正地属于那一派。他们的年龄是年青的,他们的'身份'是涡移的,他们的人生观思想是不确定的,他们的形式也没有固定,他们可以向种种不同形式的诗探试,所以把他们硬安排于某一作家群,在作家自己或不承认,在我也有些不忍。因为他们的前途是远大的,批评者不能像运命之神生生地派定他们的前途。其次,我们在这些作家中的作品里可以看出许多模仿或暗袭他人的痕迹。老作家有的直接从西洋诗里,抄袭了人家的意境,甚或字句。而新作家又很显露地抄袭了老作家的东西。我们不妨说'模仿'。这并不足为诟病。"②的确,《现代》中格律体或类格律体诗歌正如前文所论,依然还有闻一多、徐志摩等新月诗人的遗风,而戴望舒、施蛰存、徐迟等的象征主义、意象派诗歌更是直接受到欧美象征主义、意象派诗歌的影响。在反拨新月诗派"三美"诗观的过程中,戴望舒、施蛰存学习、借鉴西方现代诗艺却又能融合本土传统,他们虽主张自由诗写作,但仍讲究诗的结构,形式的谨严,因此,他们的诗仍是流畅可读,音调并不生涩。然而,在他们的影响之下成长的多数诗人的自由诗写作却存在诸多的弊病:"(一)字句异常生涩,并非不好懂,(二)过分忽视音节,读之拗涩,不能上口。(三)无组织,无结构,失掉了 Concentration 形式过于散漫。诗人写诗固然有许多兴到诗成,如天衣之无缝;但组织结构是有的。文学作品是一个有机体,并不是徒然的字句的堆砌。……(四)趋向于病态的题材。(五)新作家的诗多是咀嚼着老作家的唾余,而没有新的进展。……"③比如莪珈(艾青)的《当黎明穿上了白衣》结构的突兀,李心若诗歌中诗行末尾各类助词的过度使用,张瓵《肺结核患者》题材的病态,等等。

《现代》所提倡的自由诗写作,不仅仅是施蛰存晚年回忆中所说"从《新月》

---

① 林庚.诗与自由诗[J].现代,1934,6(1):56.
② 孙作云.论"现代派"诗[M]//杨匡汉,刘福春.中国现代诗论:上编.广州:花城出版社,1985:230.
③ 孙作云.论"现代派"诗[M]//杨匡汉,刘福春.中国现代诗论:上编.广州:花城出版社,1985:237-238.

诗到《现代》诗,主要是形式的发展",它还为中国新诗的现代性进程提供了抒写感觉和情绪等新质素,这是《现代》不可磨灭的功绩。诗质的更新和提升与诗形的发展密切相关,《现代》推行的自由诗写作体式,成为后来新诗写作的主流体式,但新诗坛对音韵、格律等形式秩序的探索从来没有停止过,比如林庚后来的韵律诗、四行诗试验,冯至的十四行诗创作,何其芳和卞之琳的现代格律诗理论探讨。从《现代》推行自由诗直至今天,自由诗的写作已成为我们新诗的主要体式,而在这之前和之后的对形式秩序的寻求及其功过得失,都是在推进自由诗写作的完善,准确地说,是促进"自由"与"诗"更完美的融合。正如梁宗岱所说:"从创作本身而言,节奏,韵律,意象,词藻……这种种形式底原素,这些束缚心灵的镣铐,这些限制思想的桎梏,真正的艺术家在它们里面只看见一个增加那松散的文字底坚固和弹力的方法,一个磨炼自己的好身手的机会,一个激发我们最内在的精力和最高贵的权能,强逼我们去出奇制胜的对象。正如无声的呼息必定要流过狭隘的萧管才能够奏出和谐的音乐,空灵的诗思亦只有凭附在最完美最坚固的形体才能达到最大的丰满和最高的强烈。没有一首自由诗,无论本身怎样完美,能够和一首同样完美的有规律的诗在我们心灵里唤起同样宏伟的观感,同样强烈的反应的。"[①]梁宗岱的这段话启示我们:自由诗无论怎样"自由",它都应有自己的形式限制,只有注重形式秩序寻求的自由诗才能走向更高的境界。

第三节　戴望舒的转变及其意义

作为在中国新诗史上有重要地位的诗人,戴望舒是使中国初期象征主义诗歌走向现代主义诗歌的中介性诗人,他的诗歌,无论是在感觉经验上还是在诗艺技巧上,都融合了传统和现代精神,他以"记忆"和"梦想"等手段来展开诗歌的方式也使得中国的象征主义诗歌变得更容易为读者所接受。

一、早期:对"传统"的回望

戴望舒的诗歌创作大概开始于1922—1924年。1929年4月,上海水沫书店出版戴望舒自编的第一本诗集《我底记忆》,内收26首诗歌,编为《旧锦

---

① 梁宗岱.新诗底纷岐路口[M]//马海甸.梁宗岱文集:评论卷.北京:中央编译出版社,2003:159.

囊》《雨巷》和《我底记忆》三辑。1933年8月,上海现代书局出版戴望舒自编的第二本诗集《望舒草》,全书收集1929年出版的《我底记忆》中《我底记忆》辑中所有的诗作共7首和1929年后至1932年留法前的诗作34首,共计41首。书末附录《诗论零札》17条,诗集由杜衡作序。戴望舒在自编的第二本诗集中删去了第一本诗集的《旧锦囊》和《雨巷》两辑,甚至将使自己成名、同时也为新诗坛称道的《雨巷》一诗也一并删除掉,这确实隐含了诗人戴望舒个人诗歌观念的转变。卞之琳在谈到戴望舒诗歌时曾说:"望舒最初写诗,多少可以说,是对徐志摩、闻一多等诗风的一种反响。他这种诗,倾向于把侧重西方诗风的吸取倒过来为侧重中国旧诗风的继承。这却并不是回到郭沫若以前的草创时代,那时候白话新体诗的倡导人还很难挣脱出文言旧诗词的老套。现在,在白话新体诗获得了一个巩固的立足点以后,它是无所顾虑的有意接通我国诗的长期传统,来利用年深月久、经过不断体裁变化而传下来的艺术遗产。接着就是望舒参与了成功的介绍法国象征派诗来补充英国浪漫派诗的介绍,作为中国人用现代白话写诗的一种有益的借鉴。在这个阶段,在法国诗人当中,魏尔伦似乎对望舒最具吸引力,因为这位外国人诗作的亲切和含蓄的特点,恰合中国旧诗词的主要传统。然而,在一开头,望舒的那些少年作,尽管内容不同,也还呼应了以徐志摩、闻一多为首的日后被称为'新月'派一路对于形式整齐的初步试探。同时,在望舒的这些最早期诗作里,感伤情调的泛滥,易令人想起'世纪末'英国唯美派(例如陶孙——Ernest Dowson)甚于法国的同属。然后,随了'新月'派注意形式问题的影响的日益消除,他的诗才开始奏出了一种比诸外国其他诗人多少更接近魏尔伦的调子,虽然魏尔伦不写自由诗。这个时期的代表作《雨巷》这首他的最流行的抒情诗,就应运而生。这里,在回响着中国传统诗词的一种题材和意境的同时,也多少实践了魏尔伦'绞死'、'雄辩'、'音乐先于一切'的主张。"①在这段话里,作为诗人的卞之琳确实独具慧眼,道出了戴望舒诗歌创作的"来龙去脉"。从戴望舒早期的《旧锦囊》所辑录的12首诗作(《夕阳下》《寒风中闻雀声》《自家伤感》《生涯》《流浪人的夜歌》《Fragmengts》《凝泪出门》《可知》《静夜》《山行》《残花的泪》《十四行》)可以看出:这些诗作不仅在音韵形式上受到徐志摩、闻一多诗歌观念的影响,在诗风上也承续了传统诗词特别是晚唐诗家的风格,同时还沾上英国唯美派诗人陶孙(今译为道生,引者注)、法国浪漫派诗人雨果等的习气。比如《夕阳下》一诗:

  晚云在暮天上散锦,

---

① 卞之琳.戴望舒诗集·序[M]//卞之琳文集:中卷.合肥:安徽教育出版社,2002:349.

溪水在残日里流金；
我瘦长的影子飘在地上，
像山间古树底寂寞的幽灵。

远山啼哭得紫了，
哀悼着白日底长终；
落叶却飞舞欢迎
幽夜底衣角，那一片清风。

荒冢里流出幽古的芬芳，
在老树枝头把蝙蝠迷上，
它们缠绵琐细的私语
在晚烟中低低地回荡。

幽夜偷偷地从天末归来，
我独自还恋恋地徘徊；
在这寂寞的心间，我是
消隐了忧愁，消隐了欢快。

　　这首诗中的"晚云""溪水""古树""远山""落叶""衣角""荒冢""晚烟""幽夜"等意象在传统诗词中被经常运用，由这些意象以及作者自悲自怜的情感所构造的意境使全诗朦胧、伤感的情调很自然地浮现在读者眼前；不规则的押韵和相对整饬的诗行让人读起来有余音缭绕的感觉。《旧锦囊》辑中的其他诗里也同样呈现出寂寞、凄清、悲叹、消极、颓废的情绪："大道上寂寞凄清/高楼上悄悄无声/只那孤岑的雀儿/伴着孤岑的少年人"（《寒风中闻雀声》）；"希望今又成虚/且消受终天长怨/看风里的蜘蛛/又可怜地飘断/这一缕零丝残绪/……"（《自家伤感》）；"残月是已死的美人/在山头哭泣嘤嘤/哭她细弱的魂灵/……此地是黑暗底占领/恐怖在统治人群/幽夜茫茫地不明"（《流浪人的夜歌》）；"见了你朝霞的颜色/便感到我落月的沉哀/却似晓天的云片/烦怨飘上我心来"（《山行》）。这些诗中散发出的"凄凉的情绪"，将诗中的说话者、诗人、甚至是读者的"愁怀占住"，在戴望舒的笔下即使是"旧时的欢乐"，"到回忆都变作悲哀"。在音韵形式方面，《旧锦囊》正如杜衡所说，是戴望舒"追求着音律的美，努力使新诗成为跟旧诗一样地可'吟'的东西"，但是它"也并不是全然没有被保留的价值的"，它之所以在戴望舒自编第二本诗集时被"完全删去"，是因为和《望舒草》在"形式上不调和的原故(也可以说是跟他后来的主张不适合的原故)"①。《旧锦囊》是戴望舒初期尝试诗歌创作的作品,从中可见,随着现代汉语的逐步成熟,诗人也可以相对熟练地运用日常语言来重新接通传统诗歌资源,从而使古典诗词意象、形式的有益质素也有了再生的可能;而对新月诗派的模仿,也为戴望舒后来"试验着各种新的形式"奠定了坚实的基础。

二、转型期:在"表现"和"隐藏"之间写作

《雨巷》一诗的发表被称为"替新诗底音节开了一个新的纪元",戴望舒从此有了"雨巷诗人"的称号。这首诗虽然已经被无数的论者从多种角度阐释过,但是,无论从它在中国新诗史上的重要性的角度上看,还是从它在戴望舒诗风转变中的作用来看,它都有被再次谈论的必要:

> 撑着油纸伞,独自
> 彷徨在悠长,悠长
> 又寂寥的雨巷,
> 我希望逢着
> 一个丁香一样地
> 结着愁怨的姑娘。
>
> 她是有
> 丁香一样的颜色,
> 丁香一样的芬芳,
> 丁香一样的忧愁,
> 在雨中哀怨,
> 哀怨又彷徨;
>
> 她彷徨在这寂寥的雨巷,
> 撑着油纸伞
> 像我一样,
> 像我一样地
> 默默彳亍着,
> 冷漠,凄清,又惆怅。

---

① 杜衡.望舒草·序[J].现代,1933,3(4):489-493.

她静默地走近
走近,又投出
太息一般的眼光,
她飘过像梦一般地,
像梦一般地凄婉迷茫。

像梦中飘过
一枝丁香地,
我身旁飘过这女郎;
她静默地远了,远了,
到了颓圮的篱墙,
走尽这雨巷。

在雨的哀曲里,
消了她的颜色,
散了她的芬芳,
消散了,甚至她的
太息般的眼光,
她丁香般的惆怅。

撑着油纸伞,独自
彷徨在悠长,悠长
又寂寥的雨巷,
我希望飘过
一个丁香一样地
结着愁怨的姑娘。

许多阐释《雨巷》的研究者都注意到在这首诗歌中"丁香"这个意象,它既象征着优美、纯洁,又带着淡淡的忧伤,具有独特的东方美学情调[①];王光明在

---

① 杜甫在《江头四咏·丁香》中有"丁香体柔弱,乱结枝犹垫"的诗句;李商隐在《代赠》中有"芭蕉不展丁香结,同向春风各自愁"的诗句;李璟在《摊破浣溪沙》中有"青鸟不传云外信,丁香空结雨中愁"的诗句。

分析这首诗的比喻意象与情境的关系时认为:"诗人好像用颓圮的篱墙隔开现代尘世的纷扰,以便彷徨徘徊的抒情主人公展开他的情绪与幻觉。这是一个寂寥的世界,静得可以听见春雨落在油纸伞上的声音和鞋底接触地面的声音。那个像梦一般飘过的丁香一样结着愁怨的姑娘,并不是一个实指,而是一个象征,一个'雨巷'情景中诗歌抒情主人公的内心幻觉,'她'因景而生,又与景互动相生,构成了这首诗朦胧神秘的气氛。而诗中不断分行造成的缓慢、清幽的节奏和统一的'江阳'韵,又对应着内心情绪的节奏,仿佛是抒情主人公在前行又像是原地徘徊的脚步,成就了这首诗罕见的音乐美。"① 然而,尽管《雨巷》这首诗旋律优美,节奏清幽低回,全诗萦绕着一种余音袅袅的乐感,但是,戴望舒并没有停留在诸如《夕阳下》《自家伤感》《不要这样盈盈地相看》《雨巷》等诗注重音韵形式的诗风上,而是很快就改变了自己的主张,认为"诗不能借重音乐,它应该去了音乐的成分","诗的韵律不在字的抑扬顿挫上,而在诗的情绪的抑扬顿挫上,即在诗情的程度上","韵和整齐的字句会妨碍诗情,或使诗情成为畸形的。倘把诗的情绪去适应呆滞的,表面的旧规律,就和把自己的足去穿别人的鞋子一样。愚劣的人们削足适履,比较聪明一点的人选择较合脚的鞋子,但是智者却为自己制最合自己的脚的鞋子"②。然而,诗歌观念的转变是否就能够理清戴望舒对自己初期的《旧锦囊》和《雨巷》两辑的否定呢,或者说用是否"借重音乐"来一语打发戴望舒在《望舒草》诗集中完全删去《旧锦囊》和《雨巷》两辑的"问题"? 卞之琳似乎在这个"问题"中找到"症结"所在:"戴望舒艺术探索的第二阶段亦即他的中期达到了恰好的火候,也就发出了一种与众不同的声调,个人独具的风格,而又是名副其实的'现代'的风味。一般评论家都认为《我底记忆》这首诗是他这个第二阶段的出发点。实际上,发展阶段总有交叉的地方。望舒生前自编的第三个诗集《望舒诗稿》(这是他截至1937年为止的诗总集)把《断指》排在《我底记忆》前几首的地位,紧接《雨巷》,这不知道是否按写作先后次序的排列。不管怎样,最后由作者排在相邻地位的这两首诗本身就显示了两个艺术阶段的倾向,前者是结束前一个阶段而后者就具备了后一个阶段的格调。望舒生前,至少有一个时期,并不珍惜他一度最为人称

---

① 王光明.现代汉诗的百年演变[M].石家庄:河北人民出版社,2003:267.
② 戴望舒.望舒诗论[J].现代,1932,2(1):92-94.在这篇诗论的结尾有《编者缀言》写道:"戴望舒先生本来答应替这一期《现代》写一篇关于诗的理论文章,但终于因为他正急于赴法,无暇执笔。在他动身的前夜,我从他的随记手册中抄取了以上这些断片,以介绍给读者。想注意他的诗的读者,一定对于他这初次发表的诗论会得感受些好味道的。"

道的那首诗而较重视《我底记忆》以后写的许多诗,其中不无道理。《雨巷》读起来好像旧诗名句'丁香空结雨中愁'的现代白话版的扩充或者'稀释'。一种回荡的旋律和一种流畅的节奏,确乎在每节六行,各行长短不一,大体在一定间隔重复一个韵的一共七节诗里,贯彻始终。用惯了的意象和用滥了的辞藻,却更使这首诗的成功显得浅易、浮泛。相反,较有分量,远较有新意的《断指》却在亲切的日常说话调子里舒卷自如,锐敏,精确,而又不失它的风姿,有节制的潇洒和有功力的淳朴。日常语言的自然流动,使一种远较有韧性因而远较适应于表达复杂化、精微化的现代感应性的艺术手段,得到充分的发挥。所有这种诗里的长处都见之于从《我底记忆》(1928?)这首诗开始以后所写的诗里,而且更有所推进,直到第二个诗集的例如《深闭的园子》、《寻梦者》、《乐园鸟》等最后几首的写作时期(1931?),这些诗似应视为戴望舒充分成熟时期的代表性作品。"①确实如此,《旧锦囊》和《雨巷》两辑中的诗在音韵形式上承接了新月诗派讲究诗形整饬、音韵和谐的余绪;在情感的表达上,无论是自悲自怜,宣泄不满,还是表现消极颓废的情绪都比较直露,带有浓厚的浪漫主义诗歌遗风。而到了《我底记忆》一辑中(或者像卞之琳所说的从《断指》开始),语言的运用开始显得自然流畅,日常语言的使用也"舒卷自如",不像在《旧锦囊》和《雨巷》中无论从意象上还是从诗歌情境的格调上都有传统诗词"影响的焦虑";在抒写由现代生活引发的"现代情绪"的感觉中呈现出一种"表现自己与隐藏自己之间"②的艺术技巧。

"现代生活"被施蛰存描写为"汇集着大船舶的港湾,轰响着噪音的工场,深入地下的矿坑,奏着Jazz乐的舞场,摩天楼的百货店,飞机的空中战,广大的竞马场",诗人们从"现代生活"中所感受到的"现代情绪"也是繁复多样的,他们都"回到各自的内在,谛听人生谐和的旋律","根据独有的特殊感受,解释各自现时的生命"③。具体到戴望舒的诗歌创作(从《我底记忆》一诗开始),它是通过抒写"记忆""怀乡""梦想"等来呈现自己在现代都市生活中的不适感,从而抵达自己心目中的中国社会的现代性。比如在《我底记忆》中戴望舒这样写道:

---

① 卞之琳.戴望舒诗集·序[M]//卞之琳文集:中卷.合肥:安徽教育出版社,2002:350.
② 杜衡.望舒草·序[J].现代,1933,3(4):489-493.
③ 李健吾.《鱼目集》——卞之琳先生作[M]//咀华集·咀华二集.上海:复旦大学出版社,2005:63-64.

> 我底记忆是忠实于我的，
> 忠实得甚于我最好的友人。
>
> 它存在在燃着的烟卷上，
> 它存在在绘着百合花的笔杆上。
> 它存在在破旧的粉盒上，
> 它存在在颓垣的木莓上，
> 它存在在喝了一半的酒瓶上，
> 在撕碎的往日的诗稿上，在压干的花片上，
> 在凄暗的灯上，在平静的水上，
> 在一切有灵魂没有灵魂的东西上，
> 他在到处生存着，像我在这世界一样。
>
> ……

杜衡在《望舒草·序》中谈及戴望舒当时的生活时这样写道："从一九二七到一九三二去国为止的这整整五年之间，望舒个人的遭遇可说是比较复杂的。做人的苦恼，特别是在这个时代做中国人的苦恼，并非从养尊处优的环境里长成的望舒，当然事事遭到，然而这一切，却绝不是虽然有时候学着世故而终于不能随俗的望舒所能应付。五年的奔走，挣扎，当然尽是些徒劳的奔走和挣扎，只替他换来了一颗空洞的心；此外，我们差不多可以说他是什么也没有得到的。"① 一方面是"做中国人的苦恼"，一方面是为生活"徒劳的奔走和挣扎"，使诗人徒具"一颗空洞的心"；面对现实生活的虚无和血淋淋的事实，戴望舒只能到"燃着的烟卷上""绘着百合花的笔杆上""破旧的粉盒上""颓垣的木莓上""喝了一半的酒瓶上"等记忆中的事物里去寻找慰藉，只有它们是最忠实的，也是最真实的。回忆是对一去不复返事物的追念，它不可能给回忆者带来任何现实的安慰，现代都市生活的压迫感更是造成了诗人的怀乡病：

> 怀乡病，怀乡病，
> 这或许是一切有一张有些忧郁的脸，
> 一颗悲哀的心，
> 而且老是缄默着，
> 还抽着一支烟斗的

---

① 杜衡.望舒草·序[J].现代,1933,3(4):489-493.

人们的生涯吧。

怀乡病,哦,我呵,
我也是这类人之一,
我呢,我渴望着回返
到那个天,到那个如此青的天,
在那里我可以生活又死灭,
像在母亲的怀里,
一个孩子笑着和哭着一样。

我呵,我真是一个怀乡病者,
是对于天的,对于那如此青的天的,
在那里我可以安安地睡着
没有半边头风,没有不眠之夜,
没有心的一切的烦恼,
这心,它,已不是属于我的,
而有人已把它抛弃了
像人们抛弃了敝屣一样。

在这首诗中,"怀乡"并不是具有实在意义的对故乡的怀想,更准确地说应该是一种"原乡神话"。现代都市的喧嚣,生活的空虚导致现代人的烦躁、焦虑、失眠、头痛等等症状,因而只能在冥想中"回返"到梦想中澄明、湛蓝的"青天",在那里"没有半边头风""没有不眠之夜""没有心的一切的烦恼""可以安安地睡着"。戴望舒在《望舒诗论》中认为,"新诗最重要的是诗情上的 nuance(意义、声音、颜色、感情等方面的细微差别,引者注)而不是字句上的 nuance","新的诗应该有新的情绪","不必一定拿新的事物来做题材(我不反对拿新的事物来做题材),旧的事物中也能找到新的诗情","诗应当将自己的情绪表现出来,而使人感到一种东西,诗本身就像是一个生物,不是无生物"[1],戴望舒在《对于天的怀乡病》中所表现的"现代情绪"正是一种属于诗人自己的"个人情绪"。现代主义诗歌研究专家孙玉石在谈到现代派诗人所谓的"诗情的程度"或"诗的情绪"时认为它包含两个方面的特征:"一个是注重诗歌

---

[1] 戴望舒.望舒诗论[J].现代,1932,2(1):92-94.

的开掘内在的取向","另一个趋向是注重诗人情绪的现代性特征"①。在"开掘内在的取向"上,戴望舒的诗歌进入到记忆和梦境的世界,这里的记忆混合着个人的情感经验和对传统文化的深情眷恋,是向后看的;这里的梦境也不是憧憬式的,指向未来的,而是怀乡式的。而在"诗人情绪的现代性特征"上,戴诗中没有人力车夫,没有新兴工业的浓烟滚滚的烟囱,更没有摩天大楼,只有诗人自己在都市生活中受到剧烈的冲击后所产生的疏离感,因而只能在传统的文化记忆和想象中寻找情感的安慰和精神的出路,从这个层面上看,"城市是一个隐喻,是唯一恰当的隐喻,通过这个隐喻可以表明各种关系问题。市场的需要要求诗人同任何手工业工人一样移居城市;竞争的压力迫使诗人极不稳定地生活在与他的社会进行战斗的状态之中,生活在与所有其他娱悦新兴资产阶级、并为他们的剩余现款而争吵的人进行战斗的状态之中,因为只有资产阶级才能保证艺术的物质基础;他们是艺术的消费者,而出钱的人则有权点戏。于是孤立的诗人便带着与浪漫主义主观性不同的绝望的心灵转向内心深处,拼凑着文化的零章片断,这些零章片断使他暗暗感到有所归属,感到存在着某种秩序,不管这种秩序带有怎样的个人色彩。因此,诗人就有了自己的文化环境,即使他必须持续不断地创造这个环境"②。戴望舒在《乐园鸟》中写一只春夏秋冬都在"飞着"的乐园鸟时以提问的口吻写道:

飞着,飞着,春,夏,秋,冬,
昼,夜,没有休止,
华羽的乐园鸟,
这是幸福的云游呢,
还是永恒的苦役?

渴的时候也饮露,
饥的时候也饮露,
华羽的乐园鸟,
这是神仙的佳肴呢,
还是为了对于天的相思?

---

① 孙玉石.中国现代主义诗潮史论[M].北京:北京大学出版社,1999:137-138.
② G·M.海德.城市诗歌[M]//马·布雷德伯里,詹·麦克法兰.现代主义.胡家峦,高逾,沈弘,等译.上海:上海外语教育出版社,1992:314-315.

是从乐园里来的呢，
　　还是到乐园里去的？
　　华羽的乐园鸟，
　　在茫茫的青空中，
　　也觉得你的路途寂寞吗？

　　假使你是从乐园里来的，
　　可以对我们说吗，
　　华羽的乐园鸟，
　　自从亚当，夏娃被逐后，
　　那天上的花园已荒芜到怎样了？

诗人诗中描写的"乐园鸟"一年四季都在忙碌着，它们餐风饮露，但却毫无明确的目标，这与其说是"幸福的云游"，还不如说是"永恒的苦役"。我们又何尝不可以认为"乐园鸟"其实就是象征着现代社会中每天忙忙碌碌、生活毫无目的，一辈子也碌碌无为的"空心人"呢？

三、西方象征主义的"中国化"

戴望舒通过"记忆""梦想""返回"等方式来抵达的现代，既不同于我们前面提到的"作为西方文明史一个阶段的现代性"，或者说现代化的现代性（同一时期徐迟的诗集《二十岁人》，尤其是《都会之满月》一诗在某种程度上表现了这种现代性），同时也异于自波德莱尔以来所提出的"作为美学概念的现代性"，或者说是反现代的现代性，戴望舒并未像许多西方现代主义作家一样创造一个具有深度美学效果的诗歌世界来与当时平庸保守的现实世界相抗衡，他认为"诗是由真实经过想象而出来的，不单是真实，亦不单是想象"。这也正是戴望舒的象征主义诗歌与李金发、穆木天等人的象征主义诗歌的不同之处。李金发的象征主义诗歌正如朱自清所说，"他的诗没有寻常的章法，一部分一部分可以懂，合起来却没有意思……他的诗不缺乏想象力，但不知是创造新语言的心太切，还是母舌太生疏，句法过分欧化，叫人像读着翻译；又夹杂着些文言里的叹词语助词"；而戴望舒的诗歌"也注重整齐的音节，但不是铿锵的而是轻清的；也找一点朦胧的气氛，但让人可以看得懂……他是要把捉那幽微的精妙的去处"①。朱自清在比较李金发和戴望舒的诗歌时不仅触及诗歌创作的技巧问题,也论及语言问题,在诗歌创作的技巧上,李金发的诗歌在传达个人的感觉时采用的是"远取譬",戴望舒的诗歌则在表达自己的情绪时多在"表现自己和隐藏自己之间";在创造新语言的过程中,李金发一方面由于当时身处西方社会,另一方面由于他本人的现代汉语水平也有待提高,因而导致他的诗歌有文字障碍;而戴望舒走上新诗坛时,正如卞之琳所说"白话新体诗获得了一个巩固的立足点以后,它是无所顾虑的有意接通我国诗的长期传统,来利用年深月久、经过不断体裁变化而传下来的艺术遗产"②,诗歌形式和现代语言之间的"磨合"上达到一种新的高度,用戴望舒自己的话来说就是"新的诗应该有新的情绪和表现这情绪的形式。所谓形式,决非表面上的字的排列,也决非新的字眼的堆积"③,这在李金发充满了"之"等许多文言虚词的诗歌中是找不到的。当然,这和戴望舒本人的诗歌追求也是分不开的。④

施蛰存在《戴望舒译诗集·序》中说,"一九二五年秋季,他(戴望舒)入震旦大学读法文,在樊国栋神父的指导下,他读了雨果、拉马丁、缪塞等法国诗人的诗。中国古典诗和法国浪漫派诗对他都有影响,于是他一边创作诗,一边译诗","译道生、魏尔伦诗的时候,正是写《雨巷》的时候;译果尔蒙、耶麦的时候,正是他放弃韵律,转向自由诗体的时候"⑤。从施蛰存的回忆可以看出,戴望舒的诗歌创作与他的诗歌翻译有着密切的关系,但是,他的诗歌却又与初期象征派李金发等人的诗歌有着很大的不同,他们由于生硬地模仿西方象征主义诗歌,给中国新诗坛带来的是"神秘""看不懂"。孙玉石在研究中国初期象征

---

① 朱自清.中国新文学大系·诗集·导言[M]//朱自清全集:第4卷.南京:江苏教育出版社,1996:375.
② 卞之琳.戴望舒诗集·序[M]//卞之琳文集:中卷.合肥:安徽教育出版社,2002:349.
③ 戴望舒.望舒诗论[J].现代,1932,2(1):92-94.
④ 杜衡在《望舒草·序》中曾回忆:"在望舒之前,也有人把象征派那种作风搬到中国第诗坛上来,然而搬来的却正是'神秘',是'看不懂',那些我以为是要不得的成分。望舒底意见虽然没有像我这样绝端,然而他也以为从中国那时所有的象征诗人身上是无论如何也看不出这一派诗风底优秀来的。因而他自己为诗便力矫此弊,不把对形式的重视放在内容之上;他底这种态度自始至终都没有变动过。他底诗,曾经有一位远在北京(现在当然该说是北平)的朋友说,是象征派的形式,古典派的内容。这样的说法固然容有太过,然而细阅望舒底作品,很少架空的感情,铺张而不虚伪,华美而有法度,倒的确走的诗歌底正路。"
⑤ 施蛰存.戴望舒译诗集·序[M]//北山散文集:(二).上海:华东师范大学出版社,2001:1279-1281.

主义诗歌时,从"意象本体的象征性""情调传达的暗示性""语言叙述的新奇性"等角度对李金发等人的诗歌进行了深刻的剖析,指出"他们追求的'纯粹的诗的世界',只建设在艺术自身狭窄的天地上,而脱离了时代和人民更广大的生活土壤。他们在吸收西方象征主义诗歌的艺术养分时,缺乏一种诗的自觉意识,即在诗的观念与方法的更新中自我选择和创造的主体精神,致使他们的艺术吸收超过了艺术自身的承受力,模仿力超过了创造力,因而他们企图沟通中西诗歌艺术的良好愿望,也就被多少带着盲目性的创新热情和实践所淹没了。他们在创作实践中没有能力,也没有可能找到西方象征主义与中国传统诗歌审美追求的融合点"[①]。西方象征主义诗学体系中最核心的就是"通感"论,被称为"象征派的宪章"的《感应》一诗非常形象地阐释了"通感"论:

  自然是一座神殿,那里有活的柱子
  不时发出一些含糊不清的语音;
  行人经过该处,穿过象征的森林,
  森林露出亲切的眼光对人注视。

  仿佛远远传来一些悠长的回音,
  互相混成幽昧而深邃的统一体,
  像黑夜又像光明一样茫无边际,
  芳香、色彩、音响全在互相感应。

  有些芳香新鲜得像儿童肌肤一样,
  柔和得像双簧管,绿油油像牧场,
  ——另外一些,腐朽、丰富、得意扬扬,

  具有一种无限物的扩展力量,
  仿佛琥珀、麝香、安息香和乳香,
  在歌唱着精神和感官的热狂。

波德莱尔把自然比作一座神殿,里面充满神秘的天籁般的回音和交响,构成了"幽昧而深邃的象征的统一体"。它是一座"象征的森林",一切芳香、色彩和音响全在这里互相应和。波德莱尔的诗中昭示的"通感",首先是人本身各种感官之间的相互感应和沟通,如"芳香、色彩、音响全在互相感应",也就是嗅

[①] 孙玉石.中国现代主义诗潮史论[M].北京:北京大学出版社,1999:120.

觉、视觉、听觉的相互沟通；其次是人类内部的精神世界与外部自然界的相互感应以及世间万物的普遍应和，如人在"穿过象征的森林"时，森林也对人报以亲切的目光注视；更重要的是，诗中暗示了人的感官、精神世界与超验世界亦即"上天"之间的相互应和。吴晓东认为前两层意义上的应和还停留在所谓的"人本象征主义"层面，第三层应和则构成了"超验象征主义"，它是波德莱尔"通感"论中最重要的部分，昭示的是象征主义诗学的"超验本体论"。① 在某种意义上，正是这种"超验本体论"所营构的诗歌中的梦境、幻境导致象征主义诗歌的神秘性。象征主义诗学中另一个核心理论就是"暗示"。马拉美认为："直陈其事，这就等于取消了诗歌四分之三的趣味，这种趣味原是要一点一点去领会它的。暗示，才是我们的理想。一点一点地去复活一件东西，从而展示出一种精神状态，或者选择一件东西，通过一连串疑难的解答去揭示其中的精神状态：必须充分发挥构成象征的这种神秘作用。"② 李金发在法国语境中创作的象征主义诗歌，"从意象的联结，企望完成诗的使命"，但是，由于"不能把握中国的语言文字，有时甚至与意象隔着一层，令人感到过分浓厚的法国象征派诗人的气息，渐渐为人厌弃"③。其实，李金发也意识到了转化中国传统诗词中有益质素的重要性，他曾在自己的《食客与凶年·自跋》中这样写道：

  余每怪异何以数年来关于中国古代诗人之作品，既无人过问，一意向外采辑，一唱百和，以为文学革命后，他们是荒唐极了的，但从无人着实批评过，其实东西作家随处有同一之思想、气息、眼光和取材，稍为留意，便不敢否认，余于他们的根本处，都不敢有所轻重，惟每欲把两家所有，试为沟通，或即调和之意。④

然而，从李金发的三本诗集的大部分诗歌来看，尽管有对传统诗词意象的借取，却在转化和嫁接的过程中出现了语言障碍，导致其诗歌的"晦涩"。戴望舒在翻译后期象征主义诗人的诗歌过程中非常注重他们写诗的技巧，比如玄迷·特·果尔蒙(Gemy de Gourmont,1858—1915)的呈现"绝端的微妙——心灵的微妙与感觉的微妙"⑤的手法；保尔·福尔(Paul Fort,1872—1960)用

---

① 吴晓东.象征主义与中国现代文学[M].合肥：安徽教育出版社,2000:34.
② 马拉美.谈文学运动[M]//黄晋凯,张秉真,杨恒达.象征主义·意象派.闻家驷,译.北京：中国人民大学出版社,1989:42.
③ 李健吾.《鱼目集》——卞之琳先生作[M]//咀华集·咀华二集.上海：复旦大学出版社,2005:59.
④ 李金发.食客与凶年·自跋[M].上海：北新书局,1927.
⑤ 戴望舒.西茉纳集·译者记[J].现代,1932,(5):690.

"最抒情的诗句表现出他的迷人的诗境"①的手段;耶麦(Franlis Jarnmes,1868—1938)"抛弃一切虚夸的华丽、精致、娇美"而以"自己的淳朴的心灵来写诗"②的技巧,而这些"特殊的手法恰巧合乎他底既不是隐藏自己,也不是表现自己的那种写诗的动机"③,这些技巧在戴望舒的《印象》一诗中有明显的体现:

  是飘落深谷去的
  幽微的铃声吧,
  是航到烟水去的
  小小的渔船吧,
  如果是青色的真珠;
  它已堕到古井的暗水里。

  林梢闪着的颓唐的残阳,
  它轻轻地敛去了
  跟着脸上浅浅的微笑。

  从一个寂寞的地方起来的,
  迢遥的,寂寞的呜咽,
  又徐徐回到寂寞的地方,寂寞地。

诗中的"幽微的铃声""小小的渔船""真珠""古井""残阳"等都是从传统诗词的意象中转化而来,或者直接搬用过来,诗人通过传统、常见的意象构造诗情朦胧、寂寥的意境,以此抒写寂寞心态的微妙的感觉,全诗既未用浪漫主义直抒感伤情调的手法,也不像初期象征主义诗歌在意象与意象之间大幅度地跳跃,而是从相对常见、普通的意象中去一点一点地"暗示"诗中说话者无法排遣的寂寞心情。即使是写梦境的诗,戴望舒的诗歌与西方象征主义者们的诗歌也有很大的不同,如他的《寻梦者》:

  梦会开出花来的,
  梦会开出娇妍的花来的:
  去求无价的珍宝吧。

---

① 戴望舒.保尔·福尔诗抄·译者附记[J].新文艺,1930,1(5):15.
② 戴望舒.耶麦诗抄·译者记[J].新文艺,1929,1(1):21.
③ 杜衡.望舒草·序[J].现代,1933,3(4):489-493.

在青色的大海里，
在青色的大海的底里，
深藏着金色的贝一枚。

你去攀九年的冰山吧，
你去航九年的旱海吧，
然后你逢到那金色的贝。

它有天上的云雨声，
它有海上的风涛声，
它会使你的心沉醉。

把它在海水里养九年，
把它在天水里养九年，
然后，它在一个暗夜里开绽了。

当你鬓发斑斑了的时候，
当你眼睛朦胧了的时候，
金色的贝吐出桃色的珠。

把桃色的珠放在你怀里，
把桃色的珠放在你枕边，
于是一个梦静静地升上来了。

你的梦开出花来了。
你的梦开出娇妍的花来了，
在你已衰老了的时候。

  诗中写"寻梦者"经过艰难的跋涉，终于使自己的"梦"开出娇妍的花来，尽管自己已经"鬓发斑斑""眼睛朦胧"，诗的结尾也略带忧伤，但娇妍的花毕竟能够慰藉伤感的心灵。西方象征主义诗人笔下的梦，更多地是从超验本体论出发，追求对"不可知"的事物的领悟与把握，试图以"通灵"的想象力来沟通与神秘世界之间的感应，在梦幻中去洞见"天上的美"；马拉美还强调"对事物进行观察时，意象从事物所引起的梦幻中振翼而起，那就是诗"。西方象征主义者们对梦的描写显然带有宗教神秘主义和虚无主义的倾向,有时让读者的想象力难以抵达,而戴望舒对梦的描写就相对真实,这不仅建立在他对意象的择取上,也建立在他对中国传统文化深刻的领悟上。

戴望舒在中国新诗史上的意义不仅在于他的诗歌通过"记忆""梦想""返回"的方式来抵达诗歌的现代性,更在于其诗歌重新接通中国传统诗词的有益资源,创造性地转化了西方象征主义诗学技巧,使得中国的象征主义诗歌变得容易被人接受了。①

四、从"唱"到"说"的诗学意义

1928年8月,戴望舒的《雨巷》发表于《小说月报》第十九卷第八号上,当时的主编叶圣陶认为这首诗"替新诗底音节开了一个新的纪元"。朱湘也评价《雨巷》"在音节上完美无疵","兼采有西诗之行断意不断的长处","在音节上,比起唐人的长短句来,实在毫无逊色"②,戴望舒因此获得"雨巷诗人"的称号。众所周知,戴望舒是受前期新月诗人的影响而进行新诗创作的,其早期诗风对前期新月派诗歌风格多有承续;同时,由于学习法语,受法国象征主义诗歌的影响,接受了魏尔伦诗歌创作强调音乐性的观念。但是,在写完《雨巷》不久,他很快就抛弃《雨巷》音乐性的创作路子,转而去除新诗"音乐的成分",追求自由的、口语化的、散文化的诗句。戴望舒的朋友杜衡在给好友作序时这样写道:

> 1927年夏某月,望舒和我都蛰居家乡,那时候大概《雨巷》写成还不久,有一天他突然兴致勃发地拿了张原稿给我看,"你瞧我底杰作,"他这样说。我当下就读了这首诗,读后感到非常新鲜;在那里,字句底节奏已经完全被情绪底节奏所替代,竟使我有点不敢相信是写了《雨巷》之后不久的望舒所作。只在几个月以前,他还在"彷徨"、"惆怅"、"迷茫"那样地凑韵脚,现在他是有勇气写"它的拜访是没有一定的"那样自由的诗句了。③

---

① 施蛰存在《致戴望舒函十四通》中曾三次谈到戴望舒诗歌在当时的影响。《第五通》这样写道:"你须写点文艺论文,我以为这是必要的,你可以达到徐志摩的地位,但你必须有诗的论文出来,我期待着。"《第六通》:"有一个小刊物说你以《现代》为大本营,提倡象征派,以致目下的新诗都是模仿你的。我想你不该自弃,徐志摩而后,你是有希望成为中国大诗人的。"《第七通》:"有一个南京的刊物说你以《现代》为大本营,提倡象征派诗,现在所有的大杂志,其中的诗大都是你的徒党,了不得呀!"
② 朱湘.《上元灯》与《我底记忆》[J].新文艺,1929,1(3):6.
③ 杜衡.望舒草·序[J].现代,1933,3(4):489-493.

戴望舒所谓的"杰作"就是在他写完《雨巷》之后创作的《我底记忆》。杜衡认为此诗与《雨巷》风格不同,在诗的音韵、形式上"字句底节奏已经完全被情绪底节奏所替代",诗句非常自由。1929年4月,戴望舒更是以"我底记忆"为题来命名自己的第一本诗集。

1933年8月戴望舒的第二本诗集《望舒草》出版,诗集《我底记忆》前两辑"旧锦囊"和"雨巷"都未收入,而收入第三辑"我底记忆"的所有诗歌,《我底记忆》放在开篇的第一首。由此可以看出,戴望舒在编辑这本诗集时颇费心机,这透露出《雨巷》及之前的诗歌创作与《我底记忆》及之后的诗歌创作有了巨大的变化。金丝燕全面而深入地概括了这首诗四个方面的艺术尝试:一是"诗句结构的散文化",其主要的特点是用了大量的"是……的"句型,这是一种"口语化散文结构"。二是诗人在诗中用"但是……却""而且""老(讲着)""除非""因为"等介词,强化了口语性。三是"取消跨行"。四是"用韵单调随意,不避同字"。① 金丝燕认为,戴望舒对魏尔伦"音乐高于一切"诗歌观念的反叛与法国象征主义诗歌的发展关系密切,戴望舒是在学习、翻译保尔·福尔、果尔蒙、耶麦等后期象征主义诗人的诗歌过程中转向介于诗与散文的自由、流畅、纯朴或近于口语的诗风的。戴望舒的诗论虽然是片段式的、零乱的,但是,在《望舒诗论》中的第一条"诗不能借重音乐,它应该去了音乐的成分",第五条"诗的韵律不在字的抑扬顿挫上,而在诗的情绪的抑扬顿挫上,即在诗情的程度上",第七条"韵和整齐的字句会妨碍诗情,或使诗情成为畸形的。倘把诗的情绪去适应呆滞的,表面的旧规律,就和把自己的足去穿别人的鞋子一样。愚劣的人们削足适履,比较聪明一点的人选择较合脚的鞋子,但是智者却为自己制最合自己的脚的鞋子"等观点,的确表现出法国后期象征主义诗观对前期象征主义诗观的超越。后来很多的戴望舒研究者都把诗人从《雨巷》到《我底记忆》的转变视为其诗风放弃音乐性转向散文化的标志,然而,问题并不仅仅是这么简单和浅显,戴望舒虽说"诗不能借重音乐,他应该去了音乐的成分",但他强调的是"新的诗应该有新的情绪和表现这情绪的形式。所谓形式,绝非表面上的字的排列,也绝非新的字眼的堆积";"诗的韵律不在抑扬顿挫上,而在诗的情绪的抑扬顿挫上"。叶公超在论及中国诗的格律时曾说:"格律是任何诗的必需条件,惟有在适合的格律里我们的情绪才能得到一种最有力量的传达形式;没有格律,我们的情绪只是散漫的、单调的、无组织的,所以格律根本不是束缚情绪的

---

① 金丝燕.文学接受与文化过滤——中国对法国象征主义诗歌的接受[M].北京:中国人民大学出版社,1994:329-331.

东西,而是根据诗人内在的要求而形成的。假使诗人有自由的话,那必然就是探索适应于内在的要求的格律的自由,恰如哥德所说,只有格律能给我们自由。"①戴望舒在其《望舒诗论》中仍然把"诗的情绪的抑扬顿挫"即"诗情的程度"放在重要的位置上,关注的是"诗情上的 nuance 而不是字句上的 nuance"。

在《我底记忆》一诗中,诗歌语言呈现出的自然、纯朴、流畅、口语化的风格相当明显,但是在亲切、自然的抒写过程中仍存在着对传统诗歌复沓手法的使用:

它存在在燃着的烟卷上,
它存在在绘着百合花的笔杆上。
它存在在破旧的粉盒上,
它存在在颓垣的木莓上,
在撕碎的往日的诗稿上,在压干的花片上,
在凄暗的灯上,在平静的东西上,
在一切有灵魂没有灵魂的东西上,
它在到处生存着,像我在这世界上一样。

在这一诗节里,"它存在……"的句式重复四次,"在……"的句式重复七次,其中两次稍有变化。这首被众多论者认为"散文化""口语化"的新诗,是戴望舒诗歌从音乐性向非音乐性转变的标志作品。然而,不可否认的是,通读全诗,诗中排比、重复句式的使用给予读者一种音乐美感。叶公超认为:"在任何文字的诗歌里,重复似乎是节律的基本条件,虽然重复的元素与方式各有不同。"的确,诗中重复的句式还有"它是……"和"它底……"等,重复的次数不等,正是这些重复的句式赋予全诗节奏感。陈太胜认为:"它之所以不是'散文'而仍然还是'诗',不仅仅在于它的分行排列,也不在于所谓的'诗情'(诗情仍然可以只存在于不分行排列的散文中),而是在于诗所有的字句的节奏。所以,准确地讲,戴望舒由《雨巷》到《我底记忆》的转变,不是他自己与一般论者所说从'借重音乐'到'去了音乐的成分'的转变,而是实践诗中音乐性的不同方面的转变。"陈太胜指出戴望舒诗歌的音乐性可以从两方面来理解:"一方面是戴望舒说的由'整齐的字句'所形成的文字上的押韵、排列的音乐性;另一方面则是戴望舒所说的源自诗中独特的'情绪'所形成的独特的'诗的情绪的抑扬顿挫',我们可以称为'节奏感'。而从《雨巷》到《我底记忆》的转变,则是从

---

① 叶公超.论新诗[J].文学杂志,1937,1(1):13.

诗的音乐性的前一方面向后一方面的转变。"①

中国新诗从其发生始，就不断遭到反对派的攻击，其中一个最重要的因素之一就是新诗不能吟。当时就有许多诗人、诗论家、研究者就在探讨新诗与传统乐曲的关系问题，比如俞平伯和朱自清为此展开了讨论。俞平伯认为新诗中衰的原因之一就是新诗缺乏乐曲做基础，朱自清在探索乐曲的演变对传统诗、词、曲的影响后也认为："诗与音乐的关系，实在太密切了。新诗若有了乐曲的基础，必易入人，必能普及，而它本身的艺术上，也必得着不少的修正和帮助。"②但是，新诗的发生与传统的乐曲的演变没有关系这是明显的事实，因而就有赵元任的"唱新诗"和朱湘的"读新诗"。然而，朱湘的"读新诗"是用旧戏里韵白的调子，"这自然是个经济的方法，但显然不是唯一的方法"；而赵元任的"唱新诗"，"不能证明新诗具有充分音乐性；我们宁可说，赵先生的谱所给的音乐性也许比原诗所具有的多"。③格律诗派提倡新格律诗运动，号召"新格式与新音节的发见"，但最终还是落下"方块诗""豆腐干块"等恶谥。戴望舒的《我底记忆》前两辑"旧锦囊"和"雨巷"如前文所述，是在前期新月诗派的影响下走上新诗坛的，对他们的诗风多有承续，而诗中对唐宋诗词从意象采撷到音韵的模仿更是一目了然。尤其是前文分析过的《雨巷》更是学步唐宋诗词的"代表"，虽不能说像古典诗词一样可吟，但其具有的充分的音乐性已为众多论者所肯定。《雨巷》音韵上的成功并未使戴望舒止步不前，他转而以自然、质朴、流利的口语创作出《我底记忆》，实现了对新诗音乐性观念的突破，这种转变也许可以说是从"唱"的语调到"说"的语调的转变。的确，从《我底记忆》起，戴望舒的诗歌中"日常语言的自然流动，使一种远较有韧性因而远较适应于表达复杂化、精微化的现代感应性的艺术手段，得到充分的发挥"④，《深闭的园子》《寻梦者》《乐园鸟》等都是这方面成熟的诗作。

对新诗音乐性的探讨，早在20世纪20年代就有刘梦苇、饶孟侃、闻一多、徐志摩、朱湘、朱自清、俞平伯、赵元任等人的理论倡导和实践尝试。20世纪30年代之后，虽然自由诗已经成为新诗创作的主流体式，但陈世骧、朱光潜、

---

① 陈太胜.从"唱"到"说"——戴望舒的1927年及其诗学意义[J].天津社会科学，2007(1):106.

② 朱自清.唱新诗等等[M]//朱自清全集:第4卷.南京:江苏教育出版社,1996:222.

③ 朱自清.论中国诗的出路[M]//朱自清全集:第4卷.南京:江苏教育出版社,1996:289.

④ 卞之琳.戴望舒诗集·序[M]//卞之琳文集:中卷.合肥:安徽教育出版社,2002:349.

罗念生、梁宗岱、叶公超、郭绍虞、林庚等人以梁宗岱主编的《大公报·文艺·诗特刊》(1935年11月8日—1936年7月19日)为阵地,对新诗音韵、节奏等音乐性问题进行了深入的研讨,强调音节、格律、节奏等是新诗具有音乐性最重要的质素。1937年,叶公超在《论新诗》一文中指出:"新诗和旧诗并无争端,实际上很可以并行不悖。不过我们必须认清,新诗是用最美、最有力量的语言写的,旧诗是用最美、最有力量的文言写的,也可以说是用一种惯例化的意象文字写的。新诗的节奏是从各种说话的语调里产生,旧诗的节奏是根据一种乐谱式的文字的排比作成的。新诗是为说的、读的,旧诗乃是为吟的、哼的。"①20世纪40年代,朱自清提出用"提炼的、说话的调子""说"新诗②。梳理新诗音乐性探讨的发展、演变可以看出,戴望舒从《雨巷》到《我底记忆》彰显出的诗歌音乐性观念的变化无疑具有独特性:前者更倾向于"吟唱"的语调,而后者更倾向于"说话"的语调。陈太胜认为:"这种语调的转变,不是从诗的音乐性到非音乐性的转变,而是诗的音乐性的不同方向的转变。这样,对诗的音乐性也就有了不同的理解,他不是一般意义上的严格的韵律,而是作为诗的内在特征的一种音乐性的语调。"戴望舒的这一转变,使其超越了新月诗人的形式主义诗风,也区别于初期象征主义诗人李金发的晦涩诗风,成为中国象征主义诗歌的代表诗人。从中国新诗发展史上来看,戴望舒的转变,"也代表了由穆木天、王独清等人过分注重音韵的具有浪漫主义诗风特点的初期象征主义到真正注重诗质的中国现代派诗的转变。这种转变,无疑代表了中国新诗新的方向的拓展。这种拓展不仅仅是一种艺术形式的变化,甚至还涉及新诗在表现诗人所感受到的个人与社会生活的艺术表现的问题,这是由浪漫主义的抒情方式向切入现实的现代主义抒情方式的转变"③。

---

① 叶公超.论新诗[J].文学杂志,1937,1(1):15.
② 朱自清.新诗杂话·诗韵[M]//朱自清全集:第2卷.南京:江苏教育出版社,1996:403.
③ 陈太胜.从"唱"到"说"——戴望舒的1927年及其诗学意义[J].天津社会科学,2007(1):107.

第三章 在"抗辩"中寻找新美学

《现代》杂志刊载了大量的自由诗,编者施蛰存也在相关的文章中阐明,这些诗是诗人用"现代的辞藻"和"现代的诗形"抒写现代人在"现代生活"中所感受到的情绪和体验,戴望舒《望舒诗论》一文的发表影响了当时整个中国新诗坛,废名也在中国最知名的高等学府——北京大学开设"现代文艺"的课程,所讲的就是新诗这一文类,宣扬"新诗应该是自由诗"的理念。在理论的倡导和创作实践的引导下,自由诗成为主导当时中国新诗坛的"时尚"体式,正如一位诗人所说,"写自由诗已成了诗坛一般的风气"①。然而,在"时尚"的背后,也带出了自由诗一系列的问题:取消了形式的限制以后,自由诗是否可以不遵守文类的任何规则的约束,是否可以不讲究任何形式,在西方的自由诗理念的影响下,中国新诗中的自由诗与其"精神的父亲"有何不同?而20世纪30年代由自由诗这一诗歌体式所导引出的对"自由诗"与"韵律诗"的争论、对"四行诗"形式的质疑等诸多现象,在某种程度上都昭示了20世纪30年代中国的新诗正逐步从"欧化"转到"化欧"的道路上来,逐渐克服"五四"以来新诗坛的内容至上主义或形式主义诗潮的流弊。

第一节 林庚的诗学探索

林庚在中国新诗发展过程中有独特的意义和价值,其独特性在于不仅他对中国新诗的形式进行了多向度的探索,更在于他不停留在对所谓的自由诗、韵律诗表层意义上形式的求索,而是从始至终深入新诗之为诗与旧诗以及其他文类的区别上来探讨新诗的形式问题。在林庚长达半个多世纪的新诗形式

---

① 林庚.无题之秋·序[M]//林庚诗文集·集外集:第9卷.北京:清华大学出版社,2005:60.

研究中,不仅有对传统诗词形式要素的借取,更有由于语言从文言转向白话之后对新形式的尝试,其形式试验也许不能以成败论,但其意义与价值在于为中国新诗形式的探索留下的反思空间。

一、独特的"自由""韵律"诗观

林庚最早的诗歌创作要追溯到1931年他在清华大学中文系学习期间。最初,他在《清华周刊》《文学月刊》等刊物上发表过不少旧体诗,与此同时他也开始白话新诗创作的尝试。对比两种诗体的创作,林庚认为新诗不仅在形式上打破了传统诗词的束缚,在创造精神上也赋予了诗人极大的自由。在半个多世纪后他回忆自己开始"自由诗"创作时的情形和感受时说:"自由诗使我从旧诗词中得到一种全新的解放,它至今仍留给我仿佛那童年时代的难忘的岁月。当我第一次写出《夜》那首诗来时,我的兴奋是无法比拟的,我觉得我是在用最原始的语言捕捉了生活中最直接的感受。"①这种创作经验在林庚看来,"自由诗"的"自由"不仅是因为它在外在形式上摆脱了旧体诗词形式的束缚,实现了诗行的自由和韵律的自由;同时更体现为诗人驾驭语言和文字的内在"自由",使诗人能够"用最原始的语言捕捉了生活中最直接的感受"。在"自由"的感召下,林庚先后创作出版《夜》和《春野与窗》两部自由诗集,受到了当时评论界的好评。然而,林庚所谓的"自由诗",与其说是迎合了当时新诗坛的自由诗观念,还不如说是与当时众多的自由诗在诗形和诗质上都发生了诸多的龃龉。

《夜》和《春野与窗》两部自由诗集择取的意象、使用的语言、直至所呈现的风格都区别于当时《现代》中的自由诗,也不同于当时受西方现代派诗歌影响的自由诗,其诗风确实显示了与传统诗歌深刻的精神联系。废名曾非常准确地指出:

> 在新诗当中,林庚的分量或者比任何人要重些,因为他完全与西洋文学不相干,而在新诗里很自然的,同时也是突然的,来一份晚唐的美丽。②

废名间接地指出林庚的自由诗与当时流行于诗坛、受西洋文学影响的自由诗的不同,深刻地洞察了其诗歌与传统诗词的精神联系。林庚的自由诗观念到底独特在何处呢?在《诗与自由诗》一文中,林庚并未给自由诗下一个明确的定义,而是辨析它与传统诗之间的不同:

---

① 林庚.问路集·自序[M]//问路集.北京:北京大学出版社,1984:1.
② 冯文炳.林庚同朱英诞的诗[M]//谈新诗.北京:人民文学出版社,1984:185.

其实诗与自由诗的不同与其说是形式上的不同，毋宁说那形式是因其不同的内容而决定的。这观念我们由于这新的诗体之必须要求极度自由的应用那些文字上这点看来，便很明白了。所谓晦涩，所谓不易懂得，便是对于文字不能遵守平常狭义的应用，它是要更自由的利用其所有各方面的，所谓"印象"所谓"象征"不过是其中较显著之一端而已。这类的诗的文字必以自由且富有创造性的态度处之，故使其对于形式必不能受任何的拘束乃是当然的了；然而究竟为什么有这些要求呢？这根本的问题我们仍须明白那本质上不同的所在。①

林庚所谓的诗，"是指传统上我们有过的诗而说；或者为说起来更方便点，史诗以及长篇的故事诗便也都暂不在话下"。他认为，诗和自由诗的不同不是"形式的不同"，而是追求不同内容的文字决定了形式的不同；这一新的形式在极度自由地应用那些文字时便超越了文字"平常狭义的应用"，而"更自由的利用其所有各方面"，以自由且富有创造性的态度突破传统诗的拘束。林庚紧紧抓住"内容的不同"，进一步论述了诗和自由诗的本质不同：

　　这自由诗与诗之一切形式上文字上的不同，是全因其所追求的内容的相异而得来的。文字与形式可以说是表现的工具，所谓自由诗也便是要求这工具上的极度自由；而其所以能于传统的诗中别打出一条生路的，也全在那非在这自由的工具下不能探求得的内容身上。传统的诗的泉源为什么会枯竭了呢？明显的原因是一切可说的话都被说完了，一切的动词形容词副词在诗中也都成了典型的而再掉不出什么花样来了。在这时候诗人乃放弃了一向写诗的功夫，而努力于打开这枯竭之源，寻找那新的生命的所在，于是自由诗乃因而产生。故这一个新的诗体的基于感觉到一切来源的空虚，于是乃利用了所有文字的可能性，使得一些新鲜的动词形容词副词得以重新出现，而一切的说法也得到无穷的变化；其结果确因这新的工具，追求到了从前所不能亲切抓到的一些感觉与情绪。故自由诗之所以永远与人以新的口味，其缘故确是真实的因有一个迥乎不同的内容；而更因其形式文字与内容整个都是新的，故其不易为一般人所接受乃是当然的事……②

自由诗的产生是由于传统诗的源泉已经枯竭，为了打开这枯竭之源，寻找那新的生命的所在，自由诗必须利用所有文字的可能性，激活一些新鲜的动

---

① 林庚.诗与自由诗[J].现代,第 6 卷第 1 期,1934,6(1):57.
② 林庚.诗与自由诗[J].现代,第 6 卷第 1 期,1934,6(1):58.

词、形容词和副词,使其表达方式得到无穷的变化,从而追求到从前所不能亲切抓到的感觉与情绪,永远予人以新的口味。

林庚的自由诗观念的独特性表现在:他并不简单地把传统的诗和自由诗看作两种矛盾对立的诗体,从形式的不同进行表层的区别,而是从本质层面——内容的不同需求新的语言文字和表达形式来辨析两者的区别。自由诗正是借助新的语言文字和表达形式去追求从前所不能亲切抓到的感觉和情绪,给读者以新的口味和趣味而不同于传统的诗。另外,林庚通过激活语言文字和寻求新的表达形式把捉新的感觉和情绪的自由诗观念,不仅连通了他与20世纪30年其他现代派诗人的关系,又显示其与这些诗人在自由诗观念的来源和追求上的不同。

林庚不仅对自由诗有自己独特的理解,对新诗韵律的试验也有自己与众不同的看法。他还在创作自由诗时就说过:"我自己写的是无韵律的诗,然而我却并不对韵律的诗悲观;不过以往的人对于韵律的方法没有走对,且把韵律意义多未认清楚,故走来走去终于碰壁。"林庚认为自由诗和韵律诗可以并存,并且它们能够取长补短,共同促进新诗的发展,拓宽创作的空间:

> 自由诗的重要并非形式上的问题,乃在他一方面使我们摆脱了典型的旧诗的拘束,一方面又能建设一个较深入的活泼的通路;这种诗的好处即在于他是完全新的,但却因此也便只能代表着一方面。警句与天然永远是两方面——当然我们不能说那一种是比较更好——若可以说自由诗代表的是前者的性质,则韵律的诗当是近于后者了;这二种诗体中无论哪一种,其单独的发展结果则是前者必流于"狭",后者必流于"空",都是衰亡的死路。①

林庚的这段话客观、理性地分析了自由诗和韵律诗的长处和缺陷,两者只有相互促进才能真正推动新诗的发展。然而,他的新诗韵律观念既不同于传统诗歌把韵律看成必需的要素,也不认同在他之前新月诗派对格律的探索,而认为新月诗派"对于韵律的方法没有走对,且把韵律的意义多未认清楚"。他明确地指出,"韵律的重要绝不主要由于音乐的成分";"韵律不但不因其音乐的成分,而且也非诗的主要的因素;把韵律来区别诗与散文是完全不对的"。林庚跨越自由诗和韵律诗视觉意义上的形式区别,从本体论的视角来谈论韵律与诗的关系:

---

① 林庚.诗的韵律[M]//问路集.北京:北京大学出版社,1984:169.

> 韵律不是诗主要的因素,即是说诗并非有了韵律便能成诗,也不是没有韵律便不成的。先说前者。则以前追求新诗形式的失败,即在把形式看得太重要;以为今日诗所缺乏的只是形式,形式一有便万事亨通了。故商籁体,豆腐干式等等盛极一时;而结果都无声无闻了。这并非试验得不努力,乃是因追求了半天却忘掉了为什么要追求的意义了。①

林庚强调有韵律的未必是诗,没有韵律的也未必不是诗的诗歌观念。在《诗的韵律》一文中,他以"瓶"与"酒"的关系这一非常形象的比喻来阐明形式之于诗的复杂性:

> 有新瓶之前也必须先有新酒,方才有得可装;一味迷信形式的人,则多以为只要装在新瓶里的便算新酒了;因此新瓶虽多,其奈皆是空瓶子乎!
>
> ……
>
> 所谓新瓶,所谓韵律,所谓新诗的形式,其定义并不只是有个形式而已;韵者是形式的特征,律者是大家遵守的规则。每首诗各有其形式,这形式虽有韵却未必便能成为律;凡称韵律者必是有几个大家一致普遍的形式——如词最通用的也不过几种形式,且不同的调子间许多是可以归为一类的,不过是在一个形式所容许的自由中又有点变化而已。如《九歌》总是一个形式写出来的,却不一定完全一样。——新诗所寻求的至少是这样的,这也就是所谓新瓶。而我之说没有韵律仍可以成诗,因此也并非说没有形式也能有诗;天下岂有没有形式的东西?不过说诗如果不采用一致的形式,却并无妨于其为诗;这话不是很明白吗?②

林庚在论及"新瓶"与"新酒"的关系时特别指出"新酒"之于"新瓶"的重要性,有了"新酒"才有"新瓶"的可能,而"新酒"的酿成,有赖于人类对日新月异的现实生活的新的感觉。感觉的进展,"确是人类精神领域的园丁;有了这进展所以才有一代一代不同的诗"。为此,林庚进一步分析了"新酒"酿成而"新瓶"未形成的情形,诗即"新诗"以自由诗的形式出现:自由诗好比冲锋陷阵的战士,一面冲开了旧诗的约束,一面则抓到一些新的进展;然而在这新进展中一切是尖锐的,一切是深入但是偏激的;故自由诗所代表的永远是这警绝的一方面……而且尖锐的,深入的,偏激的方式,若一直走下去必有陷于"狭"的趋势。于是人们乃需要把许多深入的进展连贯起来,使它向全面发展,成为一种

---

① 林庚.诗的韵律[M]//问路集.北京:北京大学出版社,1984:171.
② 林庚.诗的韵律[M]//问路集.北京:北京大学出版社,1984:171-175.

广漠的自然的诗体。① 这种诗体林庚将之命名为"自然诗",是他对韵律诗的另一种称呼。从"自由诗"走向"自然诗",在林庚看来新诗"渐渐的在其间自己产生了一个普遍的形式",这一形式的发展是必然的,而不是人为的。然而,林庚也提醒人们:"新酒"究竟要一个什么样的"新瓶",是只有"新酒"自己知道的;要形成"律"也是自然而然的。削足适履勉勉强强,岂不与韵律的原意大相径庭乎?

林庚的韵律诗观念区别于他之前的刘梦苇、饶孟侃、闻一多等人的格律观念,他强调的是自然、和谐的形体,而非格律诗派同人声调上押韵、形式上整齐的诗体。他反复申说:"从前追求新形式的时候,以为形式是天经地义;我们现在也承认韵律,却是因其能使我们如没有形式。可是现在追求韵律的声浪已因此路不通而消歇,商籁体豆腐干式再也不常与人见面了;然而那并不是韵律的没有价值,而是追求者错了。我们现在并不能忘情于韵律的诗,但这韵律是只要我们努力于自由诗,则充实的诗中自会产生出韵律来的,我们所能做的只是努力而已。"②这正是林庚韵律诗的超越之处和价值所在。

二、一场错位的论争

林庚的新诗创作开始于1931年,其《夜》和《春野与窗》两部自由体新诗集出版后受到当时新诗坛的好评。1935年后林庚转入对新诗形式的探索,开始创作韵律诗,先后出版《北平情歌》和《冬眠曲及其他》两部诗集,尝试四行诗、自然诗等形式的试验。这两部诗集的形式实验由于其与传统诗词形式之间剪不断的联系,招致当时诗人、评论家的非议。在辩难和抗辩声中,争论双方带出了新诗中"新"与"旧"的关系问题、"自由"与"韵律"的实质等问题,但争论的背后也许更是新文学对古典文学、新诗对传统诗词的发现问题,以及新诗与传统诗词作为诗文类的独特性问题。

1936年2月,林庚的新格律体四行诗集《北平情歌》出版。当年10月,由戴望舒、卞之琳等主持出版的《新诗》创刊号上就登出钱献之的批评文章《〈北平情歌〉》。在此文中,钱献之说"读过了《北平情歌》后,便肯定了那些诗是古诗,更肯定了,诗人林庚的诗在离开自由诗了",其理由是:

> 并非因了四行,因了每行的字数相等,(或只差一字)而后起疑的。他的题材,他的主观与客观,他的氛围,都是旧诗。他的修辞,与

---

① 林庚.诗的韵律[M]//问路集.北京:北京大学出版社,1984:175-176.
② 林庚.诗的韵律[M]//问路集.北京:北京大学出版社,1984:178.

phraseology(措辞,遣词造句。引者注)与诗的组织,更是属于被今日中国新诗所离去了的一种格子。①

钱献之认为林庚的四行诗,从诗的题材、氛围、修辞、措辞、组织等上看都是"被今日中国新诗所离去了的一种格子",并断定"诗人林庚在以白话文做旧诗了"。今日的新诗,"没有一首不是为着这个时代而写的",由于"艺术的表现方法,在这一个时代中已改变了,已改换入新的美学中去了",因此,林庚的四行诗是反其道而行之。林庚在看到这篇批评文章后,著文《关于〈北平情歌〉——答钱献之先生》回应。在文中,林庚这样说道:

> 自由诗与韵律诗的分别,只是姿态上的不同,韵律诗大都从容自然,自由诗则来得紧张惊警;这原是一向诗中的两大分野,不过在白话诗中更来得显著罢了。此后所写的文章中,每提到四行诗时,我必说明那只是一种风格的不同。并非诗本身有何差异;而那形式上的差异乃是由于一个是紧张的,所以无暇顾及韵律;一个是从容的,所以行有余力则以学文了……在《什么是自由诗》一文中,我想说明形式的自由与不自由两者均是手段,不过在新的开展中,自由比较可以无阻碍的抓住新的感觉;故如果只是形式自由了而仍然抓不到一点诗的感觉,则虽然自由并不能算做新诗。然而反过来如果有新的感觉而形式仍很整齐,则虽在一定的形式中仍然是自由的新诗。②

在这段话中,林庚以自由诗和韵律诗的"分别"来回应钱献之责难其"以白话文做旧诗"、《北平情歌》是"古诗"的批评,从钱献之的角度来说,林庚在回避问题,没有答出自己想要的答案;而从林庚自身有关诗的认识来说,他从艺术本体论的层面认为,无论自由诗还是韵律诗或四行诗或自然诗,其诗之为诗区别于其他文类才是最重要的,其次才是对形式问题的考究,也就是他所说的"行有余力以学文"。从理论上说,两人不是站在同一平台上来讨论问题,但是又不能以是非对错来简单地否认他们的观点。暂且不论林庚在这些文章中生造的"四行诗""韵律诗""自然诗"等术语能否为当时的新诗坛所认可和接受,单凭他在文中所说的"自由诗与韵律诗的分别,只是姿态上的不同",和四行诗与自由诗的分别"只是一种风格的不同"就非常值得推敲。文学理论上说的写作姿态一般指作家写作时所依凭的思想、意识和立场,通常不涉及具体的文本技巧,更与文本的整体形式关系不大;风格指艺术作品在整体上呈现出的具有

---

① 钱献之.北平情歌[J].新诗,1936,1(1):129.
② 林庚.关于《北平情歌》——答钱献之先生[J].新诗,1936,1(2):222-223.

代表性的独特风貌,它不同于一般的艺术特色或创作个性,它是通过艺术作品表现出来的相对稳定、更为内在和深刻、从而更为本质地反映出时代、民族或艺术家个人的思想观念、审美理想、精神气质等内在特性的外部印记。林庚搬用这些本来是非常专业的理论术语时也许自己就尚未对之有真正理解,因而他也就无法达到阐明自由诗、韵律诗和四行诗的不同的目的。林庚的这些含混不清、似是而非的观点也受到当时在诗坛有着很高声望同时又是《新诗》主编的戴望舒更加专业的诘问。戴望舒在《谈林庚的诗见和"四行诗"》中这样写道：

  林先生以为自由诗和韵律诗的分别,只是"姿态"上的不同,(提到他的"四行诗"的时候,他又说是"风格"的不同,而"姿态"和"风格"这两个不大切合的词语,也就有着"不同"之处了),而说前者是"紧张惊警",后者是"从容自然"。关于这一点,我们不知道林先生的论据之点是什么？是从诗人写作时的态度说呢,还是从诗本身所表现的东西说？如果就诗人写作时的态度说呢,则韵律诗也有急就之章,自由诗也有经过了长久的推敲才写出来的。如果就诗本身所表现的东西来说呢,则我们所碰到的例子,又往往和林先生所说的相反。如我的大部分的诗作,可以加之以"紧张惊警"这四个绝不相称的形容词吗？郭沫若,王独清的大部分的诗,甚至那些口号式的"革命诗"(这些都不是"四行诗"。然而都是音调铿锵的韵律诗),我们能说它们是"从容自然"的吗？

  我的意思是,自由诗与韵律诗(如果我们一定要把它们分开的话)之分别,在于自由诗是不乞援于一般意义的音乐的纯诗。……而韵律诗则是一般意义的音乐成分和诗的成分并重的混合体(有些人竟把前一个成分看得更重)。至于自由诗和韵律诗这两者之属是属非,以及我们应该何舍何从,这是一个更复杂而只有历史能够解决的问题。关于这方面,我现在不愿多说一句话。①

戴望舒认为"姿态"和"风格"这两个术语本身就含混不清,而从这两个术语出发来划清自由诗和韵律诗的界限更是毫无根据。戴望舒在自由诗和韵律诗上并未厚此薄彼,而是从诗歌的音乐性出发,认为自由诗是"不乞援于一般意义的音乐的纯诗",韵律诗则是"一般意义的音乐成分和诗的成分并重的混合体",两者孰是孰非、"何舍何从"以及它们在诗歌史上的价值和意义只能由历史来做出裁决。对于林庚的四行诗是否属于现代的诗,戴望舒得出了一个

---

① 戴望舒.谈林庚的诗见和"四行诗"[J].新诗,1936,1(2):227-228.

否定的结论:"从林庚先生的'四行诗'中所放射出来的,是一种古诗的氛围气,而这种古诗的氛围气,又绝对没有被'人力车','马路'等现在的骚音所破坏了。约半世纪以前掎扯新名词以自表异的诗人们夏曾佑,谭嗣同,黄公度等辈,仍然是旧诗人;林庚先生是比他们更进一步,他并不只掎扯一些现代的字眼,却掎扯一些古已有之的境界,衣之以有韵律的现代语。所以,从表面上看来,林庚先生的四行诗是崭新的新诗,但到它的深处去探测,我们就可以看出它的古旧的基础了。现代的诗歌之所以与旧诗词不同者,是在于它们的形式,更在于它们的内容。结构,字汇,表现方式,语法等等是属于前者的;题材,情感,思想等等是属于后者的;这两者和时代之完全的调和之下的诗才是新诗。而林庚的'四行诗'却并不如此,他只是拿白话写着古诗而已。"①

林庚在回应戴望舒的批评时指出,戴望舒"乞援"音乐来解说自由诗和韵律诗的区别也是不合理的,他在《质与文——答戴望舒先生》一文中反驳道:

> 自由诗与韵律诗的一种不同,当不妨说它为"质"与"文"也,"质"可以说是"刹那的新得","文"却是"质"在经过刹那之后而变成"一点蕴藏"了。我们常常在一个特殊情形下方得到领会一种诗情与真意,而在蕴藏之后却可以放之四海而皆有了。我所谓的惊警紧张,即指那新得的刹那,如"沧海月明珠有泪,蓝田日暖玉生烟"。我所谓的从容自然,即指那深厚的蕴藏,如"一春梦雨常飘瓦,尽日灵风不满旗"。前者偏于质,后者偏于文,平常的好诗则多在此之间,如"惟有相思似春色,江南江北送君归"等是,此固与口号式的革命诗(那根本不是诗)无干,亦与音调铿锵(那根本够不上音乐)无关也。它乃是纯粹完整的表现,故也非戴先生所指的诗的调子或情调的性质。我们常说"文质彬彬",其实质可以独有,文却不可以独有;独有之文是学来的,是假的;此即所以人人都仿佛会做诗也。诗的重要在"质",而诗的成功在"文";"文"即是不见其追求之痕迹表现出而其蕴藏之所得,故能从容自然,与日常生活打成一片。②

首先,林庚在理解戴望舒文中所谓的"音乐"时把它狭隘化了,准确地说戴望舒是指"诗的音乐性",而"诗的音乐性并不是一行一行诗句的问题,而是整首诗的问题"③;其次,林庚用"质"与"文"来比附自由诗和韵律诗,无论在理论

---

① 戴望舒.谈林庚的诗见和"四行诗"[J].新诗,1936,1(2):228-229.
② 林庚.质与文——答戴望舒先生[J].新诗,1937,1(4):491-492.
③ T.S.艾略特.诗的音乐性[M]//王恩衷.艾略特诗学文集.王恩衷,译.北京:国际文化出版公司,1989:185.

上还是在术语上都存在诸多无法自圆其说的矛盾,中国古典文论中的"文"与"质"到中国中古时期已成为一对重要的文学概念,绝大多数场合指作品语言的"文华"和"质朴"及以此为基础的作品的整体风貌。它适用于诗、赋与各体文章,故而被广泛使用。南朝刘勰、钟嵘均主张作品应以文质兼备为理想标准,其具体化则是文采与刚健明朗的风骨相结合。萧统、萧纲、萧绎等人虽更重视文采,但均以"文质彬彬"为批评标准。初盛唐时代的史家、文人继续提倡"文质彬彬"。盛唐之后文质论不再成为文论家的热门话题。① 林庚把这一对古典文学批评概念对应于现代诗歌体式,显然考虑欠周,即使这一对文学批评概念能够转化成现代文学批评术语,它们之间也未必能够构成一一对应的关系;林庚把"刹那的新得"看作"质",把"一点隐藏"看作"文"也有偏颇。陈伯海认为:"现代文论家每喜欢用'内容'与'形式'这对范畴来概括'质'与'文'之间的关系,其实并不确切。'质'作为事物的原质,与朴野、厚实、自然乃至古拙等习性相关联,并不同于一般的内容;而'文'作为'有意味的形式',亦有其自身的意蕴需求,不能归之于单纯的形式。"② 林庚混淆了中国古典文论的批评术语和现代诗歌体式各自范畴的应有规定性,做出这一种让人无法理解的比附,导致这一场争论无法达成一致意见,也不可能促进对新诗自由与韵律相辅相成关系之认识。然而,正当钱献之批评林庚的"四行诗"是以"白话文做旧诗"、戴望舒批评林庚的"四行诗"所放射出来的是"一种古诗的氛围气",是"拿白话写着古诗"时,著名的诗歌评论家、翻译家周煦良却认为林庚的《北平情歌》开创了"新诗音律的新局面",是"万水千程后的归真返朴"③,与前面二人的观念

---

① 王运熙在《文质论与中国中古文学批评》中认为:文质并提,最早见于孔子的《论语》一书。《论语·雍也》曰:"子曰:质胜文则野,文胜质则史。文质彬彬,然后君子。"何晏《集解》:"包(咸)曰:野,如野人,言鄙略也。史者,文多而质少。彬彬,文质相半之貌。"邢昺疏:"彬彬,文质相半之貌,言文华、质朴相半彬彬然,然后可为君子也。"包咸、何晏、邢昺都把文质理解为文华和质朴,文与质都指一个人的文化和修养、礼仪节文、言谈举止等而言。孔子认为如果一个人缺少文化修养,言辞朴拙,不讲礼仪,便如同草野之人;相反,如果过分地文饰言辞,讲究繁文缛节,就如同那些掌文辞礼仪的官(吏),多虚华不实之语。文与质相半,不过分偏向一方,那才是既有文化修养、又不虚浮不实的君子。后来魏晋南北朝以至唐代的文论,经常借用《论语》的这段话,用来评论文学,指文学作品的文华质朴,指以语言为基础的文与质两种不同文学风貌以及作家的总体风貌特征。文与质,均指文学的艺术风貌特征。至于以质指作品的思想内容的,那只是个别场合。
② 陈伯海."文"与"质":中国诗学的文辞体性论[J].学术月刊,2006(1):108.
③ 周煦良.北平情歌——新诗音律的新局面[J].文学杂志,1937,1(2):167.

截然相反,再一次涉及新诗中有关"新"与"旧"的问题。在这个问题上,T.S.艾略特的《传统与个人才能》给予了最好的回答。他认为:"诗人,任何艺术的艺术家,谁也不能单独的具有他完全的意义。他的重要性以及我们对他的鉴赏就是鉴赏对他和以往诗人以及艺术家的关系。你不能把他单独的评价;你得把他放在前人之间来对照,来比较。我认为这不仅是一个历史的批评原则,也是美学的批评原则。他之必须适应,必须符合,并不是单方面的;产生一件新艺术作品,成为一个事件,以前的全部艺术作品就同时遭逢了一个新事件。现存的艺术经典本身就构成一个理想的秩序,这个秩序由于新的(真正新的)作品被介绍进来而发生变化。这个已成的秩序在新作品出现以前本是完整的,加入新花样以后要继续保持完整,整个的秩序就必须改变一下,即使改变得很小;因此每件艺术作品对于整体的关系、比例和价值就重新调整了;这就是新与旧的适应。"[①]从艾略特的富于启示的观点中,我们可以看出,钱献之、戴望舒是从具体文类的演变或突变(断裂)的视角来判定林庚的四行诗是"旧诗",他们注重的是文类(诗)在发展过程中的演变或断裂的区别,而不是以普遍主义审美观来看待"新诗"与"旧诗"在本质上的一致性;林庚更多的是从艺术本体论的层面来衡量诗之为诗的依据,表面的形式问题是其为追求更完美的艺术时再考虑的问题,因此,李商隐、杜甫的七言诗在他看来也"无碍其为新诗"。但是,"新就不仅是一个美学范畴,它并不是仅仅专注于创新、惊人、超越、重新安排、疏导化等因素,这些因素正是形式主义理论所一再强调的,而且,新也是一个历史范畴"[②]。这也许就是林庚新诗观念的偏失。

三、林庚的意义

林庚从20世纪30年代就开始探索新诗的形式问题,从自由诗到韵律诗(四行诗、自然诗)直至新中国成立后的九言诗的形式实验,在今天看来存在诸多可供反思的空间。然而,从中国新诗百年来曲折的发展历史看,林庚的意义在于:首先,他指出了在诗之为诗的基础上,语言对于诗的重要性,由此形成的形式是区别于其他文类最重要的特性;其次,中国新诗是不同于传统诗词的一种新的诗歌样式,如何去"发现"传统诗词中可供利用的资源,林庚的形式实验

---

① T.S.艾略特.传统与个人才能[M]//王恩衷.艾略特诗学文集.卞之琳,译.北京:国际文化出版公司,1989:2.
② H.R.姚斯,R.C.霍拉勃.文学史作为向文学理论的挑战[M]//接受美学与接受理论.周宁,金元浦,译.沈阳:辽宁人民出版社,1987:44.

为后来的诗人、理论家提供了值得反思的诗学资源。

早在 20 世纪 30 年代，林庚就在《诗与自由诗》一文中反复申说文字、语言的重要性，"一提到自由诗，我们便感到一个以前所从没想到的问题，那便是文字的不够"，"自由诗之必于今日出现其实乃是一个当然的事，由于它的出现而生的文字问题也是当然不可免的一回事"，"所谓晦涩，所谓不易懂得，便是对于文字不能遵守平常狭义的应用，它是要更自由的利用其所有各方面的，所谓'印象'所谓'象征'不过是其中较显著之一端而已。这类的诗的文字必以自由且富有创造性的态度处之，故使其对于形式必不能受任何的拘束乃是当然的了"。随后，他又在《诗的语言》一文中强调："诗是一种不平常的语言，因其不平常，所以它成为一种独特的文体，它有它独特的形式——独特的语言形式，否则我们就大可以称一首诗为一篇好的散文。"① 由此可以看出，林庚与其他诗歌理论家的不同：（一）林庚始终坚持诗之为诗的基本前提，"'诗'原只是一种特殊的语言，诗如果没有形式，就是散文、哲学、论说，或其他什么，反正不是诗"，并对"诗"与"诗意"的界限做了清明的划分（"诗意"代表了一切"艺术的意境"，并不等于"诗"）。② （二）林庚诗歌形式理论既不是从传统惯例出发，也不是从内容与形式的关系来考虑，甚至不同于结构主义对作者与读者的双重考虑，而是建立在最基本也最深刻的语言基础上的。他认为，形式不是由"内容"决定的，而是由语言决定的。这一认识非同小可，能够澄清新诗创作和理论批评中许多似是而非的问题。对林庚本人而言，也正由于这一重要理论前提的自明，他提出两个非常重要的理论观点：第一，既然诗歌形式是由语言决定的，那么，汉语诗歌就必须根据汉语的特点来建构自己的诗歌形式。林庚追索了先秦以来语言与形式的互动关系，提出新诗必须根据变化了的语言考虑形式问题，认为面对更加逻辑化的现代汉语，必须依靠诗歌的力量使之得到解放和新生。第二，作为新诗形式的具体建构，林庚对关键的建行问题进行了非常细致的研究，发现汉语诗歌以"半逗律"组织节奏的特点，并依现代汉语的特点，实践与构想了新的建行方案。

林庚新诗理论不以数量取胜，却自成体系且非常重要。其意义在与之前之后的理论的比较中会看得更加明显：闻一多也是一个对诗歌形式非常重视并在新诗格律化方面提出重要见解的学者型诗人，但他主要参照西方资源，不完全符合汉语特殊语言形态；冯文炳借助晚唐诗歌为新诗张目，为区分"古典

---

① 林庚.诗的语言[M]//问路集.北京：北京大学出版社，1984：195.
② 林庚.再论新诗的形式[M]//问路集.北京：北京大学出版社，1984：204-205.

诗歌"与"新诗"的不同,提出"古典诗歌形式上是诗的,内容上却是散文的;新诗形式上是散文的,而内容上却是诗的",区分虽然简便,却割裂了形式与内容的深刻联系。晚近的叶维廉、郑敏等人也非常注意从语言学角度研究,但他们更关心汉语的普遍特质,尚未展开对现代汉语与诗关系的研究。林庚很可能是对新诗内心经验的形式化做过最深探索的学者之一。①

林庚对中国新诗语言与形式的实验和总结虽不能说是成功的,但是,他为中国新诗发展过程中语言与形式之关系提供了重要的、供人引以为鉴的诗学资源。这一可供鉴照的诗学资源就是林庚看待中国古典文学传统的眼光及其以普遍主义诗学话语来谈论中国新诗造成的偏失的方法。段从学认为,受"五四"以来中国现代性发展思路的影响,林庚的古典文学研究是立足于新文学的发展和创造需要之上的,更具体地说他的古典文学研究是为其新诗创作服务的。他的这种立足新文学之创造和发展的眼光,"其价值重心是线性时间中的未来,强调未来对过去的'发现',新文学发展的需要决定了古典文学传统的形态和价值秩序,而不是过去的传统决定了新文学的未来"。但是,林庚这种研究古典文学的思路和现代眼光不仅未得到古典文学研究者的重视,也为当下众多研究中国新诗的学者所忽略。段从学认为,中国现代新诗史上存在着三种谈论新诗的基本思路:

> 胡适等人当初倡导现代白话新诗的时候,谈论新诗的立足点是新诗与旧诗的差异,这种言说思路在为新诗自身开创了独立话语空间的同时,又阻碍了新诗与古典诗歌传统的交流。有鉴于此,周作人等抛弃把新诗当作一种与古典诗歌完全不同的历史经验来对待的思路,借助与中国古典诗学中的"兴"这个核心范畴与西方象征主义诗学观念之间的相同之处,打通了新诗与古典诗歌传统之间的有机联系,另外开辟了在普遍主义的文学话语空间中来谈论新诗的言路。这种言路虽然成功地打通了新诗与旧诗、新诗与西方诗歌的有机联系,但却受制于西方现代知识社会学的理论前提,把论述空间收缩到了文学话语自身内部。论及概括和理论抽象的必然代价是牺牲历史经验的复杂性,所以这种普遍主义的诗学话语虽然借助于现代西方知识社会学的假定性逻辑解决了新诗与古典诗歌传统之间的历史性差异问题,但随之而来的一个问题就是未对新诗自身的历史特征给予充分的重视,把新诗自身的问题和一般意义上的文学问题等同了起来。第三种言说思路,是在诗与现实生活的关系中谈论新诗,强

---

① 王光明.林庚的意义[J].文学前沿,2000(2):5-6.

调新诗与现代生活之间的密切关联。以《现代》杂志为中心的"现代派"诗人群和左翼诗人之间的差别虽大,但都是在诗与现实的关系这个维度上来谈论新诗,强调新诗与现实生活的密切联系,重视现代题材之于现代新诗的重要意义。这种言说思路,恰好构成了普遍主义的诗学思路的补充,把新诗当作一种有着自身特殊的内涵的历史存在来对待。①

林庚是在普遍主义的诗学话语空间中来谈论新诗的,他关注的是诗与散文之间文类的不同,而不是新诗与旧诗之间的差异,也不是新诗与现代生活之间的现实关联。林庚认为文学作品主要包含三个层面的要素:第一个层面的内容是人类根本的情绪。这是亘古不变的,无所谓新旧,也不会发展。第二个层面的内容是题材,也就是文学作品所写到的事物。林庚认为,文学作品的题材虽然千差万别,但由于题材只是表现亘古不变的人类的根本情绪的材料,因此"这也是似变而实不变的"。第三个层面的内容是感觉,"那便是怎样会叫一个情绪落在某一件事物上,或者说怎样会叫一件事物产生了某种情绪的关键"。人类的根本情绪不变,所写的题材也是似变其实也不变,那么,文学的发展只有在感觉的变化上体现出来,"感觉的敏锐与深入固无关乎作品的伟大与否,因伟大的成分是在情绪上;但感觉的进展,却确是人类精神领域的园丁;有了这进展所以才有一代一代不同的诗"②。基于这样的诗学观念,林庚认为,胡适等人当初提出的新诗与旧诗的历史差异问题,施蛰存等"现代派"诗人关注的现代生活题材问题,都不是现代新诗之所以是新诗的关键。新诗之新,在于它"利用了所有语言上的可能性","追求到了从前所不易亲切抓到的一些感觉与情调","启示着人类情感中以前所不曾察觉的一切"③。林庚之所以能够打通古典诗歌传统与我们所说的现代新诗的关联,甚至把唐诗也当作一种"新诗"来对待,显然正是得力于上述这种普遍主义的文学史观。然而,林庚在打通中国新诗与古典诗歌传统关联的同时,实际上又暗中取消了中国新诗的历史内涵,把我们通常所说的中国新诗转化成了一种普遍意义上的艺术创造性,拓展了人类感觉领域的诗歌。历时性的差异并非新诗之所以为新诗的关键之所在,林庚因此把谈论中国新诗的理论起点放到了诗与散文的共时性差异上。由于林庚并不觉得题材对象的变化对新诗之新有什么意义,所以在诗与散文

---

① 段从学.现代新诗视野与古典文学传统[J].北京大学学报:哲学社会科学版,2007(4):136-138.
② 林庚.诗的韵律[M]//问路集.北京:北京大学出版社,1984:172-173.
③ 林庚.诗与自由诗[J].现代,第6卷第1期,1934,6(1):56-59.

的共时性差异这个层面上,他最终找到的就只能是两者在语言形式上的区别。林庚之所以放弃自由诗写作,转而从语言形式的角度来谈新诗,最终把新诗的根本问题放在诗行建设上,理由就在这里。从我们所说的中国新诗的立场看,林庚的理论起点是"永恒人性"这个普遍主义诗学话语的逻辑前提,而不是新诗自身的历史状况。由于未意识到题材对象之发展变化的历史意义,林庚一直都在封闭的审美主义文学话语内部来谈论新诗。他心目中的诗歌史,不是发展而是循环的。在诗体形式这个层面上,林庚所理解的诗歌史乃是打破既有形式的自由诗和有一定形式的格律诗两种诗体循环交替的历史。林庚之断言新诗必将从没有形式的自由诗转向格律诗,并且根据中国古典诗歌的历史形态,选择了九言诗为新诗的基本形式,根据的就是这种循环的文学史观。①这就使其充满活力的现代性文学史观重新退回到僵化、封闭的道路上去了。

第二节　废名的自由诗观念

废名于 1929 年毕业于北京大学英国文学系,经周作人推荐任北京大学中国文学系讲师。1936 年,废名在北京大学开设"现代文艺"课程,主要讲新诗。② 在这门课的讲义中,废名纵论古今,将新诗从内容到形式与旧体诗进行了比较,并结合自己的写诗体会,对当时中国新诗坛有代表性的新诗人胡适、沈尹默、刘半农、鲁迅、周作人、康白情、"湖畔"四诗人、冰心、郭沫若等人的创作进行了细致入微的剖析,尤其是对新诗坛元勋胡适的"白话诗"理念的反思及他的《尝试集》的重评,为当时的新诗坛提供了全新的视角,重新检审"五四"至 20 世纪 30 年代中国新诗与中国以往的诗文学及西洋诗的复杂纠缠。抗战爆发后,废名南归。1946 年,废名重返北京大学,又续写新诗讲稿四篇(《〈十年诗草〉》《林庚同朱英诞的新诗》《〈十四行集〉》《〈妆台〉及其他》)。1984 年 2

---

① 段从学.现代新诗视野与古典文学传统[J].北京大学学报:哲学社会科学版,2007(4):136-138.

② 《谈新诗》是冯文炳 20 世纪 30 年代中期在北京大学中文系开设"现代文艺"课程的讲义,共十二章。20 世纪 40 年代由黄雨编定,并由周作人作序,于 1944 年 11 月被列为"艺文社艺文丛书"之五,由北平新民印书馆出版。周作人在《谈新诗·序》中这样写道:"废名在北京大学当讲师,是胡适之兼任国文学系主任的时候,大概是民国二十四年至二十六年。最初他担任散文习作,后来添了一门现代文艺,所讲的是新诗,到第三年预备讲到散文部分,卢沟桥的事件发生,就此中止,这是很可惜的一件事。"

月,人民文学出版社将废名于抗战前后所编写的这两部分新诗讲稿合并,增加《新诗问答》一篇,出版《谈新诗》;1998年3月,由陈子善编订《论新诗及其他》作为"新世纪万有文库·近世文化书系"之一种出版,正文为废名抗战前之新诗讲稿,附录收入抗战后所撰新诗讲稿,及《新诗问答》等论诗文章。此后,还有多种版本印行。废名在《谈新诗》一书中,对二十年来中国新诗坛重要新诗人创作的成败得失做了独特而深入的剖析,还发掘了鲜为人知的新诗人朱英诞,进而对新诗的发展前景提出自己的见解——新诗应该是自由诗。

废名的新诗观念既不同于第一个十年胡适与传统诗词曲决裂、别立新宗的新诗观念,也区别于闻一多、徐志摩向西洋诗借鉴形式质素创造新格律诗的做派,而是公开表白自己"对于新诗的一点意见,可以说是从旧诗看来的"。他所谓的旧诗,"乃指着中国文学史上整个的诗的文学而说"。① 废名的新诗观念是从谈论中国传统诗文学出发的,他认为:

> 中国的诗的文学,到宋词为止,内容总有变化,其体裁也刚刚适应其内容,那一些诗人所做的诗都应该算是"新诗",而这些新诗我想总称之曰"旧诗",因为他们是运用同一性质的文字。初期提倡白话诗的人,以为旧诗词当中有许多用了白话,因而把那些诗词认为白话诗,我以为那是不对的,旧诗词,我所称的"旧诗",实在是在一个性质之下运用文字,那里头的"白话"是同单音字一样的功用,这便是我总称之曰"旧诗"之故。②

废名指明旧诗虽然随着时代的变化,内容会有变化,但是它们"是在一个性质之下运用文字","体裁也刚刚适应其内容",因而它们依然还是旧诗,初期白话诗的倡导者们误认为它们是白话诗的源流,这是错误的。废名继而提出自己的新诗观念,"我们的新诗首先要看我们的新诗的内容,形式问题还在其次","新诗要别于旧诗而能成立,一定要这个内容是诗的,其文字则要是散文的"③。在随后的论新诗文字中,废名通过将新诗与旧诗进行比较,多次申说新诗与旧诗的界线:

> 如果要做新诗,一定要这个诗是诗的内容,而写这个诗的文字要用散文的文字。以往的诗文学,无论旧诗也好,词也好,乃是散文的内容,而其所用的文字是诗的文字。我们只要有了这个诗的内容,我们就可以大胆的写我们的新诗,不受一切的束缚,"不拘格律,不拘平仄,不拘长短;有什

---

① 废名.新诗问答[M]//陈子善.论新诗及其他.沈阳:辽宁教育出版社,1998:207-208.
② 废名.新诗问答[M]//陈子善.论新诗及其他.沈阳:辽宁教育出版社,1998:210.
③ 废名.新诗问答[M]//陈子善.论新诗及其他.沈阳:辽宁教育出版社,1998:211.

么题目,做什么诗;诗该怎样做,就怎样做",我们写的是诗,我们用的文字是散文的文字,就是所谓自由诗。①

废名在此反复强调新诗区别于旧诗在于它是"诗的内容"和"散文的文字",然而,他在自己的论新诗的文章中自始至终都未对这两个核心质素做出明确的界定。因此,审慎辨析"诗的内容"和"散文的文字"就成为理解废名"新诗应该是自由诗"观念的关键的一环。

一、"诗的内容"

废名在《谈新诗》中念兹在兹的新诗之为诗的存在依据是"诗的内容",但是,他却始终含糊其辞,并不明言,而是通过将新诗与旧诗进行对比让读者自己琢磨。在《新诗问答》中,当论及"什么是新诗的内容"时,废名指出:"这个我们还得谈旧诗。我说旧诗的内容尽有变化,其运用的文字却是一个性质,然而旧诗之所以成为诗,乃因为旧诗的文字,若旧诗的内容则可以说不是诗的,是散文的。"但是,旧诗中也不乏特例,如陈子昂的"前不见古人,后不见来者,念天地之悠悠,独怆然而涕下"等诗句中正有"诗的内容",李商隐的"我是梦中传彩笔,欲书花叶寄朝云"也不是散文的意义而是诗的,废名认为这些诗含有"诗的内容",因而正是"新诗的内容",他把这类诗视为旧诗中"例外的诗"。与此相对比,废名认为"姑苏城外寒山寺,夜半钟声到客船"所以成为诗,乃在于其"文字"的缘故,其意义是"散文的意义"。由此废名提出新诗之为新诗最核心的观点:新诗要别于旧诗而能成立,一定要这个内容是诗的,其文字则要是散文的。旧诗的内容是散文的,其文字则是诗的,不关乎这个诗的文字是否扩充到白话。此后,废名在北京大学的新诗教学中仍然从考察以往的诗文学出发,更系统地阐述了这一观点。他重提陈子昂的《登幽州台歌》属于旧诗里例外的作品,正有"诗的内容",并对照"木末芙蓉花,山中发红萼。涧户寂无人,纷纷开且落"和"床前明月光,疑是地上霜。举头望明月,低头思故乡"等诗句来论证他所谓的旧诗的内容是"散文"的观点,由此进一步肯定"旧诗绝句有因一事的触发当下便成为诗的,这首诗的内容又正是新诗的内容"。废名还举李商隐的绝句《东南》"东南一望日中乌,欲逐羲和去得无?且向秦楼棠树下,每朝先觅照罗敷",指出这样的"诗的内容"旧诗实在装不下,因此,虽然文胜质,但也确实有"诗的内容"。废名认为,胡适由于对以往的诗文学认识不够,所以其白话诗所掀起的"第四次的诗体大解放"把新诗导入"白话韵文"的尴尬境地里

---

① 废名.新诗应该是自由诗[M]//陈子善.论新诗及其他.沈阳:辽宁教育出版社,1998:22.

了。他明确指出，"援引以往的诗文学里的'白话诗'做我们的新诗前例，便是对以往的文学认识不够……旧诗词里的白话诗与非白话诗，不但填的是同一谱子，而且用的是同一文法"，"旧诗向来有两个趋势，就是'元白'易懂的一派同'温李'难懂的一派，然而无论哪一派，都是在诗的文字之下变戏法"①。在废名看来，"元白"派和"温李"派都是在"诗的文字"下变戏法，都属于旧诗，但"温李"派却在"诗的文字"下拥有"诗的内容"，含有当时新诗发展的趋势，因为"李商隐的诗应是'曲子缚不住者'，因为他真有'诗的内容'。温庭筠的词简直走到自由路上去了，在那些词里表现的东西，确乎是以前的诗所装不下的"②，由此废名视"温李"为代表的一脉诗词为旧诗中的"例外"，并由此推想："这一派的诗词存在的根据或者正有我们今日白话新诗发展的根据。"③废名以旧诗中"例外的诗"含有"诗的内容"作为推断中国新诗存在的依据，这无疑是一个危险的逻辑推断。因为要做一个跨越古今的勾连和论证，这对一个理论家来说是冒险的，事实也证明废名的新诗观的晦涩不仅给读者的理解带来难度，也给后人对其接受带来难度。然而，若是对废名的"诗的内容"所涵盖的真实内涵有所领悟，也就能够真正理解其"诗的内容"意义所在。

纵观废名在抗战前后的新诗讲稿，"诗的内容"在废名非常个性化的话语系统中包含两方面的含义：一是诗的"内容"，它是指诗歌的内质，随着时代的变迁而变化，亦因诗人而异；二是"诗"的内容，强调诗之为诗所含有的"诗"性。从废名的相关论述中可以看出，单纯有诗的"内容"而没有"诗"的内容，不能算新诗。"诗的内容"两方面的含义关涉废名对两个问题的思考，一个是"五四"以来新诗一直存在的问题，即"什么是新诗"的问题；另一个问题是对20世纪30年代的诗人而言，诗的"内容"是什么，属于"写什么"的问题。从"什么是新诗"这一层面来看，废名的"诗的内容"指"诗"的内容，与"散文的内容"相对，强调的是内容的"诗"性。新诗的诗歌内容需要有"诗"的内容才成其为诗，旧诗的诗歌内容若有"诗"的内容则称其为旧诗中的"例外"。废名对新诗内容的"诗"性的强调和凸显，一方面体现了他对"五四"以来中国新诗"诗"性缺失问题的醒觉，另一方面也暴露了他对传统诗词"诗"性存在的偏见，只承认"温李"

---

① 废名.新诗应该是自由诗[M]//陈子善.论新诗及其他.沈阳：辽宁教育出版社，1998：22-23.
② 废名.新诗应该是自由诗[M]//陈子善.论新诗及其他.沈阳：辽宁教育出版社，1998：23.
③ 废名.新诗应该是自由诗[M]//陈子善.论新诗及其他.沈阳：辽宁教育出版社，1998：24.

为代表的一脉诗词才有"诗"的内容,它们只是旧诗中的"例外"。

在对以往诗文学的重申中,废名探索到新诗之为诗的发展路径。他把自己从以往的诗文学传统中发现并对赋予特定内涵的"诗的内容"作为评判新诗是否成其为诗的标准,对新诗与旧诗的区分做出了明确的界定:

> 我们的新诗一定要表现着一个诗的内容,有了这个诗的内容,然后"有什么题目,做什么诗;诗该怎样做,就怎样做。"要注意的这里乃是一个"诗"字,"诗"字该怎样做就怎样做。①
>
> ……
>
> 如果要做新诗,一定要这个诗是诗的内容,而写这个诗的文字要用散文的文字。②

"诗的内容"成为废名判断诗是否是新诗的重要标尺。这一标尺虽未准确界定,但废名却在评价"五四"以来的新诗时"随处发挥"出来。废名对"诗的内容"进行第一次"随处发挥"是在评论胡适《蝴蝶》一诗时展开的。胡适认为,诗里"所含的情感,便不是旧诗里头所有的,作者因蝴蝶飞,把他的诗的情绪触动起来了,在这一刻以前,他是没有料到他要写这一首诗的,等到他觉得他有一首诗要写,这首诗便不写亦已成功了,因为这个诗的情绪已自己完成,这样便是我所谓诗的内容,新诗所装得下的正是这个内容"③。可见,废名所言的"诗的内容"是与旧诗情生文、文生情不一样的"诗的情绪",是"不写亦已成功","诗的情绪自己完成",这是废名所感受的"诗的内容"的具体特征。他接着对照分析陈子昂的《登幽州台歌》,认为它是"旧诗里例外的作品",其"例外"也正因为有这种无法用散文来改写的"诗的情绪"。这种例外地潜涌于《登幽州台歌》里的"诗的情绪"正是新诗尝试出来的"一线的光明",由此呈现"诗的内容"的"当下完全"性特征。对于"诗的内容",废名还用"严装"和"便装"打比方:旧诗是"严装"的,是用诗的文字去装散文的内容,如果"便装"用诗的文字去装诗的内容则装不下。通过对当时新诗坛重要诗人诗作的分析以及和旧诗的对照,废名的"诗的内容"的大致面貌呈现出来了。类似的诗作分析中对"诗的内容"的随处发挥还有:

---

① 废名.新诗应该是自由诗[M]//陈子善.论新诗及其他.沈阳:辽宁教育出版社,1998:19.
② 废名.新诗应该是自由诗[M]//陈子善.论新诗及其他.沈阳:辽宁教育出版社,1998:22.
③ 废名.尝试集[M]//陈子善.论新诗及其他.沈阳:辽宁教育出版社,1998:5.

>诗之来是忽然而来，即使不写到纸上而诗已成功了。①
>……
>一时忽然而来的情绪……这个情绪大约总是当下完成的。②
>……
>新诗要写得好，一定要有当下完全的的诗。③
>……

由上观之，在废名非常个人化的新诗话语系统中，"诗的内容"之"内容"的内涵很宽泛，它可以囊括情绪、情感、感觉等诗歌内容。废名特别强调"诗"性，突出"诗"的本体艺术，其话语系统中的"诗的内容"其实是"诗"的意义上的情感或意绪，这种"诗"性大致呈现为"当下完全""整个的"、天然、即兴、自然、新鲜、充足等特征，其中最核心的特征便是"当下完全"与"完整天然"。

二、"散文的文字"

废名在论及新诗的另外一个核心要素"散文的文字"时，其考察的出发点依然是中国的传统诗词。他在《新诗应该是自由诗》中说："中国的新诗，即是说用散文的文字写诗，乃是从中国以往的诗文学观察出来的。"废名对胡适的"诗体大解放"观点进行了透辟的分析：

>胡适之先生所谓"第四次的诗体大解放"，不拘格律，不拘平仄，不拘长短，有什么题目做什么诗，诗该怎样做就怎样做，——这个论断应该是很对了，然而他的前提夹杂不清，他对于以往的诗文学认识得不够。他仿佛"白话诗"是天生成这么个东西的，以往的诗文学就有许多白话诗，不过随时有反动派在那里做障碍，到得现在我们才自觉了，才有意的来这么一个白话诗的大运动。援引以往的诗文学里的"白话诗"做我们的新诗前例，便是对于以往的文学认识不够，我们的新诗运动直可谓之无意识的运动。旧诗词里的"白话诗"，不过指其诗或词里有白话句子而已，实在这些诗词里的白话句子还是"诗的文字"。换句话说，旧诗词里的白话诗是非白话诗，不但填的是同一谱子，而且用的是同一文法。④

---

① 废名.尝试集[M]//陈子善.论新诗及其他.沈阳：辽宁教育出版社，1998：7.
② 废名.尝试集[M]//陈子善.论新诗及其他.沈阳：辽宁教育出版社，1998：8-9.
③ 废名.冰心诗集[M]//陈子善.论新诗及其他.沈阳：辽宁教育出版社，1998：117.
④ 废名.新诗应该是自由诗[M]//陈子善.论新诗及其他.沈阳：辽宁教育出版社，1998：22.

废名在此指出胡适"诗体大解放"的观点是对的,但是他把"白话诗"看成今日新诗的"前例"却错了。胡适所谓的旧诗词里的白话诗其实只是"白话句子",它们还是"诗的文字",因为它们"不但填的是同一谱子,而且用的是同一文法"。废名还援引传统诗词"姑苏城外寒山寺,夜半钟声到客船""细雨梦回鸡塞远""帘卷西风,从(人)比黄花瘦""平冈细草鸣黄犊,斜日寒林点暮鸦"等,阐明中国旧诗和散文以及西洋诗"文法"的不同:

> (这些)都是诗词里特别见长的,这些句子里头都没有典故,没有僻字,没有代字,我们怎么能说它不是白话,只是它的文法同散文不一样而已。我们要描写半夜里钟声之下客船到岸这一件事情,用散文写另是一样写法,若写着"夜半钟声到客船",便是诗了,我们一念起来就觉得这件事情同我们隔得很远,把我们带到旧诗境界去了。中国诗里简直不用主词,然而我们读起来并不碍事,在西洋诗里便没有这种情形,西洋诗里的文字同散文里的文字是一个文法。故我说中国旧诗里的文字是诗的文字。①

废名强调中国旧诗有自己的文法,强调传统诗词的"诗法"。它没有主词、由于单音字的灵活应用,句法上经常出现倒装,名词、形容词经常可以活用,甚至前置或者后置……如此,它区别于散文的文法,也不同于西洋诗逻辑比较严密的文法。

基于上述观念,废名在考察中国以往的诗文学后指出:"旧诗向来有两个趋势,就是'元白'易懂的一派同'温李'难懂的一派,然而无论那一派,都是在诗的文字之下变戏法。他们的不同大约是他们的词汇,总觉不是他们的文法。而他们的文法又绝不是我们白话文学的文法。至于他们两派的诗都是同一的音节,更是不待说的了。胡适之先生没有看清楚这根本的一点,只是从两派之中取了自己所接近的一派,而说这一派是诗的正路,从古以来就做了我们今日白话新诗的同志,其结果我们今日的白话新诗反而无立足点,元白一派的旧诗也失其存在的意义了。"②因此,废名认为胡适的《尝试集》"表面上是有意做白话诗而骨子里同旧诗的一派结了不解之缘",他指出胡适的《一笑》"只是调子,即是可以不必写那么的四节十六行,作者将一点'烟士披里纯'敷衍成许多行

---

① 废名.新诗应该是自由诗[M]//陈子善.论新诗及其他.沈阳:辽宁教育出版社,1998:22-23.

② 废名.新诗应该是自由诗[M]//陈子善.论新诗及其他.沈阳:辽宁教育出版社,1998:23.

的文字而已";《醉与爱》虽然有些句子"写得很自然",初读不觉得是在"凑句子叶韵"。但是,"新诗这样写下去已经渐渐走到死胡同里去"。后期的新诗作家有心做"诗"了,与旧诗的因缘少了,他们根本上就不理会旧诗,只是自己做自己的诗,却出现了另外一种偏颇:

  既然叫作"做诗",总一定不是写散文,于是他们不知不觉的同旧诗有一个诗的雷同,仿佛新诗自然要有一个新诗的格式。而新诗又实在没有什么公共的,一定的格式,像旧诗的五言七言近体古体或词的什么调什么调。新诗作家乃各奔前程,各人在家里闭门造车。实在大家都是摸索,都在那里纳闷。与西洋诗稍微接近一点的人又摸索西洋诗里头去了,结果在中国新诗坛上又有了一种"高跟鞋"。①

废名既不认同胡适充满词调、曲调的白话诗为新诗,也不认同闻一多、徐志摩等格律诗派借鉴西洋诗体形式要素写的新格律诗是新诗,他认为在"新诗的途径上只管抓着韵律的问题不放手","正是张皇心理的表现"。他提出关于新诗的另一个核心观点——白话新诗是用散文的文字自由写诗。所谓"散文的文字",便是说新诗里要是散文的句子。废名认为:"我们的白话新诗是要用我们自己的散文句子写。白话新诗不是图案要读者看的,是诗给读者读的。新诗能够使读者读之觉得好,然后普遍与个性二事俱全,才是白话新诗的成功……文字这件事情,化腐臭为神奇,是在乎豪杰之士。五七言诗,与长短句词,则皆不是白话新诗的文字,他们一律是旧诗的文字。"②

废名从中国以往的诗文学中推想出新诗区别于旧诗的界线是——如果要作新诗,一定要这个诗是诗的内容,而写这个诗的文字要用散文的文字。以往的诗文学,无论旧诗也好,词也好,乃是散文的内容,用的文字是诗的文字。因此,当他重评胡适的《尝试集》中的诗时,认为"《蝴蝶》算得一首新诗,而'枯藤老树'是旧诗的滥调而已",他指出,"新诗与旧诗的分别尚不在乎白话不白话,虽然新诗所用的文字应该标明是白话的。旧诗有近乎白话的,然而不能因此就把这些旧诗引为新诗的同调";《一颗星儿》诗的句子也写得好,清新自然;《晨星篇》是真正的"胡适之体诗",句子好,音节也好,没有松懈的地方。而《一笑》却是借着灵感"铺张成篇而已";《醉与爱》虽然"句子写得很自然",但是有

---

① 废名.新诗应该是自由诗[M]//陈子善.论新诗及其他.沈阳:辽宁教育出版社,1998:21.
② 废名.以往的诗文学与新诗[M]//陈子善.论新诗及其他.沈阳:辽宁教育出版社,1998:34.

凑句子叶韵之嫌。废名对以往诗文学的考察和对早期新诗的重评彰显了自己关于新诗是有"诗的内容"、用"散文的文字"自由写成的诗的观念。

三、"文法"与"诗法"

废名通过考察中国以往诗文学的特征来寻求中国新诗存在的依据在20世纪30年代独具特色。在其非常个人化的话语系统里,"诗的内容""散文的内容""诗的文字""散文的文字"等术语成为区别新诗与旧诗的重要概念,但由于其话语系统极具个人色彩,而废名本人又未对它们做明确界定,所以充满晦涩难解的色彩。但若结合废名的新诗观念,深入其《谈新诗》文本内部仔细辨析,还是能够理解这些术语的。

正如本节前两部分所述,所谓"诗的内容"在废名心目中指"情绪""感觉""想象";所谓"散文的内容"是"情生文,文生情的",旧诗人即使"有所触发",其"诗的内容"也无法在旧诗的形式中容纳进去,"好像它应该是严装,而它便装了"①。废名在此并未真正道出"诗的内容"与"散文的内容"的区别,他像胡适一样犯了"内容至上主义"的毛病。胡适当年提出"以质救文胜之弊",认为"诗须要用具体的做法,不可用抽象的说法",强调"内容"是外部世界的客观现实;废名强调的"内容"是"感觉""想象"或"幻想",然而,这些属于诗人经验领域的元素是否不经诗人心灵的"白金丝"的"化合作用"就可以直接成为诗呢?众所周知,无论是外部世界的客观具体性还是人类情感领域的真实性,它们都只是诗歌的原材料,而不是诗。其次,何谓"诗的文字"和"散文的文字"?废名也未能给出一个确定的答案,只是在文章中这样说:"旧诗词里的'白话诗',不过指其诗或词里有白话句子而已,实在这些诗词里的白话句子还是'诗的文字'。换句话说,旧诗词里的白话诗与非白话诗,不但填的是同一谱子,而且用的是同一文法……中国诗里简直不用主词,然而我们读起来并不碍事,在西洋诗里便没有这种情形,西洋诗里的文字同散文里的文字是一个文法。故我说中国旧诗里的文字是诗的文字。"②由此可知,废名所谓的"诗的文字"强调的是文言的"文法",正如他自己所说的,无论是"元白"易懂的一派,还是"温李"难懂的一派,都是"在诗的文字之下变戏法",都是"旧诗";在谈到"散文的文字"时,废名同样语焉不详,只是笼统地说"散文的文字,便是说新诗里要是散文的句

---

① 废名.尝试集[M]//陈子善.论新诗及其他.沈阳:辽宁教育出版社,1998:5-6.
② 废名.新诗应该是自由诗[M]//陈子善.论新诗及其他.沈阳:辽宁教育出版社,1998:22-23.

子","白话新诗是要用我们自己的散文句子写"①,废名所谓的"散文的文字"是否指经过西方语法和严密的逻辑思维"洗礼"过的当时的"欧化"文法？然而,从诗歌作为特殊的文类出发,从浅层次上看,诗歌语言应该遵循其所处时代的"文法",但是,从更深的层次考察,诗歌语言应该遵循"诗法"。② 从"文法"与"诗法"的层面理解诗歌语言和散文语言的不同,我们可以看出,"诗意味着决定改变语言的功能"③,因而,诗歌与散文的区别也就是其所运用语言的方式的区别,正如王光明所说:"散文像走路,他对语言的运用,遵循的是语法,与日常语言没有大的区别;而诗歌像跳舞,遵循的是诗法,因此更重视语言要素的综合运用,更注意语言的音、意、象,更注意通过形式与记忆的运用突破语言的限制,抵达言外之意、弦外之音的境界。可以认为,诗歌思维及其语言和形式上诸多传统惯例,包括重视感觉与想像,以及分行建节、意象的寻找、结构的安排和节奏的注意,在某种意义上,都是一种完善语言和增加语言活力的追求。"④另外,废名关于新诗与旧诗在性质上的差异的论断也较为偏激,孙玉石对此深入分析后认为:"废名不是要否定旧诗,但却是用了一个现代性的尺度去框束旧诗。他意在寻找和肯定传统诗中与中国新诗内容中应有的现代性特质相吻合呼应的东西。但是他没有全面地看到,在中国传统诗的发展中,对于音律的追求和衍变,这也是它们艺术自身的一个很大的进步和特色;同时,也没有更深地看到,这种音乐成分的介入已经与诗的内容本身形成为完整的一体,并增强了诗质的表现和完成。而且,事实上,就在这一个传统的体式中,一些伟大的或杰出的诗人也已经以各不相同的个性与风格,诗情和格调,创造出了丰富的成果。他们把中国传统诗歌的艺术,推进到了世界文学宝库中异常辉煌的高度。废名对于自身追求的新诗美学尺度之外的传统诗内容方面的诗的特质的过分漠视,把这些诗的内容均归为散文的内容,这本身就是对于旧诗整体性观察的一种很大的偏颇。这样做的结果,他就必然地把一部分诗人以外的中国传统诗的主流,在内容方面的诗的特质,都排斥在诗的范畴之外,一概说成了内容是散文的了(尽管这'散文的'一词在他可能并不是贬意)。"⑤

---

① 废名.以往的诗文学与新诗[M]//陈子善.论新诗及其他.沈阳:辽宁教育出版社,1998:33-34.
② 王光明.现代汉诗的百年演变[M].石家庄:河北人民出版社,2003:102-112.
③ 瓦莱里.论诗[M]//文艺杂谈.段映虹,译.天津:百花文艺出版社,2002:336.
④ 王光明.现代汉诗的百年演变[M].石家庄:河北人民出版社,2003:141-142.
⑤ 孙玉石.对中国传统诗现代性的呼唤——废名关于新诗本质及其与传统关系的思考[J].烟台大学学报:哲学社会科学版,1997(2):3-12.

第三节　自由诗与语言表现策略问题

林庚和废名在 20 世纪 30 年代中国新诗坛上的意义不同寻常，他们两人都试图回到中国传统诗词中探寻中国新诗存在的依据，在对中国新诗发展的不屈探索中，他们对中国新诗语言形式的关注留下诸多可供反思的空间。另一路受西方现代主义诗风影响的诗人、诗论家（如卞之琳、何其芳等），同样关注新诗语言的表现手法，虽然他们与林庚、废名的寻求取向不同，但同样在探索中国新诗新的表现策略，也同样遭遇诗坛的辩难和随之而来的同道们（周作人、沈从文）的抗辩。但无论是林庚、废名还是卞之琳、何其芳，他们的追求和探索都推进了 20 世纪 30 年代中国新诗的发展。

一、意义的寻求还是诗艺的探索

在中国新诗理论发展史上，梁实秋虽算不上举足轻重的大家，但他早期的《〈草儿〉评论》《读〈诗底进化的还原论〉》《〈繁星〉与〈春水〉》《现代中国文学之浪漫的趋势》以及《新诗的格调及其他》等论文却是新诗理论文献中的重点篇章，它们在某种程度上都涵括了早期中国新诗在寻求现代性过程中的真知灼见。梁宗岱是中国新诗理论发展史上一位十分重要的理论家，其《诗与真》《诗与真二集》是新诗理论的经典之作，其中的《论诗》《象征主义》《谈诗》《新诗底纷歧路口》等论文更是研究者经常称引的篇章。然而，在 20 世纪 30 年代，梁实秋与梁宗岱两人却因为诗歌观念的不同而发生了规模不小的争论，从表面上看"二梁之争"是意气用事，而从深层次来看是因两者诗歌观念的迥异导致的争论；把这些争论放在中国新诗理论发展史上来看，"二梁之争"背后隐含了中国新诗在发展过程中从"散文化"逐步走向"纯诗化"的艰难行程，也折射出中国新诗理论家们从早期全盘否定古典诗歌遗产到后来在对传统诗歌艺术的创造性转化中，融合古今中外诗歌资源的开放性视野。

梁实秋与梁宗岱的争论肇始于 20 世纪 30 年代初由徐志摩等人创办的《诗刊》。在创刊号上，梁实秋以信函的方式发表《新诗的格调及其他》一文，在这篇文章中，梁实秋首先总结了早期中国新诗的渊源、成果与欠缺："新诗，实际就是中文写的外国诗"，"新诗的起来，侧重白话一方面，而未曾注意到诗的艺术和原理一方面","《诗刊》①上所载的诗大半是诗的试验,而不是白话的试验";其次,梁实秋对中国新诗的发展前景提出了一些建设性的意见:他认为中国新诗在"取材的选择、全篇内容的结构、韵脚的排列"方面都不妨斟酌采用外国诗的,但对"音节能否采取外国诗的"表示怀疑,他同时希望中国新诗人"自己创造格调","练习纯熟"使之"成为新诗的一个体裁"。梁宗岱在看过第一期的《诗刊》后,连续给主编之一的徐志摩写了两封信②,对梁实秋这篇文章的一些观点表示不屑,其中一篇以《论诗》为题发表在《诗刊》第二期上。梁宗岱在信函中认为梁实秋的信函"只有两句老生常谈的中肯语,其余不是肤浅就是隔靴搔痒,而'写自由诗的人如今都找到更自由的工作了,小诗作家如今也不能再写更小的诗了……'几句简直是废话";其次,梁宗岱还旁征博引古今中外的诗歌指出:自由诗、小诗的艺术价值绝不亚于长诗和格律诗的艺术价值;最后,梁宗岱回到梁实秋信函中有关音节的探讨,对"中国文字和白话底音乐性"与英法两国文字的音乐性的同异做了细致的辨析,可以说是对梁实秋信函中"不主张模仿外国诗的格调""中文和外国文的构造太不同"等笼统说法的深化和推进。③ 其实,如果剥离年少轻狂、意气行文的表层意义,平心静气地看待梁实秋、梁宗岱两人写给徐志摩的论诗信函可以看出:梁实秋的《新诗的格调及其他》对早期中国新诗的总结、对新诗以后的发展方向的前瞻,在中国新诗理论史上都有着不容抹杀的价值;而梁宗岱的《论诗》恰恰是站在梁实秋论诗函的终点上"起飞",对中国新诗的艺术技巧、新诗人的艺术修养、传统资源的再利用直至中国语言文字的音乐性都进行了一番全面的探讨,这对当时中国新诗的创作、新诗理论的拓展都是一副清新的药剂。

随后,梁实秋很快就看到梁宗岱的《论诗》信函,又连续发表《什么是"诗人的生活"》《论诗的大小长短》两篇文章,一方面回击梁宗岱的"《诗刊》作者心灵生活太不丰富"的观点,另一方面,针对梁宗岱在《论诗》中征引中外短诗、小诗

---

① 此《诗刊》是附在《晨报副刊》上出版的《诗镌》,它创刊于1926年4月1日,6月10日停刊,共出11期,由徐志摩、闻一多、饶孟侃等人编辑。

② 在梁宗岱给徐志摩写的论诗函《论诗》中,梁宗岱写道:"今晨匆匆草了一封信,已付邮了。午餐时把《诗刊》细读,觉得前信所说'《诗刊》作者心灵生活太不丰富'一语还太拢统。现在再审说几句。"由这句话可以猜出,梁宗岱给徐志摩写了两封信,但第一封已无从查考;同时也可看出梁宗岱对《诗刊》阅读的细致和其思考的深度。

③ 梁宗岱.论诗[J].诗刊,1931(2):104-129.

对自己的嘲弄给予针尖对麦芒的回应——"伟大的作品却没有篇幅很短的"①。梁宗岱在北京大学国文学学会做了"象征主义"的演讲后,梁实秋化名周振甫再次发表《什么是象征主义》一文,认为象征主义是"神秘主义","象征主义的文学,不过是捣鬼,不过是弄玄虚,无形式,实在亦无内容";"象征主义者无疑的是逃避现实"②等论调来嘲讽梁宗岱。1936 年,梁实秋再次在《自由评论》第二十五、二十六期合刊上发表书评《〈诗与真〉》,认为"象征主义是一个迷迷糊糊的东西",梁宗岱"不能用简单明白的理论与文字来解说,愈解说愈使人茫然。其间根本没有什么理论,只是单纯地一股对神秘的爱好与追求";此外,梁实秋还非常尖刻地指责梁宗岱的专著"不用常识,不用理智,不用逻辑方法去思维",而"用感情,用直觉,用幻想去体验。这种性格,本来宜于写诗,因为不宜于做旁的事,不过若趋于极端则变为病态。这种性格不宜于说理,因为在说理时是用不大着感情、直觉与幻想的"。梁实秋的这两篇文章直捣梁宗岱象征主义诗论的理论堡垒。面对梁实秋来势凶猛、直取自己理论核心的"攻击",梁宗岱不得不使出浑身解数,写了《释"象征主义"——致梁实秋先生》一文来捍卫自己的象征主义理论。在这封公开信中,梁宗岱先是心平气和地指出梁实秋"过去的文章底立场"距离自己太远,"立论又那么乖僻",以致自己和他的朋友都认为梁实秋要么是"意气之争",要么是"不宜于作诗乃至谈诗的"性格;随后,梁宗岱也直取梁实秋的"诗必须明白清楚"的诗歌理论,认为梁实秋"缺乏哲学底头脑,训练,和修养实在达到一个惊人的程度",因而看不懂自己"关于'契合'的理论却是植根于深厚的哲学里的"③。至此,梁实秋与梁宗岱的论争已达到白热化的程度,双方都对各自的诗歌理论做了直取"要塞"的"爆破"。但孰是孰非其实都是个人之见,或者说对他们的争论做是非评判并不是明智之举,因为"一个理论必须不仅仅是一种推测:它不能一望即知;在诸多因素中,它涉及一种系统的错综关系;而且要证实或推翻它都不是件容易事"④。

清华时期梁实秋的新诗批评文章主要有《读〈诗底进化的还原论〉》《〈草

---

① 梁实秋.论诗的大小长短[M]//杨迅文.梁实秋文集:第 1 卷.厦门:鹭江出版社,2002:340.
② 周振甫.什么是象征主义[N].益世报·文学周刊(48),1933-10-28.
③ 梁宗岱.释"象征主义"——致梁实秋先生[J].人生与文学,1936,2(3):20,1937,2(4):35.
④ 乔纳森·卡勒.文学理论[M].李平,译.沈阳:辽宁教育出版社,1998:3.

儿〉评论》《诗的音韵》《〈繁星〉与〈春水〉》等。这一时期梁实秋的诗歌观念由于受创造社"为艺术而艺术"文学观的影响以及对郭沫若诗歌的激赏,其诗歌批评倾向于浪漫主义,认为"诗的主要的职务是在抒情","情感、想象,可谓诗的扶翼双轮"①。然而,在留美期间,梁实秋抱着"挑战者的心情"选修了当时美国哈佛大学的法国文学和比较文学教授欧文·白璧德的课程,受其新人文主义理论的影响,学成回国后,梁实秋的文学批评观念来了一个一百八十度的转弯,"从极端的浪漫主义,转到了多少近于古典主义的立场"②;其诗歌批评也转向"以理性驾驭情感""以理性节制想象""诗必须明白清楚"为理论核心的立场。

1926年3月,梁实秋在《晨报》副刊发表《现代中国文学之浪漫的趋势》一文,矛头直指中国新文学"推崇情感轻视理性""采取印象主义"的人生态度、"主张皈依自然并侧重独创"的浪漫主义倾向。1928年3月,梁实秋在《新月》创刊号上发表《文学的纪律》一文,从正面立论,认为"文学里可以不要规律,但是不能不要标准"、文学最根本的纪律是"态度之严重""情感想象的理性的制裁"。基于这种批评观的指导,梁实秋在回应、反击梁宗岱批评时,在《什么是"诗人的生活"》一文中认为"诗人的生活应该是平常人的生活,不必矫情立异";而在《论诗的大小长短》一文中,梁实秋又看似谨慎实则非常简单、草率地下结论,"文学作品里也有个等级,虽然我们不能武断地划出几等几级,可是我们心目中总少不了一个标准,用来衡量作品的价值,认出这作品是伟大的,那作品是比较不伟大的";在《新诗的格调及其他》一文中,梁实秋再次强调"标准"的重要性,认为当时写新诗的人"以打破旧诗的范围为唯一职志,提起笔来固然无拘无束,但是什么标准都没有了,结果是散漫无纪";在《一个评诗的标准》一文中,梁实秋更是跨越文类最基本的审美追求,认为评价一首诗最基本的标准是"把诗译成散文,然后再问有什么意义",同时指出"意义是最重要的","凡是写出令人不懂的诗的人,一定是他自己压根儿的就没有什么可写的,或是糊里糊涂的还没有弄清楚自己所要写的情思,所以结果是产出一些不成熟的晦涩的无意义的作品。有的人美其名曰'象征诗'"③。在这篇文章中,且不说梁实秋混淆了文类的审美界限,单是一首诗的艺术价值最重要的是其

---

① 梁实秋.《草儿》评论[M]//杨迅文.梁实秋文集:第1卷.厦门:鹭江出版社,2002:7-22.
② 梁实秋.关于白璧德先生及其思想[M]//杨迅文.梁实秋文集:第1卷.厦门:鹭江出版社,2002:548.
③ 梁实秋.一个评诗的标准[M]//杨迅文.梁实秋文集:第1卷.厦门:鹭江出版社,2002:475-476.

意义这一观念就有待商榷。正因为梁实秋抱着"以理性驾驭情感""以理性节制想象"等反浪漫主义批评观念,以及把一首诗的"意义是最重要的"作为评价诗的最基本的标准,所以,当他遭遇梁宗岱的象征主义诗歌理论时,也就很自然地认为梁宗岱的象征主义的理论"不充实",是一个"迷迷糊糊的东西";其诗歌理论写作"不用常识,不用理智,不用逻辑方法去思维";而"用感情,用直觉,用幻想去体验";这些都是由梁宗岱"极度浪漫的性格"造成的。

梁宗岱于1924年秋天出国,先后留学于法国、德国和意大利,1931年秋天回国。在留法期间,梁宗岱于1926年春天结识法国著名作家保罗·瓦雷里(梁译"梵乐希"),并与之成为忘年之交。在对瓦雷里的认识、阅读与理解的过程中,梁宗岱形成了自己中西融合的、同时又非常个人化的象征主义诗学。对梁宗岱来说,瓦雷里首先是作为他了解、学习法国象征主义诗学的一把钥匙、一个向导,进而促使他上溯到对波德莱尔—马拉美—瓦雷里等象征主义大师一脉相承关系的探索。在高度把握"象征主义"的精髓后,梁宗岱返观中国诗坛,形成了独特的"象征—契合—纯诗"的象征主义诗歌理论。梁宗岱的象征主义诗论不仅来源于他对法国象征主义诗学的谙熟,也植根于他对中国古代文论中意象论、意境论等的理解和把握。对梁宗岱来说,他心目中的"象征"是"藉有形寓无形,藉有限表无限,藉刹那抓住永恒,使我们只在梦中或出神底瞬间瞥见的遥遥的宇宙变成近在咫尺的现实世界,正如一个蓓蕾蕴蓄着炫熳芳菲的春信,一张落叶预奏那弥天漫地的秋声一样。所以它所赋形的,蕴藏的,不是兴味索然的抽象观念,而是丰富,复杂,深邃,真实的灵境"①,这种"象征"并不是修辞上的,也不是心理学、生理学上的,而是本体论意义上的;在梁宗岱看来,理想的"纯诗",是"摒除一切客观的写景,叙事,说理以至感伤的情调,而纯粹凭借那构成它底形体的元素——音乐和色彩——产生一种符咒似的暗示力,以唤起我们感官与想象底感应,而超度我们底灵魂到一种神游物表的光明极乐的境域"②,指引读者去"参悟宇宙和人生奥义"。因此,"象征—契合—纯诗"论不仅从诗歌的形式上追求纯粹性,还从诗歌的内在质地上追求纯粹性,这就使梁宗岱的诗歌理论走上对象征之境的追求和宇宙意识追求的精神之旅,充满了哲学和玄学的意味。在《象征主义》一文中,梁宗岱的宇宙意识不仅有受西方泛神论思想的吸纳,也有对中国传统文化中天人合一思想潜移默化

---

① 梁宗岱.象征主义[M]//马海甸.梁宗岱文集:评论卷.北京:中央编译出版社,2003:66-67.
② 梁宗岱.谈诗[M]//马海甸.梁宗岱文集:评论卷.北京:中央编译出版社,2003:87.

熏陶后的转化,这样使本来就带有宗教神秘主义面纱的宇宙意识更增添了一层虚无和晦涩的色彩。建立在这种宇宙意识基础之上的梁宗岱的诗歌理论当然也就无法认同自"五四"以来胡适提出的"诗须要用具体的做法,不可用抽象的说法。凡是好诗,都是具体的;越偏向具体的,越有诗意诗味"①的诗歌观念;更无法认同胡适和梁实秋于20世纪30年代提出的"诗必须明白清楚"的诗歌理论。所以,梁宗岱在面对梁实秋在大大小小的文章中的"辱赐教言"后,终于忍无可忍,写了《释"象征主义"——致梁实秋先生》一文,批评梁实秋"缺乏哲学底头脑,训练,和修养实在达到一个惊人的程度",重申自己充满个性化的"象征—契合—纯诗"的象征主义理论。

梁实秋和梁宗岱的争论发生在"新诗的纷岐路口"。新诗从其发生伊始,就有意无意地受到外国诗歌的影响,在短短十几年的时间里,早期新诗人在对外国诗歌的翻译、介绍、借鉴和吸收的过程中,中国新诗在形式上经历了自由诗、格律诗、商籁体和无韵体等的创作实践,但是,一方面由于现代汉语本身的不成熟,还处于"言""文"的磨合与提炼之中,使得各种诗体的实践在语言工具的运用上就产生了巨大的分歧和争论;另一方面,也因为早期的新诗人对西方近代诗歌形式理论的理解不够完全,却又急于冲破旧体诗形式的束缚,导致后来的新诗作者、读者对自由诗、格律诗等的误解,如把自由诗的写作简单地等同于一句话或几句话分成的"行子",格律诗被讥为"方块诗"或"豆腐干块"等等。在诗歌的内在质地上,中国新诗由于处在"五四"新文化运动的宏大历史方阵中,在个人和民族国家都急迫地求解放的语境下,它必然带上个人主义、人道主义和浪漫主义色彩,使早期新诗出现情感泛滥、散漫无纪的倾向。因而,梁实秋提出的"以理性驾驭情感""以理性节制想象"等做法对早期新诗的滥情主义倾向无疑起到了纠偏的作用;但是,当新诗的发展走到一个分歧路口时,梁实秋却和胡适一道提倡"明白清楚"的"胡适之体"诗歌,并一再攻击梁宗岱的象征主义诗歌理论和其他新诗人创作的具有现代主义倾向的诗歌,这确实给正在转向新的审美经验的新诗带来极其不利的影响。梁实秋认为新诗最重要的标准是其意义,为获取意义可把诗歌翻译成散文,这就严重混淆了文类的界限及美学诉求,与梁宗岱的"只有散文不能表达的成分才可以入诗——才有化为诗体之必要"②的观念形成鲜明的对照。其实,梁实秋混淆了诗与散文

---

① 胡适.谈新诗——八年来一件大事[M]//胡适.中国新文学大系:建设理论集(影印本).上海:上海文艺出版社,2003:308.
② 梁宗岱.谈诗[M]//马海甸.梁宗岱文集:评论卷.北京:中央编译出版社,2003:88.

这两种不同文类,更对作为工具的语言在这两种不同文类中的功能和效果有所误解,因为在"散文所特有的对语言实际而抽象的运用中,形式不被保存,在被理解之后不再继续存在,它在意思明了之后解体,它行动过,它让人理解过,它存在过";但是,诗歌却恰恰相反,它"不会因为使用过而死亡,它生就是专门为了从它的灰烬中复活并且无限地成为它从前的样子"①。

  梁宗岱自称新诗的试验者和探索者,他认为新诗自"五四"以来提出的理论或口号"不仅是反旧诗的,简直是反诗的;不仅是对于旧诗和旧体诗底流弊之洗刷和革除,简直是把一切纯粹永久的诗底真元全盘误解与抹煞了"②。所谓"诗底真元"指诗之为诗的本体艺术,梁宗岱一针见血地指出新诗发生以来的非诗化或者说散文化倾向,试图通过融汇中西诗学构建"象征—契合—纯诗"的诗歌理论以匡正正处于"纷岐路口"的中国新诗。然而,在阐发"象征—契合—纯诗"的诗歌理论过程中,梁宗岱从西方象征主义诗学和中国传统的意象、意境理论介入,运用大量的中国古典诗歌来作为论据,推导出理想的"纯诗"。这种从理论到理论的推衍,而论据又不是从新诗的创作实践出发,就必然使梁宗岱所构建的"象征—契合—纯诗"的诗歌理论有蹈空之嫌,行文表述中的"超度""神游物表""光明极乐""不朽"等词汇,使其象征主义诗论的核心——"宇宙意识"充满玄学甚至是神秘主义的意味。所以,梁实秋批评其诗论"捣鬼!弄玄虚"并不是空穴来风。遗憾的是,梁实秋并没有指明梁宗岱诗歌理论中的"裂缝",而一味地指责象征主义是"神秘主义","象征主义的文学,不过是捣鬼,不过是弄玄虚,无形式,实在亦无内容",所以遭致"缺乏哲学底头脑"的嘲讽;更让人遗憾的是,梁实秋批评象征主义诗论是为胡适和他自己的"诗必须明白清楚"的诗歌理论张目,这就有开历史倒车之嫌。

  在《抗战与诗》一文中,朱自清在勾勒抗战前新诗发展趋势时写道:"抗战以前的新诗的发展可以说是从散文化逐渐走向纯诗化的路。"③梁实秋和梁宗岱的争论表面上看是意气之争,但是,若把他们的争论置放在中国新诗理论发展史上来看的话,其彰显出来的理论内涵是否也可以说是散文化与纯诗化的争论?从成仿吾《诗之防御战》对胡适《尝试集》的批评,到格律诗派的闻一多、

---

  ① 瓦莱里.论诗[M]//文艺杂谈.段映虹,译.天津:百花文艺出版社,2002:337.
  ② 梁宗岱.新诗底纷岐路口[M]//马海甸.梁宗岱文集:评论卷.北京:中央编译出版社,2003:156.
  ③ 朱自清.新诗杂话·抗战与诗[M]//朱自清全集:第2卷.南京:江苏教育出版社,1996:345.

徐志摩等人对初期白话诗从形式上对其进行反拨,再到穆木天《谭诗——寄沫若的一封信》对胡适的清算,直至梁宗岱的"象征—契合—纯诗"理论对"五四"以来新诗发展中的非诗化、散文化总的清理,中国新诗在艺术上正逐步走向诗的本体。从某种意义上说,中国新诗在由散文化走向纯诗化、从非诗走向本体的诗的过程中所发生的一次又一次的新诗观念的论争,推动了中国新诗写作与理论的发展。梁宗岱与梁实秋的争论的深刻涵义也许就在于此。

二、"看不懂的新文艺"之争

梁实秋和梁宗岱的争论表面上看是因为两者所持护的诗歌观念的不同而导致的争论,但是在这争论的背后依然是对中国新诗的合法性认识问题,新诗在其发展过程中对西方现代诗艺技巧的学习、模仿和借鉴的问题,以及新诗对中国传统诗歌资源的接纳、转化、推进的问题。然而,无论是对中国传统诗歌资源的创造性转化,还是对西方近现代诗艺技巧的融汇、吸收,都可能造成与当时既有的新诗传统相矛盾的一面,由此,读者的期待视野被阻隔,而既有的审美经验必然会使部分读者认为这些新诗晦涩、难懂,与既有新诗的美学原则相冲突。20世纪30年代絮如(梁实秋)、胡适、周作人和沈从文等人关于"看不懂的新文艺"之争,在某种意义上可以说是中国新诗(新文艺)在新的语境中,新的美学追求对既有审美原则寻求突破的一次争论。

1937年,梁实秋化名絮如给《独立评论》的主编胡适写信,原因是由于自己看了卞之琳、何其芳、无名氏等人的作品后,觉得他们创作的诗文艰深晦涩,无法理解,中学生看了这些作品之后,会对其国文欣赏能力造成不良影响,希望新文学运动中大名鼎鼎的胡适能救一救中学生。在信中,梁实秋这样写道:

> 自从"五四"运动以来,提倡语体文的,不能不以先生为最出力。提倡语体文之目的,就为是把那艰难晦涩,劳时费神的文言打到,使文学普遍化,使人民的文化水准提高。可惜不幸得很,现在竟有一部分所谓作家,走入魔道,故意作出那种只有极少数人,也许竟会没有人,能懂的诗与小品文。自然,人人有发表文字的自由,旁人是无法干涉的,可是因为刊物上流行了这种糊涂文之后,一般学生,尤其是中学生,因而阅读模仿,于是一个清清楚楚的学生,竟会作出任何人不懂的糊涂文字。作教师的如果为他改正,他便说这是"象征派",这是某大作家的体裁。一个小小的教员,自然比不上大作家,因而中学生便要走入这个魔道。假如入了这个魔

道之后,我相信他一辈子也不会明白了。①

梁实秋认为卞之琳、何其芳等人"走入魔道",故意创作出只有少数人,甚至没有人"能懂的诗与小品文"。这不仅影响了中学生的国文写作,更糟糕的是,这种"象征派"的"文体"如果继续演变下去,将是"语体文前途上一个大大的危机"。胡适在接到这封信后非常重视,在《编辑后记》中呼应了梁实秋的观点,并对此做了进一步的发挥:

> 絮如先生来信指摘现在最时髦的"看不懂的新文艺"。这个问题确是今日最值得大家注意一个问题……我们觉得,现在做这种叫人看不懂的诗文的人,都只是因为表现的能力太差,他们根本就没有叫人人看得懂的本领。②

胡适认为,这些所谓的作家创作的诗文之所以让人看不懂,是因为他们"表现的能力太差","他们根本就没有叫人人看得懂的本领"。作为新文学运动的倡导者、新诗的开路人,胡适从创作能力上否定了这些后来被称为"前线诗人"的作家。稍微了解中国新诗发展史的人都知道,1916—1917年,胡适提倡白话诗,尝试用白话创作诗歌,当时也遭到很多朋友和反对派们的攻击,他们认为白话诗的实验是注定要失败的。二十年过去了,当中国新诗出现新的变化时,胡适却认为这一批诗人的"表现的能力太差"。由此可见,历史发展的开创者,也可能成为历史绊脚石。在关于"看不懂的新文艺"争论的进一步展开中,周作人致信胡适,认为:"有些诗文其内容不怎样艰深,就只是写得不好懂,这有一部分如先生所说是表现能力太差,却也有的是作风如此,他们也能写很通达的文学,但是创作时觉得非如此不能充分表出他们的意思和情调。"③周作人也是一位新文学运动的老人了,在初期的新文坛就以扶持新人、奖掖后进而出名。他认为,这一批新作家创作的诗文,虽然"内容不怎样艰深""只是写的不好懂",是"作风如此",目的是要"充分表出他们的意思和情调"。胡适和周作人都是新文学运动的倡导者,在经历了二十年时间的磨砺之后,各自的志趣和追求都发生了很大的变化,他们对待新文学观念的发展和变迁已有天壤之别。

对这次争论进行更深入分析和总结的是沈从文。沈从文在看了絮如的通信和胡适的《编辑后记》后,提出了四个问题:一,为什么一篇文章有些人看得

---

① 絮如.看不懂的新文艺[J].独立评论,1937(238):17-19.
② 适之.编辑后记[J].独立评论,1937(238):20.
③ 知堂.关于看不懂(一)[J].独立评论,1937(241):14.

懂,有些人却看不懂? 二,为什么有些人写出文章来使人看不懂? 三,为什么却有这种专写些使人看不懂的文章的人? 四,这种作家与作品的存在,对新文学运动有何意义? 是好还是坏? 接下来,沈从文对这四个问题做了细致入微的剖析:

其一,文学革命初期写作的口号是"明白易懂"。文章好坏的标准,因之也就有一部分人把它建立在易懂不易懂的上头……不过支持或相信这个主张的人,有两件事似乎疏忽了。一,文学革命同社会上别的革命一样,无论当初理想如何健全,它在一个较长时间中,受外来影响和事实影响,它会变……因为变,"明白易懂"的理论,到某一时就限制不住作家。二,当初文学革命作家写作有个共同意识,是写自己"所见到的",二十年后作家一部分却在创作自由条件下,写自己"所感到的"。若一个人保守着原有观念,自然会觉得新来的越来越难懂,作品多"晦涩",甚至于"不通"。正如承受这个变,以为每个人有用文字描写自己感觉的权力的人,也间或要嘲笑到"明白易懂"为"平凡"。作者既如此,读者也有两种人,一是欢喜明白易懂的,一是欢喜写得较有曲折的。这大约就是为什么一篇文章有些人看不懂,有些人又看得懂的原因。

其次,有些人写文章看不懂,您的意思以为是这些人无使人明白的表现能力。据我意见,您只说中一半。对于某种莫名其妙的模仿者,这话说得极有道理。但用它来评当前几个散文作家的作品,和事实似乎稍稍不合。事实上当前能写出有风格作品的,与其说是"缺少表现能力",不如说是"有他自己的表现方法。"他们不是对文字的"疏忽",实在是对文字"过于注意"。凡过分希望有他自己的作者,文章写来自然是不大容易在短时期为多数人全懂。……不特较上年纪的读者不懂,便是年事极轻的人也会不懂。不过前者不懂(如絜如先生),只担心文学的堕落,后者不懂(如一般学生),却模仿得一塌糊涂罢了。

其三,这可分两方面来说。一是就作者说,他认定一切站得住的作品都必须有它的特点,这特点在故事处理上固然可以去努力,在文字修整排列上也值得努力。一是就读者说,读者不懂不一定是多数,只是受一个成见拘束的一部分。既有读者,作者当然就会多起来了。

其四,由第一点看去,中国新文学即或不能说是在"进步",至少我们得承认它是在"变动"。目的思想许可它变,文体更无从制止它不变。就它的变看去,即或不能代表成就已经"大",然而却可说它范围渐渐"宽"。它固然使中学生乐于模仿,有不良影响,容易引起教员的头痛,对新文学的前途担心。但这些渐渐的能在文字上创造风格的作者,对于中国新文学的贡献,倒是功大过小。它的功就是把写作范围展宽,不特在各种人事上摆脱拘束性,且在文体上也是供有天才的作家自由发展的机会。这自由发展,当然就孕育了一个"进步"的种子。①

沈从文首先从文学革命时期的作家和20世纪30年代的作家的不同进行分析,认为前者是写自己"所见到的",后者是写自己"所感到的";有一部分作家写的文章让人看不懂,是因为他们"有他自己的表现方法",上年纪的读者跟不上文学的变化,故步自封,认为这是文学的堕落,而年青一代不理解文学新的技巧和表现方式,盲目跟风,把文章写得一塌糊涂;第三,随着文学的发展,无论是作者还是读者都有追求新的美学精神的需求;第四,肯定了20世纪30年代这些作家创作的作品发生的巨大变化,并给当时的文坛带来了新的质素,拓宽了新文学的创作范围,迟早会推进新文学的进步。

胡适在看到沈从文对自己婉转的批评的信之后,再次表达了自己的意见:

> 从文先生表示很盼望听听我对这问题的意见。我对这问题,将来很想写一篇文字,现在只能简单表示一个意见。干脆说来,我十分同情于"有他自己表现的方法"的作家,更同情于"对文字过于注意"的努力。但我的同情有两个条件:第一,"有他自己"可不要忘了他人,文字的表现究竟是为自己以外的"他人"的事业,如果作者只愿"有他自己"而不顾读者,又何必笔之于书,公布于世呢?第二,世间自有"过于注意"而反不如"不过于注意"的。过犹不及,是一句老话;画蛇添足也是一个老寓言。知堂先生引的霭理斯的话:"若从天才之职来说,那么表现失败的人便一无足取",这句话是很公平的。如果我说的"表现能力太差,根本就没有叫人看得懂的本领"一句话使从文先生感觉不平,至少我可以说:"有表现能力而终于做叫人看不懂的文字,这也未免是贤智之过罢?"②

胡适对沈从文的回应正好印证了沈从文所说的"中国新文学二十年来的活动,它发展得太快了一点,老前辈对它已渐渐疏忽隔膜","创始者不能追逐时变"。作为文学革命的倡导者、新诗的开路人,胡适依然抱持二十年前中国新诗起步阶段的"明白易懂"的观念,来看待20世纪30年代在语言和技巧方面都已经有了很大进展的中国新诗,认为这些后来被称为"前线诗人"的创作是"贤智之过"。这对于曾经在中国新诗开创史上立下汗马功劳的胡适颇具反

---

① 沈从文.关于看不懂(二)[J].独立评论,1937(241):17.
② 适之.编辑后记[J].独立评论,1937(241):20.

讽意味。当然，这不是中国新诗发展史上的特例。

从更深一层来看，梁实秋、胡适、周作人、沈从文关于"看不懂的新文艺"之争，是在不同的时代，语言策略选择的不同，导致他们对新文艺发展的不同看法而引发的争论。叶维廉在《语言的策略与历史的关联》一文中认为："每一次创作的行为，每一次阅读的经验，都是逃不出历史的关照，不但作者、读者的观物感物的形态各受其时空的限制，则就语言本身，也是文化层叠穿织而成的一个历史的网，在表达与欣赏之间牵制着作者与读者。"①所谓"语言的策略"表面看来是形式主义的课题，事实上，叶维廉要做的是找出作家们在选择某些美学形式时的历史意识与历史条件。因此，他认为，一篇作品产生的前后，必须有下列四种基本活动程序：

  第一，作者通过文化、历史、语言对世界（物象）观、感而有所认识了悟，所谓观物感应过程，不同的看法自然有不同语言策略的选择，至于各种宇宙观相因变化的表达形式，是属于纯理论的讨论，在此从略。第二，作者的心象通过文字的表达始成作品，其中便引起因袭形式的迎拒问题、文类的应用与变易、采取的角度与方式（独白？直叙？戏剧场景？）等。第三，作品的传达与接受的过程，读者的语言和作者语言协调的问题。第四，读者的观物感应过程与作者不尽相同，由于教育背景、历史关联往往有距离，读者不太能够全然了解到作者原来的心象，作者如何在他们共有的语言中求出一个共通的主观性，这也影响到语言策略的调整。四者以外，有些作者视语言不只是传达工具，而且可以自成一个系统、世界，有一定的律动，自身具足。②

叶维廉关于语言策略的选择与历史意识、历史条件的关联的观点，对理清"看不懂的新文艺"之争的实质独具意义。众所周知，"五四"时期白话的兴起有多种原因，但其中一个很重要的原因，或者说重要任务，就是启发民智。它要把传统的封建文化、纲常伦理打倒，从而宣扬新思想、新文化，如此便需要用更通俗易懂的语言将之"传达"到更多人的心中去。但是，当时的"文言"只由极少数知识分子掌握，而要把这种语言普及到文化程度较低的老百姓中去，使他们能够接受、欣赏要很长时间，在当时的历史条件下很难，甚至不可能。所

---

① 叶维廉.语言的策略与历史的关联——五四到现代文学前夕[M]//中国诗学.北京：三联书店，1992：209.
② 叶维廉.语言的策略与历史的关联——五四到现代文学前夕[M]//中国诗学.北京：三联书店，1992：211-212.

以，提倡白话文，让更多的老百姓直接从日常生活语言里接受新思想、新文化就成了当时之选。白话的使命是把新思潮传达给普通老百姓，这使命反映在语言上的是"我有话对你说"，所以"我如何如何"这种语态（一反传统中"无我"的语态）顿然成为一种风气，反映在"五四"时期的诗歌中便是"大家急于传达口信（包括自我的夸大）没有时间来调整"。所以，胡适、梁实秋他们提倡的"明白清楚"是最好的表现方法。而到了 20 世纪 30 年代，中国新诗无论是在重新接纳传统诗歌的有益质素时，还是在学习、借鉴西方近现代诗艺技巧时都成熟许多，况且，时代语境也发生很大的变化。因此，这批前线诗人"不求共同，回到各自的内在，谛听人生谐和的旋律"，"根据独有的特殊感受，解释各自现时的生命"，"他们追求文字本身的瑰丽，而又不是文字本身所有的境界。他们属于传统，却又那样新奇，全然超出你平素的修养，你不禁把他们逐出正统的文学"。① 此时的他们，已经完全摆脱早期象征主义诗人李金发"不能把握中国的语言文字，有时甚至于意象隔着一层，令人感到过分浓厚的法国象征主义诗人的气息"②，走上了新的创作道路。由此，胡适、梁实秋与周作人、沈从文关于"看不懂的新文艺"之争，其实与在新的历史条件、历史意识下，对语言策略的选择密切相关，以"明白清楚"为新诗最重要条件之一的胡适、梁实秋当然无法理解卞之琳、何其芳等人的类"象征派"诗文。李健吾在卞之琳、何其芳等诗人以新的诗风出现于诗坛，却遭到不公正的评价时曾以支持的口吻说："拿一个人的经验裁判另一个人的经验，然而缺乏应有的同情，我们晓得怎样容易陷于执误。"李健吾指明这批年轻诗人与开创者的不同，中国新诗已经有了新的审美追求："胡适先生反对旧诗，苦于摆脱不开旧诗；现在，一群年轻诗人不反对旧诗，却轻轻松松甩掉旧诗。决定诗之为诗，不仅仅是一个形式内容的问题，更是一个感觉和运用的方向的问题。"③

---

① 李健吾.《鱼目集》——卞之琳先生作[M]//咀华集·咀华二集.上海:复旦大学出版社,2005:63-64.
② 李健吾.《鱼目集》——卞之琳先生作[M]//咀华集·咀华二集.上海:复旦大学出版社,2005:59.
③ 李健吾.《鱼目集》——卞之琳先生作[M]//咀华集·咀华二集.上海:复旦大学出版社,2005:64.

第四章 对"自由"与"诗"的再认

中国新诗从其发生始,就与"自由"和"诗"这两个概念有着纠缠不清的关系。20世纪30年代的"自由诗"理念再次成为当时中国诗坛聚讼纷纭的话题:它是重弹五四"新诗"开拓者们的"格调",还是对新月诗派的"反动";它是中国新诗史上对"诗形"的又一次的"放纵",还是诗歌史上对"诗质"的进一步觉识;它是有意让人"看不懂",还是"已改换入新的美学中去"了?此外,20世纪30年代的"自由诗"理念与欧美的意象派、象征主义诗歌具有怎样的关系?自由诗与韵律诗之争又给当时新诗的发展拓宽了怎样的空间?"新诗应该是自由诗"的可能和限度在哪里?20世纪30年代的中国新诗坛所呈现的这些"问题"的"复杂性"和"丰富性"本身就蕴含对"五四"以来新诗理论和实践的"反动",同时也拓展了中国新诗在理论和实践上多层面、多向度的探索。朱自清对新诗音乐性的求索,林庚对新诗形式的试验,废名对新诗"诗的内容"和"散文的文字"的申说,陆志韦"杂样的五拍诗"的实验,梁宗岱、叶公超、朱光潜和罗念生等对音节、节奏和格律的探讨都在这一时段展开,为中国新诗形式秩序的寻求积累了丰富的诗学资源。

第一节 朱自清新诗音乐性观念的转变

在20世纪中国新诗发展史中,朱自清作为诗人,他创作出《沪杭道中》《毁灭》《挽一多先生》等优秀诗篇;作为诗歌理论批评家,他的《新诗》《唱新诗等等》《论中国诗的出路》《〈中国新文学大系〉诗集导言》《今天的诗——介绍何达的诗集〈我们开会〉》以及《新诗杂话》等文章成为新诗史上的经典论文,被广泛引用和不断阐释。作为中国现代解诗学的倡导者,朱自清提倡的"多吟诵,细分析""意义的分析是欣赏的基础""多义当以切合为准""兼容并包,放弃正统意念"等解诗理论与实践,成为学诗者和研究者进入五彩缤纷的诗歌殿堂的钥匙。随着对朱自清现代解诗学理论和实践认识的深入和拓展,朱自清对新诗语言形式问题的摸索、探讨和研究也就自然成了另一个有意义的话题。从前期对新诗有无乐曲性的考察,到抗战后对朗诵诗作为"听的诗歌"的多重意义寻求,直至后期倡导新诗该采用"提炼的说话的调子",朱自清的新诗语言形式观念经历了从"唱"到"说"的转变,认为新诗语言应该是比"日常嘴里说的话"更丰富的"活的语言"。从某种程度上说,朱自清对中国新诗语言形式的摸索、探讨和研究及其观念的转变,彰显了 20 世纪中国新诗在走向现代性的过程中,与传统的诗、词、曲文化和西方的近现代诗歌文化纠缠迎拒的复杂关系。

一、新诗音乐性的多重求索

20 世纪 20 年代初,新诗刚刚起步不久,朱自清在评价好友俞平伯的诗集《冬夜》时指出,俞平伯的新诗具有"啴缓舒美的音律",婉转动人,用韵自然,却又"不以韵为音律底唯一要素,而能于韵以外求得全部词句底顺调"。因此,"精炼的词句和音律"是俞平伯《冬夜》的重要特色。朱自清认为俞平伯的这一特色归功于他对中国旧诗和词曲的深厚造诣,并能对它们的腔调"去短取长,重以己意熔铸一番,成了他自己的独特的音律"。由此延伸,朱自清认为中国新诗虽然是受外国影响发展起来的,应该参考外国诗歌,但是,我们现在建设新诗的音律,"却更不能丢了旧诗,词,曲。旧诗,词,曲底音律底美妙处,易为我们领解,采用;而外国诗歌因为语言底睽异,就艰难得多了"[①]。朱自清从语言的差异出发,认为外国诗歌的音律特征只能作为中国新诗的参照,不能照搬;中国传统诗、词、曲美妙的音律经历了长期的实践和磨合,已经潜移默化地浸润在我们的民族文化结构中,容易为我们理解和接受,因而,学习、借鉴传统诗、词、曲的有益质素来创造、发展新诗的音律是理所当然的途径。

随着新诗创作的发展,自由诗和新格律诗的创作实践渐次展开,其弊端也逐渐显露出来。自由诗散漫无纪,情感泛滥,感伤之风严重,引来保守主义者的攻击和反对,即使赞成新诗的人也对新诗多有嘲讽。新格律运动兴起后,由于"没有好的情思填充在形式里",新诗又跌入形式主义陷阱,被称为"方块诗""豆腐干块",新诗大有"破产"之势。朱自清认为新诗由热闹走向寂寞,"倒是一帖对症的良药,足以奏摧陷廓清之功",他从新诗与旧诗、词、曲的关系入手,剀切地指出,除了胡适早期的白话诗外,新诗人有许多是"白手起家,与旧式诗、词、曲极少交涉",格律诗派的诗人也是"取法于西洋诗的地方,比取法于旧

[①] 朱自清.冬夜·序[M]//朱自清全集:第 4 卷.南京:江苏教育出版社,1996:50.

诗词的地方多"①，格律诗体也是"西洋货色"。在与俞平伯探讨乐曲在中国诗歌中的地位时，朱自清一方面认同俞平伯的"新诗的冷落，没有乐曲的基础，怕是致命伤"的观点，另一方面，他又考察了皮黄和歌谣这两种传统艺术类型，认为皮黄及近百年来一般通行的乐曲，本应该成为新体诗，但最终却给文学史"留下一段可惜的空白"；而"歌谣的音乐太简单，词句也不免幼稚，拿它们做新诗的参考则可，拿它们做新诗的源头，或模范是不够的"②。从某种意义上说，朱自清否定了皮黄和歌谣的音乐性能作为新诗音乐性发展的基础的观点。但是，朱自清从中国诗与音乐的关系有悠久的历史着眼，认为"诗的乐曲的基础，到底不容忽略过去"，"新诗若有了乐曲的基础，必易入人，必能普及，而它本身的艺术上，也必得着不少的修正和帮助"③。基于对乐曲在诗歌中的地位不容忽视这一观念的认识，朱自清倡导将新诗谱为乐曲并实地去唱，他高度评价赵元任唱刘半农的《教我如何不想他》和徐志摩的《海韵》，认为这两首诗经过赵元任的唱之后，"在我们心里增加了某种价值"，也"增进新诗的价值不少"。由此他乐观地期待，假如社会上多有赵元任这样的人及其他们创作的乐谱和唱奏，那么，"新诗便有了音乐的基础；它的价值也便可渐渐确定，成为文学的正体"④。

其实，在探讨新诗的音乐性问题时，朱自清已经偏离了俞平伯所说的"从前诗词曲的递变，都是跟着通行的乐曲走的""先有乐曲的改变，然后才有诗体的改变"⑤等中国诗与乐曲关系的观点，他既不从传统诗、词、曲的音乐性中吸纳有益的质素去唱新诗，也无法肯定皮黄、大鼓书的音乐能否用来唱新诗。由此可以看出，朱自清提倡的新诗的音乐性，正如他自己所说的"实在是西洋音乐化"——作曲的虽然是中国人，但用的是西洋法子。在这个意义上，他所谓的唱新诗，也就明显区别于传统意义上的唱诗词或者吟诵诗词。

在探索唱新诗的过程中，朱自清清醒地意识到了唱新诗受到的西洋音乐的影响及受其影响所产生的焦虑。从外国影响层面看，朱自清认为在中西文化交流的过程中"影响"（迎或拒）始终存在，只是中国近代社会的文化变革的剧烈程度是前所未有的，在应激状态下，为改变自身所处的劣势从而接纳新的思想文化。此时，外国的新异思潮就像一股新鲜血液长驱直入，它的力量超过

---

① 朱自清.新诗[M]//朱自清全集:第4卷.南京:江苏教育出版社,1996:211.
② 朱自清.唱新诗等等[M]//朱自清全集:第4卷.南京:江苏教育出版社,1996:221.
③ 朱自清.唱新诗等等[M]//朱自清全集:第4卷.南京:江苏教育出版社,1996:222.
④ 朱自清.唱新诗等等[M]//朱自清全集:第4卷.南京:江苏教育出版社,1996:224.
⑤ 朱自清.唱新诗等等[M]//朱自清全集:第4卷.南京:江苏教育出版社,1996:220.

了本国的传统。就新诗而论,无论自由诗,还是格律诗,从诗行字数上看,"每行之长,大抵多于五七言,甚至为其倍数"。传统的诗词曲以及大鼓书、皮黄剧词中,"是没有这样长的停顿或乐句的"。因此,朱自清认为,在语言从文言转变成白话、新诗诗行长短不均、字数明显不等(增加或减少)的情况下,"诗是不能吟诵了"。朱自清长期关注徐志摩、闻一多等提倡诗的音节和格律的理论和创作实践,在论及他们的贡献时一针见血地指出"他们的理论有些很可信,但他们的实际,模仿外国诗音节还是主要工作",成功与否,全靠中国语言对外来影响的接纳程度以及诗人的天才。通过对中国语言对外来影响的传播进行多次考察后,朱自清认为新文学运动中白话文的欧化,无论在句法上还是在表现上,都是传播得最快最广的。但是,由于中国的语言文字主要是象形文字,区别于西方的字母文字,在时态和语态上,中国的语言文字在意义趋向上比较模糊多义,不准确,区别于西方的精确性和注重逻辑性。因此,朱自清从总体上概括:"中国语言本身最不轻易接受外来的影响;句法与表现的变更要有伟大的努力或者方便的环境。至于音节,那是更难变更——不但难,有时竟是不可能的"①,所以"西洋诗的音节只可相当的采用"。针对当时诗坛一些批评家认为新诗不能吟诵,"可读可唱就行"的观点,朱自清分析了赵元任的"唱新诗"和朱湘的"读新诗",他认为,赵元任的《新诗歌集》虽然证明新诗可唱,但它"不能证明新诗具有充分音乐性",而只能说"赵先生的谱所给的音乐性也许比原诗所具有的多";朱湘读新诗用的是"旧戏里韵白的调子","这自然是个经济的方法,但显然不是唯一的方法"②。因此,"唱"新诗和"读"新诗也无法真正传达传统诗、词、曲等吟诵过程中的音乐美感。

　　朱自清的前期新诗音乐性观念,集中体现在他对赵元任的"唱新诗"、朱湘的"读新诗"和徐志摩、闻一多等倡导的音节、格律说的分析上。在对唱新诗、读新诗、新诗的格律化等诗的音乐性探讨过程中,无论是对西洋诗格律理论有益质素的接纳,还是对传统诗、词、曲中乐曲资源的再利用,朱自清都强调"中国语有它的特质,有时是没法凑合的"③。的确,诗的音乐性"必须是一种隐含

---

① 朱自清.论中国诗的出路[M]//朱自清全集:第4卷.南京:江苏教育出版社,1996:290.
② 朱自清.论中国诗的出路[M]//朱自清全集:第4卷.南京:江苏教育出版社,1996:289.
③ 朱自清.论中国诗的出路[M]//朱自清全集:第4卷.南京:江苏教育出版社,1996:291.

在它那个时代的普通用语中的音乐性";同时"还意味着它必须隐含在诗人所生活的那个地方的普通用语中"①。从诗的本体层面看,"诗的音乐性并不是一行一行诗句的问题,而是整首诗的问题";这种音乐性"既是声音的,又是意象的"②,它们是一个不可分割的整体。

二、从"听的诗歌"到"说"的新诗

抗战以来,中日民族矛盾激化,救亡图存成为首要任务。中国面临亡国灭种的危急时刻,"一切文艺形式为了配合抗战的需要,都朝着普及的方向走,诗作者也就从象牙塔里走上十字街头",新诗自然成为战斗的重要一翼。这一时期的新诗出现新的趋势——散文化。它们"注重明白晓畅,暂时偏向自由的形式";但是,诗人们"也用格律,就是用自由的形式,一般诗行也比自由诗派来得整齐些";他们一个新的努力方向是"在组织和词句方面容纳了许多散文成分"。这些诗里的散文成分是"有意为之,不像初期自由诗派的只是自然的趋势",并且"诗采用的散文成分比自由诗派的似乎规模还要大些",甚至有了"民间化的趋势"③。由于抗战的需要,新诗成为间接参与战斗的重要武器,朗诵诗在内容上政治性强、充满激情、富有鼓动性,在形式上相对短小、富于节奏感,因而,朗诵诗成为这一时期新诗配合抗战需要最具代表性的类型。朗诵诗虽然在表现形式上呈现出散文化和民间化的鲜明特征,但是,"为了便于朗诵,也多少需要格律",诸如复沓、铺叙和重叠等音乐性表现手法也自然地融入朗诵诗中。朗诵诗在吸纳、转化、利用这些表现手法时在某种程度上也间接地促进了格律的发展。

诗朗诵运动的兴起、发展以及随后朗诵诗写作的流行,引发诸多讨论和思考。朱自清对朗诵和朗读进行了细致入微的辨析。他认为,虽然很多人把朗读称为朗诵,但是,"'诵'本是背诵文辞的意思,和'抽绎义韵'的'读'不一样"④。"诵是有腔调的,这腔调是'乐语'的腔调,该是从歌脱化而出";言语引诗,随说随引,固然不会是"唱",也不会是"诵",只是"读"。所谓"读",兼指"朗

---

① T.S.艾略特.诗的音乐性[M]//王恩衷.艾略特诗学文集.王恩衷,译.北京:国际文化出版公司,1989:180.
② T.S.艾略特.诗的音乐性[M]//王恩衷.艾略特诗学文集.王恩衷,译.北京:国际文化出版公司,1989:185.
③ 朱自清.新诗杂话·抗战与诗[M]//朱自清全集:第2卷.南京:江苏教育出版社,1996:346.
④ 朱自清.论朗读[M]//朱自清全集:第2卷.南京:江苏教育出版社,1996:53.

读"和"默读","朗读该是口语的腔调","只有朗读才能玩索每一词每一语每一句的义韵,同时吟味它们的节奏。默读只是'玩索义韵'的工作做得好。唱歌只是'吟味节奏'的工作做得好——,却往往让义韵滑了过去"①。中国传统诗、词、曲始终伴随着音乐的发展而发展,诗和乐的"分"与"合"的过程,也在推进着中国语言的发展。朱自清考察了中国诗从四言变为五言,从五七言古诗到五七言律诗,再到词和曲的转变过程后,他指出,中国诗"趋向脱离音乐独立,趋向变化而近自然",呈现"重读而不重吟,回向口语的腔调"的趋势。新诗的发生受外国的影响很大,它"不出于音乐,不起于民间,跟过去各种诗体全异";同时,"那种简单的音乐已经不能配合我们现代人复杂的情思"。因此,新诗"不要唱,不要吟,它的生命在朗读,它得生活在朗读里"②。

诗歌朗诵在抗战前就有人提倡,比如,20世纪20年代中期《诗镌》作者们在闻一多家观摩作品、切磋诗艺的聚会,包括前文谈到的朱湘的读诗会以及20世纪30年代中期北京大学、清华大学等教授们在朱光潜家的读诗会。他们注重的是"诗歌的音节的试验",目的是想试验"白话诗是否也有音乐性,是否可以悦耳""白话诗用哪一种音节更听得入耳些"③。抗战前的这两次朗诵运动(或者更准确地说是沙龙式的读诗会)"为的要给白话诗建立起新的格调,证明它的确可以替代旧诗"。抗战以后,诗歌"入伍",朗诵诗成为有力的战斗武器。它的范围比战前扩大得多了,诗歌朗诵目的也扩大得多了。这时期注重的是"诗歌的宣传作用,教育作用,也许尤其是团结作用,这是带有政治性的"④。的确,抗战后的朗诵诗正如朱自清最初所描述的:"它看来往往只是一些抽象的道理,就是有些形象,也不够说是形象化;这只是宣传的工具,而不是本身完整的艺术品";然而,在经历了多次的朗诵会之后,朱自清纠正了自己先前的观点,认为朗诵诗是"听的诗歌",它们与我们过去通常所读的"看的诗歌"有很大的不同:"适于朗诵的诗或专供朗诵的诗,大多数是在朗诵里才能见出完整来的",它们"大多数只活在听觉里,群众的听觉里",这种朗诵诗是"一种听的诗,是新诗中的新诗"⑤。作为"听的诗",朗诵诗区别于古代的"听的诗",古代的那些诗是唱的,唱的是英雄和美人,歌手们唱,贵族们听,是伺候贵族们

---

① 朱自清.朗读与诗[M]//朱自清全集:第2卷.南京:江苏教育出版社,1996:388-390.
② 朱自清.朗读与诗[M]//朱自清全集:第2卷.南京:江苏教育出版社,1996:391.
③ 朱自清.论诵读[M]//朱自清全集:第3卷.南京:江苏教育出版社,1996:185.
④ 朱自清.论诵读[M]//朱自清全集:第3卷.南京:江苏教育出版社,1996:186.
⑤ 朱自清.论朗诵诗[M]//朱自清全集:第3卷.南京:江苏教育出版社,1996:254.

的玩意儿。朗诵诗只是"沉着痛快地说出大家要说的话,听的是有话要说的一群人"①。作为戏剧化的诗,朗诵诗比较注重朗诵者的声调和表情以及朗诵时的氛围,它不同于戏剧通过对话间接地诉诸悠闲、散漫的听众,而是直接诉诸紧张的、集中的听众。

抗战后的朗诵诗正如朱自清所说的"是群众的诗,是集体的诗",它"活在行动里,在行动里完整,在行动里完成"。在这个"行动"过程中,听众是重要的,读者"读"的方式、方法在这一"行动"中同样有举足轻重的作用。他们通过"朗诵"或"朗读"适于朗诵的诗或专供朗诵的诗,宣传当下的任务,教育人民群众团结起来,共同克服当前的困难,达到政治目的。但是,无论是"朗诵"(带有戏剧性),还是"朗读"(口语的腔调),朱自清认为它们"既非吟,也非唱,都只是说话的调子","吟和唱都将文章音乐化","音乐化可以将意义埋起来,或使意义滑过去";"朗诵"或"朗读"却"注重意义","所以不要音乐化,不要吟和唱"②。然而,问题的另一面是,用"说话的调子"就能真正领悟新诗的义韵和玩味它的节奏美感吗?作为诗人的朱自清敏感地意识到:"全是说话的声调也就全是说话,未必是诗……诗该采用说话的调子,但诗的自然究竟不是说话的自然,它得加减点儿,夸张点儿,像电影里特别镜头一般,它用的是提炼的说话的调子。"③

用"提炼的说话的调子"来"说"新诗,这是理论的倡导,实践起来却有相当的难度。胡适在《建设的文学革命论》一文中提倡"国语的文学,文学的国语"的目标,到20世纪40年代时,"国语的文学"在自觉的努力过程中有了很大的进展,但"文学的国语"却在自然的成长中距离理想的目标还有很大的差距。具体到中国新诗,问题就更复杂。本来现代汉语就还在发展中,"说的语言"和"写的语言"还存在距离,新诗的语言是精炼的语言,弹性大,它比白话文的"写的语言"更加模糊和多义,与随心信口的"说的语言"存在更大的分歧,更何况从新文化运动以来,新诗语言的欧化和现代化倾向使得新诗读起来"更不像说话"。因此,要使新诗能够比较流利、顺畅地用"提炼的说话的调子"来"说",不仅有赖于现代汉语的不断成熟,更期待于诗人们在创造的过程中要注重语言与文字的关系、口语与书面语的关系、诗法与语法的关系。

---

① 朱自清.论朗诵诗[M]//朱自清全集:第3卷.南京:江苏教育出版社,1996:255.
② 朱自清.论诵读[M]//朱自清全集:第3卷.南京:江苏教育出版社,1996:187.
③ 朱自清.新诗杂话·诗韵[M]//朱自清全集:第2卷.南京:江苏教育出版社,1996:403.

三、从"日常说话"到"活的语言"

在"五四"文学革命中,新文学的旗手之一胡适倡导"诗体大解放":即是把从前一切束缚自由的枷锁镣铐打破,"有什么话,说什么话;话怎么说,就怎么说"。胡适的"诗体大解放"观念首先试图突破的是诗歌的语言问题,即从诗的语言向日常语言(说话)的转变,在此基础上,才是诗体形式的突破,由五七言向自由多变的诗歌形式演变。可以说,胡适的《尝试集》一直努力朝着自己的这一新诗观念奋斗。为寻求白话做诗的依据,胡适的研究上溯至汉魏以来古文是如何死的,平民文学又是怎样兴起,以及唐宋之后诗词白话化过程,撰写出版了《国语文学史》和《白话文学史》等专著。在论及宋诗的独特之处时他认为,"宋人的诗的好处是用说话的口气来做诗,全在做诗如说话",它打破"西昆体"声调与格律的拘束,"与其说是复古,不如说是恢复自然"①。在"五四"文学革命中,新诗的发生,不但打破了五言七言的诗体,也推翻了词调曲谱的种种束缚,"不拘格律,不拘平仄,不拘长短;有什么题目,做什么诗;诗该怎样做,就怎样做"②。这看似是解放,更是自然的趋势。从胡适的白话诗创作实践可以看出,其"做诗如说话"实际上是要诗歌"明白清楚",但并未真正做到"做诗如说话"。的确,在《尝试集》中,很多诗"实在不过是一些刷洗过的旧诗",有些还"脱不了词曲的气味与声调"③。另一位倡导"说"新诗的,是胡适留学时期的至交赵元任,他也认为白话诗是用来"说"的。在《新诗歌集·序》一文中论及"诗跟歌"的分化时,赵元任指出:"白话诗不能吟……是本来不预备吟的;既然是白话诗,就是预备说的,而且不是像戏台上道白那末印板式的说法……乃是照最自然最达意表情的语调的抑扬顿挫来说的。"④照最自然、最达意表情的语调的抑扬顿挫来"说"白话诗,的确是理想的方法,但是,从现代汉语当时的发展程度来看,"口语和文字究竟不能一致,况且白话诗文还有多少欧化的成分,一时也还不能顺口地说出"⑤。

曾被朱自清称为"第一个有意实验种种体制,想创新格律的"诗人、理论家

---

① 胡适.国语文学史[M].合肥:安徽教育出版社,2006:85-86.
② 胡适.谈新诗——八年来一件大事[M]//胡适.中国新文学大系:建设理论集(影印本).上海:上海文艺出版社,2003:299.
③ 胡适.尝试集·再版自序[M]//胡适.中国新文学大系:建设理论集(影印本).上海:上海文艺出版社,2003:315.
④ 赵元任.新诗歌集·序[M].上海:商务印书馆,1928:5.
⑤ 朱自清.论朗读[M]//朱自清全集:第2卷.南京:江苏教育出版社,1996:59.

陆志韦,从20世纪20年代初就开始探索白话诗的节奏,在《我的诗的躯壳》一文中,陆志韦力排众议,独辟蹊径地阐明了自己心目中的理想的白话诗,他指明白话诗的语言不是简单的口语:"口语的天籁非都有诗的价值,有节奏的天籁才算是诗","诗应切近语言,不就是语言。诗而就是语言,我们说话就够了,何必做诗？诗的美必须超乎寻常语言美之上,必经一番锻炼的功夫"①。到了20世纪40年代,陆志韦提倡"诗说出来像日常嘴里说的话",他的23首《杂样的五拍诗》用的是"跟老百姓学"的北平话,试图创造"真正的白话诗"。然而,他的这些诗"学的只是说话的腔调,说的多半还是知识分子自己的话"②,有些诗即使加了注解,一般读者还是觉得晦涩难懂。20世纪30年代中后期,叶公超在《论新诗》一文中论及新诗与旧诗的区别与联系时曾说过一段极富启示意义的话:"新诗是用最美、最有力量的语言写的,旧诗是用最美、最有力量的文言写的,也可以说是一种惯例的意象文字写的。新诗的节奏是从各种说话的语调里产生的,旧诗的节奏是一种乐谱式的文字的排比作成的。新诗是为说的、读的,旧诗乃是为吟的、哼的。"③叶公超强调新旧诗语言文字的区别直接导致节奏的不同,使得它们"读"的方式也不同。他认为:"新诗既然应当根据说的节奏和语词来写,那么写出来也应当可以用说话的节奏来读,所以,能入语调是一个很重要的条件。"但是,诗歌语言毕竟是精粹的语言,和日常的说话还是有很大差别的,因此,"能入语调不是要诗和说话一样的土,而是要诗能大致合于我们通常说话的习惯"④。

对于新诗的语言与日常说话的关系问题,无论是胡适、赵元任,还是陆志韦、叶公超,他们都有一个共同的追求——做诗如说话(虽然表述上有一些细微之处的差别),在20世纪30年代后期到20世纪40年代的朗诵诗流行时期,倡导者们追求的也是"朗诵起来像说话"。但是,这些倡导者对"做诗如说话"的阐释及其内涵却有较大的差异。对此,朱自清曾做过比较中肯的评价:"胡先生说的'如说话',只是看起来如此,朗诵诗也只是又进一步做到了朗诵起来像说话,都还不像日常嘴里说的话"⑤;赵元任所谓的"说"白话诗,"实地

---

① 陆志韦.渡河·我的诗的躯壳[M].上海:亚东图书馆,1923:17-18.
② 朱自清.诗与话[M]//朱自清全集:第3卷.南京:江苏教育出版社,1996:284.
③ 叶公超.论新诗[J].文学杂志,1937,1(1):15.
④ 叶公超.论新诗[J].文学杂志,1937,1(1):26.
⑤ 朱自清.诗与话[M]//朱自清全集:第3卷.南京:江苏教育出版社,1996:283.

试验起来,便觉有时候并不能那么'最自然'地'说'了,他于是只好迁就着'读'"①。在对陆志韦的23首《杂样的五拍诗》进行细致入微的分析后,朱自清认为他的《杂样的五拍诗》"每首像一个七巧图,明明是英美近代诗的作风,说是模仿近代诗的神韵,也许更确切些",它们"虽然用着老百姓的北平话的腔调,甚至有些词汇也是老百姓的,可并不能够明白如话,更不像日常嘴里说的话"②,所以晦涩是免不了的。的确,新诗的语言不是民间的语言,而是欧化的或现代化的语言。因此,要用"说话的调子"来"说"新诗就不容易顺口顺耳。朱自清认为所谓"顺口顺耳",就是现在一般人说的"上口",严格地说,该是"口语里有了的"。但是,我们的现代汉语正在创造中,现在白话诗文中有好些句式和词汇,特别是新诗中的隐喻,就是在受过中等教育的人的口语里,也还没有,所以便不容易上口。因此,在更多的时候,我们所谓的"上口"就是"使我们不致歪曲我们一般的语调"。比如适当的停顿、被动句的使用、译名的引用、人称代词和文言的应用、熟语的新用、隐喻的创造等,都要仔细斟酌。从语言的成长而论,尤其从我们的"文学的国语"的成长而论,朱自清指出:"这个'上口'或'顺口'的标准却应该活用;有些新的词汇新的语式得给予时间让它们或教它们上口。"③随着时间的推移,这些拗口、不顺口的词汇、语式也会活在大众中成为"活的语言"。从这一发展的视角看,朱自清认为胡适等人所谓的"做诗如说话"的"话",并不是我们的日常说话,它应该是"比嘴里说的丰富些,而且该不断地丰富起来"④。

朱自清对中国新诗音乐性问题的探索,经历了从20世纪20年代对新诗有无乐曲性的考量,到抗战后对朗诵诗作为"听的诗歌"的多重意义寻求,直至20世纪40年代倡导新诗该采用"提炼的说话的调子",朱自清的新诗语言形式观念经历了从"唱"到"说"的转变。然而,众所周知,"诗的语言从来不可能和诗人所说、所听到的语言完全相同;但是它必须同他那个时代的语言密切相关"。T.S.艾略特在论及英国诗是来自多种源头的体系的合成物时曾说过,多种族、多语言以及各种语言的特征,对于某一诗人或某一阶段来说,诗的合成物的某一因素可能更为适宜。诗人们所写作的那种诗时常取决于他们所受到

---

① 朱自清.论朗读[M]//朱自清全集:第2卷.南京:江苏教育出版社,1996:59.
② 朱自清.诗与话[M]//朱自清全集:第3卷.南京:江苏教育出版社,1996:284.
③ 朱自清.诵读教学与"文学的国语"[M]//朱自清全集:第3卷.南京:江苏教育出版社,1996:182.
④ 朱自清.诗与话[M]//朱自清全集:第3卷.南京:江苏教育出版社,1996:289.

的和他们同时代的某一个外国语言文学的影响,或者取决于某些客观条件。这些条件使得诗人们相对而言更加倾向于他们自己过去的某一阶段,或者取决于当时的教育注重的是什么。但是,"比起形形色色的潮流,以及来自国外或者过去的影响,有一条自然规律更加强有力,即诗不能过分偏离我们日常使用和听到的普通的日常语言。无论是轻重音型的还是音节数型的、有韵的还是无韵的、格律的还是自由的,诗都不能同人们彼此间交流所使用的不断变化的语言失去联系"①。从这个意义上说,"诗界的每一场革命都趋向于回到——有时是它自己宣称——普通语言上去"②,而诗的音乐性在更多时候指向的是它自身的"节奏感"和"结构感"。

第二节 新诗节奏的探求

在中国的传统艺术中,诗、乐、舞是一家,三者在大型庆祝或祭祀过程中经常是合为一体的,它们有一个共同的核心质素——节奏。但是,正如前文所分析的,随着社会的发展,技术分工越来越细,三者逐渐分家,各行其是,演变成不同的艺术门类。中国新诗的发生,本来就受西方近现代诗艺的影响比较多,而不是从传统的乐曲演变而来,慢慢形成诗体。因此,新诗从本质的意义上说,它已经不能如传统的古典诗词曲可以吟或唱,而其音乐性正如前节所述,更多的时候指向的是它自身的"节奏感"和"结构感"。20世纪30年代,中国新诗在形式秩序寻求方面,已经超越对新诗外在形式的追求,而是更多地放在对新诗内在节奏的探求上,如前有戴望舒的内在"情绪的抑扬顿挫"说,或者说"诗情的程度"说,林庚在受到质疑后提出的"节奏自由诗"理论;而陆志韦、叶公超、朱光潜、罗念生等人对新诗节奏的探索、论争,又在20世纪30年代的新诗坛带出了新诗形式秩序寻求"化古"和"化欧"等诸多话题,推进了中国新诗在形式秩序寻求中的审美议题。

---

① T.S.艾略特.诗的音乐性[M]//王恩衷.艾略特诗学文集.王恩衷,译.北京:国际文化出版公司,1989:178.
② T.S.艾略特.诗的音乐性[M]//王恩衷.艾略特诗学文集.王恩衷,译.北京:国际文化出版公司,1989:180.

一、陆志韦的"节奏"实验

陆志韦被朱自清称为是"第一个有意实验种种新体制,想创新格律"的诗人,他是"徐志摩氏等新格律运动的先驱"。陆志韦著有诗集《不值钱的花果》《渡河》《渡河后集》《申酉小唱》《杂样的五拍诗》等。从 20 世纪 20 年代开始,直至 20 世纪 40 年代,陆志韦始终关注于白话诗的节奏、音韵问题,以自己的创作实践来回应中国新诗形式秩序的审美诉求。其新诗形式探索和试验的得失成败成为中国新诗发展过程中有益的诗学参考。

陆志韦的白话诗观念及其创作一开始就与当时新诗坛的反对派和迎合派不同,用他自己的话说,他的白话诗创作是"有用做旧诗的手段所说不出来的话,又有现代做新诗而迎合一时心理的人所不屑说不敢说的话"。陆志韦与当时"诗体革命"的倡导者的认识一致——白话能用于诗歌创作。他指出"语言是抒情最妙的工具","最能写情的文字是与语言相离最近的文字"。在对中国传统诗词曲、西洋诗的学习、反思过程中,陆志韦认为:"中国的长短句是古今中外最能表情的做诗的利器。有词曲之长,而没有词曲之短。有自由诗的宽雅,而没有他的放荡。"在自己的白话诗创作过程中,陆志韦特别注重形式,认为用白话写诗也要把"美的灵魂藏在美的躯壳里"。《渡河》是陆志韦早期白话诗形式实验的诗歌集,其诗的形式"经历过好几回的蜕化",在吸收中国传统诗词曲和西洋诗的有益质素中,他指明"节奏"才是诗歌最基本、最核心的形式特征之一。他结合语音学和心理学具体分析中国诗歌以平仄为节奏的偏颇:

> 世界上用语音的高低当节奏的,据我所知,只有中国一国。拉丁诸语用长短,条顿诸语用抑扬。可见我们的用平仄并无非此不能的原理。依心理学家说,音的强度一抑一扬,是论节奏最根本的现象。其次是长短,再次才是高低。似乎中国人的用平仄,恰巧采取了最劣的方法。又据古音学家说,平仄是长短高低二者的混合。古时长声是平,短声是入,无所谓平仄抑扬,正像现在拉丁语的诗法。六朝以后,才把上去两变声与入声归为一类。揆之心理学与语音学,这种两分法原是不可通的。就从应用的一方面着想,我国没有平仄以前,至少已经有了一千多年的诗。订了平仄以后,古风仍是不受拘束,只有用韵时数句一转,算是照当时人的规矩。用平仄为节奏,原是大可出入的。①

陆志韦通过上述分析,否定了长期以来认为中国传统诗词曲以平仄为节

---

① 陆志韦.渡河·我的诗的躯壳[M].上海:亚东图书馆,1923:14-15.

奏的观念,他认为,"有了节奏,平仄可以不必用的;用了平仄,没有节奏,依旧是没有效力的";而白话诗"更可以随语句的意义,一抑一扬,自成节奏"①。因此,陆志韦主张白话诗的节奏应该"舍平仄而采抑扬"。他的《渡河》中的《罂粟花》和《永生永死》等诗或每行五节,或每行四节,每节有一两个轻音,在读的时候都要"照西洋的读法"。针对当时新诗坛的白话—自由诗散漫无纪、情感泛滥他还指出:

  自由诗有一极大的危险,就是丧失节奏的本意。节奏不外乎音之强弱一往一来,有规定的时序。文学而没有节奏,必不是好诗。我并不反对把口语的天籁作为诗的基础。然而口语的天籁非都有诗的价值,有节奏的天籁才算是诗……诗应切近语言,不就是语言。诗而就是语言,我们说话就够了,何必做诗？诗的美必须超乎寻常语言美之上,必经一番锻炼的功夫。节奏是最便利,最易表情的锻炼。节奏的来历有迟有速,有时像现成的,有时必须竭力经营的。②

  陆志韦强调"节奏"对一首诗来说是必需的,这正是草创期中国新诗所缺乏的,更多的白话诗都是随随便便地以口语的方式加以分行写成。陆志韦对诗歌节奏的强调切中白话诗的时弊,同时又接通了中国白话—自由诗与西方自由诗在形式秩序寻求中必须遵循的原则——诗的节奏感。在强调诗的节奏感之外,陆志韦并不像倡导"诗体大解放"的诗人、诗论家那样排斥韵的作用的观点,反而认为"押韵不是可怕的罪恶"。他坦承自己的《渡河》"十之八九是有韵的诗",但是他并不遵循传统诗词曲的押韵方法,而是(一)"破四声"、(二)押韵"无固定的地位"、(三)"押活韵,不押死韵"。陆志韦认为,"韵的价值并没有节奏的大",但是,从形式层面上来看,它却对节奏有提醒和补充作用。

  20世纪30年代,陆志韦对白话诗的节奏进行了更深入的探讨。在《论节奏》一文中,他先分析了声音的分组,然后论及分组就是节奏。但是,诗的节奏并不就等于声音的节奏,"诗的节奏在美的经验上占有很特殊的地位,不妨说是介乎音乐和跳舞之间而不像他们的死劲发挥","诗可惜一定要有意义,反而把节奏性弄糊涂了"。他以英国莎士比亚的剧诗《哈姆雷特》中的诗句为例指出,这些诗句"每行包含五个重音","这就是莎士比亚的剧诗的节奏","他的节奏最近乎英语的语调",他的诗是"英国的白话诗"。陆志韦因而认为:"所谓白话诗就是根据语调,加以整理,叫他变成有节奏的";"换句话说,英语的语调不

---

① 陆志韦.渡河·我的诗的躯壳[M].上海:亚东图书馆,1923:16.
② 陆志韦.渡河·我的诗的躯壳[M].上海:亚东图书馆,1923:17-18.

必一定整齐有节奏；须得加以整理，才成为诗体，否则诗意可以十分浓厚，而诗声不够调和。这样的文字通常尽可以叫作散文的诗。我还愿意他叫诗的散文"。因此，在汉语的语调类似于英语的语调这一大前提下，陆志韦建议"利用英国人做诗的经验来推进我们的白话诗"，就应该"凭着语调的轻重建设节奏"。但是，他不主张模仿，因为实在无须模仿。语调的轻重是祖宗遗传给我们的。目前的问题不是这种节奏的能用不能用，乃是除此以外，要不要新的、更复杂一点的节奏。陆志韦充满信心地指出：

  语调的节奏整理前途大有可观。每行诗不必定有几节，每节不必有绝对划一的长短，一节之中轻音的多少，重音的位置，也不必太拘。格式的讲究可以整整齐齐的排成像英文的 common verse，或是像近来有些人所写的"方块诗"，也可以有意使他参差不齐，像自由诗。①

  陆志韦对白话诗的节奏提出的建设性的意见，为中国新诗在形式秩序寻求层面的发展提供了非常有意义和价值的诗学参考。然而，值得反思的是，汉语的语调真的类似于英语的语调吗？这一直都是有争论的问题；第二，汉语语调的轻重有时候并不是确定的，它因人而别，也因时不同，有时候还因语气的差别而有所区别。

  陆志韦的 23 首《杂样的五拍诗》作于 1937 年春至 1940 年春，最后结辑于《文学杂志》第二卷第四期。这 23 首诗是陆志韦"节奏的尝试"，他在诗的前言中自述："当时我就有一种野心，要把英国古戏曲的格式用中国话来填补他。又不妨说要模仿莎士比亚的神韵。"《杂样的五拍诗》每首六行，与英语无韵诗并不一样，诗行长短不一，每行少则十字，多则十四字，大多数诗行十二或十三字，不跨行不押韵。陆志韦说这些诗都是用国语写的，应该用国语来念，为了方便读者读，他特意把重音圈出来。比如第三首：

    明天到那儿？大路的尽头在那儿？
    这一排杨树，空心的，腆着肚子，
    扬起破烂的衣袖，把路遮断了，
    纸灯儿摇摆。小驴儿，咦，拐弯啦。
    黑朦朦的踏着癞蛤蟆求婚的拍子，
    来到岔路上。大车呢，许是往西啦。

  按照陆志韦的要求，有加着重号的都要念重音，无着重号的都应读轻音。这种轻重音的节奏安排看似非常有利于诗行的建构。从这一首诗看来，诗行

---

① 陆志韦.论节奏[J].文学杂志，1937，1(3):17.

虽然不整齐，但实际上都可比较自然地读成五拍。这样的建行方式，可以在一定程度上避免某些格律诗一味寻求字面上的"句的均齐"而实际上读起来节奏不一的遗憾。然而，在这 23 首五拍诗中，有不少诗却不能读成五拍的诗。王光明以第一首诗为例指出："这种规定轻重音的念法在英语中是很自然的，但在汉语音节上却不自然。比如诗的第一行'是一件百家衣，矮窗上的纸'，在节奏上，只能分为'是一件‖百家衣，矮窗上的‖纸'四个音组，而语气的轻重，也主要由感情来决定，硬套英诗的抑扬格，难免削足适履。"类似的诗歌还有第二十一首，这首诗中的第一、二句应该分别读作"百合花‖原先是‖阎罗王的‖舞女"和"充军到‖阴阳界‖给蚯蚓‖看坟"四个音组，而不是按轻重读成五拍。陆志韦"舍平仄采抑扬"，以轻重音来划分新诗的节奏，其出发点是好的，但在实践中却存在不少问题，王光明认为："他输入的西洋格律和抑扬'理论'，不大符合汉语的特点，反而导致了诗意的晦涩和节奏上的混乱。"①

陆志韦的白话诗节奏探索受到当时批评家的质疑，他自己也意识到以轻重来求节奏存在诸多的局限，因此他又回到早年自己对白话诗押韵的探索中寻求答案。他认为："诗具形式，以节奏为基础，而以韵补之。节奏之道，藉轻重长短以显声音之抑扬来复"；"诗可无韵，而有韵之文易成诗体。韵可以预报顿挫之将临，一语之将了。作诗者善于用韵，亦即留意于节奏之整齐，语句之圆满"；"盖诗之用韵，即以技巧而言，有必取之有尽，用之能竭，始觉其难能可贵"②。此外，他还提出用"活韵"不用"死韵"。所谓"活韵"，即以现代语音为准。陆志韦主张押重音不押轻音，即押实字不押虚字。在是否破句押韵这一点上，他从"旧诗不破句，韵过而语亦尽"的观点出发，认为汉语诗不能为了押韵而破句。七年之后，陆志韦面对发展中的中国现代汉语现实，进一步从西方回撤到中国诗的传统中，认为用韵是白话诗唯一的工具："在别的方言，轻重音的分别并不严重。'时候'跟'骨头'，不论在上海话，广州话，好些地方的官话，都是极好的押韵。现代既然连北平人的民歌都不讲究轻重音了，那末，轻重音恐怕不能当作白话诗的工具。还有别的工具没有呢？我看只有用韵了，别的路子更走不通。"③陆志韦从轻重转向用韵，其实是在一个极端试验失败之后撤退至另一个极端。他的新诗节奏试验归根结底是其语言学研究的伴随物，

---

① 王光明.现代汉诗的百年演变[M].石家庄:河北人民出版社,2003:199-200.
② 陆志韦.白话诗用韵管见[M]//燕京大学.燕园集.北京:燕京大学《燕园集》出版委员会,1940:2-5.
③ 陆志韦.再谈白话诗的用韵[J].创世曲,1947,1(1):16.

带有非常强烈的实验室色彩,脱离了正在变化的诗歌场域、语言现实和社会现实。由是观之,陆志韦对于韵的探讨,一方面阐明了新诗中韵和节奏的关系及它们的作用和功能,而不像早期很多新诗人一样一味地排斥韵的作用,更重要的是,他能够重新回到中国传统诗歌资源中去发现可以吸收再利用的有益质素,这种开阔的视野使他能够扭转之前一味借取西方诗歌形式资源所造成的偏失。然而,当他在新诗形式秩序探求中由一个极端滑向另一个极端时,他的新诗形式试验也许只能作为新诗发展过程中的一个正反面的教训。

二、朱光潜与罗念生对"节奏"的切磋

就在钱献之、林庚、戴望舒等人对自由诗和四行诗(韵律诗)争论的同时,另一场关于中国诗的"韵""顿""节奏"的讨论也在展开,这些问题的探讨并不是像新文学以来探讨新诗形式时就形式论形式,而是深入诗歌作为一种文类的特征中去,从语言的基本特质层面来展开,对中国诗的音韵、形式等问题进行了细致入微的研讨。1936年,朱光潜在《新诗》第一卷第二期上发表《论中国诗的韵》一文,此文融会中、英、法等国语言特征,勾连古今中外诗歌的相通之处来"讨论韵在以往的中国诗里何以那样的根深蒂固",目的是要推知"将来诗与韵的关系"以及"韵"对"节奏"形成的功用。朱光潜的这篇文章阐明了如下一些观点:第一,应该明了"诗与韵本无必然关系","韵在欧洲的历史,它的兴衰有一半取决于当时的风尚";第二,应该明了"诗宜否用韵与语言的个性也很密切相关",朱光潜通过比较"韵"在英、法文诗歌中地位的不同,认为"英文诗因为轻重分明,音步又很整齐,所以节奏容易在轻重相间上见出,无须藉助韵脚上的呼应,法文诗因为轻重不分明,每顿长短又不一律,所以节奏不容易在轻重的抑扬上见出,韵脚上的呼应有增加节奏性与和谐性的功用",而中文的音轻重不甚分明"颇类似法文而不类似英文","中文诗的平仄相间不是很干脆地等于长短高低或轻重相间,一句诗全平全仄,仍然可以见出节奏,所以节奏在平仄相间上所见出的非常轻微",正因为"节奏不易在四声见出,所以须在其它原素上见出",韵就是其中的一种重要的"原素",它"去而复返,前后相呼应","中国诗的节奏有赖于韵,也犹如法文诗的节奏有赖于韵一样";第三,韵的作用除了"点明节奏"之外,它最大的功用在于"把涣散的声音团聚起来,成为一种完整的曲调",这在"新诗"中体现得比"旧诗"更明显,因为"新诗句法较近于散文,音节最易流于直率涣散",而有了"韵的联络贯串"就能使一首诗的声音、节奏形成一个"完整的曲调";第四,"散文的节奏可以完全是语言的节

奏,而诗却于此之外,另有一种形式化的节奏"①。在《论中国诗的顿》一文中,朱光潜延续并深化了他关于"节奏"的探索。首先,他认为"中国诗的节奏大半靠着顿(顿又叫作'逗'或'节')",但是,说话的"顿"和读诗的"顿"有重大的区别:"说话的顿注重意义上的自然区分",而"读诗的顿注重声音上的整齐段落,往往在意义上不连属的字在声音上可连属","说话的顿和读诗的顿不同,就因为说话完全用自然的节奏,读诗须参杂几分形式化的节奏";其次,朱光潜指出中国诗的顿与英文诗的"音步"(foot)和法文诗的"顿"(Césure)有两个类似点:(一),在一音步或一顿之内,音的长短都有伸缩的余地。在此,朱光潜指出当时新诗坛有些论诗者由于不明白每顿长短无定律的道理,"把'顿'看成'拍子',不知道音乐中一个拍子有定量的长短,诗的音步或顿没有定量的长短,不能相提并论";同时还有人以为"每顿字数应该一律,不知道字数一律时,长短并不一定一律,反之,长短一律时,字数也可以不一律";此外,"文言诗的顿和白话诗的顿最大差别还不仅在用字多寡,而在读文言诗有一个传统的形式的节奏做底子,在语言的节奏之外有一个音乐的节奏,音的顿可不必与义的顿相同;至于白话诗,我们无传统的读法,人自为政,大半全用语言的自然的节奏,没有固定的音乐的节奏,在理论上音的顿与义的顿虽相同,而实际上它只是义的顿,不是音的顿"。至此,朱光潜提出疑问:"白话诗的顿是否如旧诗的顿可造成声音上的节奏?"(二),像英文诗的"音步"和法文诗的"顿"一样,中文诗的"逗"以"抑扬"见节奏,读到顿时声音都略提高拉长加重。朱光潜认为:"中文诗的音步用'顿'字来说,只是沿用旧名词,并不十分恰当,因为在实际上声音到'顿'是并不必停顿,只略提高延长加重。就这一点说,它和法文诗的顿似微有不同,因为法文诗到顿时往往实在是要略微停顿的。它和法文诗的顿相同的就是'顿'同时在音长音高音势三方面见出,一定是先抑后扬,不能如英文诗可先扬后抑。"此外,朱光潜还认为"中文诗因为到顿必扬的缘故,四声的分别对于节奏的影响越发显得微小"。基于以上两点,朱光潜得出这样的结论:中国诗的节奏,第一在"顿"的抑扬上见出,至于平仄相间,还在其次。明白这个道理,我们更可以见出,拿"平仄"比拟英德文的"轻重律",实在是牵强附会!②

罗念生看了朱光潜的这两篇文章后认为,朱光潜的有关中国诗节奏产生于"韵"和"顿"的观点不尽合理,因而写了《与朱光潜先生论节奏》③和《再与朱

---

① 朱光潜.论中国诗的韵[J].新诗,1936,1(2):198-209.
② 朱光潜.论中国诗的顿[J].新诗,1936,1(3):326-333.
③ 罗念生.与朱光潜先生论节奏[J].新诗,1937,1(4):487-490.

光潜先生论节奏》①两篇文章阐述自己对中国诗节奏的看法。罗念生认为:第一,法文诗里产生节奏的因素"应用到中文诗里恐怕有问题";第二,新诗的"顿"不能产生节奏,旧诗的"顿"的本身也不能产生节奏;第三,他不赞成朱光潜的"韵能产生节奏"的观点,因为"韵和韵之间的距离有相当远",并且"一行诗里常有和内韵及脚韵同韵的字和声音相近的字",它们会生出一种凌乱的节奏使它失去效力,因而"韵"不是产生节奏的条件;第四,旧诗里有节奏,但只有一种"重韵律"节奏,念起来单调,因而只能把这种节奏哼成调子,近似唱歌,不是念诗;新诗里的节奏是一种凌乱的"轻韵节奏",这是一个很大的缺点,要避免这种缺点就应该控制我们的轻音字;因此罗念生提出新诗的节奏能否从字音的轻重中去寻找的观点。朱光潜在《答罗念生先生论节奏》②一文里认为自己和罗念生的分歧首先是因为他们对中国诗的读法不同造成的,他坚信自己没有错;其次朱光潜认为"新诗有顿就微有起伏",因而就有节奏,不赞成罗念生的"新诗的顿不能产生节奏"的观点;再次,朱光潜认为罗念生对节奏的概念理解有偏差:英文的 Rhythm 是"节奏"而不是"节律",它是"字音的有起伏呼应的波动",而不是如罗念生所定义的"字音的有规则的波动"。从朱光潜和罗念生对中国诗节奏问题的往来探讨中,我们并不能对他们的观点做一个绝对的是非判断,因为他们在探讨的过程中所依据的西方资源不同:朱光潜从法文诗中字音的轻重不分明、每顿长短不一,韵脚上的呼应有增加节奏性与和谐性的功用中得到启发,认为中国诗在这点上类似于法文诗,因而得出韵脚不仅能产生节奏,还能起到团聚涣散的声音的功用;罗念生借取的是英文诗中"轻重律"的资源,认为中国语言里的轻重音是很分明的,中国诗的节奏应从轻重音中去寻找。正是因为双方所倚重的资源背景的不同,导致了朱光潜和罗念生对节奏产生于不同的"原素"的看法的分歧。

三、叶公超的"节奏"和"格律"观念

叶公超探讨新诗的论文只有《音节与意义》和《论新诗》两篇,数量虽然少,但是其在中国新诗发展史上却具有独特的意义和价值:第一,他对新旧诗的分别和差异做了不同于前人的阐发;第二,他有关新诗的节奏和格律观念富于启示,直接影响了卞之琳、何其芳等人现代格律诗的观点,推进了对中国新诗形式秩序寻求的认识。

---

① 罗念生.再与朱光潜先生论节奏[J].新诗,1937,2(2):207-214.
② 朱光潜.答罗念生先生论节奏[J].新诗,1937,1(5):621-625.

叶公超的《音节与意义》发表于 1936 年 4 月 17 日和 5 月 15 日《大公报·文艺》"诗特刊"栏目。这篇文章的写作源于当时在《大公报·文艺》"诗特刊"中一场有关新诗的音节、格律等形式问题的讨论。此次讨论由主编栏目的梁宗岱发起,相关讨论文章主要有:梁宗岱的《新诗底十字路口》《关于音节》《音节与意义》,陈世骧的《对于诗刊的意见》,朱光潜的《从生理观点论诗的"气势"和"神韵"》,罗念生的《节律与拍子(一)》《音节》,叶公超的《音节与意义(一)》《音节与意义(二)》,郭绍虞的《从永明体到律体(一)》《从永明体到律体(二)》。在《音节与意义》一文中,叶公超认为:"诗人择字当然是应该充分利用字音的暗示力量,尤其在抒情诗里,但我们必须牢牢记住,一个字的声音与意义在充分传达的时候,是不能分开的,不能各自独立的,他们似乎有一种彼此象征的关系,但这种关系只能说是限于哪一个字的例子;换句话说,脱离了意义(包括情感、语气、态度和直指的事物等等)……字音只能算是空虚的,无本质的。"①他拿诗与音乐作比较,指出"不能把字音看作曲谱上的音符",它们的"性质根本不同"。叶公超明确地指出:

> 文字是一种有形有声有义的东西,三者之中主要的是意义,因此我们不妨说形与声都不过是传达意义的媒介。诗便是这种富有意义的文字所组织的,所以我们读诗的时候无须"先把一种假设的情绪大胆的投进去",事实也不容许我们这样,我们的思想、情感、态度等等都得相当地服从意义的驱使,有时即个人私自联想的自由都来不及发展。音节不显著的诗竟可以不使我们不注意它的音节,就是音节美的诗也只能使我们站在意义上接受音节的和谐。②

诗与乐虽然在远古时是"一家",但是,随着社会的发展,分工的不同,它们"分家"了。诗是通过语言来表情达意的,其意义是重中之重,其"形"和"声"都是"传达意义的媒介"。由此,诗的音节是辅助手段,它使诗更和谐、完美。因此,叶公超从诗的意义着眼,认为诗的音节可分为三种:一,与意义的节奏互相谐和;二,与意义没有多少关系,但本身的音乐性可以产生悦耳的影响者;三,阻碍意义之直接传达者。在分析这三种音节的利弊后,叶公超指出:"音节的多少应以意义的要求为定;超过了需要的成分便是泛滥,泛滥往往就足以成患。"他认为徐志摩的《火车禽住轨》一诗"节奏的缓急轻重与火车的奔驰以及沿路经过的情景互相和谐,造成一首难得的新诗";而 Poe、Tennyson 两诗人

---

① 叶公超.音节与意义[M]//陈子善.叶公超批评文集.珠海:珠海出版社,1998:65-66.
② 叶公超.音节与意义[M]//陈子善.叶公超批评文集.珠海:珠海出版社,1998:67.

的几首短诗有"音节泛滥的毛病"。基于此,叶公超认为诗里至少有两种不同的节奏:一种是语言的节奏,一种是歌调的节奏。所谓语言的节奏,叶公超对此做出了比较明确的阐述:它"并不是任何方言的节奏,也不完全是日常语言的调儿",而是"英文无韵诗里常见的一种平淡、从容的节奏",它"最宜于表现思想,尤其是思想的过程与态度";所谓歌调的节奏主要是指抒情诗的节奏,"虽然抒情诗早已脱离音乐,但是多半抒情的情调仍然是歌唱的,紧张的",抒情诗节奏"很容易变成一个固定的、硬的东西,因为文字究竟不如音乐能变化,而抒情诗却偏要模仿歌唱的节奏"。①

从中国新诗的发生到20世纪30年代中期,新诗已经有二十年的历史了。但是,新诗"新"在哪里,它与旧诗有何本质的不同,始终是有待澄清的问题。换句话说,新诗成立的合法性问题一直受到来自多方的质疑,创作新诗的诗人们自己也疑虑重重。叶公超在论及新旧诗的根本差别时,首先指出当时讨论新诗的人有一个牢不可破的观念——"新诗是从旧诗的镣铐里解放出来的"。这一观念有两个明显的背景,第一是旧诗的格律是一种束缚"真情"的桎梏;第二新诗是解脱了旧格律的白话诗。叶公超认为这是错误的:"第一点的错误是不明白格律的用处;第二点的错误是根本没有看清新诗和旧诗的出发点不同在哪里。"对于格律,他剀切地指出:

> 格律是任何诗的必需条件,惟有在适合的格律里我们的情绪才能得到一种最有力量的传达形式;没有格律,我们的情绪只是散漫的、单调的、无组织的,所以格律根本不是束缚情绪的东西,而是根据诗人内在的要求而形成的。假使诗人有自由的话,那必然就是探索适应于内在的要求的格律的自由,恰如哥德所说,只有格律能给我们自由。②

叶公超强调格律并不是区分新旧诗的标准,恰恰相反,格律是新旧诗都必需的,它更不是束缚诗人情绪的东西,而是能给予擅长寻求格律的诗人更大的自由。针对之前刘梦苇、闻一多、饶孟侃、徐志摩、朱湘等人关于中国新诗的格律探索存在的偏失,叶公超认为:

> 我们新诗的格律一方面要根据我们说话的节奏,一方面要切近我们的情绪的性质。西洋的格律决不是我们的"传统的拍子",我们自己的传统诗词又是建筑在另一种文字的节奏上的,所以我们现在的诗人都负着特别重要的责任:他们要为将来的诗人创设一种格律的传统,不要一味羡

---

① 叶公超.音节与意义[M]//陈子善.叶公超批评文集.珠海:珠海出版社,1998:71.
② 叶公超.论新诗[M]//陈子善.叶公超批评文集.珠海:珠海出版社,1998:51.

慕人家的新花样。一种文字要产生伟大的诗,非先经过一个严格的格律时期不可。格律的观念成立之后,也许就有反格律的运动起来。这不要紧,因为那时格律已存在,已在那文字的诗的传统中了,它对于以后的诗人是有用的。对于诗人自己,格律是变化的起点,也是变化的归宿。惟有根据一种格律的观念来组织我们的情绪和印象,我们才可以给"我们的情绪的性质"一个充分表现的机会。①

叶公超倡导的新诗格律注重的是"我们说话的节奏"和"我们情绪的性质",他力避前期新月诗派只讲究外在形式的整齐,忽略诗歌内在灵魂和说话节奏的缺陷,同时,他也提醒诗人们,新诗的格律不仅不是西洋诗的格律,也不是传统诗词的格律,而是与诗人们内在情绪或思想以及外在的生活真实密切相关的,这有赖于诗人们的创造和表现。

如上所述,叶公超否定了当时很多人认格律为桎梏的观点,他认为正是对格律的意义没有根本认识,才造成"旧诗坏在有格律,新诗新在无格律"的观念。叶公超指出,新诗与旧诗"并无争端,实际上很可以并行不悖";但它们又的确存在区别:

> 新诗是用最美、最有力量的语言写的,旧诗是用最美、最有力量的文言写的,也可以说是用一种惯例化的意像文字写的。新诗的节奏是从各种说话的语调里产生的,旧诗的节奏是根据一种乐谱式的文字的排比作成的。新诗是为说的、读的,旧诗乃是为吟的、哼的。我感觉,新诗里的字都可以当作一种音标看,但旧诗里的字是使我们从直接视觉到意像的;换言之,读新诗的时候,我们的视觉仿佛是我们听觉的先锋,而我们听觉的内在反应是完全为我们各个人的语言习惯所支配的,所以新诗的读法应当限于说话的自然语调,不应当拉长字音,似乎摹仿吟旧诗的声调。②

叶公超从语言(文言/白话)层面来分析新旧诗的区别,从日常生活说话的语调来探析诗的节奏;但是,他并未停留在日常语言通用性上,而是深入诗歌语言的独特性上来辨析新旧诗作为两种不同种类的诗歌在诸多成规上的根本差别。这无疑超越了当时许多论者关于新旧诗差异的观点以及新诗合法性的论述。在此基础上,叶公超对比古汉语文言单音字和现代汉语语言二至五字组成的语词的不同,认为"在文言里,尤其在文言诗里,单个字的势力比较大,但在说话的时候,语词的势力比较大,故新诗的节奏单位多半是由二乃至四个

---

① 叶公超.论新诗[M]//陈子善.叶公超批评文集.珠海:珠海出版社,1998:52.
② 叶公超.论新诗[M]//陈子善.叶公超批评文集.珠海:珠海出版社,1998:53.

或五个字的语词组织成功的,而不复是单音的了,虽然复音的语词中还夹着少数的单音"①,故西洋诗的音步观念"不容易实行于新诗里",而以"说话的节奏"组成的音组更符合中国人的语言习惯。因此,叶公超提出用音组代替音步,以"大致相等的音组和音组上下的停逗做我们新诗的节奏基础",并进一步指出:

> 音组的字数不必相等,而其影响仍然可以大致相同,而且我们说话的语词和段落又多半不出从二至五个字内的差别,所以我觉得音组的字数无须十分规定。音组内的轻重或长短律我觉得也无须像音步的情形一样,严格规定,但是每音组内必须有一比较重长的音,或二个连续的重长音。至于每行内音组的数目应否一致,这当然全凭各首诗的内容而定,但是最低限度也应当有一种比例的重复,即如第一行有三个音组,第二行一个,则以后应根据这两种音组来重复,但重复不一定是接连的,或相隔同等距离的。②

叶公超在此不仅提出新诗的建行原则,还直接涉及新诗的格律问题。他不同于闻一多、饶孟侃等人对新格律诗在音节和音尺上的严格规定,而是从现代汉语的实际出发,指明"新诗既然应当根据说话的节奏和语词来写,那么写出来也应当可以用说话的节奏来读,所以,能入语调是一个很重要的条件",当然,这个"能入语调"不是要和说话一样的土,而是要让诗能大致合于我们通常说话的习惯。叶公超的新诗节奏、格律观念直接影响了20世纪50年代卞之琳与何其芳等人有关现代格律诗讨论的观点。

第三节 "自由"与"诗"的协商

从"'五四'诗体大解放"时期胡适提倡"作诗如作文""作诗如说话",郭沫若认为"诗的本质专在抒情",主张形式"绝端的自由"和"绝端的自主",到20世纪20年代中期徐志摩、闻一多等人自勉作"创格的新诗",到20世纪30年代初戴望舒倡导"新的诗应该有新的情绪和表现这情绪的形式",再到20世纪30年代中期废名在北京大学公开宣讲"新诗应该是自由诗",从中国新诗这一简略的发展线索中我们可以看出,诗论家、诗人在新诗的每一个发展阶段都有

---

① 叶公超.论新诗[M]//陈子善.叶公超批评文集.珠海:珠海出版社,1998:54.
② 叶公超.论新诗[M]//陈子善.叶公超批评文集.珠海:珠海出版社,1998:57.

为新诗定性的理论冲动,在这理论热情的背后又隐含了一场又一场的诗歌观念的"对话"。而在20世纪30年代中国新诗处在三岔路口之际,为新诗定性及其所彰显出来的可能意义和负面效应,再次成为新诗坛聚讼纷纭的话题。

《现代》杂志在刊载大量自由诗的过程中曾受到许多读者的怀疑和批评,其中署名为吴霆锐的读者认为《现代》中的诗朗读起来"没有节奏",形式上"没有节拍",产生一种类似于散文的感觉;而"偏重于内容的诗",吴霆锐又觉得它们"使人玄妙",读之"如入五里雾中",是"谜诗"。尽管施蛰存在《现代》上两次发文阐明《现代》中的诗是诗,而且纯然是现代诗,这些诗"从韵律的束缚中解放出来,并不是不注重诗的形式",而是"从一个旧的形式换到一个新的形式";但是,对于中国新诗诸多的迷思并没有、也不可能由某一个诗人、诗论家个人的诗歌观念的阐述得到真正的澄清。1935年12月,陈子展在《申报·文艺周刊》上发表《略论"胡适之体"》①一文,再一次掀起中国新诗应该走何种道路的讨论,他主张"胡适之体可以说是诗的一条新路"的观点激起新诗坛强烈的反响。新诗坛的耆宿胡适借此非常婉转地再次表明自己的诗歌"戒约":第一,说话要明白清楚;第二,用材料要有剪裁;第三,意境要平实。② 然而,梁实秋却在随后的《我也谈谈"胡适之体"的诗》一文中,在赞同"胡适之体"的"明白清楚"观点后,又把矛头直指中国的象征主义诗歌:

"白话"的"白",其一意义即是"明白"之"白"。所以"白话诗"亦可释为"明白清楚的诗"。所以"明白清楚"应为一切白话诗的共有的特点,不应为"胡适之体"独有的特点。然而近年来新诗有很大一部分日趋于晦涩,晦涩即是不明白清楚。胡先生所谓"笨谜",实在是绝好的一个极端的形容。③

梁实秋认为"笨谜"之所以产生主要是因为模仿了"所谓'象征主义'的诗",这使得"新诗走向一条窘迫的路上去"。梁实秋在此文中攻击中国象征主义诗歌其实另有原因,这在前文已经有所论述。本章节所要关注的是,新诗在经历了"五四"的"诗体大解放"、20世纪20年代中期格律诗派的音韵和形式的"锻造"之后,到了20世纪30年代,新诗再次转向自由诗写作后所面临的问题和契机,所有这些都构成了重审新诗成立依据的大背景。

---

① 陈子展.略论"胡适之体"[N].申报·文艺周刊(6),1935-12-06.
② 胡适.谈谈"胡适之体"的诗[J].自由评论,1936(12):13-18.
③ 梁实秋.我也谈谈"胡适之体"的诗[J].自由评论,1936(12):18-19.

一、对自由诗形式的思考

从前文对废名的"新诗应该是自由诗"理念的探讨过程中可以看出,废名的"自由诗"观念不是与"自由诗"作为西方现代诗体的观念没有冲突的。M.H.艾布拉姆斯在有关"自由诗"的术语词条中认为"自由诗在文字形式上不同于散文,它采用短行的方式",虽然它"缺乏传统诗歌'格律'(meter)中构成音步重复的节奏式",但是,它又比一般性散文"讲究节奏感";语言学家罗吉·福勒也认为"大多数自由诗中都存在着某种形式的格律",许多创作自由诗的著名诗人在自己的诗歌中依然非常注重运用"音节""重音""音量"等因素来组织诗行,同时,自由诗强调"句法和节奏",充分发挥"传情达意功能"。废名的"新诗应该是自由诗"的理念中最致命的错误是误解了诗歌作为一种特殊的文类,它应该遵循基本的文类规则,而不是单纯在"诗的内容"和"散文的文字"上"做文章",他未分清诗和诗意的本质区别,更未从文类的层面对诗歌和散文在语言和形式上的不同做过细致的考察。

其实,对于新诗的散文化问题,早期的新诗人和诗论家们并非没有注意到,俞平伯从自己的创作经验出发,认为白话诗的创作有三大条件,其中在第二条中这样写道:

> 音节务求谐适、却不限定句末用韵,这条亦是做白话诗应该注意的。因为诗歌明是一种韵文,无论中外,都是一样。中国语既系单音,音韵一道,分析更严。现在句末虽不定用韵,而句中音节,自必力求和谐。否则做出诗来,岂不成了一首短篇的散文吗?何以见得他是诗呢?做白话诗的人,固然不必细剖宫商,但对于声气音调顿挫之类,还当考求,万不可轻轻看过,随便动笔。①

俞平伯强调"白话诗"虽然不一定要用韵,但音节"务求谐适",同时还当考求"声气音调顿挫",这样才能使"白话诗"有别于散文。虽然俞平伯未指明"白

---

① 俞平伯.白话诗的三大条件[J].新青年,第六卷第三号,1919,6(3):331.其实,俞平伯这篇文章写于1918年10月16日。随后,俞平伯在《社会上对于新诗的各种心理观》中表达了类似的看法:"以我的经验,白话诗的难处,正在他的自由上面。他是赤裸裸的,没有固定的形式的,前边没有模范的,但是又不能胡诌的:如果当真随意乱来,还成个什么东西呢!所以白话诗的难处,不在白话上面,是在诗上面;我们要紧记,做白话的诗,不是专说白话。白话诗和白话的分别,骨子里是有的,表面上却不很显明;因为美感不是固定的,自然的音节也不是要拿机器来试验的。白话诗是一个'有法无法'的东西,将来大家一喜欢做,数量自然增加,但是白话诗可惜掉了底下一个字。"此文载于《新潮》第二卷一号,1919年10月30日。

话诗"与散文的本质区别,但他指出这两个文类是不同的。胡适在《谈新诗——八年来一件大事》里也表达了自己对新诗音节的看法:"新体诗句子的长短,是无定的;就是句里的节奏,也是依着意义的自然区分与文法的自然区分来分析的。白话里的多音字比文言多得多,并且不止两个字的联合,故往往有三个字为一节,或四五个字为一节的。"至于新诗的声调,胡适认为,"白话诗的声调不在平仄的调剂得宜,全靠这种自然的轻重高下";而对于"用韵"这个问题,胡适强调新诗有三种自由:

> 第一,用现代的韵,不拘古韵,更不拘平仄韵。第二,平仄可以互相押韵,这是词曲通用的例,不单是新诗如此。第三,有韵固然好,没有韵也不妨。新诗的声调既在骨子里,——在自然的轻重高下,在语气的自然区分——固有无韵脚都不成问题。①

胡适虽然提倡"作诗如作文""作诗如说话",但并不忽略寻求新诗的形式秩序。② 当然,胡适的这种观点并不是完全正确的,朱光潜后来就对胡适的这些观点有所反思。③ 在新诗的形式方面主张"绝端的自由"和"绝端的自主"的郭沫若把诗歌的韵律分成"内在的韵律"和"外在的韵律",他认为:"诗之精神在其内在的韵律(Intrinsic Rhythm),内在的韵律(或曰无形律)并不是什么平上去入,高下抑扬,强弱长短,宫商徵羽;也并不是什么双声叠韵,什么押在句

---

① 胡适.谈新诗——八年来一件大事[M]//胡适.中国新文学大系:建设理论集(影印本).上海:上海文艺出版社,2003:306.

② 穆木天在《谭诗——寄沫若的一封信》中这样写道:"中国的新诗的运动,我以为胡适是最大的罪人。胡适说:做诗须得如作文,那是他的大错。所以他的影响给中国造成一种 Prose in Verse 一派的东西。他给散文的思想穿上了韵文的衣裳。"穆木天的观点是有偏见的,这与他当时的诗歌观念有关系。

③ 朱光潜在《论中国诗的韵》一文中曾对胡适的这一观点有所评论,文中这样写道:"除着第三层尚待斟酌以外,头两种自由是将来的新诗所必走的路。两层之外,如果须加上一层,就应该是连韵,隔韵,换韵,种种韵的应用法变化多端,如西方诗及《诗经》所指示的路。胡氏所说的第三层自由只能适用于'自由诗'。如果一切新诗的声调都只在'自然的轻重高下'和'语气的自然区分'则诗和散文的声调便绝对没有分别,因为'自然的轻重高下'和'语气的自然区分',像我们已经分析过的,只是语言的节奏。散文的节奏可以完全是语言的节奏,而诗却与此之外,另有一种形式化的节奏。如果把这个形式化的节奏(如平仄韵脚音步之类)完全丢开,则作者没有理由把他的作品排列称为诗的形式。我们并不反对诗人用散文写他的情思,不但不反对,并且相信纯文学在逐渐放弃诗的形式而取散文。但是我们找不到理由可以辩护一个诗人在可以用散文时而冒用诗的形式,既冒用诗的形式而又不给我们所预期的有规律的音节。"此文载于《新诗》第一卷第2期,1936年11月10日。

中的韵文！这些都是外在的韵律或有形律(Extraneous Rhythm)。内在的韵律便是'情绪的自然消涨'。"①在《论节奏》一文中，郭沫若更是直言"节奏"对于诗的重要性："抒情诗是情绪的直写。情绪的进行自有它的一种波状的形式，或者先抑而后扬，或者抑扬相间，这发现出来变成了诗的节奏。所以节奏之于诗是它的外形，也是它的生命，我们可以说没有诗是没有节奏的，没有节奏的便不是诗。"②郭沫若在此强调"节奏"在诗中的重要性虽然有点武断，但是，他以一个诗人的敏感，从心理学的层面确实把捉到自由诗创作所应该注重的问题。

到了20世纪30年代，自由诗再度勃兴，成为当时新诗坛主流的诗歌体式。这一时期的自由诗在吸纳西方象征主义和意象派诗歌的艺术技巧的同时，又重新接纳了传统诗词的以象写意等手法，其诗歌的质地已经大大超过了早期"白话"自由诗；但是，若从形式层面去审视这一时期的"自由诗"，它对新诗音韵、形式的探索和建设确实是有所忽略的，尽管施蛰存在论及《现代》中的诗时曾主张用"现代的诗形"来表达现代情绪，戴望舒也曾在自己的论诗日记中说过"新的诗应该有新的情绪和表现这情绪的形式"，具体到当时的自由诗创作上却与他们所倡导的理论还存在比较大的距离。这种忽略形式秩序的探索的倾向，在当时就为一些有识之士注意到了，如20世纪30年代赫赫有名的梁宗岱就在自己主持《大公报》中"诗特刊"栏目期间发表文章，认为当时的新诗坛"仍然充塞着浅薄的内容配上紊乱的形体(或者简直无形体)的自由诗"，提出了震悚时人耳目的论调：中国的自由诗只是"西洋底悠长浩大的诗史中一个支流底支流"，它是"一条捷径"，也是"一条无展望的绝径"；"除了发现新音节和创造新格律，我们看不见可以引我们实现或接近我们底理想的方法"。但是，梁宗岱这篇结论过于武断的文章背后还隐含了一些富于启示性的观念，如其文强调"形式是一切文艺品永生的原理，只有形式能够保存精神底经营，因为只有形式能够抵抗时间底侵蚀"。③ 然而，中国"自由诗"的出现确实如林以亮《论新诗的形式》一文中所说的："在旧传统已被摧毁，新传统还没有建立起

---

① 郭沫若.论诗三札[M]//郭沫若全集(文学编)：第15卷.北京：人民文学出版社，1990：337.

② 郭沫若.论节奏[M]//郭沫若全集(文学编)：第15卷.北京：人民文学出版社，1990：353.

③ 梁宗岱.新诗底纷歧路口[M]//马海甸.梁宗岱文集：评论卷.北京：中央编译出版社，2003：158-160.

来以前,自由诗好像是最现成的解决方案。大家误以为从旧诗中解放出来的结果就是自由诗。大家误以为自由诗最容易写,以致有很多不是诗人,不会写,也没有资格写诗的人都来参加写诗,造成了中国有史以来诗格最卑的现象,而诗也从来没有受人这样轻视过。相形之下,固定的形式反而显露出它的优点。当一个写诗的人练习纯熟之后,他的思想涌起时,常常会自己落在一个恰当的形式里,一点生硬的情形都看不出来。许多写自由诗的人忘了中国古诗的律诗和词是规律最谨严的诗体,而结果中国完美的抒情诗的产量毫无疑问地比任何别的国家都多。非得有了规律,我们才能欣赏作者克服规律的能力;非得有了拘束,我们才能了解在拘束之内可能的各种巧妙变化。"①此外,林以亮也发现中国的"自由诗"在取消了一切的形式限制之后,诗人的困难反而有增无减,因而他认为:

    形式仿佛是诗人与读者之间一架共同的桥梁,拆去之后,一切传达的责任就都落在作者的身上。究其实际,自由诗并没有替诗人争得自由,反而加重了诗人的负担,使他在用字的次序上,句法的结构上,语言的运用上,更直接,更明显地对读者有所交代。②

  林以亮的这段话中确实是一针见血地指出中国"自由诗"的弊端:"形式"的确是"诗人与读者之间一架共同的桥梁",但是,发展中的中国新诗是否有固定的形式呢?从古代汉语转变到现代汉语,语言文字虽然还是以象形文字为主,然而,语言在由"文言"到"白话"转化的过程中,音节从单音节转变成双音节甚至是多音节;词汇不仅混杂了本土的文言、方言、俚语,还有西方语言的音译、意译,当下更有网络用语等的侵入;语法也受西方文法的影响变得越来越"精密";句子也由短变长,句法更加复杂。在这样一种复杂的语境中,中国"新诗"根本无法形成固定的形式,诗歌的形式也只能"从现代汉语出发,又不断回到现代汉语结构与建构双重互动的诗歌实践中去,顾及外在形式与内在形式的共同要求,寻找最切近现代汉语特质的形式与表现策略,让诗歌的创作规则及手段在诗歌文类的意义上稳定下来,建立起诗人与读者共同的桥梁"③。因此,现在的诗人应谨记吴兴华的提醒:"我们现在写诗并不是个人娱乐的事,而是将来整个一个传统的奠基石。我们的笔不留神出越了一点轨道,将来整个中国诗的方向或许会因之而有所改变。"④

---

① ② 林以亮.论新诗的形式见[M]//林以亮诗话.台北:洪范书店有限公司,1976:3-4.
③ 王光明.中国新诗的本体反思[J].中国社会科学,1998(4):168.
④ 钦江.现在的新诗[J].燕京文学,1941,3(2):16.

二、自由诗：向丰富的语言敞开

二十世纪最伟大的诗人之一 T.S.艾略特在论及英国诗是来自多种源头的体系的合成物时曾这样说："这一合成类似于种族之间的那种合成，事实上，种族原因也确实是造成它的部分原因。盎格鲁·撒克逊语、凯尔特语、诺曼法兰西语的节奏，以及中世纪英语和苏格兰人的节奏都对英国诗发生过影响；此外还有拉丁语的节奏，以及不同时期的法语、意大利语和西班牙语的节奏。就像混合民族中人们的情况那样，不同的特征在不同的个人身上，甚至在同一家族的不同成员身上占主导地位；以此相似，对于某一诗人或某一阶段来说，诗的合成物中的某一因素可能更为适宜。我们所写作的那种诗时常取决于和我们同时代的某一个外国语言文学的影响，或者取决于某些客观条件：这些条件使得我们相对而言更加倾向于我们自己过去的某一阶段；或者取决于当时的教育注重的是什么。但是比起形形色色的潮流，以及来自国外或者过去的影响，有一条自然规律更加强有力，即诗不能过分偏离我们日常使用和听到的普通的日常语言。无论是轻重音型的还是音节数型的、有韵的还是无韵的、格律的还是自由的，诗都不能同人们彼此间交流所使用的不断变化的语言失去联系。"[①]中国新诗在走向现代性的过程中也同样要面对多种源头，也难免被"合成"的命运，如西方语言的汉译或音译，西方逻辑严密的文法的"校正"，还有文言文的再生和转化，日常口语的利用，等等。然而，"诗的语言从来不可能和诗人所说、所听到的语言完全相同；但是它必须同他那个时代的语言密切相关，使它的听众或者读者会说'假如我能说诗，我也要这么说。'这就是为什么和过去甚至更伟大的诗所能引起的情感相比，最优秀的当代诗能够给予我们一种完全不同的兴奋和满足感的原因"[②]。

施蛰存曾在《〈现代〉杂忆》中这样写道："中国的自由诗和外国的自由诗不一样。外国自由诗并没有取得绝对的自由。它们仍然讲究音缀，音步，有些还用较宽的脚韵。有些是把诗用散文的形式写出来。中国的自由诗是完全放弃了传统的或外来的韵法，律法，格式。诗人们放弃了文字的音乐性，而以诗意或情绪的抑扬顿挫为诗的音乐性。这样，从《现代》以来的中国新诗，可以认为

---

① T.S.艾略特.诗的音乐性[M]//王恩衷.艾略特诗学文集.王恩衷,译.北京：国际文化出版公司,1989:177-178.
② T.S.艾略特.诗的音乐性[M]//王恩衷.艾略特诗学文集.王恩衷,译.北京：国际文化出版公司,1989:180.

都是散文诗,或诗散文。"①在这段话中,施蛰存对中国自由诗的叙述有失公允,就本文所论述的时间段内,20世纪20年代初就有陆志韦试验"有节奏的自由诗",20世纪30年代陆志韦又实践他所谓的"杂样的五拍诗",林庚也提出"节奏自由诗"的理念,卞之琳却用"说话的调子"来写舒卷自如的"新诗"。但是,在中国新诗走向现代性的过程中,确实始终存在一种这样的观念:放弃诗歌作为一种文类最起码的要求,完全不考虑自由诗任何的形式秩序。具有这种观念的人完全误解了自由诗的真谛,因为对于一个想要写好诗的人来说,没有一种诗是自由的,因为"只有拙劣的诗人才会认为自由诗就是从形式中解放出来",其实,"自由诗是对僵化的形式的反叛,也是为了新形式的到来或者旧形式的更新所作的准备;它强调每一首诗本身的独特的内在统一,而反对类型式的外在统一。形式是由某个人想要说些什么而产生的,在这种意义上,诗的产生先于形式;正如一个音韵学的体系只不过表述了一系列相互影响的诗人的节奏所具有的共同点而已"②。从"五四"文学革命的"诗体大解放"到刘梦苇、闻一多、饶孟侃等人的格律诗探索,再到20世纪30年代自由诗的再次勃兴,以及随后发生的朱光潜、罗念生等人关于"韵""顿""节奏"等问题的讨论,都不是重复过去的形式探索,而是新诗形式秩序寻求的深化;但是,不管形式的探索和深化到哪一种程度,它都必须考虑自身语言的可能性,因为"任何一种语言——只要它还是原来的那种语言——都有它自己的规则和限制,有它自身允许的变化范围,并且对语言的节奏和声音的格式有它自身的要求。而语言总在变化着,它在词汇、句法、发音和音调上的发展——甚至,从长远来看,它的退化——都必须为诗人所接受并加以充分的利用。诗人反过来有特权帮助语言发展,维持语言表现广阔而微妙的感觉和情愫的品质和能力;他的任务是既要对变化做出反应并使人们对这种变化有所意识,又要反抗语言堕落到他所知的过去的标准以下。他可能采取的这些自由行动都是为了秩序"③。从这个意义上讲,无论是哪种诗歌,它都面临着永无止境的冒险。

---

① 施蛰存.现代·杂忆[M]//北山散文集:(一).上海:华东师范大学出版社,2001:259.
②③ T.S.艾略特.诗的音乐性[M]//王恩衷.艾略特诗学文集.王恩衷,译.北京:国际文化出版公司,1989:186.

结　语

　　对 20 世纪 30 年代中国新诗中自由诗理念变迁的探索匆匆结束了,本书从多个角度试图阐明,自由诗作为一种西方现代诗歌体式,在"五四"文学革命中被翻译、引进到中国的"诗体革命"中,它与当时的历史语境有着深刻而又复杂的纠缠,由于文学革命倡导者对它的掌控和操演,使得这一诗歌体式在形式上出现自由化和散文化的倾向,在精神上滑入浪漫主义的泥淖,这与西方的象征主义和意象派诗歌运动中的自由诗思潮有巨大的差异。但是,"五四"时期的自由诗(最早是以白话诗的形式出现)并非毫无所获,起码它突破了古典诗歌的形式符号体制,锤炼了"白话"这一语言工具,使得"丰富的材料,精密的观察,高深的理想,复杂的感情,方才能跑到诗里去",进而成为传播的媒介。到了 20 世纪 20 年代末 30 年代初,自由诗受到象征主义和意象派诗歌的"从内到外"的"洗礼"之后,诗歌的感觉方式和想象方式都与"五四"时期有了很大的不同,逐步从"主体的诗"走向"本体的诗"。其次,众所周知,西方自由诗并未完全放弃韵律、格式和节奏,而且还非常讲究形式秩序的完美,中国的"自由诗"尽管语言文字是以象形文字为主,但只要它是诗,就不能无视诗歌的韵律、格式和节奏,不能忽略形式秩序的寻求,遵循诗之为诗的文类规则,从刘半农、赵元任、陆志韦到格律诗派和新月诗派对诗歌形式音韵的探求,再到 20 世纪 30 年代戴望舒和林庚、废名、叶公超、朱光潜和罗念生以及朱自清等对诗歌形式秩序和音韵节奏的探讨都证明了这一点,他们的探索推进了中国新诗形式秩序的审美追求。

　　本书把论述的时间范围限定在 20 世纪 30 年代,并非简单地认同传统的文学史的界定,而是一方面因为中国自由诗的理念变迁及对其的争论在这一时期表现得最为剧烈,另一方面,或者说更为本质的原因正如雷内·韦勒克所说:"文学研究必须成为一种系统的知识,成为一种探索结构、规范和功用的努力。这些结构、规范和功用包含价值而且本身就是价值。"①因此,韦勒克提示从事文学研究的人必须注意:时间并非只是整齐划一的事件序列,而价值也不能只是创新。这个问题十分复杂,因为不管在任何时刻都会涉及整个过去并且包罗一切价值。我们必须抛弃轻易得出的解决方案,并且正视现实中的全部具体的浓密性和多样性。从这个意义上讲,本书的论述时间范畴就不是轻易去迎合文学史或思想史的时间界分,而是充分考虑自由诗本身在这一时期内理念变迁的内在理路。它涉及自由诗从最初作为推行白话文的工具,打破旧体制,配合"五四"文学革命运动斗争的一翼,到20世纪30年代成为具有诗歌文类的本体的诗,以及在这期间所走过的复杂而艰难的历程。

　　本书在论述自由诗的理念变迁的过程中时时感到,自由诗在被翻译、引进之后,成为中国新诗的主导形式,它的"问题"其实就是中国新诗的"问题",新诗在放弃传统诗歌中的固定形式以后,语言也在现代社会的"召唤"下变得越来越精密,因此,诗人如何写诗,在越来越个人化的时代,如何使"自由"的语言成为"诗"的语言,使"诗是诗",将是探讨中国新诗发展持久不衰的话题。

---

① 雷内·韦勒克.文学史上的演变概念[M]//批评的概念.张金言,译.杭州:中国美术出版社,1999:49.

附录一

诗人和诗歌对什么负责
——对新世纪底层诗歌的思考

在经历了 20 世纪 90 年代末的"民间写作"和"知识分子写作"之争后，21 世纪初的中国诗歌继续在"个人化写作"的道路上探索和分化。然而，当下的中国新诗尽管在"个人化写作"的道路上延续和深化，但是它并未真正走向"私人化"，并未走向自我的狭窄的空间，去浅吟低唱一己的欢乐和幸福或悲伤和不幸；在当下中国历史的宏大语境下，在中国现代性寻求不断深化的过程中，当下的中国诗人更多的是通过自我的意识、感觉和个体的经验，一方面，试图重建诗歌与当下中国现实磋商对话的平台，缝合 20 世纪 90 年代末"民间写作"与"知识分子写作"论争中出现的裂痕；另一方面，诗人们又企望通过个体的感觉和经验，呈现中国社会在现代化发展进程中经历的个体与时代、自我与他者之间纠缠迎拒的复杂关系，彰显个人在宏大历史下被遮蔽的、被压抑的、为意识形态所忽略的丰富而复杂的情感。从 20 世纪 90 年代末直至近年，以底层生存真实为题材的诗歌写作倾向是当下中国诗坛令人瞩目的诗歌现象，这些作品呈现中国社会进入市场经济以来，在加速推进中国社会的现代化过程之中，乡村与城市的变迁、农民的流徙、进城打工者与城市下层普通民众的生存困境，再现中国社会在现代性行程中种种无法回避又不能抗拒的问题。正是因为这些诗人及其诗歌对现实世界的敏感多思、对美好家园的痛苦追忆、对差异性两极世界深度的透视，引起批评界的关注；这些诗人对当下中国新诗写作路径新的探索，再次带出中国新诗发展过程中遗留的"问题"。

一

从 20 世纪 90 年代中后期开始，"打工文学"、"草根性"写作、"底层经验"写作以及前一段时间出现的"地震文学"等关注底层生存的文学创作再度勃兴于中国文坛，而与此相关的诗歌写作也顺理成章地成为诗歌批评界注视的焦点。

20世纪90年代后期直至新世纪以来出现的以底层生存真实为题材的诗歌写作者,不仅有成名的诗人如邵燕祥、于坚、王小妮,更多的是默默无闻的为中国社会的现代性寻求付出巨大代价的进城务工人员,甚至有很多是无名的诗歌爱好者,他们以自身的经历、经验和生存境遇作为背景,或者作为直接的题材,书写中国社会在政治、经济、文化都逐步现代化的行程中,被忽略、遮蔽的底层民众的生存境况;被蚕食、掠夺的乡村田园的破败现实;被漠视的留守儿童的生存权和教育权;以及在天灾人祸面前,震区灾民从物质到精神层面都面临严峻的挑战等现象。这些关注底层的诗歌写作倾向的凸现,被一些论者认为是"新诗中的一种新的层面在展现,一道新的风景线在出现"①,是"危机之中的新迹象",预言新诗"终于到了某种转型关口"②,一些论者从这些诗歌的内蕴中得到启示,吁求"诗歌作为一种文学形式的社会责任和作为诗人的社会担当"③,重新提倡中国诗歌"兴观群怨"的功能。一些论者针对这种写作倾向指出:"在对普遍性的社会伦理吁求保持呼应的前提下,作为与主流精英分子相区别的诗人,当现实或苦难呼唤着自己的形式,呼唤对自己进行命名与言说时,他要遵循的仍然也只能是诗歌自身的伦理法则,一种审美的角度,一种沉着的专业的态度,通过'技巧'对思想、意识、感性、直觉和体验的'辛勤咀嚼',成就出经得起时间磨损的诗歌形式,和能够保持苦难的重量与质感的、具体的诗歌文本。他的道德价值也只有通过对诗歌艺术的忠实,通过艰苦的甚至是寂寞的诗歌劳作来体现。他的伦理态度、伦理价值关怀不应该表现在人云亦云的热情和具有轰动效应的题材上,而应该体现在遵循诗歌自身的逻辑,在自己能够发挥作用的领域勤奋工作,将现实的各种挑战(包括对底层民众的关注)整合于文学性价值的准则规范和文学的表现力之中。"④从表面上看,这两种观点截然相反,从本质上说,后者观点是对前者的延伸和深化,前者敏感地意识到中国新诗新的审美倾向和社会担当精神,而后者在此基础上认为,当下中国新诗新的审美转型和诗人的社会担当精神仍然必须遵循诗歌自身的艺

---

① 蓝野.价值认同、健康取向与大地背景——第二届华文青年诗人奖颁奖座谈会[J].诗刊(下半月刊),2004(16):12-13.此观点为谢冕在座谈会上发言的概括。
② 李少君.草根性与新诗的转型[M]//21世纪诗歌精选·草根诗歌特辑.武汉:长江文艺出版社,2005:285—286.
③ 梁平.诗歌:重新找回对社会责任的担当[J].星星,2006(1):1.
④ 钱文亮.伦理与诗歌伦理[J].新诗评论,2005(2):15.

术自律机制。从近年关怀底层的诗歌写作看,从众多文本所彰显出的诗歌与现实、诗歌与道德、诗歌与意识形态的关系看,诗人和诗歌的"身份"再度变得含混,真正的诗人应对什么负责,真正的好诗又如何才能经得起时间的淘洗呢?

二

"诗人对什么负责""什么是经典作品",这些问题曾在 20 世纪的美国批评界引起论争。20 世纪 30 年代末美国诗人阿奇保德·麦克里希发表《不负责任者》和《诗与公众世界》两文,前文指责艾略特等现代诗人放弃诗人的社会责任,听任法西斯崛起;后文则强调诗"能够"与政治改革、公众世界发生交涉,诗人完全可以通过组织新的经验,用诗歌的形式来呈现它所处的时代及公众世界。由于"新批评"还是小流派,并未直接与之论战。然而,十年之后,因庞德作为战犯,却被美国国会图书馆评奖委员会授予波林肯诗歌奖,造成全国舆论大哗,艾伦·退特为此发表《诗人对谁负责》一文,他认为:"诗人的责任本来很简单,那就是反映人类经验的真实,而不是说明人类的经验应该是什么——任何时代,概莫能外。诗人对谁负责呢?他对他的良心负责,'良心'一词,取它在法文中的含义:知识与判断的呼应行动……所以,诗人能对社会所负的责任绝不是按照社会思潮或社会需要去编诗。诗人对什么负责呢?他只对他作为一个诗人应当具备的德行负责,对他的特别的 arêtee(风骨)负责;他的责任是熟练地掌握一种他能运用自如的语言,这语言不会回避由他的意识所传达给他的、关于现实的全部真实情况,用叶芝的名言来说,就是诗人必须把'现实与公开化为一个思想'。"① 艾伦·退特的观点表面上看来不偏不倚,实际上全文在激烈反驳麦克里希,其真正的观点是,诗人不参与政治,不对社会负责,只对自己的"良心"负责。然而,艾伦·退特所谓的诗人的"良心""德行""风骨",甚至"语言",难道与公众世界没有任何牵连吗,面对纳粹军国主义在欧洲、亚洲的大肆屠戮、奥斯威辛成为人间地狱,诗人的"良心"和"德行"真的能够无动于衷?从这个意义上说,阿多诺的名言"奥斯威辛之后,写诗是野蛮的"具有深刻内涵,有其所指。2002 年诺贝尔文学奖得主凯尔泰斯说"奥斯威辛之后只能写奥斯威辛的诗",也道出人类在遭遇历史的巨变之后,作为诗人更应关怀人

---

① 艾伦·退特.诗人对谁负责[M]//赵毅衡."新批评"文集.牛抗生,译.天津:百花文艺出版社,2001:525.

类世界,其作品更应该具有大悲悯和大感激的情怀。

在半个多世纪之后重新检审20世纪的这一论争,可以看出论争双方的观点有相通之处。阿奇保德·麦克里希认为"艺术是处理我们现世界的经验的,它将那种经验'当作'经验,使人能以认识。别的处理我们现世经验的方法,是将它翻成知识,或从它里头抽出道德的意义。艺术不是这种方法。艺术不是绅绎真理的技术,也不是一套符号,用来做说明的。艺术不是潜水人用来向水里看的镜子,也不是了解我们生命的究极的算学。艺术只是从经验里组织经验,目的在认识经验",因而"诗人自己得先看清经验的形状和意义,才能将形状和意义赋给它。我们各行人中间,也有少数知道我们所生活的时代的形状和意义的。但是一团糟的无条理的知觉和有条有理的诗的知觉不同之处,便是诗的动作不同之处。这诗的动作,无论看来怎么敏捷,怎么容易,怎么愉快,却实在是一件费力的动作,和人所能成就的别的任何动作一样。这动作没有助力,没有工具,没有仪器,没有算学,没有六分仪。在这动作里,只是一个人独自和现象奋斗着,那现象是非压迫它不会露出真确的面目的"①。在这里,阿奇保德·麦克里希强调,艺术(诗)是组织现世界的经验,而要这种现世的经验表现为有意味的形式,诗人必须与语言经历一番艰苦卓绝的博斗。艾伦·退特在《诗人对谁负责》一文中认为"诗人的责任本来很简单,那就是反映人类经验的真实,而不是说明人类的经验应该是什么",其前提是"在诗歌所由产生的社会中的那些感情与思想,信仰与经验的全部复杂性情形乃是诗人必须首先要铭记于心的最基本的制约因素,否则诗人的语言就会缺乏起码的真实性,缺乏事物与文字之间的联系。忽略了对这种起码的真实性的考虑就会产生出纯主观的诗歌,它通常对人类的现状都视而不见。我们必须正视人类的现状,并在语言中体现出人类的现状,而后人类才能构想未来可能的行动——任何时代,概莫能外"②。艾伦·退特的这些观点意在提醒诗人,为了避免主观性的诗歌,诗歌创作必须建立在产生它的社会中的"感情与思想,信仰与经验的全部复杂性"基础之上,否则将缺乏"起码的真实性"。从两者相关的论述中,我们可以知道,无论是阿奇保德·麦克里希,还是艾伦·退特,他们都非常重视诗歌赖以存在的公众世界资源(人类的感情、思想、信仰、经验等),抛弃这些

---

① 阿奇保德·麦克里希.诗与公众世界[M]//朱自清.新诗杂话.桂林:广西师范大学出版社,2004:91.
② 艾伦·退特.诗人对谁负责[M]//赵毅衡."新批评"文集.牛抗生,译.天津:百花文艺出版社,2001:524-525.

公共资源,诗歌将缺乏"起码的真实性",失去存在之基础。

　　回到近年的"打工诗歌"、"草根性"写作、"底层生存"写作和前一段时间出现的"地震诗歌",虽然很多的诗作是激情之作,失之粗糙,尚未来得及把自己的个体经验组织成优美的诗歌;但这些关怀底层的诗歌写作中也出现相当多的优秀作品:雷平阳的《蚂蚁和蜘蛛》就给我们带来新的启示:诗中说话者把自己比作没有"远方"的蜘蛛和没有"天堂"的蚂蚁,把和"我"同类的下层普通民众的底层经验通过"蜘蛛"和"蚂蚁"这两个意象与语言对接起来,拓展它们作为"标准语言"的意义,"蚂蚁"和"蜘蛛"也就象征没有希望、没有未来,始终处于黑暗中的渺小的下层民众;他的《河流》更是近年来反映中国普通民众复杂内心世界的最精彩的诗歌之一:"被劈开的空气,在它走远之后/才发出破碎的声音。它已经什么都不知道/在它的身后,我们被黑夜所笼罩/空气,是黑颜色的。作为唯一的亮色/它曾经带给我们很多梦想/我们都想像它一样:患有多动症/而且能把所有的山峰劈成两半/我相信所有的河流都是一只刀斧大军/正如我相信在亡灵游荡之处,我是孤独的。""河流"象征一股力量,由许许多多的人组成,它能把所有的山峰劈开,它又是"一只刀斧大军",象征既能载舟又能覆舟的"水"。原来作为日常语言的"河流",在诗中被书写成可以冲决一切的力量,它的意蕴成为抗争的"声音"。辰水的《春夏之交的民工》这样写道:"在春夏之交的时候/迎春花开遍了山冈/在通往北京的铁路线旁/有一群民工正走在去北京的路上/他们的穿着显得有些不合时宜/有的穿着短袄,有的穿着汗衫/在他们中间还有一些女人和孩子/女人们都默默地低着头跟在男人的后边/只有那些孩子们是快乐的/他们高兴地追赶着火车/他们幸福地敲打着铁轨/仿佛这列火车是他们的/仿佛他们要坐着火车去北京。"城市是乡村的"磁铁",更是民工们寻求美好生活的地方,但也是民工们永远的"城堡",因为他们与生俱来的"俄狄浦斯"式的命运使他们永远也无法真正走进"城堡"。全诗语言简洁明了,通俗易懂。诗的张力来至于民工们在迎春花开的季节却要拖家带口去陌生的城市谋生;更令人伤感的是,女人们无奈地跟随与孩子们的快乐地前往形成鲜明对照,使得民工真实的生存境遇自然而然地呈现在读者眼前。邰筐在《凌晨三点钟的歌谣》中写诗人、环卫工人、歌厅小姐在早餐店里充满戏剧性的相遇,非常客观地呈现下层普通民众生活的艰辛和不易。老了的《一个俗人的账目明细表》通过对一个普通劳动者开列自己一生的收入和支出,最后的所得却只能买一块埋葬自己荒地的叙述,传达出这个普通劳动者的沉痛和戏谑。这种真实,由一系列让人触目惊心的数字排列出来,而这些直观数字也震悚了每一位读者。在地震诗歌中,朵渔的《今夜,写诗是轻浮的——

写于持续震撼中的5·12大地震》用反语揭示生命的珍贵,诗的语言简单纯净却十分有力;网络佚名诗人的《孩子快抓住妈妈的手》却通过生死两界中母亲和孩子相互抚慰,来呈现生死不离不弃的情感。从这些诗歌中,也许我们觉得它们过于直接和单纯,然而,这种直接和单纯是"一种直接承受者反复体验的感受,而不是旁观者或'深入生活'的作家'观察'到的生活表象"①,更不能把它们简单等同于介入式的诗歌,它们也同样产生于诗人所处时代的"感情与思想,信仰与经验的全部复杂性情形",而不是"按社会思潮或社会需要去编诗"。

三

虽然诗歌能够与政治改革、公众世界发生交涉,但是,仍然不能把关怀底层问题的诗歌写作看成介入式的诗歌,也不能站在公共性的立场审视这些诗歌,倘若从更本质的层面看待这一诗歌现象,能否把它看成中国新诗这一文类建构与完善过程中的一个环节?

关怀底层问题的诗歌写作固然存在诸多缺陷,还不能说这种写作倾向就预示当下诗歌的转型;然而,它之所以被论者误解,甚至被曲解,原因在于20世纪90年代后期的诗歌写作越来越个人化,个人的技巧也越来越娴熟,创作手法诚然提高了,诗歌也越来越精致了。这本来没有什么不好,但是,当这种审美机制用来衡量其他的诗歌写作时,就必然导致诗歌趣味的狭隘和审美空间的缩小,甚至扼杀诗歌新的发展空间。事实是"人的普通经验一代一代变化,诗里经验的种种组织也得变化","从前有用的种种'经验的组织'都成无用的时候;凡是要求一种真不同的'经验的组织'的时候;种种旧组织是先得剥去、卸下的",然后用"那种负责任的、担危险的语言,那种表示接受和信仰的语言"以"归依和凭依的态度将我们这样的经验写出来"。② 关怀底层问题的诗歌写作在面临自己所处的历史境遇和当下的诗歌现状提出自己的诉求:"诗歌应该从诗歌中解放出来,也就是再也不能针对着一种诗歌倾向去谈另一种诗歌,只在小领域内去谈论诗歌了;诗歌所最应针对的似乎应该是它的时代和所处历史境地。另外,诗歌应该从观念和情绪中解放出来,而不应该老是在主体的一些感情、想法上徘徊,而置促使这些想法、情绪产生的宏大历史场景不顾,

---

① 王光明.近年诗歌的民生关怀[J].河南社会科学,2006,14(6):35.
② 阿奇保德·麦克里希.诗与公众世界[M]//朱自清.新诗杂话.桂林:广西师范大学出版社,2004:93-95.

让诗歌显得自缩苍白,心有余而力不足;在这个传统的国人与生俱来的农耕生活方式、观念和文化日渐消亡而工业、商业文明和城市化进程日益奔涌而来的时代,诗歌除了'为乡村留下最后一首挽歌'之外,也应该全力以赴地去呈现历史所带来的新生活。"①从这个意义上说,写作以底层生存真实为题材的诗歌的诗人同样承担巨大的风险,他们决不仅仅对道德、现实和语言负责任,而是如20世纪40年代吴兴华在《现在的新诗》中所说:"我们现在写诗并不是个人娱乐的事,而是将来整个一个传统的奠基石。"②

诚然,当前以底层生存为题材的诗歌写作还存在诸多的缺点,距离艾略特经典作品的品质——心智的成熟、习俗的成熟、语言的成熟以及共同文体的完善还很远,但它必定是中国新诗发展过程中不可或缺的,是照亮中国新诗前行的一盏灯。

(原载《文艺理论与批评》2013年第6期)

---

① 江非.记事——可能和邮筐及一种新的诗歌取向有关[J].诗刊(下半月刊),2005(4):29.
② 吴兴华.现在的新诗[J].新诗评论,2007(1):48.

附录二

以戏剧的方式展开诗歌
—— 读吴兴华的《听〈梅花调·宝玉探病〉》

吴兴华(1921—1966),原籍浙江杭州,生于天津。笔名有兴华、钦江、梁文星等。青少年时期随父母在津京度过,曾就读于天津南开中学、北京崇德中学。1937年,年仅16岁的吴兴华即考入燕京大学西语系,同年他在由戴望舒、卞之琳、梁宗岱等人主编的《新诗》杂志上发表了新诗《森林的沉默》,显示了自己杰出的诗歌天才,引起当时诗坛的关注。1939年,吴兴华与孙道临、南星自费出版《篱树》同人诗刊;1940年,他还与孙道临、宋淇(林以亮)、秦佩珩等同学创办校园刊物《燕京文学》,是《篱树》《燕京文学》、《辅仁文苑》和《西洋文学》的主要撰稿人。由于吴兴华在校期间表现出了非凡的外语才能,不仅精通英语,还不同程度地掌握了法语、德语、意大利语等,1941年毕业留校任教。太平洋珍珠港战争爆发后,侵华日军查封了燕京大学,吴兴华离开了学校,在中法汉学研究所兼职。1945年,二次世界大战结束后,燕京大学在北京复校,吴兴华重新回到母校教书。解放后,燕京大学并入了北京大学,吴兴华历任北京大学西语系副教授、英语教研室主任和系副主任。1966年"文革"开始后,吴兴华屡遭不公平待遇,以致最后惨死于劳改队。

吴兴华在自己短暂的一生中创作了数量不少的新诗,这些新诗正像当时著名的诗人、诗评家周煦良所说的,不论在意境上还是文字上都和旧诗、西洋诗有着"深缔的因缘",是"一种新的综合";而吴兴华也被他评为中国诗坛出现的"一颗新星","可能是一个继往开来的人"。吴兴华的诗歌既不同于20年代以来的浪漫主义诗歌,也迥异于30年代由象征主义发展而来的"现代派"诗歌,而是在"化古"和"化洋"方面有自己独特的旨趣。在"化洋"方面,由于精通多种西方语言,吴兴华多方尝试采用西方的诗歌形式(如十四行体、哀歌体、十一音节无韵体、斯宾塞体、民谣体、抒情短诗体、艾尔凯斯体、六音步体等)进行创作,较成功的有《西伽》组诗、《Elegies》等;在翻译西方诗歌的过程中,吴兴华不仅受到了T.S.艾略特传统论、"非个人化"等诗歌理论的启发,形成"反浪漫主义"、主智的诗风;同时还学习里尔克"在一大串不连贯或表面不相连贯的事件中选择出最丰满,最紧张,最富于暗示性的片刻"或者"趋向人物事件的深心,而在平凡中看出不平凡"等诗歌创作技巧来处理自己的诗歌素材,如他创作的《吴起》《褒姒的一笑》《盗兵符之前》《解佩令》等诗。在"化古"方面,吴兴华从形式上向古典诗歌五七言律绝学习,用现代汉语创作了"新绝句",如《绝句二首》《绝句四首》等;而在内容上,吴兴华相当多的诗歌又"资书以为诗",大多取材于古代史传或文学典籍来诠释现代人的喜与悲、爱与恨、生与死等亘古常新的哲学命题,这一类诗歌又通常被称为"古题新咏"诗,如《柳毅和洞庭龙女》《给伊娃》《吴王夫差女小玉》《岘山》等诗。当然,吴兴华诗歌创作中的"化古"和"化洋"并不是相互独立的,而是水乳交融地结合在一起,他的《听〈梅花调·宝玉探病〉》一诗就是在"化古"和"化洋"上非常成功的范例。

吴兴华的《听〈梅花调·宝玉探病〉》发表于抗战结束后的文学刊物《文艺时代》(1946年1卷2期),在同一期上还刊载了他的《书〈樊川集·杜秋娘诗〉后》《大梁辞》《长廊上的雨》,它们统称为《诗四首》。《听〈梅花调·宝玉探病〉》这首诗歌一开始就显得与众不同,诗人吴兴华是以戏剧的方式来进入诗歌的,看似"坦白的说出,而所暗示的又都在":

> 她出现在台上,一个可怜的身形,
> 脸色黄黄的像冬日泥土隐没在
> 稀薄的雪下;两片板悠曳在手中,
> 走到鼓架前,让灯光流泻到身上:
> 瘦削的两肩与发育不全的胸部
> 仿佛禁不起观众们眼光的撕食。

诗的一起首就构造了一个戏剧情境:舞台、灯光、鼓架、身体羸弱的歌女(一位身材像林黛玉一样的女子)、观众。在这个场景中若单纯从表演的层面看,歌女是戏剧中的主角,是表演者;但是,从诗中"瘦削的两肩与发育不全的胸部/仿佛禁不起观众们眼光的撕食"可以看出,诗中的歌女只是一个被观看或聆听的对象,甚或是一个从视觉上、听觉上被"享受"的卑贱的生命。而作为观众(包括了诗中的说话者"我")在这里却是真正的"主角",他们可以通过视觉、听觉肆无忌惮地表现自己贪婪的欲望。吴兴华巧妙地借用了《梅花调·宝玉探病》这首曲子设计一个非常简洁的戏剧情境来进入诗歌,为这首诗接下来描写歌女卑微如草芥的生命埋下了伏笔,更为抒写底层社会被侮辱、被损害者的悲惨命运、人世无常的社会现实定下了基调。接下来诗人用两个"突然"来抒写诗中说话者"我"在听《梅花调·宝玉探病》曲子过程中的感受体验:"突然我觉得鼓声如从世界深幽/不可窥探的胸怀里解放出,突然/神异的火焰生灭在她的纤指下,/苍白的发射在她的颜面上,/使她像是思想的孩子",从而转入诗中具体的戏剧情境。在这个情境中,歌女像一个"思想的孩子"那样全身心地投入表演,出色的弹唱打动了诗中的说话者"我"和其他老少男女,在"屏息倾听"中,诗中说话者"我"沉浸在鼓声、弦声和歌声中,同时也被引领到了歌女所吟唱的音乐世界中,在这个音乐世界中形成了"我"与歌女的潜在对话。这种隐藏在诗歌语言背后的潜在对话不仅有对歌女出色表演的认可,更有对歌女吟唱的宝黛爱情悲剧故事的认同和回味:

那自作多情的公子与她,生长又
凋零在悲叹自怜里绝色的美人……
童时就熟知的故事,成年后不时
嗤之以鼻的故事在歌曲里重述:
医生可曾来看过了? 求来的仙方
可曾见效验? 夜晚的咳嗽可见轻?
几乎涌现在眼前那含愁的微笑,
那雪色的手强支着褪色的面颊——
徒然的这一切努力,我怕我不久
就要化为你脚底下践踏的灰尘。
清明日只望你几滴同情的眼泪,
润湿我的坟,给我在地下挣扎的
灵魂以安息。

正是对歌女的表演和弹唱的认可和认同,并且深深的浸淫于歌女所吟唱的音乐世界中,诗中的说话者"我"改变了童年甚至成年后对宝黛爱情悲剧故事嗤之以鼻的态度。接下来诗人更是利用直接对话的手段来展示宝黛爱情故事:"医生可曾来看过了? 求来的仙方/可曾见效验? 夜晚的咳嗽可见轻……"通过宝玉黛玉两人的一问(充满了怜爱)一答(蕴含着悲观和绝望)来重述宝黛爱情故事中某些非常重要的情节,吴兴华选择宝玉和黛玉看似平常的一问一答,却蕴涵了诗人独具慧眼的匠心,那就是从里尔克诗歌创作技巧中学来的"趋向人物事件的深心,而在平凡中看出不平凡"的创作手法;而在诗中直接运用对话的手法更是二十世纪以来西方诗人在诗歌创作中常用的手段。此外,通过运用对话的手段(宝玉黛玉的对话)也使得《梅花调·宝玉探病》这首曲子具象化,从而也让读者有一个非常具体可感的感性经验。而紧接着的黛玉悲凉绝望的自述:"徒然的这一切努力,我怕我不久/就要化为你脚底下践踏的灰尘。/清明日只望你几滴同情的眼泪,/润湿我的坟,给我在地下挣扎的/灵魂以安息",这几句诗表层叙述的虽然是黛玉凄凉伤感的决绝之辞,但谁又能否认这不是诗中全身心投入歌唱的歌女的身世之感呢?

当诗中的歌女沉浸在自己弹唱的宝黛爱情悲剧故事的同时,也带出了诗中说话者"我"对生命卑微如草芥的歌女的同情和怜悯,此时,诗歌再一次从观众(包括诗中说话者"我")的视角转入了对歌女的抒写:

> 谁这时还记得开始鄙俚的辞句,
> 排列着西风与鸿雁自以为高雅;
> 或是还注意她拙劣凌乱的烫发,
> 浓厚的脂粉,贱价钱发光的绸衣?
> 她已经不再以眼波使别人沉醉,
> 不再是供人在掌心玩弄的偶人,
> 投进悲哀的海洋里,像是潜水者,
> 激动的白波立刻在她顶上合没。
> 战抖的手和沙哑而战抖的喉音,
> 如飞翔的梭在无数平行的线间,
> 穿出又穿入那才子佳人的遭遇,
> 使我们辨不出故事和她的分野。

以上的诗行又一次把诗中的歌女置于被观看、被聆听的客体,但是,此时诗中的歌女已不是诗歌刚开始时作为观众视觉、听觉"享受"的对象,而是通过自己深情弹唱营造的音乐世界,深深地感染了观众并引导他们与自己在歌声(《梅花调·宝玉探病》)中对话的表演者,而这种对话既是间接的,也是直接的,它通过《梅花调·宝玉探病》这首曲子来完成,最终使得观众在歌声中也"辨不出故事和她的分野"。歌女的命运不仅通过自身出色的弹唱,还通过观众对其弹唱所带出的感觉经验与黛玉的身世、命运勾连在一起呈现在观众面前,与此同时也呈现在读者的想象之中,使读者自然而然的把诗中歌女的身世、命运与黛玉的身世、命运作比照。此外,这些经由观众视觉、听觉出发所想象的诗行还隐含着歌女所处的现实世界与舞台世界的巨大的落差,这一巨大的反差通过反问句带出"谁这时还记得开始鄙俚的辞句,/排列着西风与鸿雁自以为高雅;/或是还注意她拙劣凌乱的烫发,/浓厚的脂粉,贱价钱发光的绸衣",舞台上虽说不上光彩照人,但最起码还是表演的装束,却为接下来的诗句所完全解构"她已经不再以眼波使别人沉醉,/不再是供人在掌心玩弄的偶人,/投进悲哀的海洋里,像是潜水者,/激动的白波立刻在她顶上合没",由一个受观众瞩目的舞台歌女,变身为现实生活中随命运的风暴颠沛流离的芸芸众生,这怎么不让人触目惊心呢?

在以观众(诗中说话者"我")为抒情主体,抒写了诗中歌女的命运在舞台世界与现实世界的巨大反差之后,吴兴华接下来并没有直接推衍出自己对诗中歌女命运的同情、怜悯甚至鸣不平,而是再次回到了歌女本人对自身的身世命运作长驱直入的思考,此时,诗中的歌女又变成了诗歌的抒情主体:

> 不死的爱恋如甘露洒下来,长久
> 干枯的心田满蕴着未来的绿意。
> 唉这绝顶的辛劳,再感到坚实的
> 大地在脚下,身子在窄狭的椅中,
> 再抬起两眉对至情无私的牺牲,
> 准备自己的身心对一切不信任。

诗中的歌女相信真挚的情感最终能换来"甘露"浇灌"干枯的心田",相信艰辛的劳作能带来"绿意"浓浓的生活,不信任一切命运的播弄,因而以一种严肃的态度全身心投入自己的表演艺术;但是,无论就她所处的时代境遇也好,还是她所从事的职业(一个卖艺的女子)也好,都注定了她的一生只能在命运的拨弄中沉浮。芸芸众生之中,又有几个人能逃脱得了命运之神的掌控呢,倘若能安于命运的播弄,坦然得面对现实生活糊涂地过一生也罢,可悲的是诗中的歌女又清醒地意识到了命运对自己的不公,对未来"绿意"浓浓的生活还有所期盼,却又招致现实生活无情的粉碎,这无疑是在自己的创口上再撒上一把盐,这一种深心剧痛更激化了歌女对现实、对生命的沉思:

> 当灯光灭去,当幕在我眼前垂下,
> 当灰的夜风从大开的窗间流入,
> 当掌声告别声响彻黑暗的厅廊,
> 生命开始在喧嚣里对我像如此
> 贫乏而不具有意义,日夕鞭策着
> 有限的心脑向无限距离里趋行,
> 已经冻冷的永远不再转回灼热。
> 暂时追忆起歧路在凄凉落照中,
> 那一个世界对我已隔绝如梦寐。

当五彩的灯光黯然逝去、当银幕在眼前低垂、当掌声和告别声都消失在黑夜时,歌女注定了要回到现实生活中去面对人世的喧嚣和琐碎,因为这才是人生的主旋律。不管生命是如何地"贫乏而不具有意义",不管"有限的心脑"是如何地难以抵达"无限的距离",舞台上的艺术世界永远只是一种虚构,现实世界对于芸芸众生才是永恒的真实。至此,整首诗的张力在结束时达到极致,它不仅来自诗中歌女由内心冲突带出的对生命的沉思,更来自于诗人在诗歌中揭示的存在之思——生命的价值与意义何在之中。

全诗在"灯光灭去",帘幕降落中结束,然而,诗中歌女对生命价值的追问、对舞台世界的决绝态度却始终萦绕于读者的心中,诗歌又一次以戏剧的方式结束全诗。纵观全诗,吴兴华是以戏剧的方式来处理这首诗的,这也是《听〈梅花调·宝玉探病〉》最大的特点:全诗以戏剧的方式进入诗歌,又在戏剧中展开诗歌,诗中的抒情主体也多次转换,同时对话手法(既有直接对话,间接对话,还有潜在对话)的运用使得全诗更具戏剧味。其实,吴兴华是一位对莎士比亚非常有研究的学者,曾翻译过莎士比亚的《亨利四世》,有多篇研究莎剧的学术论文发表,是学术界经常引述的名篇。吴兴华深厚的戏剧学养也潜移默化地影响了他创作这首《听〈梅花调·宝玉探病〉》。

附:

听《梅花调·宝玉探病》

她出现在台上,一个可怜的身形,
脸色黄黄的像冬日泥土隐没在
稀薄的雪下;两片板悠曳在手中,
走到鼓架前,让灯光流泻到身上;
瘦削的两肩与发育不全的胸部
仿佛禁不起观众们眼光的撕食。
突然我觉得鼓声如从世界深幽
不可窥探的胸怀里解放出,突然
神异的火焰生灭在她的纤指下,
苍白的发射在她的颜面上,使她
像是思想的孩子,当零落如雨点,
她的歌降落到老少男女的头上,
有时轻,有时重,无所不包像外面
展开的黑夜,却又似循一个圆心
急促的旋转,追寻不存在的终止。

而轻柔的滑过表面一层丝质,
单调的弦声,单调而不濒于哭泣,
像是弹者的脸,永远漠然的守视
如何过余剩的感情浸润入世人
无防御的心灵。我们屏息的倾听,
那自作多情的公子与她,生长又
凋零在悲叹自怜里绝色的美人……
童时就熟知的故事,成年后不时
嗤之以鼻的故事在歌曲里重述:
医生可曾来看过了? 求来的仙方
可曾见效验? 夜晚的咳嗽可见轻?
几乎涌现在眼前那含愁的微笑,
那雪色的手强支着褪色的面颊——
徒然的这一切努力,我怕我不久
就要化为你脚底下践踏的灰尘。
清明日只望你几滴同情的眼泪,
润湿我的坟,给我在地下挣扎的
灵魂以安息。梦,梦是我们的一生,
当更声低微,月亮与参宿西落,
你或能再见我不定如水的姿容:
谁这时还记得开始鄙俚的辞句,
排列着西风与鸿雁自以为高雅;
或是还注意她拙劣凌乱的烫发,
浓厚的脂粉,贱价钱发光的绸衣?
她已经不再以眼波使别人沉醉,
不再是供人在掌心玩弄的偶人,
投进悲哀的海洋里,像是潜水者,
激动的白波立刻在她顶上合没。
战抖的手和沙哑而战抖的喉音,
如飞翔的梭在无数平行的线间,
穿出又穿入那才子佳人的遭遇,
使我们辨不出故事和她的分野。
不死的爱恋如甘露洒下来,长久

干枯的心田满蕴着未来的绿意。
唉这绝顶的辛劳,再感到坚实的
大地在脚下,身子在窄狭的椅中,
再抬起两眉对至情无私的牺牲,
准备自己的身心对一切不信任。
当灯光灭去,当幕在我眼前垂下,
当灰的夜风从大开的窗间流入,
当掌声告别声响彻黑暗的厅廊,
生命开始在喧嚣里对我像如此
贫乏而不具有意义,日夕鞭策着
有限的心脑向无限距离里趋行,
已经冻冷的永远不再转回灼热。
暂时追忆起歧路在凄凉落照中,
那一个世界对我已隔绝如梦寐。

(原载《名作欣赏》2008 年第 4 期)

参考文献

专著

[1] 胡适.尝试集·自序[M]//陈绍伟.中国新诗集序跋选(1918—1949).长沙:湖南文艺出版社,1986.

[2] 朱自清.新诗[M]//朱自清全集:第4卷.南京:江苏教育出版社,1996.

[3] 俞平伯.社会上对于新诗的各种心理观[M]//杨匡汉,刘福春.中国现代诗论:上编.广州:花城出版社,1985.

[4] 石灵.新月诗派[M]//杨匡汉,刘福春.中国现代诗论:上编.广州:花城出版社,1985.

[5] 陈梦家.诗的装饰和灵魂[M]//梦甲室存文.北京:中华书局,2006.

[6] 孙作云.论"现代派"诗[M]//杨匡汉,刘福春.中国现代诗论:上编.广州:花城出版社,1985.

[7] 施蛰存.现代·杂忆[M]//北山散文集:(一).上海:华东师范大学出版社,2001.

[8] 孙玉石.中国现代主义诗潮史论[M].北京:北京大学出版社,1999.

[9] 童庆炳.文体与文体的创造[M].昆明:云南人民出版社,1994.

[10] 唐湜.新诗的自由化与格律化运动[M]//新意度集.北京:生活·读书·新知三联书店,1990.

[11] 孙玉石.现代向传统的寻求:1930年代废名关于"晚唐诗热"的阐释[M]//吉林大学文化研究所.华夏文化论坛.长春:吉林大学出版社,2007.

[12] 王光明.现代汉诗的百年演变[M].石家庄:河北人民出版社,2003.

[13] 胡适.谈新诗——八年来一件大事[M]//胡适.中国新文学大系:建设理论集(影印本).上海:上海文艺出版社,2003.

[14] 胡适.逼上梁山——文学革命的开始[M]//胡适.中国新文学大系:建设理论集(影印本).上海:上海文艺出版社,2003.

[15] 胡适.胡适日记全编(1915—1917):第2卷[M].合肥:安徽教育出版

社,2001.

[16] 梅光迪.梅光迪复胡适(1916年1月25日)[M]//杜春和、韩荣芳、耿来金.胡适论学往来书信选:(下).石家庄:河北人民出版社,1998.

[17] 胡适.胡适复任鸿隽(1916年2月2日)[M]//杜春和、韩荣芳、耿来金.胡适论学往来书信选:(上).石家庄:河北人民出版社,1998.

[18] 梅光迪.梅光迪致胡适(1916年7月17日)[M]//杜春和、韩荣芳、耿来金.胡适论学往来书信选:(下).石家庄:河北人民出版社,1998.

[19] 胡适.建设的文学革命论[M]//胡适.中国新文学大系:建设理论集(影印本).上海:上海文艺出版社,2003.

[20] 梅光迪.梅光迪致胡适(1916年7月24日)[M]//杜春和、韩荣芳、耿来金.胡适论学往来书信选:(下).石家庄:河北人民出版社,1998.

[21] 梅光迪.梅光迪致胡适(1916年8月8日)[M]//杜春和、韩荣芳、耿来金.胡适论学往来书信选:(下).石家庄:河北人民出版社,1998.

[22] 胡适.尝试集·再版自序[M]//胡适.中国新文学大系:建设理论集(影印本).上海:上海文艺出版社,2003.

[23] 郑敏.意象派诗的创新、局限及对现代派诗的影响[M]//诗歌与哲学是近邻——结构—解构诗论.北京:北京大学出版社,1999.

[24] 刘半农.我之文学改良观[M]//胡适.中国新文学大系:建设理论集(影印本).上海:上海文艺出版社,2003.

[25] 刘复.四声实验录·序赘[M]//半农杂文:第1册.北京:星云堂书店,1934.

[26] 赵元任.国音新诗韵[M].上海:商务印书馆,1923.

[27] 赵元任.新诗歌集·序[M].上海:商务印书馆,1928.

[28] 潘大道.诗论·自序[M].上海:中华学艺社,1924.

[29] 陆志韦.渡河·自序[M].上海:亚东图书馆,1923.

[30] 陆志韦.渡河·我的诗的躯壳[M].上海:亚东图书馆,1923.

[31] 陆志韦.白话诗用韵管见[M]//燕京大学.燕园集.北京:燕京大学燕园集出版委员会,1940.

[32] 唐钺.诗与诗体[M]//国故新探.上海:商务印书馆,1926.

[33] 唐钺.音韵之隐微的文学功用[M]//国故新探.上海:商务印书馆,1926.

[34] 郭沫若.论节奏[M]//郭沫若全集(文学编):第15卷.北京:人民文学出版社,1990.

[35] 蹇先艾.向艰苦的路途走去[M]//蹇先艾文集:第3卷.贵阳:贵州人民出版社,2004.

[36] 朱自清.新诗杂话·诗的形式[M]//朱自清全集:第2卷.南京:江苏教育出版社,1999.

[37] 于赓虞.世纪的脸·序语[M]//解志熙,王文金.于赓虞诗文辑存:(上).开封:河南大学出版社,2004.

[38] 废名.新诗应该是自由诗[M]//陈子善.论新诗及其他.沈阳:辽宁教育出版社,1998.

[39] 朱湘.评徐君志摩的诗,评闻君一多的诗[M]//中书集.上海:生活书店,1934.

[40] 于赓虞.志摩的诗[M]//解志熙,王文金.于赓虞诗文辑存:(下).开封:河南大学出版社,2004.

[41] 卞之琳.戴望舒诗集·序[M]//卞之琳文集:中卷.合肥:安徽教育出版社,2002.

[42] 鲁迅.白莽作《孩儿塔》序[M]//鲁迅全集:第6卷.北京:人民文学出版社,1981.

[43] 钱杏邨.现代中国文学论·第一章[M]//阿英全集:第1卷.合肥:安徽教育出版社,2003.

[44] 郭沫若.我的作诗的经过[M]//郭沫若全集(文学编):第16卷.北京:人民文学出版社,1989.

[45] 高语罕.新梦·诗集序[M]//秦家琪,王继权.蒋光慈文集:第3卷.上海:上海文艺出版社,1985.

[46] 蒋光赤.新梦·自序[M]//秦家琪,王继权.蒋光慈文集:第3卷.上海:上海文艺出版社,1985.

[47] 蒋光慈.现代中国文学与社会生活[M]//秦家琪,王继权.蒋光慈文集:第4卷.上海:上海文艺出版社,1988.

[48] 殷夫."孩儿塔"上剥蚀的题记[M]//丁景唐,陈长歌.殷夫集.杭州:浙江文艺出版社,1984.

[49] 龙泉明.中国新诗流变论[M].北京:人民文学出版社,1999.

[50] 任钧.关于中国诗歌会[M]//新诗话.上海:上海新中国出版社,1946.

[51] 蒲风.五四到现在中国诗坛鸟瞰[M]//杨匡汉,刘福春.中国现代诗论:上编.广州:花城出版社,1985.

[52] 杨骚.历史的呼声——一九三六年的诗歌[M]//杨西北.杨骚选集:下卷.北京:作家出版社,2006.

[53] 闻一多.烙印·序[M]//唐诗杂论 诗与批评.北京:生活·读书·新知三联书店,1999.
[54] 胡风.田间底诗[M]//胡风评论集:上.北京:人民文学出版社,1984.
[55] 闻一多.时代的鼓手[M]//闻一多全集:第2卷.武汉:湖北人民出版社,1993.
[56] 胡风.吹芦笛的诗人[M]//胡风评论集:上.北京:人民文学出版社,1984.
[57] 张静庐.在出版界二十年[M].南京:江苏教育出版社,2005.
[58] 朱自清.新诗杂话·新诗的进步[M]//朱自清全集:第2卷.南京:江苏教育出版社,1996.
[59] 李书磊.都市的迁徙——现代小说与城市文化[M].长春:时代文艺出版社,1993.
[60] 李今.海派小说与现代都市文化[M].合肥:安徽教育出版社,2001.
[61] 陈子善.迪昔辰光格上海[M].南京:南京师范大学出版社,2007.
[62] 郭沫若.郭沫若致宗白华[M]//郭沫若全集(文学编):第15卷.北京:人民文学出版社,1990.
[63] 叶维廉.语言的策略与历史的关联——五四到现代文学前夕[M]//中国诗学.北京:三联书店,1992.
[64] 梁宗岱.新诗底纷岐路口[M]//马海甸.梁宗岱文集:评论卷.北京:中央编译出版社,2003.
[65] 李健吾.《鱼目集》——卞之琳先生作[M]//咀华集·咀华二集.上海:复旦大学出版社,2005.
[66] 朱自清.中国新文学大系·诗集·导言[M]//朱自清全集:第4卷.南京:江苏教育出版社,1996.
[67] 施蛰存.戴望舒译诗集·序[M]//北山散文集:(二).上海:华东师范大学出版社,2001.
[68] 吴晓东.象征主义与中国现代文学[M].合肥:安徽教育出版社,2000.
[69] 李金发.食客与凶年·自跋[M].上海:北新书局,1927.
[70] 金丝燕.文学接受与文化过滤——中国对法国象征主义诗歌的接受[M].北京:中国人民大学出版社,1994.
[71] 朱自清.唱新诗等等[M]//朱自清全集:第4卷.南京:江苏教育出版社,1996.
[72] 朱自清.论中国诗的出路[M]//朱自清全集:第4卷.南京:江苏教育出版社,1996.

[73] 朱自清.新诗杂话·诗韵[M]//朱自清全集:第2卷.南京:江苏教育出版社,1996.
[74] 林庚.无题之秋·序[M]//林庚诗文集·集外集:第9卷.北京:清华大学出版社,2005.
[75] 林庚.问路集·自序[M]//问路集.北京:北京大学出版社,1984.
[76] 冯文炳.林庚同朱英诞的诗[M]//谈新诗.北京:人民文学出版社,1984.
[77] 林庚.诗的韵律[M]//问路集.北京:北京大学出版社,1984.
[78] 林庚.诗的语言[M]//问路集.北京:北京大学出版社,1984.
[79] 林庚.再论新诗的形式[M]//问路集.北京:北京大学出版社,1984.
[80] 废名.新诗问答[M]//陈子善.论新诗及其他.沈阳:辽宁教育出版社,1998.
[81] 废名.尝试集[M]//陈子善.论新诗及其他.沈阳:辽宁教育出版社,1998.
[82] 废名.冰心诗集[M]//陈子善.论新诗及其他.沈阳:辽宁教育出版社,1998.
[83] 废名.以往的诗文学与新诗[M]//陈子善.论新诗及其他.沈阳:辽宁教育出版社,1998.
[84] 梁实秋.论诗的大小长短[M]//杨迅文.梁实秋文集:第1卷.厦门:鹭江出版社,2002.
[85] 梁实秋.《草儿》评论[M]//杨迅文.梁实秋文集:第1卷.厦门:鹭江出版社,2002.
[86] 梁实秋.关于白璧德先生及其思想[M]//杨迅文.梁实秋文集:第1卷.厦门:鹭江出版社,2002.
[87] 梁实秋.一个评诗的标准[M]//杨迅文.梁实秋文集:第1卷.厦门:鹭江出版社,2002.
[88] 梁宗岱.象征主义[M]//马海甸.梁宗岱文集:评论卷.北京:中央编译出版社,2003.
[89] 梁宗岱.谈诗[M]//马海甸.梁宗岱文集:评论卷.北京:中央编译出版社,2003.
[90] 朱自清.新诗杂话·抗战与诗[M]//朱自清全集:第2卷.南京:江苏教育出版社,1996.
[91] 朱自清.冬夜·序[M]//朱自清全集:第4卷.南京:江苏教育出版社,1996.
[92] 朱自清.新诗杂话·抗战与诗[M]//朱自清全集:第2卷.南京:江苏教育出版社,1996.

[93] 朱自清.论朗读[M]//朱自清全集:第 2 卷.南京:江苏教育出版社,1996.

[94] 朱自清.朗读与诗[M]//朱自清全集:第 2 卷.南京:江苏教育出版社,1996.

[95] 朱自清.论诵读[M]//朱自清全集:第 3 卷.南京:江苏教育出版社,1996.

[96] 朱自清.论朗诵诗[M]//朱自清全集:第 3 卷.南京:江苏教育出版社,1996.

[97] 朱自清.新诗杂话·诗韵[M]//朱自清全集:第 2 卷.南京:江苏教育出版社,1996.

[98] 胡适.国语文学史[M].合肥:安徽教育出版社,2006.

[99] 朱自清.诗与话[M]//朱自清全集:第 3 卷.南京:江苏教育出版社,1996.

[100] 朱自清.诵读教学与"文学的国语"[M]//朱自清全集:第 3 卷.南京:江苏教育出版社,1996.

[101] 叶公超.音节与意义[M]//陈子善.叶公超批评文集.珠海:珠海出版社,1998.

[102] 叶公超.论新诗[M]//陈子善.叶公超批评文集.珠海:珠海出版社,1998.

[103] 郭沫若.论诗三札[M]//郭沫若全集(文学编):第 15 卷.北京:人民文学出版社,1990.

[104] 林以亮.论新诗的形式见[M]//林以亮诗话.台北:洪范书店有限公司,1976.

译著

[1] 巴赫金.文艺学中的形式主义方法[M]//钱中文,白春仁,晓河.周边集.李辉凡,张捷,译.石家庄:河北教育出版社,1998.

[2] 罗吉·福勒.现代西方文学批评术语词典[M].袁德成,译.成都:四川人民出版社,1987.

[3] M.H.艾布拉姆斯.文学术语词典:第 7 版(中英对照)[M].吴松江,朱金鹏,朱荔,等译.北京:北京大学出版社,2009.

[4] T.S.艾略特.诗的音乐性[M]//王恩衷.艾略特诗学文集.北京:国际文化出版公司,1989.

[5] 克莱夫·斯科特.散文诗和自由诗[M]//马·布雷德伯里,詹·麦克法

兰.现代主义.胡家峦,高逾,沈弘,等译.上海:上海外语教育出版社,1992.

[6] 布尔顿.诗歌解剖[M].傅浩,译.北京:生活·读书·新知三联书店,1992.

[7] 刘禾.跨语际实践——文学、民族文化与被译介的现代性(中国,1900—1937)[M].宋伟杰,桑梓兰,孟悦,等译.北京:三联书店,2002.

[8] 雷蒙德·威廉斯.现代主义的政治——反对新国教派[M].阎嘉,译.北京:商务印书馆,2002.

[9] 史书美.现代的诱惑——书写半殖民地中国的现代主义(1917—1937)[M].何恬,译.南京:江苏人民出版社,2007.

[10] 庞德.几条禁例[M]//黄晋凯,张秉真,杨恒达.象征主义·意象派.郑敏,译.北京:中国人民大学出版社,1989.

[11] 庞德.关于意象主义[M]//黄晋凯,张秉真,杨恒达.象征主义·意象派.张文锋,译.北京:中国人民大学出版社,1989.

[12] 彼德·琼斯.意象主义诗人(1915)·序[M]//意象派诗选.裘小龙,译.桂林:漓江出版社,1986.

[13] 马拉美.谈文学运动[M]//黄晋凯,张秉真,杨恒达.象征主义·意象派.闻家驷,译.北京:中国人民大学出版社,1989.

[14] 莫雷亚斯.象征主义宣言[M]//黄晋凯,张秉真,杨恒达.象征主义·意象派.王泰来,译.北京:中国人民大学出版社,1989.

[15] 休姆.论浪漫主义和古典主义[M]//洛奇.二十世纪文学评论:上册.上海:上海译文出版社,1987.

[16] 艾略特.传统与个人才能[M]//王恩衷.艾略特诗学文集.卞之琳,译.北京:国际文化出版公司,1989.

[17] 巴赫金.文学作品的内容、材料与形式问题[M]//钱中文,白春仁,晓河.哲学美学.晓河,译.石家庄:河北教育出版社,1998.

[18] 李欧梵.上海摩登——一种新都市文化在中国(1930—1945)[M].毛尖,译.北京:北京大学出版社,2001.

[19] 罗兹·墨菲.上海:现代中国的钥匙[M].上海社会科学院历史研究所,编译.上海:上海人民出版社,1986.

[20] G·M·海德.城市诗歌[M]//马·布雷德伯里,詹·麦克法兰.现代主义.胡家峦,高逾,沈弘,等译.上海:上海外语教育出版社,1992.

[21] 马尔科姆·布雷德伯里.现代主义的城市[M]//马·布雷德伯里,詹·麦克法兰.现代主义.胡家峦,高逾,沈弘,等译.上海:上海外语教育出版社,1992.

[22] H.R.姚斯,R.C.霍拉勃.文学史作为向文学理论的挑战[M]//接受美学与接受理论.周宁,金元浦,译.沈阳:辽宁人民出版社,1987.
[23] 乔纳森·卡勒.文学理论[M].李平,译.沈阳:辽宁教育出版社,1998.
[24] 瓦莱里.论诗[M]//文艺杂谈.段映虹,译.天津:百花文艺出版社,2002.
[25] 雷内·韦勒克.文学史上的演变概念[M]//批评的概念.张金言,译.杭州:中国美术出版社,1999.
[26] 马泰·卡林内斯库.现代性的五幅面孔[M].顾爱彬,李瑞华,译.北京:商务印书馆,2002.

期刊

[1] 梅光迪.评提倡新文化者[J].学衡,1922(1).
[2] 胡先骕.评尝试集[J].学衡,1922(1).
[3] 葛兰坚.葛兰坚论新[J].吴宓,陈训慈,译.学衡,1922(6).
[4] 梁实秋.新诗的格调及其他[J].诗刊,1931(1).
[5] 徐志摩.诗刊放假[J].诗镌,1926(11).
[6] 絮如.看不懂的新文艺[J].独立评论,1937(238).
[7] 适之.编辑后记[J].独立评论,1937(238).
[8] 知堂.关于看不懂(一)[J].独立评论,1937(241).
[9] 沈从文.关于看不懂(二)[J].独立评论,1937(241).
[10] 钱献之.《北平情歌》[J].新诗,1936,1(1).
[11] 林庚.关于《北平情歌》——答钱献之先生[J].新诗,1936,1(2).
[12] 戴望舒.谈林庚的诗见和"四行诗"[J].新诗,1936,1(2).
[13] 林庚.质与文——答戴望舒先生[J].新诗,1937,1(4).
[14] 周煦良.《北平情歌》——新诗音律的新局面[J].文学杂志,1937,1(2).
[15] 陈良运.论自由体诗[J].文学评论,1984(2).
[16] 王光明.自由诗与中国新诗[J].中国社会科学,2004(4).
[17] 戴望舒.望舒诗论[J].现代,1932,2(1).
[18] 孙玉石.对中国传统诗现代性的呼唤——废名关于新诗本质及其与传统关系的思考[J].烟台大学学报:哲学社会科学版,1997(2).
[19] 吴思敬.新诗:呼唤自由的精神——对废名"新诗应该是自由诗"的几点思考[J].文艺研究,2010(3).
[20] 王泽龙."新诗散文化"的诗学内蕴与意义[J].中国社会科学,2007(5).
[21] T.S.艾略特.论自由诗[J].文学杂志(台湾),1957,1(6).
[22] 臧棣."诗意"的文学政治——论"诗意"在中国新诗实践中的踪迹和限度

[M]//谢冕,孙玉石,洪子诚.新诗评论.北京:北京大学出版社,2007(1).

[23] 刘延陵.美国的新诗运动[J].诗,1922,1(2).

[24] 刘延陵.法国诗之象征主义与自由诗[J].诗,1922,1(4).

[25] 孙党伯.论郭沫若的浪漫主义文学主张[J].武汉大学学报:社会科学版,1992(6).

[26] 黄曼君.郭沫若前期浪漫主义诗学的现代性观照[J].华中师范大学学报:人文社会科学版,2002,41(6).

[27] 李怡.《女神》与中国"浪漫主义"问题——纪念《女神》出版90周年[J].中国现代文学研究丛刊,2012(1).

[28] 潘大道.何谓诗[J].学艺杂志,1920,2(1).

[29] 潘力山.从学理上论中国诗[J].小说月报,1927,17(号外).

[30] 刘梦苇.论诗底音韵[J].古城周刊,1927,1(2).

[31] 刘梦苇.论诗底音韵(续)[J].古城周刊,1927,1(3).

[32] 徐志摩.诗刊弁言[J].诗镌,1926(1).

[33] 饶孟侃.新诗的音节[J].诗镌,1926(4).

[34] 闻一多.诗的格律[J].诗镌,1926(7).

[35] 天心.随便谈谈译诗与做诗[J].诗镌,1926(8).

[36] 邓中夏.新诗人的棒喝[J].中国青年,1923(7).

[37] 邓中夏.贡献于新诗人之前[J].中国青年,1923(10).

[38] 萧楚女.诗的生活和方程式的生活[J].中国青年,1923(11).

[39] 穆木天.诗歌与现实[J].现代,1934,5(2).

[40] 叶公超.论新诗[J].文学杂志,1937,1(1).

[41] 施蛰存.重印全份《现代》引言[J].现代(影印本),1984,1(1).

[42] 施蛰存.编辑座谈[J].现代,1932,1(4).

[43] 施蛰存.编辑座谈[J].现代,1932,1(6).

[44] 吴霆锐.关于本刊所载的诗[J].现代,1933,3(5).

[45] 施蛰存.关于本刊所载的诗[J].现代,1933,3(5).

[46] 施蛰存.又关于本刊中的诗[J].现代,1933,4(1).

[47] 崔多.关于杨予英先生的诗[J].现代,1934,5(2).

[48] 编者.关于杨予英先生的诗[J].现代,1934,5(2).

[49] 施蛰存.海水立波[J].新诗,1937,2(2).

[50] 张林杰.都市人的视镜:30年代诗歌中的乡土与自然[J].文艺评论,2005(1).

[51] 杜衡.望舒草·序[J].现代,1933,3(4).
[52] 柯可.论中国新诗的新途径[J].新诗,1937,1(4).
[53] 林庚.诗与自由诗[J].现代,1934,6(1).
[54] 戴望舒.西茉纳集·译者记[J].现代,1932,(5).
[55] 戴望舒.保尔·福尔诗抄·译者附记[J].新文艺,1930,1(5).
[56] 戴望舒.耶麦诗抄·译者记[J].新文艺,1929,1(1).
[57] 朱湘.《上元灯》与《我底记忆》[J].新文艺,1929,1(3).
[58] 陈太胜.从"唱"到"说"——戴望舒的1927年及其诗学意义[J].天津社会科学,2007(1).
[59] 陈伯海."文"与"质":中国诗学的文辞体性论[J].学术月刊,2006(1).
[60] 王光明.林庚的意义[J].文学前沿,2000(2).
[61] 段从学.现代新诗视野与古典文学传统[J].北京大学学报:哲学社会科学版,2007(4).
[62] 梁宗岱.论诗[J].诗刊,1931(2).
[63] 梁宗岱.释"象征主义"——致梁实秋先生[J].人生与文学,1936,2(3),1937,2(4).
[64] 适之.编辑后记[J].独立评论,1937(241).
[65] 陆志韦.论节奏[J].文学杂志,1937,1(3).
[66] 陆志韦.再谈白话诗的用韵[J].创世曲,1947,1(1).
[67] 朱光潜.论中国诗的韵[J].新诗,1936,1(2).
[68] 罗念生.与朱光潜先生论节奏[J].新诗,1937,1(4).
[69] 罗念生.再与朱光潜先生论节奏[J].新诗,1937,2(2).
[70] 朱光潜.答罗念生先生论节奏[J].新诗,1937,1(5).
[71] 胡适.谈谈"胡适之体"的诗[J].自由评论,1936(12).
[72] 梁实秋.我也谈谈"胡适之体"的诗[J].自由评论,1936(12).
[73] 俞平伯.白话诗的三大条件[J].新青年,1919,6(3).
[74] 王光明.中国新诗的本体反思[J].中国社会科学,1998(4).
[75] 钦江.现在的新诗[J].燕京文学,1941,3(2).

报刊

[1] 艾青.诗的散文美[N].广西日报·南方,1939-04-29.
[2] 郁达夫.女神之生日[N].时事新报·学灯,1922-08-02.
[3] 闻一多.女神之时代精神[N].创造周报,1923-06-03.
[4] 朱湘.新诗评·二·郭君沫若的诗[N].晨报副刊,1926-04-10.

[5] 刘半农.扬鞭集·自序[N].语丝(70),1926-03-15.
[6] 朱湘.刘梦苇与新诗形式运动[N].文学周报,1928-09-16.
[7] 刘梦苇.中国诗底昨今明[N].晨报副刊,1925-12-12.
[8] 周振甫.什么是象征主义[N].益世报·文学周刊(48),1933-10-28.
[9] 陈子展.略论"胡适之体"[N].申报·文艺周刊(6),1935-12-06.

后 记

这本不成熟的专著终于要出版了！从博士论文的开题到专著的出版，整整十年过去了。常言道：十年磨一剑，而我这本书根本无法与锋利的"剑"相媲美。十年的时间，在滚滚的历史长河中也许可以忽略不计，但对于短暂的人生而言，却是怎么也忽略不了。这十年，个人的变故与中年的心态碰撞在一起，在我的心里激起无数的波澜，转化成"丰富的痛苦"。这本仓促之作见证了我"丰富的痛苦"。

在第一本专著出版之际，我要感谢我的博士导师王光明先生。在博士三年、博士后三年中与王先生多有交流。王先生是个严谨的学者，对学生要求严格，这让我这个基础不好的学生吃尽苦头。由于研究方向的转变，多少次我都想打退堂鼓。在经历了无数次玉渊潭的徘徊后，我的博士论文终于开题了，受到王先生的肯定，我才有勇气做下去。博士论文的写作非常艰难，先生总能在关键的时刻对我提出的问题给予详细的指点，使论文最后顺利通过答辩。王先生并不是只呆在书房穷究学理的学者，先生很有生活情趣，对生活充满热爱。每年几次的师门聚餐，先生都自掏腰包让我们大饱口福，在餐桌前，先生与我们谈论人生理想，不凡经历等等。在茫茫京城，这让我们倍感家的温暖。博士毕业后，王先生得知我获批教育部课题，为了我能有更好的研究环境，力荐我来北京师范大学做博士后研究。在博士后三年期间，由于个人的变故，工作的不顺，与先生多有沟通。在交流的过程中，先生循循善诱的开导，使我心里敞亮了许多，先生为了我能有更好的工作环境多方奔走更让我感动。我只能把这些鼓舞化作前进的力量来回报先生。如今，出版专著只是要告诉导师，我还在努力。

2010年9月，在先生的推荐下，我进入北京师范大学中国语言文学博士后流动站工作，合作导师是北京师范大学文艺学研究中心著名的文艺理论家童庆炳先生。德高望重的童先生婉拒了很多学界已学有所成、从事文艺理论研究的青年学子，而接纳了主要从事中国现当代文学教学与研究的我，这让我备受感动。记得第一次见童先生是在他北沙滩1号院的家中，在简朴大方的客厅里，童先生热情地接待了我。童先生在了解我的基本情况后，谈话马上转入正题：我博士后期间的研究课题。当他得知我的研究课题是一个由我主持的教育部项目《20世纪30年代自由诗理念研究》后，童先生非常谦虚地说，自己对中国现当代诗歌发展史不熟悉，但非常严谨地对我说，做文学历史现象研究，一定要真正把所研究的对象历史化，不能停留在人云亦云的表面上；第二，要用理论的眼光透析历史现象，不能停留在纯粹的史料上。理论来源于众多的历史现象，从实践中提高而来，但同时又回过头来分析、总结新的现象的出现。童先生的微言大义我更多地在其《文体与文体的创造》一书中获益。在这本众多学者、专家都参考、引用的专著中，童先生有关文体的理论直接指导了我的《博士后研究报告》的写作。在写作的过程中，《文体与文体的创造》使我真正意识到，对二十世纪中国新诗的形式探索，只有站在文体的层面才能理清中国新诗形式演变的内在理路，理解在日益变迁的中国社会中以自由体为主的新诗，其实也内蕴着作家、批评家的精神结构、体验方式、思维方式和其他社会历史、人文精神。转眼间，三年匆匆而过，马上就要出站了，由于读的是在职博士后，所以经常奔波于北京和龙岩两地，而阅读与写作也就显得仓促，每次见童先生，他总是对我的为文行事多有宽容，这使我内心充满了敬意，同时也为自己的行为尤为愧疚。如今，先生已驾鹤西去，我再也无法聆听他的指导。然而，木铎千里，童心永在。

从博士论文的开题到博士论文答辩的通过、博士后进站到博士后出站，有太多的老师、同门要感谢了。首先，要感谢来参加我的博士论文答辩会的洪子诚教授、杨匡汉教授、吴思敬教授、张志忠教授、陶东风教授、张清华教授，他们从各个角度对论文《自由诗理念的变迁(1917—1937)》给予充分的肯定并提出了修改意见。其次，在博士后研究工作期间，我要感谢来参加我的《博士后开题报告》和《博士后研究报告》会议的首都师范大学文学院吴思敬教授、王光明教授、北京师范大学的赵勇教授、李怡教授、陈太胜教授，感谢他们为我的《博士后开题报告》和《博士后研究报告》提出的批评和修改意见。在读博士三年、做博士后研究又一个三年中，伍明春、赖彧煌、陈芝国、李文钢、陈培浩、王飞、陈代云等同门都给予我学习和生活上的帮助和关怀，在此我一并表示感谢。

最后，我要对这本专著的责任编辑王鹭鹏老师表达我衷心的感谢，他不辞辛劳，对书稿做了多次的校改，让我心生敬意。此外，我还要感谢我的学生赵彦姣、刘静、许艳雪、杨小佳，他们抽出宝贵的时间帮我校对书稿。

郑成志
2016 年 12 月 10 日